Du même auteur:

La belle mortelle de Samson (Vampires Scanguards - Tome 1)
La provocatrice d'Amaury (Vampires Scanguards - Tome 2)
La partenaire de Gabriel (Vampires Scanguards - Tome 3)
L'enchantement d'Yvette (Vampires Scanguards - Tome 4)
La rédemption de Zane (Vampires Scanguards – Tome 5)
L'éternel amour de Quinn (Vampires Scanguards – Tome 6)
Les désirs d'Oliver (Vampires Scanguards – Tome 7)
Le choix de Thomas (Vampires Scanguards – Tome 8)
Discrète morsure (Vampires Scanguards – Tome 8 1/2)
L'identité de Cain (Vampires Scanguards – Tome 9)
Le retour de Luther (Vampires Scanguards – Tome 10)
La promesse de Blake (Vampires Scanguards – Tome 11)
Fatidiques retrouvailles (Vampires Scanguards – Tome 11 ½)
L'espoir de John (Vampires Scanguards – Tome 12)

Séduisant (Le Club des éternels célibataires – Tome 1)
Attirant (Le Club des éternels célibataires – Tome 2)
Envoûtant (Le Club des éternels célibataires – Tome 3)
Torride (Le Club des éternels célibataires – Tome 4)
Attrayant (Le Club des éternels célibataires – Tome 5)

La Partenaire de Gabriel

(Vampires Scanguards – Tome 3)

Tina Folsom

Traduit de l'américain
par Agathe Rigault

Pour Mark

Prologue

Philadelphie, 1863.

Uniquement vêtu de son pantalon, Gabriel observa la femme qui se tenait devant lui, dans sa chaste robe de nuit. La dentelle autour de son cou et au niveau de ses poignets ne faisait qu'accentuer son innocence. Plus tôt dans la journée, le pasteur les avait déclarés mari et femme devant Dieu mais, à présent, il était temps pour Gabriel de vraiment posséder Jane.

Il s'agissait de sa nuit de noces, une nuit qu'il avait anticipée avec le désir d'un jeune homme prêt à fonder sa propre famille. Hormis quelques baisers échangés, il n'avait jamais eu de relations intimes avec Jane. La stricte éducation religieuse de la jeune femme l'avait contraint à attendre d'être marié pour la toucher. Ce qu'il avait fait, parce qu'il l'aimait de tout son cœur et parce qu'il avait, lui-même, ses propres inhibitions quant au fait de faire l'amour.

Jane tenta un pas vers lui. Gabriel la rejoignit à mi-chemin. Il passa ses bras autour d'elle et l'attira vers lui. Le tissu sous le bout de ses doigts était si doux et si fin que Gabriel avait l'impression de toucher le corps nu de son épouse. Alors qu'il portait ses lèvres aux siennes, il inspira son parfum ; un mélange de rose et de jasmin, les fleurs qui avaient composé le bouquet de mariée. Par-dessous, il y avait sa propre odeur, l'enivrante senteur de Jane, une odeur qui lui avait donné le vertige la première fois qu'il l'avait sentie. Depuis lors, il était en érection et se tenait prêt.

« Ma femme, » murmura Gabriel.

Les mots semblèrent justes lorsqu'ils s'échappèrent de ses lèvres et rencontrèrent le souffle doux de Jane. Dans un faible gémissement, il l'embrassa avec toute la passion qu'il s'était efforcé de contenir jusqu'au mariage. Le corps de sa femme se cala au sien avec davantage de désir qu'il ne l'avait imaginé, succombant à son toucher, imprimant en lui l'amour qu'il avait vu dans les yeux de sa dulcinée bien avant qu'il ne demandât sa main.

Sans interrompre leur baiser, il défit les petits rubans sur le devant de sa chemise de nuit, puis lui ôta le vêtement de ses épaules, le laissant tomber au sol dans un léger bruissement. Celui-ci atterrit aux pieds de la jeune mariée. Elle n'aurait plus jamais besoin d'une chemise de nuit. Désormais, ce serait lui qui la réchaufferait chaque nuit. Le frisson qui la parcourut ne lui échappa pas. Il n'était pas dû au froid. Non, elle était presque aussi excitée que lui.

Gabriel abandonna ses lèvres et la regarda. Des petits seins ronds garnis de tétons bruns se dressaient devant lui. Elle avait de larges hanches et une peau douce, succombant à son toucher. Lorsqu'il la prit dans ses bras pour la porter dans le lit qu'ils partageraient pour le reste de leur vie, son désir envers elle monta en flèche.

Son pantalon était si serré qu'il l'empêchait presque de respirer mais sa verge ne cessait de grossir, impatiente de posséder Jane.

Gabriel allongea son épouse sur le lit et la regarda alors qu'il déboutonnait son pantalon d'une main tremblante, son cœur battant à tout rompre. Alors que son anxiété ne cessait de croître, de la sueur apparut sur ses sourcils. Tandis qu'il se déshabillait, le regard amoureux de Jane posé sur son visage glissa vers le bas de son corps. C'est alors que l'expression de son épouse changea soudainement : c'était ce qu'il avait secrètement craint le plus.

« Oh mon Dieu, non ! »

Elle se rassit brutalement, son regard fixé sur la verge de Gabriel, l'horreur défigurant ses traits.

« *Eloigne-toi de moi !* » cria-t-elle en sortant de l'autre côté du lit.

« Jane, s'il te plaît. Laisse-moi t'expliquer, » la supplia-t-il en la suivant, alors qu'elle passait la porte.

Il aurait dû l'y préparer mais, à présent, il était trop tard. Il avait espéré qu'elle l'acceptât s'il était doux et patient avec elle.

Il la retrouva dans la cuisine.

« Eloigne-toi de moi, espèce de monstre ! »

Gabriel lui attrapa le bras et l'empêcha de courir dans tous les sens.

« S'il te plaît, Jane, mon amour. Ecoute-moi. »

Si seulement elle lui donnait une chance. Il pourrait alors lui prouver qu'il n'était pas un monstre à l'intérieur, mais bien l'homme qui l'aimait.

Les yeux écarquillés, Jane regarda désespérément la cuisine autour d'elle avant de se libérer de sa poigne et de se retourner.

« Ne me touche plus jamais ! »

« Jane ! »

Il devait la calmer et la persuader de l'écouter. Leur avenir en dépendait. Lorsqu'elle se retourna, il vit ses yeux horrifiés. Il ne remarqua que trop tard le couteau brillant dans sa main ; trop tard pour empêcher la lame d'atteindre son visage. Mais la manière dont sa femme recula avec horreur lui fit plus mal encore que l'effet de la lame brûlante à travers sa chair.

« Les femmes devraient te fuir et c'est ce qu'elles feront maintenant. Tu es un monstre, Gabriel. Le diable incarné ! »

La cicatrice qui se formerait sur son visage, auparavant parfait, s'étendrait du menton à l'oreille droite et lui rappellerait constamment ce qu'il était : un monstre, une bête de foire tout au mieux, qui ne méritait d'être aimé d'aucune femme.

1

San Francisco, aujourd'hui.

Le *clic-clac* de ses talons résonnait contre les immeubles. Maya pouvait à peine distinguer le trottoir à travers le brouillard qui s'accrochait telle une brume épaisse dans l'air de la nuit et amplifiait chaque son.

Un bruissement dans son dos la fit accélérer son pas déjà rapide. Telle une main glaciale lui touchant la peau, un frisson intense la parcourut. Elle détestait l'obscurité et c'était pendant des nuits comme celle-ci qu'elle maudissait le plus ses gardes. Le noir l'avait toujours effrayée. Mais davantage encore récemment.

Elle ouvrit son sac tout en s'approchant de l'immeuble à trois étages où elle avait élu domicile deux ans auparavant. Les doigts tremblants, elle chercha ses clés. Au moment où elle sentit le métal froid contre la paume de sa main, elle se sentit mieux. Dans quelques secondes, elle serait de nouveau au lit et pourrait dormir quelques heures avant la prochaine garde. Mais, plus important encore, dans peu de temps, elle serait de nouveau à l'abri entre les quatre murs de son appartement.

Alors qu'elle se dirigeait vers les escaliers menant à l'imposante porte d'entrée, elle nota l'obscurité dans le vestibule. Elle leva les yeux. L'ampoule au-dessus de la porte avait sans doute grillé. Deux heures plus tôt, elle éclairait toutefois vivement l'entrée. Maya l'inscrit mentalement sur la liste des choses à dire à son propriétaire.

Elle sentit la rambarde et l'agrippa, comptant les marches tandis qu'elle montait.

Elle n'atteignit jamais la porte.

« Maya. »

Elle se retourna en retenant son souffle. Son interlocuteur étant caché dans l'obscurité et le brouillard, elle ne pouvait voir son visage. Non pas qu'elle en eut besoin : elle connaissait sa voix. Elle savait qui il était. Elle en resta presque pétrifiée. Son cœur se mit à battre la chamade dans sa poitrine tandis qu'une angoisse croissante s'emparait de ses entrailles.

« Non ! » cria-t-elle en se précipitant vers la porte, s'accrochant au vain espoir qu'elle pourrait s'enfuir.

Il était revenu, comme il l'avait annoncé.

La main de son assaillant l'agrippa par l'épaule, la forçant à lui faire face. Mais, au lieu de regarder son visage, elle ne put se concentrer que sur une seule chose : le blanc de ses dents pointues !

« Tu vas m'appartenir. »

Cette menace fut la dernière chose qu'elle entendit avant qu'il ne plongeât ses canines dans sa peau, les enfonçant dans son cou. Le sang s'échappait de son corps, comme les souvenirs des semaines précédentes.

~ ~ ~

« Et vous avez déjà essayé la chirurgie ? » demanda le docteur Drake en levant les yeux de son calepin.

Gabriel lâcha un soupir frustré et balaya un grain de poussière imaginaire de son jean.

« Ça n'a pas marché. »

« Je vois. »

Le médecin s'éclaircit la gorge.

« Monsieur Giles, avez-vous eu ce… » Drake plissa les eux et fit un vague geste de la main. « Euh… toute votre vie ? Même quand vous étiez humain ? »

Gabriel ferma les yeux pendant une seconde. Du plus loin qu'il se souvînt, pas un jour ne s'était écoulé depuis la puberté sans qu'il n'eût été confronté à ce problème. Tout était normal quand il était un petit garçon mais, lorsque ses hormones avaient commencé à bouillonner, sa vie avait changé. Il était déjà marginal en tant qu'humain.

Il sentit la cicatrice de son visage palpiter en se remémorant le moment où il l'avait eue. Aussitôt, il repoussa ce souvenir. La douleur physique avait cessé depuis longtemps mais la douleur émotionnelle était toujours aussi vive.

« Ça s'est passé bien avant que je ne devienne un vampire. A l'époque, personne ne pensait à la chirurgie. Diable, une infection m'aurait probablement tué. »

S'il avait su ce que deviendrait son existence, il aurait lui-même pris un couteau, mais tout était plus clair avec du recul.

« De toute façon, comme vous le savez certainement mieux que moi, mon corps se régénère lorsque je dors et il guérit ce qu'il considère comme une blessure. Alors non, la chirurgie ne fonctionne pas. »

« Je suppose que ça a engendré des problèmes dans votre vie sexuelle ? »

Gabriel s'enfonça dans le siège faisant face à celui du docteur Drake. Il aurait préféré un siège classique au cercueil-sofa, la vue-même de ce dernier l'ayant fait frissonner lorsqu'il était entré. Son ami Amaury l'avait prévenu quant aux choix du médecin en matière de mobilier. Cela ne changeait rien au fait que le cercueil, transformé en méridienne après que l'on eût enlevé l'un des côtés, lui donnait la chair de poule. Aucun vampire digne de ce nom ne voulait être vu là-dedans. Plutôt mourir. C'était le cas de le dire !

« Quelle vie sexuelle ? » marmonna-t-il dans sa barbe.

Mais bien sûr, l'acuité auditive des vampires assurait au docteur Drake une bonne compréhension des mots prononcés.

Le regard choqué de Drake le confirma.

« Vous voulez dire… ? »

Gabriel savait exactement ce que demandait le praticien.

« A part la prostituée occasionnelle et désespérée que je dois payer au prix fort pour me satisfaire, je n'ai pas de vie sexuelle. »

Il porta son regard au sol, ne voulant affronter la pitié qui se reflétait dans les yeux du médecin. Il était là pour qu'on lui vînt en aide, pas pour qu'on le prît en pitié. Il devait donc faire comprendre à cet homme combien tout cela était important pour lui.

« Je n'ai pas encore rencontré de femme qui n'ait reculé à la vue de mon corps nu. Elles me traitent de monstre, de bête de foire et encore, celles-là sont gentilles. »

Il fit une pause, frissonnant au souvenir de tous les noms dont il avait été affublé.

« Doc', je n'ai jamais tenu dans mes bras une femme qui voulait être avec moi. »

Oui, il s'était envoyé en l'air avec des femmes, des prostituées, mais il n'avait jamais fait l'amour à une femme. Il n'avait jamais ressenti l'amour et la tendresse d'une femme ; ni même l'intimité de se réveiller dans ses bras.

« Et de quelle façon pensez-vous que je puisse vous venir en aide ? Comme vous l'avez dit vous-même, la chirurgie n'a pas aidé et je ne suis que psychiatre. Je travaille sur l'esprit des gens, pas sur leur corps. »

La voix de Drake était animée par le refus. A chaque syllabe qu'il prononçait.

« Pourquoi n'utilisez-vous pas le contrôle de l'esprit sur ces femmes ? De toute façon, elles ne le sauront pas. »

Gabriel aurait dû s'en douter. Il leva les yeux vers le médecin.

« Je ne suis pas un abruti fini, docteur. Je n'utilise pas les femmes de cette façon, » dit-il avant de faire une pause, puis de reprendre, sous l'effet de la colère qu'une telle suggestion avait provoquée.

« Vous avez aidé mes amis. »

« Les problèmes de messieurs Woodford et LeSang étaient différents. Ils… » Drake chercha ses mots. « Ce n'était pas physique. Pas comme ça l'est pour vous. »

La poitrine de Gabriel se serra. Oui, physique. Et un vampire ne pouvait altérer son apparence physique. C'était un fait établi. Cela expliquait clairement la raison pour laquelle une cicatrice le défigurait du menton jusqu'en haut de l'oreille droite. Il avait été blessé lors de son existence humaine. Si l'incident était survenu après sa transformation il n'y aurait jamais eu de cicatrice et son visage serait demeuré inchangé.

Deux choses le pénalisaient... d'abord sa cicatrice qui faisait fuir nombre de femmes, puis lorsqu'il baissait son pantalon... Il frissonna et regarda le médecin assis tranquillement dans son fauteuil.

« Tous les deux disent que vous utilisez des méthodes peu orthodoxes, » évoqua Gabriel.

Le docteur Drake haussa les épaules de manière évasive.

« Ce que l'un appelle peu orthodoxe, l'autre peut tout simplement le considérer comme naturel. »

Ce n'était pas une réponse. Des allusions subtiles n'aideraient pas Gabriel à obtenir les informations qu'il cherchait. Il s'éclaircit la gorge et se pencha en avant sur son siège.

« Amaury a parlé de contacts. »

Il insista sur le mot 'contacts' d'une façon telle que le médecin ne put manquer ce à quoi il faisait allusion.

La façon dont le praticien se raidit aurait échappé à tous, mais pas à Gabriel. Drake n'avait que trop bien compris ce que son patient voulait.

Le médecin pinça les lèvres.

« Je peux peut-être vous envoyer chez un collègue plus à même de vous aider que moi. Hors de San Francisco, bien sûr, puisqu'ici je suis toujours le seul vampire médicalement formé, » dit-il.

Gabriel n'en fut pas surpris : les vampires n'étant pas sujets aux maladies des humains, peu d'entre eux décidaient de devenir médecins. Sachant que San Francisco comptait une population de moins d'un millier de vampires, celle-ci pouvait s'estimer chanceuse d'avoir, ne fût-ce qu'un praticien en ville.

« Je vois que nous sommes d'accord pour dire que nous ne pouvons travailler ensemble, » continua le médecin.

Gabriel savait qu'il se devait d'agir avant que le médecin ne lui indiquât la porte. Lorsque Drake se dirigea vers le Rolodex sur son bureau, Gabriel se leva.

« Je ne crois pas que ce soit nécessaire. »

« Bien, dans ce cas... Ce fut un plaisir de vous rencontrer. »

Le médecin tendit sa main, visiblement soulagé.

D'un léger mouvement de tête, Gabriel rejeta la poignée de main.

« De toute façon, je doute que le Rolodex contienne le nom de la personne que je recherche. Ai-je raison ? »

Il s'abstint d'une quelconque malice dans sa voix, ne voulant pas énerver le praticien et se contenta de retrousser ses lèvres en un léger rictus.

Un éclair dans les yeux de Drake confirma que ce dernier savait très bien à qui Gabriel faisait allusion. Il était temps de sortir la grosse artillerie.

« Je suis un homme très riche. Je peux payer tout ce que vous voulez, » offrit Gabriel.

Durant ses quelque cent cinquante ans d'existence en tant que vampire, il avait amassé une fortune non négligeable.

Le médecin haussa un sourcil, visiblement intéressé. Il y eut une hésitation dans le mouvement de Drake avant qu'il n'indiquât les sièges de la main. Ils se rassirent.

« Qu'est-ce qui vous fait penser que je suis intéressé par votre offre ? »

« Si vous ne l'étiez pas, nous ne serions pas assis. »

Le médecin hocha la tête.

« Votre ami Amaury ne dit que du bien de vous. Je suppose qu'il va bien, maintenant. »

Si Drake voulait papoter, Gabriel y concèderait mais pour un temps seulement.

« Oui, la malédiction a été renversée. J'ai cru comprendre que l'une de vos connaissances y était pour quelque chose. »

« C'est possible. Mais comprendre comment résoudre un problème et résoudre le problème en question sont deux choses différentes. Tel que je le vois, Amaury et Nina ont renversé cette malédiction d'eux-mêmes. Ils n'ont eu besoin d'aucune aide extérieure. »

« Contrairement à mon cas ? »

Le médecin haussa les épaules, geste qui commençait à agacer Gabriel.

« Je ne sais pas. Il y a peut-être une explication parfaitement plausible à votre problème. »

Gabriel secoua la tête.

« Ne tournons pas autour du pot, Drake. Ce n'est pas un problème. Quel genre d'explication plausible vais-je donner à une femme qui me verra nu ? »

« Monsieur Giles… »

« Appelez-moi au moins Gabriel. Je crois qu'on a dépassé le stade du 'Monsieur Giles'. »

« Gabriel, je comprends votre embarras. »

Alors que la colère commençait à bouillonner en lui, Gabriel ressentit une vague de chaleur s'élever dans sa poitrine ; réaction de plus en plus familière lorsqu'il devait faire face à la difficulté de la situation dans laquelle il se trouvait.

« Oh vraiment ? Vous comprenez vraiment ce que ça fait que de lire le dégoût et la peur dans les yeux d'une femme à laquelle vous voulez faire l'amour ? » déglutit Gabriel.

Il n'avait jamais fait l'amour à une femme, pas vraiment. Le sexe avec des prostituées n'était pas de l'amour. Bien sûr, il pouvait utiliser le contrôle de l'esprit, comme l'avait suggéré le médecin, et attirer une femme innocente dans son lit pour lui faire ce qu'il voulait, mais il s'était juré de ne jamais tomber aussi bas. Et il avait toujours tenu sa promesse.

« Vous avez parlé de paiement, » dit le médecin.

Enfin de la lumière au bout du tunnel !

« Donnez-moi votre prix et je transfère l'argent sur votre compte dans l'heure. »

Drake secoua la tête.

« L'argent ne m'intéresse pas. Si je comprends bien, vous avez un don. »

Gabriel se redressa sur son siège. Que savait exactement le médecin à son sujet ? Il savait qu'Amaury n'aurait jamais révélé le moindre de ses secrets.

« Je ne suis pas sûr de comprendre… »

« Ne me prenez pas pour un idiot, Gabriel. Tout comme vous l'avez probablement fait me concernant, j'ai moi-même fait quelques recherches à votre sujet. Je sais que vous pouvez débloquer les souvenirs. Pourriez-vous m'en dire plus ? »

Pas vraiment. Mais il semblait qu'il n'avait pas le choix.

« Je peux lire dans l'esprit des gens et plonger dans leurs souvenirs. Je vois ce qu'ils ont vu. »

« Est-ce que ça veut dire que vous pouvez regarder dans mes souvenirs et voir la personne que vous cherchez ? » demanda Drake.

« Je vois uniquement des événements et des images. Alors à moins de trouver un souvenir représentant cette personne chez elle ou quel que soit le critère, je suis dans l'incapacité de la trouver. Je ne suis pas télépathe. Je ne lis que les pensées. »

« Je vois. »

Le médecin fit une pause.

« Je suis prêt à vous donner les informations concernant cette personne que vous cherchez, si, en échange, vous utilisez votre don pour moi. »

« Vous voulez que je plonge dans vos souvenirs pour y trouver ce que vous avez oublié ? »

Bien sûr qu'il pouvait le faire.

Drake réprima un rire.

« Bien sûr que non. J'ai une très bonne mémoire. Je veux que vous débloquiez les souvenirs d'une autre personne pour moi. »

L'espoir s'évapora. Ses compétences ne devaient être utilisées qu'en cas d'urgence ou lorsque la vie de quelqu'un en dépendait. Aussi important que ce fût pour lui, il ne violerait pas les souvenirs de quelqu'un à son profit.

« Je ne peux pas faire ça. »

« Bien sûr que vous le pouvez. Vous venez juste de me dire que… »

« Ce que je voulais dire, c'est que je ne le ferai pas. Les souvenirs sont privés. Je n'accèderai pas aux souvenirs de quelqu'un sans son autorisation préalable. »

Et il était certain que la personne dont le médecin voulait obtenir les souvenirs ne donnerait pas son consentement.

« Un homme aux valeurs morales. Quel dommage. »

Gabriel jeta un coup d'œil à la pièce.

« Avec l'argent que je suis prêt à vous donner, vous pourriez revoir la décoration de ce cabinet de manière bien plus luxueuse. »

Et se débarrasser du cercueil-sofa.

« J'aime la façon dont mon cabinet est décoré. Pas vous ? »

Drake lança un regard en direction du détestable canapé.

Gabriel savait que les négociations ne mèneraient à rien. Le médecin ne céderait pas. Lui non plus.

2

Au moment où Gabriel arriva devant la maison victorienne de Samson sur Nob Hill, il prit une profonde inspiration. Il avait besoin de partir pour New York, immédiatement; le plus tôt serait le mieux. Une fois de retour dans son environnement habituel, peut-être serait-il davantage heureux et cesserait-il de souhaiter l'impossible. Il ne savait pas pourquoi il avait commencé à ressentir le besoin de faire quelque chose concernant son problème, ici, à San Francisco, alors qu'il avait abandonné l'idée depuis des années déjà.

Devant mettre au point son départ avec Samson, son patron, il était heureux qu'on lui eût demandé de venir précisément au moment où il avait quitté le cabinet de Drake.

D'un pas déterminé, Gabriel pénétra dans l'entrée, laissant le brouillard et la brume derrière lui. La maison était inondée de lumière malgré l'heure tardive, comme se devait de l'être la maison de tout vampire. Elle prenait vie au coucher du soleil et ne retrouvait le calme qu'au lever du jour. Gabriel balaya du regard l'entrée aux murs lambrissés, aux tapis élégants et aux ornements anciens. Il aimait la maison de Samson. Construite à l'époque victorienne, elle en avait conservé tout le charme tout en évitant cette sensation de claustrophobie que les petites pièces procuraient. Samson avait ouvert l'espace pour donner une impression d'amplitude tout en conservant le charme originel.

Gabriel leva la tête vers le plafond. Il y avait du bruit au premier. Des pas de plusieurs hommes provenant du couloir. Un moment plus tard, Samson descendit.

Il vit d'abord les longues jambes de ce dernier alors qu'il dévalait l'escalier en acajou d'origine. Puis le reste de son corps apparut. Ses cheveux de jais contrastaient avec ses yeux noisette. Mesurant plus d'un mètre quatre-vingt et étant relativement musclé, il avait une silhouette impressionnante. Son intelligence vive et sa force lui avaient valu l'admiration et le respect de ses collègues et amis. Ses prises de décision et sa détermination l'avaient fait sortir du lot : Samson était le patron et Gabriel était fier d'être son second.

Lorsque Samson vit Gabriel, il leva la main pour l'accueillir.

« Merci d'être venu aussi vite. »

Derrière lui, deux hommes descendaient les escaliers. Gabriel reconnut l'un d'eux comme étant Eddie, le beau-frère d'Amaury. Il avait travaillé comme garde du corps pour Scanguards, la société de sécurité de Samson.

Mais, à moins qu'un événement inhabituel ne se fût produit, Eddie n'avait aucune raison de se trouver chez son patron.

Samson se retourna vers les deux hommes.

« Vous avez vos ordres et maintenant, plus un mot à qui que ce soit. »

Les deux acquiescèrent dans un grognement, firent un signe de la tête à Gabriel et passèrent la porte.

« Que sont-ils… » commença Gabriel.

« On est confronté à un problème. »

Le visage de Samson était fermé, sérieux.

« Viens, il faut qu'on parle. »

Samson lui fit signe d'entrer dans le salon décoré de meubles datant de l'ère victorienne. Gabriel le suivit, un étrange pressentiment s'immisçant dans son ventre. Son patron et ami de longue date faisait toujours preuve de calme mais ce soir-là, il était différent. Ses cheveux noirs étaient ébouriffés, ses yeux emplis d'inquiétude et ses traits creusés.

Samson s'arrêta en face de la cheminée et se retourna vers Gabriel. Même en juin, l'âtre flambait pour procurer un peu de chaleur par cette nuit brumeuse.

« Je sais que tu es pressé de retourner à New York… »

« Je pensais prendre le jet pour… » l'interrompit Gabriel.

« Je suis désolé, Gabriel, mais je vais devoir abuser de toi. J'ai besoin de toi ici. Tu ne peux pas partir. »

La déclaration de Samson fut accueillie avec surprise.

« Quoi ? »

« Je ne désire qu'une chose : que tu retournes chez toi. Mais j'ai besoin que tu m'aides sur ce coup-là. Pour le moment, Ricky ne peut pas. Depuis qu'Holly a rompu avec lui, le mois dernier, il n'est plus le même. »

Samson se passa la main dans les cheveux. Ricky était l'homologue de Gabriel à San Francisco, le chef des opérations. Gabriel ne dit mot. Si Samson estimait qu'il était plus important qu'il restât à San Francisco plutôt que de retourner travailler à New York, c'était qu'il se passait quelque chose, quelque chose de grave.

« C'est trop important. Crois-moi, j'aurais fait appel à Amaury mais lui et Nina ont besoin de passer un peu de temps ensemble. C'est sa lune de miel et il reste terré chez lui. Je ne peux pas lui faire ça maintenant. »

Gabriel hocha la tête.

« Qu'est-ce qui se passe ? »

« Assieds-toi. »

Samson laissa échapper un rire forcé.

« Je crois que mes responsabilités en tant que mari et futur père cadrent mal avec la présence, dans la maison, d'un vampire fraîchement transformé. »

« Un nouveau vampire ? »

C'était, en effet, un choc. Un nouveau vampire représentait un danger ; il était incapable de contrôler ses pulsions, prêt à attaquer la moindre personne. Que Samson ne fût à son aise était on ne peut plus compréhensible. Sa femme Delilah était humaine et enceinte de leur premier enfant. Elle était une cible de choix pour n'importe quel nouveau vampire.

« Elle a été agressée, tout à l'heure. »

« Delilah ? Delilah a été agressée ? »

Une vague d'adrénaline parcourut les veines de Gabriel.

« Non, non. Dieu merci. Delilah va bien. Non. Cette femme, une humaine, elle a été agressée et on en a fait un vampire. Les deux gardes du corps qui viennent de partir, Eddie et James, ont fait peur à son agresseur et l'ont aidée. Ses yeux étaient déjà devenus noirs. C'est comme ça qu'ils ont su que le processus avait commencé. »

Les yeux d'un humain virant au noir sans laisser le moindre soupçon de blanc était le signe indéniable d'une transformation. Une fois le processus terminé, les pupilles retrouvaient leur couleur initiale.

« Ils l'ont amenée ici il y a à peu près une demi-heure, » continua Samson. « Elle s'est probablement fait agresser en rentrant chez elle. On doit trouver son agresseur et l'isoler. »

Gabriel comprit.

« Un voyou. Tant qu'il est là dehors, il représente un danger pour tous et à commencer pour elle, s'il découvre qu'on la protège. »

Gabriel et ses collègues abhorraient les vampires qui transformaient des humains innocents contre leur volonté. Il s'agissait d'une infraction majeure au sein de leur société, un crime de fait, punissable de la peine de mort. La vie d'un vampire n'était pas facile ; Gabriel le savait mieux que quiconque. Lui, Gabriel, croyait en la protection du droit de chaque humain de choisir. C'était la raison pour laquelle il n'imposerait jamais une telle existence à quelqu'un. Il punirait quiconque violerait ce droit.

« Oui. C'est pour ça que j'ai besoin de toi. J'ai besoin de quelqu'un sur qui je peux compter. »

« On a quoi, pour le moment ? »

Gabriel était passé en mode professionnel. C'était son travail. C'était ce qu'il faisait le mieux. Plonger ses dents dans une affaire l'empêcherait de penser à ses problèmes personnels et c'était ce dont il avait besoin.

« On sait qui est la femme ? »

« C'est un médecin. Elle travaille au Centre médical de l'université de San Francisco. On a trouvé ses papiers. Son nom est Maya Johnson, elle a trente-deux ans et habite Noe Valley. On n'a pas encore pu lui demander quoi que ce soit. Quand Eddie et James l'ont amenée, elle était inconsciente. Quand elle se réveillera, j'espère qu'elle pourra nous donner une description du vampire qui l'a attaquée. En attendant, je garde le silence radio à ce propos. Et c'est le cas pour tout le monde. Tant qu'on ne sait pas qui se cache là-dessous, je veux que personne ne sache qu'elle est ici. »

« Bien vu, » reconnut Gabriel.

Tant qu'ils ne pouvaient pas lui parler, ils devaient faire attention. Bien sûr, si tant était qu'elle pût leur dire quoi que ce fût.

« Tu sais qu'elle va paniquer quand elle reviendra à elle. »

Non seulement elle serait traumatisée par l'agression mais, en outre, dès qu'elle apprendrait ce qu'on avait fait d'elle, elle paniquerait réellement.

Samson ferma les yeux et hocha la tête.

« Je ne peux que trop bien l'imaginer. »

« Faut-il faire appel à quelqu'un d'autre pour l'aider à traverser tout ça ? »

Gabriel savait qu'il n'était pas la personne la plus adéquate pour guider une femme pendant une période de transformation vers l'état de vampire, aussi déterminante fût-elle. Il n'était pas doué avec la gent féminine.

« J'ai déjà demandé à Drake de passer. Il saura quoi faire. Peut-être qu'il sera capable de la calmer si elle devient hystérique. »

Eu égard à ses propres échanges avec Drake, Gabriel doutait que l'homme fût plus doué que lui. Mais il n'allait pas contredire Samson, lequel avait une haute estime du médecin.

« Oui, espérons qu'il en sera capable. Ne devrait-il pas y avoir une femme à ses côtés, quand elle se réveillera ? Ouvrir les yeux pour se rendre compte que des vampires d'un mètre quatre-vingt et quelque l'encerclent en l'observant pourrait être un peu intimidant. »

Gabriel plongea ses yeux dans ceux de Samson. Il n'avait manifestement aucune envie d'être celui qui ferait part des mauvaises nouvelles à cette femme. Bien plus, il n'était pas gêné de déléguer le travail qui ne le concernait pas. Il valait mieux qu'une femme, quelqu'un d'un peu plus sensible, le fît.

« Pas Delilah. Je ne veux pas qu'elle s'approche de cette femme. Tu sais aussi bien que moi ce dont sont capables les nouveaux vampires. Elle ne sera pas capable de contrôler sa force, même si elle ne veut blesser personne. »

Gabriel leva la main.

« Je ne pensais pas à Delilah. Yvette n'est pas encore partie pour New York. Je lui ai accordé quelques jours de repos pour jouer les touristes. »

Yvette était un bon garde du corps et, malgré le fait qu'elle pouvait agir de façon un peu collet monté, elle était solide et avait un sens inné du bien et du mal. Il était certain que les deux femmes s'entendraient immédiatement.

Samson soupira.

« Oui, Yvette… C'est une bonne idée. »

Des pas lourds retentirent dans les escaliers. Un instant plus tard, Carl, le majordome de confiance de Samson, se précipita dans la pièce. C'était un homme corpulent d'une cinquantaine d'années, fort au niveau de l'estomac. Comme toujours, il portait un costume noir, classique. En fait, Gabriel ne l'avait jamais vu vêtu autrement et était convaincu que l'homme ne possédait pas le moindre jean.

« Monsieur Woodford, l'état de la femme empire. »

« Le docteur Drake est déjà en route. Je ne peux rien faire avant son arrivée. Vous ne devriez pas la laisser seule, » dit Samson.

« Miss Delilah est avec elle, » répondit Carl.

Samson et Gabriel sursautèrent.

Une vague de panique voila le visage de Samson qui se précipita dans les escaliers. Gabriel courut derrière lui et déboula dans la chambre d'amis.

« Delilah ! » dit Samson d'une voix pleine d'inquiétude.

La frêle épouse de Samson était assise sur le bord du lit et épongeait le front de la femme à l'aide d'un gant mouillé.

« Samson, s'il te plaît. Je fais tout pour qu'elle se sente bien. Débouler comme ça en criant n'aide pas. »

La remontrance de Delilah était douce. Ses longs cheveux noirs tombèrent sur son visage lorsqu'elle se pencha sur la femme. Malgré sa grossesse, son corps ne témoignait nullement de son état pour le moment. Selon Samson, elle n'était enceinte que de trois mois, ce qui signifiait que c'était arrivé très peu de temps après leur mélange de sang ; après le Nouvel An chinois.

« Tu ne devrais pas être là du tout. On ne sait pas comment elle va réagir. C'est trop dangereux pour toi. »

Samson mit les mains sur les épaules de Delilah et l'invita à se lever.

« S'il te plaît, ma douce, à faire ça, tu me donnes des cheveux blancs ! »

Il regarda Gabriel par-dessus son épaule et lui fit signe de s'approcher.

« Gabriel, ça te dérangerait ? »

Samson voulait-il qu'il jouât les infirmières ? Cela ne faisait pas partie du marché. Il mènerait l'enquête pour trouver qui avait fait ça à cette femme et, éventuellement, si elle était encore en danger, il la protègerait. Mais, en aucune façon, il n'irait s'asseoir au chevet d'une femme pour jouer les infirmières.

Il valait mieux le dire à son patron dès le départ. Jouer les baby-sitters auprès d'une nouvelle femme-vampire n'était pas ce dont il avait besoin pour le moment ; d'autant plus si l'on attendait de lui qu'il agît avec elle de manière aussi intime. Lui poser quelques questions, oui, il était plus que prêt à le faire mais s'asseoir à son chevet pour prendre soin d'elle, ça non !

Bon sang, il ne saurait même pas comment s'y prendre. Ses connaissances de l'anatomie féminine étaient limitées à quelques parties de jambes en l'air précipitées ainsi qu'à des films pour adultes au rythme bien plus lent. Personne ne pouvait franchement attendre de lui qu'il prît soin d'une femme-vampire. Où diable était Drake ? N'aurait-il pas déjà dû être là ?

Sur le point de refuser le travail qu'on attendait de lui, Gabriel se retourna vers Samson, lequel accompagnait Delilah vers la porte. Mais un léger gémissement de la femme alitée le poussa à regarder cette dernière.

Lorsqu'il la vit pour la première fois, il en eut le souffle coupé.

Gabriel entendit la porte se fermer et sut qu'il était seul avec elle.

La femme était allongée sur les couvertures, les vêtements ensanglantés. Elle portait une blouse blanche de médecin par-dessus un pantalon et un large tee-shirt. Son nom apparaissait en lettres rouges sur la poche de la poitrine : Maya Johnson, Dr. Urologie.

Le visage de Maya était pâle et cette pâleur était davantage accentuée par ses cheveux de jais lui arrivant au niveau des épaules. Ils n'étaient pas parfaitement lisses et ondulaient d'une façon telle qu'ils semblaient caresser son visage. Ses yeux étaient fermés, gardés par d'épais cils bruns. Il se demanda de quelle couleur seraient ses pupilles lorsque celles-ci reviendraient à la normale. Sa peau était légèrement olive, témoignant de racines latines, méditerranéennes, voire du Moyen-Orient.

Son visage portait des traces de contusion et de coupures, en particulier autour de ses lèvres pleines et parfaitement dessinées. Elle s'était battue contre son agresseur. Il le comprit immédiatement. Dans quelques heures, ses blessures auraient disparu, son corps de vampire guérissant pendant son sommeil.

Il pouvait à peine imaginer la douleur et l'horreur qu'elle avait ressenties lorsqu'elle s'était rendu compte de ce qui lui arrivait. Ce soir-là, elle était morte sous les coups d'un voyou, avant que ce dernier ne la ramenât du royaume des morts. Elle avait dû expérimenter la mort pour revivre. A quel point avait-elle souffert en mourant ?

Gabriel savait que chaque transformation était différente. Beaucoup de vampires gardaient des souvenirs effroyables de ce moment, des choses qu'ils préféraient taire. Et les souvenirs de cette femme seraient terrifiants ; devenir vampire contre sa propre volonté devait être traumatisant. Ses blessures en attestaient.

Gabriel observa ses blessures, puis s'arrêta sur la laideur de la trace laissée par la morsure dans le cou. Le voyou avait manifestement été interrompu car il n'avait pas eu le temps de refermer la plaie avec sa salive. La cicatrisation prendrait plus de temps. S'il l'avait léchée, la morsure ne serait déjà même plus visible.

Gabriel n'avait d'yeux que pour la femme qui se trouvait sous de telles blessures : la courbe sensuelle de son nez, les arêtes saillantes de ses pommettes et son cou gracieux. Bien que sa silhouette élancée fût recouverte de vêtements, il pouvait presque imaginer ce à quoi elle ressemblait nue.

Elle avait de longs doigts élégants qui complétaient des mains graciles, des mains dont il voulait sentir les caresses sur sa propre peau. De longues jambes qu'il voulait passer autour de sa taille lorsqu'il lui ferait l'amour. Des seins généreux qu'il téterait alors qu'il embrasserait chaque centimètre de son corps. Des lèvres rouges auxquelles il goûterait.

Son odeur était enchanteresse ; elle avait une touche exotique et pourtant si familière à la fois. Aucun autre parfum ne ressemblait au sien. Riche et sombre, il enveloppait Gabriel et le confortait dans une aura de chaleur et de douceur. Chaque cellule de son corps répondait à son appel.

Elle était parfaite.

3

Regarder Maya était tout ce que Gabriel pouvait faire. N'obéissant qu'à elles-mêmes, ses jambes le portèrent jusqu'au bord du lit, où il s'assit.

Il se pencha au-dessus d'elle et écouta son rythme cardiaque. Il était lent, trop lent. Le cœur d'un vampire battait presque deux fois plus vite que celui d'un humain. Or, le battement cardiaque de cette femme atteignait à peine celui d'un mortel. Une vague d'inquiétude s'immisça en lui lorsqu'il remarqua son souffle on ne peut plus léger. Il n'avait pas besoin d'être médecin pour savoir que quelque chose clochait.

Gabriel toucha le front de Maya de la paume de sa main et sentit la froideur moite de sa peau. Il prit une profonde inspiration. Les symptômes de cette femme lui rappelaient sa propre transformation et la manière dont il avait failli mourir une seconde fois. Son aïeul avait été on ne peut plus surpris de la tournure par les événements mais il n'avait jamais été capable de l'expliquer. C'était comme si son corps avait rejeté l'idée de devenir un vampire. Exactement comme le faisait le corps de Maya. Cherchant plutôt la mort.

Gabriel ne le permettrait pas.

« Non, » lui murmura-t-il. « Je ne te laisserai pas mourir. Tu m'entends ? Tu vas vivre. »

Il caressa le visage froid du dos de la main. Elle ne répondit pas. Il attrapa sa main et serra ses doigts dans sa large paume. Ils étaient semblables à de la glace. Le sang ne circulait pas jusqu'aux extrémités.

Choqué, Gabriel réalisa que la jeune femme commençait à s'éteindre. Avec frénésie, il frictionna ses doigts entre ses mains, tentant de générer de la chaleur.

« Carl ! » cria-t-il.

Des pas lourds se firent entendre dans les escaliers. Un instant plus tard, la porte s'ouvrit et Carl entra.

« Tu m'as appelé, Gabriel ? »

« Où est ce satané médecin ? » Gabriel ne quittait pas Maya du regard.

« En route. »

« Aide-moi. Prends ses pieds et frotte-les. »

« Euh… »

Gabriel jeta un regard énervé à Carl.

« Maintenant ! »

Carl se mit à la tache. Tandis qu'il se concentrait sur les pieds, Gabriel continua de masser les mains, frictionnant les longs doigts élégants entre ses larges paumes.

« On fait quoi ? » demanda Carl.

« On essaye de faire circuler le sang. »

« La transformation ne marche pas, hein ? »

Le majordome avait dit tout haut ce que Gabriel ne voulait admettre. Il ferma les yeux, repoussant toute pensée négative de son esprit.

« Ça va marcher. Il le faut. »

Il toucha de nouveau le visage de Maya mais celui-ci était toujours aussi froid.

« On doit aider son corps à faire le travail. »

Gabriel bougea et observa la façon maladroite dont Carl frottait les pieds. S'il y avait quelqu'un d'encore plus inepte que lui avec les femmes, ce devait être Carl. Il touchait à peine les doigts de pied.

« Laisse-moi faire. Occupe-toi plutôt des mains. »

Il poussa Carl sur le côté et prit les pieds de Maya dans ses mains. Il fallait faire circuler le sang afin que chaque cellule de son corps complète la transformation. Il s'agissait d'un processus chimique complexe. En général, le corps savait comment faire mais apparemment, soit les cellules de Maya ne comprenaient pas les instructions reçues, soit elles refusaient d'obtempérer.

La peau de ses pieds était douce et lisse, ses ongles parfaitement dessinés et manucurés. Un vernis rouge rubis les colorait. Gabriel remarqua à quel point la couleur de la peau de cette inconnue était proche de la sienne. Leurs types de peau étaient pourtant des plus différents. Ses mains calleuses ne ressemblaient en rien à la douceur de celles de Maya. De plus, Gabriel n'avait jamais vu des pieds aussi propices aux baisers. Non, il ne pouvait laisser mourir une femme aussi parfaite.

Plus déterminé que jamais, il lui massa les pieds, frottant la voûte plantaire de haut en bas tout en les malaxant, puis il frictionna les chevilles avant de recommencer l'opération. Il n'aurait su dire depuis combien de temps il effectuait ces gestes lorsqu'il entendit enfin des voix derrière lui.

Drake était arrivé. Il entendit des bribes de l'explication fournie par Samson tandis que les deux hommes montaient les escaliers. Un instant plus tard, ceux-ci firent irruption dans la chambre.

« Il était temps, » grommela Gabriel.

Immédiatement, Carl lâcha les mains de Maya et s'écarta du lit, visiblement soulagé d'être libéré de son devoir.

« Je suppose que vous n'avez plus besoin de moi maintenant que le médecin est là. »

Sans attendre une réponse, il se précipita hors de la pièce.

« Je ne suis pas sûr de l'aide que je peux apporter. Je suis psychiatre, pas généraliste, » fit remarquer Drake.

Non pas que l'explication fût nécessaire. Samson et Gabriel connaissaient pertinemment les compétences de l'homme, pour ne pas dire son absence de compétences quant à la pratique de la médecine.

« C'est le mieux qu'on puisse faire, » insista Samson. « Le médecin vampire le plus près est à Los Angeles. On n'a pas le temps de le faire venir. »

« Bien, mais je veux que vous signiez une décharge afin que je ne sois pas poursuivi si elle ne s'en sort pas. Je ne veux pas être tenu pour responsable… »

Gabriel l'attrapa par la gorge et lui coupa la parole.

« Si vous n'arrêtez pas de blablater, vous n'aurez à craindre aucune poursuite vu que vous ne pourrez même pas vous rendre au tribunal. C'est clair ? »

« Gabriel ! » réprimanda Samson, faisant diminuer la tension dans la pièce.

Gabriel relâcha le médecin, lequel lui jeta un regard aigre.

« Bien. »

D'un mouvement rapide, Drake s'approcha du lit et regarda la femme. Gabriel observa les moindres mouvements du médecin, un inexplicable sentiment protecteur envers Maya s'emparant de lui. Et pourquoi pas, après tout, puisque Samson lui avait assigné cette mission ? C'était une sorte de retour aux sources, comme lorsqu'il avait commencé à travailler pour la société de Samson en tant que garde du corps, bien avant de franchir les échelons et d'atteindre son actuel poste influent de numéro deux de Scanguards. Il agissait tout simplement comme le garde du corps de Maya. Bien qu'il n'eût jamais été amené à protéger un corps aussi parfait.

Drake souleva une paupière, puis l'autre, observant les pupilles de Maya avant de lui écarter les lèvres pour examiner ses dents. Il glissa un doigt sur celles du haut et explora.

« Hum. »

« Qu'est-ce qui ne va pas ? » demanda Gabriel, impatient d'entendre le diagnostic du médecin.

Drake se retourna vers Samson et lui.

« Ses canines ne poussent pas et le blanc de ses yeux ne revient pas. Samson, vous avez dit que vos hommes l'avaient trouvée en pensant avoir interrompu le vampire qui avait fait ça ? »

Samson hocha la tête.

« Oui, ils ont vu quelqu'un s'enfuir mais ils n'ont pas été assez rapides pour l'attraper. Ils s'inquiétaient surtout de son état et se sont dépêchés de l'amener ici. »

« Logique. Je crois qu'il n'a pas fini. Le processus n'est qu'à moitié fait. Elle n'a probablement pas reçu assez de sang du vampire. Son corps humain est en train de lutter. Et son côté vampire n'est pas assez fort. Ce qu'elle a reçu n'est pas suffisant pour la transformer mais c'est assez pour l'empêcher de demeurer humaine. Vous devez faire un choix. »

« Un choix ? » s'entendit demander Gabriel, avant de sentir les regards de Samson et du médecin posés sur lui.

Se rendaient-ils compte de l'intérêt bien plus que passager qu'il vouait à cette femme ?

« Soit vous la transformez complètement, soit vous la laissez mourir. »

Gabriel en eut le souffle coupé. Il fit un pas vers le médecin, prêt à l'étrangler.

« La laisser mourir ? »

Avant qu'il ne posât les mains sur Drake, Samson l'attrapa par l'épaule.

« Gabriel. Arrête. »

Il se retourna, faisant face à Samson.

« Tu ne peux pas la laisser mourir. »

Dès qu'il eût prononcé ces mots, il sut que ce qu'il s'apprêtait à faire était contraire à ses propres convictions : laisser le choix à un humain. En effet, il n'envisageait pas de laisser ce choix à Maya. Bon sang, elle n'était même pas consciente pour décider elle-même.

Samson lui jeta un regard attristé.

« Alors il faut qu'on la transforme complètement. Tu veux vraiment prendre une telle responsabilité ? »

Gabriel déglutit.

« Tu préférerais te sentir coupable de la laisser mourir ? »

Il préférait être responsable de l'avoir gardée vivante en tant que vampire.

« La transformer signifie lui imposer ta volonté. »

Comme si Gabriel ne le savait pas lui-même.

Samson continua. « Le voyou a déjà violé ses choix. Tu vas faire la même chose ? Tu es prêt à faire ce choix pour elle ? Et si elle préférait mourir ? »

« Et si elle préférait vivre ? » rétorqua Gabriel.

Et si je voulais qu'elle vive ?

« Tu veux vraiment jouer au bon Dieu ? »

Alors qu'il savait Samson croyant, Gabriel avait perdu la foi depuis longtemps déjà. Mais il n'avait jamais perdu son sens de la justice. Et la laisser mourir n'était pas juste.

« Je suis prêt à avoir le rôle du diable, si c'est pour qu'elle vive. »

La décision de Gabriel était irrévocable : il ne la laisserait pas mourir, quoi qu'il arrivât. Au diable, les conséquences ! Si plus tard elle le détestait, alors il en serait ainsi. Mais en attendant, elle ne pouvait prendre de décision. C'est pourquoi il le ferait pour elle. Et il espérait qu'elle finirait par être d'accord avec lui.

Un hochement de tête résigné de Samson lui apporta la réponse.

« Drake, vous suggérez quoi ? »

Le médecin s'éclaircit la voix.

« Elle aura besoin de recevoir davantage de sang d'un vampire. »

« Combien ? » demanda Gabriel, la réponse ayant toutefois peu d'importance.

Il lui donnerait tout ce dont elle avait besoin. Peu importe combien de litres de sang elle voulait, il la ravitaillerait avec plaisir.

« Je ne sais pas encore. J'ai peur qu'on ait besoin d'improviser, » répondit le médecin en haussant les épaules.

Gabriel déboutonna la manche gauche de sa chemise et la retroussa jusqu'au-dessus du coude.

« Je suis prêt. »

« Quand vous êtes-vous nourri pour la dernière fois ? » demanda le médecin, visiblement concerné.

Soudain, son attitude désinvolte s'étant dissipée, il semblait on ne peut plus concentré.

« Il y a quelques heures. »

« Bien. »

Il fit signe à Gabriel de s'approcher de l'autre côté du lit.

« Asseyez-vous sur le lit à côté d'elle. J'ai besoin d'ouvrir votre veine. Je lui maintiendrai la bouche ouverte et vous commencerez à la nourrir de votre sang. »

Gabriel hocha la tête et fit comme le médecin le lui demandait. Il s'assit sur le lit aux côtés de Maya. Ses canines s'allongèrent et il perça son propre poignet. Des gouttes de sang apparurent immédiatement.

Dans le fond, il entendit la porte s'ouvrir puis se refermer. Samson avait manifestement décidé de ne pas assister à la transformation. Gabriel s'en souciait peu. Il n'avait pas besoin de l'accord de son patron. C'était sa décision. Son affaire. Pourtant, il savait parfaitement qu'il ne s'agissait pas d'une simple affaire; cette femme signifiait bien plus. Il ne savait pourquoi mais il faisait suffisamment confiance à son instinct pour savoir ce qu'il devait faire. Et son instinct ne l'avait jamais abandonné.

A présent, la maintenir en vie était devenu sa mission.

~ ~ ~

Maya avait froid. Un frisson la parcourut. Elle essaya de se rouler en boule pour préserver la chaleur de son corps mais ses muscles raides n'obéirent pas à l'ordre envoyé par son cerveau. Elle se sentait comme paralysée. Lorsqu'elle perçut un mouvement à ses côtés, elle se rendit compte qu'elle était allongée sur un lit. Alors que le matelas s'enfonçait à côté d'elle, une vague de chaleur l'envahit. La personne, ou la chose, qui se trouvait là lui apportait de la chaleur, ce dont elle avait terriblement besoin.

En essayant d'ôter le boulet qui lui comprimait la poitrine, elle se battit contre la lourdeur de son corps pour bouger un tant soit peu vers la gauche. Comme si la source de chaleur savait ce qu'elle voulait, cette dernière s'approcha et se pressa contre elle un instant plus tard. Soudain, une vague de chaleur se répandit en elle et elle laissa échapper un soupir de contentement.

Mais au moment où elle essaya de prendre une profonde inspiration, ses poumons brûlèrent sous l'effort et une vive douleur s'étendit à tout son corps. La pression augmenta dans ses poumons et elle se retrouva incapable d'en expulser le dioxyde de carbone. Elle eut la sensation de se noyer.

Elle ouvrit la bouche pour se forcer à tousser, pour repousser l'air inhalé mais, avant d'y parvenir, elle sentit une main sur sa bouche, la maintenant ouverte. Ensuite, des gouttes d'un liquide chaud entrèrent en contact avec sa langue. Elle voulut crier mais elle ne put qu'avaler avant que le liquide ne l'étouffât.

Plus elle avalait, plus la quantité de liquide qui entrait dans sa bouche augmentait. Elle ne pouvait en apprécier la saveur mais elle savait qu'il ne s'agissait pas d'eau. C'était plus épais, presque crémeux. Et, à sa grande surprise, cela soulagea la pression dans sa poitrine. C'est alors qu'elle comprit qu'il s'agissait d'un médicament. Quelqu'un lui administrait un médicament. Elle ouvrit donc davantage la bouche, se cambrant vers la source du liquide.

« Doucement, doucement, » prévint une voix grave.

Quelque chose de doux lui toucha les lèvres. Une peau chaude de laquelle provenait le liquide qui soulageait son corps endolori. Elle se souciait peu de savoir ce dont il s'agissait. Elle ne voulait même pas spéculer. Tout ce qu'elle savait, c'était que cela l'aidait. Avidement, elle suça, en désirant davantage encore, jusqu'à ce que quelqu'un ne finît par l'en empêcher et arrêtât le flot. Il lui en fallait plus, avant que la source ne se tarît.

Plus elle buvait, plus elle devenait consciente de son propre corps et de la source de chaleur à ses côtés, de la façon dont celle-ci l'enveloppait, la protégeait. Alors que la douleur lancinante dans son corps commençait à diminuer, elle reconnut la source de chaleur comme étant celle du corps d'un homme à la carrure *très large*. Qui était-ce ?

Ses paupières semblaient lourdes comme une porte d'acier ; elle essaya cependant de les soulever. Elle y parvint juste assez pour distinguer la silhouette d'un homme à côté d'elle, l'homme qui la nourrissait avec son poignet.

Une onde de choc la parcourut. Il ne lui avait pas donné de médicament. Il l'avait nourrie de son sang !

Maya voulut se dégager de ses bras mais son corps n'obéit pas. Il demeura près de la large poitrine qui la réchauffait et du poignet qui la sustentait. Elle se força à soulever ses paupières un peu plus pour voir son visage mais regretta aussitôt son geste.

Avec horreur, elle dévisagea un profil défiguré par une laide cicatrice qui courait du menton jusqu'à l'oreille. Elle en était si proche que la cicatrice semblait palpiter.

Les longs cheveux de l'homme étaient maintenus en arrière par une queue de cheval, quelques mèches rebelles embrassant son visage carré.

Elle referma les yeux. Non, elle n'était *pas* au lit en train de recevoir le sang d'un monstre pour toute nourriture. Il devait s'agir d'un rêve étrange, il n'y avait pas d'autre explication. Plus de quatre-vingts heures de travail hebdomadaire pouvait avoir cet effet sur n'importe qui. De longues journées suivies d'appels ininterrompus la nuit auraient amené n'importe qui à un épuisement extrême. Ce n'était pas la première fois que cela se produisait.

Au cours de ses trois années d'internat, il lui était arrivé deux ou trois fois de ne pas tenir le coup et elle avait alors eu besoin de vingt-quatre heures de sommeil pour récupérer. Elle se ferait porter pâle le lendemain. Oui, son corps lui disait clairement qu'elle avait besoin de repos.

Si elle en était au point d'imaginer des monstres suceurs de sang, il était temps qu'elle levât le pied.

Elle soupira profondément. A présent qu'elle avait pris la décision de s'octroyer un jour de repos, elle se sentit soudain mieux. Et pas parce qu'elle sentait le corps chaud de l'homme baraqué pressé contre elle. Aucun monstre ne pouvait avoir ce genre d'effet apaisant sur elle. Et d'ailleurs, il était peut-être temps de changer ses critères de sélection lorsqu'elle louait des DVD et d'opter pour des comédies romantiques plutôt que pour des films d'horreur. Elle semblait en effet incapable de gérer cette dernière catégorie.

Le week-end précédent, si elle avait choisi une comédie romantique au lieu du dernier film d'horreur de série B, l'homme de ses rêves aurait certainement été canon et pas aussi horriblement défiguré. Maya frissonna en pensant au visage de l'homme.

4

« Comment va-t-elle ? » La voix de Samson provint de la porte.

Gabriel leva les yeux du corps endormi de Maya et fit signe à Samson d'entrer. Il l'avait laissée habillée, trop inquiet qu'elle ne paniquât davantage à son réveil, en se découvrant dévêtue. Elle aurait suffisamment de choses à digérer sans, de surcroît, avoir à imaginer qu'un inconnu l'avait vue nue.

« Maintenant, elle a une chance de s'en sortir. »

« Tu as l'air fatigué. Je t'ai apporté un peu de sang, tiens. Tu as besoin de reprendre des forces. »

Samson lui tendit deux bouteilles d'un liquide rouge.

Gabriel regarda les étiquettes – *O négatif* – et grogna en signe d'appréciation.

« Du grand cru. »

« Rien que le meilleur pour mes amis. Ecoute, je voudrais m'excuser de ce qui s'est passé tout à l'heure. Mais tu sais ce que je pense de la création de nouveaux vampires contre leur volonté et je croyais que tu partageais cet avis. »

Gabriel le regarda et lut de l'inquiétude dans les yeux de son patron.

« C'est le cas, mais parfois on n'a pas le choix. C'est la vie, c'est tout. Elle en fera ce qu'elle veut. Mais au moins, elle aura le choix. »

Gabriel ouvrit une bouteille et but une grande gorgée. Le liquide épais remplit sa gorge. Bon sang, que c'était bon ! Il se sentait épuisé. Maya avait dû boire plus d'un litre de son sang, mais il n'avait pas eu le cœur à l'arrêter. Le médecin l'avait prévenu mais il savait que l'instinct de la jeune femme lui dictait la quantité dont elle avait besoin. Lorsqu'elle s'était enfin arrêtée, elle avait replongé dans un sommeil profond. A présent, elle respirait mieux et son rythme cardiaque était plus rapide. Les signes étaient positifs.

« Tu as raison, » reconnut son patron. « Gabriel, je voudrais que tu fasses quelque chose pour moi. »

Gabriel regarda Samson droit dans les yeux.

« Quoi ? »

« J'ai décidé d'emmener Delilah en vacances en attendant que Maya aille mieux. Tu peux dire que je prends trop de précautions, mais je ne me le pardonnerais jamais si elle l'attaquait à cause de son incapacité à contrôler ses pulsions. Après tout, Delilah est la seule humaine de la maison et Maya sera attirée par son sang. »

Samson fit une brève pause et Gabriel nota le doux sourire qui était apparu sur ses lèvres. Une flamme dans les yeux, son ami poursuivit.

« Et je sais mieux que quiconque combien son sang est tentant. »

« T'es bien un veinard, Samson. »

Gabriel sourit de toutes ses dents et oublia un moment ses problèmes. Cela faisait du bien de voir son ami aussi heureux.

« Oh, je le sais bien. Je voudrais que tu restes ici. Carl est en train de préparer la chambre parentale pour toi. On va emmener Oliver avec nous. »

« Vous prenez un garde du corps humain ? »

Oliver, humain, était l'assistant personnel de Samson et s'occupait de tous ses besoins diurnes.

« Pour Delilah. Je veux m'assurer qu'elle puisse faire un peu de tourisme la journée, pendant que je resterai à l'intérieur. Je ne veux pas la priver de cette occasion. Oliver veillera sur elle. »

« Je comprends. »

Samson regarda de nouveau le lit.

« Maya a besoin d'être surveillée vingt-quatre heures sur vingt-quatre, sept jours sur sept. Thomas, Zane et Yvette seront dans les parages pour t'aider. Je renvois Quinn à New York. Il peut prendre en charge le QG pendant ton absence. »

Gabriel ne voyait aucun problème à ce que Quinn s'occupât de New York ; un autre nom, cependant, l'alarma.

« Tu es sûr, pour Zane ? »

« C'est notre meilleur homme. Tu sais comment le faire rester sur le droit chemin. »

Samson avait raison mais, Zane tournant autour de Maya rendait Gabriel mal à l'aise. Il ne savait pourquoi. Zane était la machine de guerre la plus redoutable qu'il eût jamais rencontrée et, l'avoir à ses côtés, constituait une protection optimale.

« J'ai aussi prévenu Amaury. Il a proposé d'aider, même si je suis sûr qu'il préférerait faire autre chose. »

Gabriel lui décocha un sourire en coin.

« Je vais éviter de l'appeler, sur ce coup-là. Je n'ai pas envie d'être l'objet de la colère de Nina. Cette femme n'a vraiment pas la langue dans sa poche. »

Samson rit.

« Et elle a besoin d'apprivoiser Amaury. Mais franchement, si tu as besoin de lui, appelle-le. Je suis sûr qu'il sait comment calmer Nina quand elle s'emporte un peu trop. »

Gabriel préférait ne pas y penser : il était évident qu'Amaury s'y prenait à grands renforts de parties de jambes en l'air dignes d'un marathon. Ce n'était pas le genre d'images dont il avait besoin pour le moment. Pas avec la femme la plus parfaite au monde allongée à ses côtés ; vulnérable et sans défense. Sa verge se durcit tandis qu'il se remémorait la façon dont le corps de Maya s'était pressé contre le sien lorsqu'il l'avait nourrie.

« Ça va ? » demanda Samson.

Gabriel bougea sur sa chaise pour cacher son érection grandissante.

« Bien sûr, je vais m'occuper de tout. Une fois qu'elle sera réveillée et qu'elle aura accepté le changement, je découvrirai ce qui s'est passé. Elle peut peut-être nous décrire le gars. Elle a bien dû voir quelque chose. »

« Bien. Carl est là, si tu as besoin de quoi que ce soit. Drake passera toutes les nuits pour l'ausculter. Il vient d'appeler. »

Gabriel haussa un sourcil inquisiteur. Il ne ressentait aucune culpabilité quant à la rudesse dont il avait fait preuve un peu plus tôt envers le médecin.

« Qu'est-ce qu'il voulait ? »

« Il a oublié de te dire quoi faire quand elle reviendra à elle. Elle a besoin de sang humain dans les six heures qui suivent son réveil. Sinon, sa soif deviendra ingérable et elle en perdra la tête. Je doute qu'il y ait un problème pour la nourrir, elle sera affamée et ses instincts au cours des premières heures seront tellement vifs que tu ne pourras pas la maintenir à distance de l'hémoglobine. Donne-lui du sang en bouteille. Ça avait bien marché pour Carl. »

Gabriel hocha la tête.

« Le garde-manger est plein ? »

« J'ai envoyé Carl en acheter davantage mais il y en a largement assez pour vous deux. »

Un son provenant du rez-de-chaussée les fit se retourner vers la porte.

« Autre chose, » ajouta Samson. « Garde Ricky en dehors de ça. Je crois que sa rupture d'avec Holly l'a vraiment affecté. Franchement, ça m'a surpris, quand il m'a dit qu'elle avait rompu avec lui. J'ai toujours cru que c'était elle qui s'accrochait vraiment dans cette relation. »

« Les apparences sont trompeuses. On ne sait jamais ce qui se passe dans la tête des gens, » confirma Gabriel.

« Enfin bon, j'ai donné pour ordre à tout le monde de le laisser respirer. Les gars n'obéiront qu'à toi. »

« Compris. »

Des voix provinrent du premier. D'un mouvement de tête, Samson désigna le rez-de-chaussée.

« On dirait qu'on a de la compagnie. Il est temps de les mettre au courant. »

~ ~ ~

Les voix dans son rêve n'avaient pas complètement disparu. Bien qu'elle eût l'impression qu'elles avaient quitté son environnement immédiat, Maya pouvait toujours les entendre, au loin. Elle rit dans son sommeil, se sentant comme la femme bionique, qui pouvait entendre les gens parler à deux cents mètres. Ce serait drôle, non ? Elle serait en mesure d'entendre ses patients avant même qu'ils n'entrent dans la salle d'examen.

Elle ne se rappelait plus exactement quand elle avait appelé ses collègues pour se faire porter pâle, mais elle était certaine de l'avoir fait. Elle était du genre responsable et ne les aurait jamais laissé tomber.

Les voix allaient et venaient, les portes s'ouvraient et se fermaient. Elle entendit des moteurs démarrer et des portes de garage s'ouvrir et se fermer. Des pas, dans tout l'étage et en-dessous, comme une armée marchant à pas lourds dans son immeuble. Elle se plaindrait de ses voisins bruyants auprès du propriétaire. Ne pouvaient-ils donc pas se faire discrets et la laisser dormir ?

Elle se laissa replonger dans les profondeurs de son rêve. Une main chaude lui caressa la joue et lui repoussa les cheveux de son visage. Elle se sentait en sécurité. Des mots d'encouragement qu'elle oublia instantanément firent écho dans sa tête. Quelqu'un lui parlait doucement, en murmurant, lui soufflant presque les mots à l'oreille. Les mots l'apaisaient.

Un nouveau rêve succéda au premier, puis encore un autre. Et avec chacun d'entre eux, sa conscience s'éveillait davantage.

Le corps de Maya se sentait reposé et étrangement régénéré, presque comme si elle avait passé vingt-quatre heures dans un spa de luxe. Son lit était plus confortable qu'il ne l'avait jamais été ; le linge était frais, le matelas plus mou. Et plus large. Son lit lui semblait plus grand, trop grand pour sa petite chambre. Tout ce qu'elle avait été capable d'y faire tenir, c'était un lit double, laissant seulement un peu d'espace pour sa penderie.

Maya porta les bras à ses côtés mais elle ne touchait toujours pas le bord du lit. Etait-elle toujours en train de rêver ? Peut-être n'était-elle pas encore réveillée.

Devant fournir plus d'efforts que ce qu'elle eût cru, elle ouvrit les yeux.

Un cri perça le silence et, avec horreur, elle se rendit compte qu'il s'agissait du sien.

5

Son cri à percer les tympans fit sursauter et reculer l'homme penché au-dessus d'elle.

La tête de cet inconnu de plus d'un mètre quatre-vingt était rasée et son visage ne pouvait être dépeint autrement que comme froid et diabolique. Et si cela n'avait pas suffi à conforter Maya dans l'idée qu'il n'était pas un homme bon, le fait de le trouver là, dans son appartement, hésitant au-dessus de son lit, le lui confirmait.

Dans un acte désespéré, elle se pencha sur la droite pour attraper la batte de baseball qu'elle gardait toujours près de son lit mais ne trouva… rien. Elle détourna la tête de l'intrus.

Puis son cœur s'arrêta.

Ce n'était pas sa chambre ! Ce n'était même pas son appartement !

Elle avait été kidnappée !

Elle retrouva sa voix à l'inspiration suivante et cria de toutes ses forces.

A l'aide ! Que quelqu'un m'aide !

Elle s'extirpa du lit et utilisa celui-ci comme barrière entre le gars chauve et elle.

« Ne vous approchez pas de moi ! Laissez-moi tranquille, espèce d'enfoiré ! »

Elle parcourut la chambre du regard. Celle-ci était richement meublée, ce qui la surprit. N'était-on pas censé garder les victimes dans des sous-sols sombres et minables, meublés en tout et pour tout d'un lit et d'une chaise ? Cette chambre en était tout le contraire.

Parfait ! Elle avait été kidnappée par une espèce de malade bourré de fric. Quelqu'un d'autre aurait uniquement voulu de l'argent – ce qu'elle n'avait pas – mais ce gars, là, qui savait ce qu'*il* voulait ?

Elle le dévisagea. Il n'avait pas bougé depuis qu'elle avait crié la première fois ; il semblait se complaire à la voir apeurée. Maya essuya ses mains moites sur son pantalon et réalisa, à son plus grand soulagement, qu'elle était toujours habillée. En fait, elle était vêtue comme si elle venait juste de rentrer de l'hôpital. A la vue des gouttes de sang sur ses vêtements, elle en conclut qu'elle avait été appelée en urgence. Etait-elle jamais rentrée chez elle ?

Avant qu'elle n'eût le temps de réfléchir davantage, la porte de la pièce s'ouvrit en grand et trois personnes déboulèrent à l'intérieur. Super ! A présent, elle se trouvait en minorité.

« Zane, qu'est-ce que tu fous ici ? » demanda une voix étrangement familière.

Le regard de Maya se posa sur l'homme qui avait parlé, ce qui lui valut presque de s'étouffer.

Alors que cet homme se précipitait vers celui qu'il avait appelé Zane, Maya put distinctement voir la grande cicatrice sur le côté droit de son visage.

C'était le monstre de son rêve. Il était réel. Et il était là. Il s'en prit au gars chauve, l'écartant du lit.

« Laisse-moi tranquille, Gabriel. Je voulais juste voir à quoi elle ressemblait, » se défendit le dénommé Zane en se défaisant des mains de l'autre homme.

« Ne sois pas aussi rabat-joie. »

« Sors ! » tonna l'homme à la cicatrice.

L'autorité contenue dans sa voix était indéniable.

Le chauve haussa de nouveau les épaules mais sortit de la chambre, obéissant. L'homme vraisemblablement baptisé Gabriel se retourna vers elle.

« Je suis désolé. Zane n'aurait pas dû se trouver ici. On ne savait pas quand vous vous réveilleriez, » dit-il en baissant sa voix d'une octave ; plus doucement.

Il fit quelques pas vers elle, ce que Maya ne pouvait tolérer, que sa voix fût suave ou pas. Elle regarda autour d'elle à la recherche d'une arme.

« Arrête-toi là, coco, » le prévint-elle en attrapant un chandelier en métal posé sur la table de nuit, prête à le lui jeter à la figure s'il s'approchait davantage. Elle fut soulagée de voir qu'il s'arrêta. Cela lui laissa quelques instants pour évaluer le danger qu'il représentait.

Il était presque aussi grand que le chauve mais pas aussi mince. Ses épaules étaient larges, sa carrure plus imposante. Ses longs cheveux noirs attachés en queue de cheval adoucissaient d'une certaine façon son visage, mais la cicatrice qu'il portait sur le côté donnait à penser tout le contraire. Oui, il était dangereux. Elle en était sûre. Elle observa ses bras forts et ses mains larges et sut que celles-ci pourraient lui ôter la vie, s'il voulait vraiment lui faire du mal. Elle n'avait pas la moindre chance contre lui. Il ne lui restait que la bravade. Mais elle était douée pour faire semblant.

« Je suis où ? Vous êtes qui ? Parlez vite. Je ne suis pas très patiente. »

Abandonnant un moment Scarface, Maya regarda les deux personnes qui étaient entrées avec le dénommé Zane. Une femme et un homme. L'homme était aussi grand que les autres et semblait musclé. Sa tenue en cuir le rendait particulièrement impressionnant et intimidant. Manifestement un biker, probablement le membre d'un gang. La femme, quant à elle, n'aurait pu être plus belle. Des cheveux courts, bruns, une peau de porcelaine, des lèvres pulpeuses, le visage d'une poupée Barbie… On aurait dit un mannequin ; son corps était parfait, tout comme son visage, malgré l'air renfrogné qu'elle arborait.

« Je suis Gabriel. Mes collègues, ici… » Gabriel désigna l'homme et la femme. « Yvette et Thomas. »

Lorsqu'il tourna la tête, Maya vit, durant quelques secondes, son profil non mutilé et réalisa qu'il n'était absolument pas laid. Son côté gauche était parfaitement dessiné : des pommettes hautes, une mâchoire carrée, un nez long et aquilin, et ces *yeux*… Encadrés de longs cils foncés, ils semblaient aussi noirs que du chocolat, mais étaient toutefois parsemés de quelques éclats de lumière. Elle baissa le regard et se concentra sur ses lèvres. Pleines et légèrement entrouvertes, elles semblaient sensuelles. Avant qu'elle n'eût le temps de détourner le regard, il se retourna vers elle.

A présent qu'elle voyait de nouveau les deux profils, le balafré et l'autre, elle dut admettre qu'il ne ressemblait pas tant que cela au monstre qu'elle avait imaginé. De toute évidence, la longue cicatrice avait défiguré son beau visage mais elle lui avait également apporté autre chose : un certain charme.

Soudain, Gabriel bougea et sembla vouloir s'approcher d'elle. Elle leva immédiatement le chandelier au-dessus de sa tête.

Il leva les mains en signe de défaite.

« Je ne m'approche plus. Je ne veux pas vous faire de mal. »

« Comment je suis arrivée ici ? » demanda Maya, ignorant son commentaire.

« Vous ne vous souvenez de rien ? »

Elle eut beau chercher dans sa mémoire, elle ne comprenait pas de quoi il parlait. Elle prit alors le taureau par les cornes.

« Vous m'avez kidnappée, c'est ça ? Qu'est-ce que vous voulez, de l'argent ? »

Elle pouvait leur donner les quelques centaines de dollars qui dormaient sur son compte en banque. S'ils voulaient davantage, ils devraient attendre son salaire du mois prochain. Payer son crédit étudiant avait fait fondre ses économies.

La femme, Yvette, secoua la tête en riant.

« Ça va prendre un moment, Gabriel. Pourquoi je ne te laisse pas t'en occuper ? »

« Yvette, » la coupa Gabriel. « Tu ne t'en sortiras pas comme ça. Samson a demandé à ce que tu m'aides, alors tu vas m'aider. »

Yvette pinça ses lèvres. Qui qu'il fût, ce Samson exerçait apparemment du pouvoir sur elle. Maya mit cette information de côté. Peut-être pourrait-elle l'utiliser plus tard à son avantage. Plus elle en saurait sur ses kidnappeurs, mieux ce serait.

Le regard de Maya passa d'Yvette à Gabriel, considérant ce que ce dernier avait voulu dire par ces mots. A quoi cette femme devait-elle l'aider ? A la maintenir immobile ? A l'attacher ? Non, probablement pas. Ils avaient eu cette opportunité lorsqu'elle était inconsciente. Que diable essayaient-ils de faire d'elle ?

« Vous avez été agressée, » déclara finalement Gabriel.

« Ça, je m'en étais doutée. Alors, vous voulez quoi ? » répliqua Maya.

Elle savait qu'ils étaient plus nombreux. Seule une réflexion posée l'aiderait donc à s'en sortir.

« Ce n'est pas nous qui vous avons agressée, » fit remarquer Gabriel.

Maya grommela. Comme si elle allait gober une chose pareille. Peut-être était-elle chanceuse et ces trois criminels étaient-ils trop stupides pour avoir élaboré un plan décent. Elle pouvait probablement être plus maligne qu'eux. Il était clair que cette femme, gâtée par la nature pour ce qui était des apparences, devait compenser sa beauté par une absence de cellules grises. Quant au biker, il savait peut-être manier une moto, mais avait-il d'autres compétences ? Enfin, elle ne savait trop quoi penser de Gabriel. Il semblait en charge de tout cela mais…

« Il dit la vérité, » poursuivit Thomas en complétant les mots de Gabriel. « Deux de nos gardes du corps vous ont trouvée après votre agression. Ils vous ont amenée ici pour que l'on s'occupe de vous. »

Maya fit un pas en arrière. Des gardes du corps ? Ces gars avaient des gardes du corps ? Cela ne pouvait signifier qu'une seule chose : ils appartenaient à la Mafia, probablement la Mafia russe. *S'occuper de vous* – oui, c'était exactement ce que la Mafia aurait dit. Cela changeait tout. Elle n'affrontait pas un groupe de criminels sans le sou cherchant à se faire un peu d'argent. Elle avait affaire à la Mafia, la *Cosa Nostra* ; ou Dieu seul sait comment on l'appelait.

Son estomac en prit un coup. Si elle avait vu quelque chose qu'ils ne voulaient pas qu'elle vît, si elle avait été témoin de quelque chose, elle était bonne pour le cimetière. Un de ses patients lui avait peut-être dit quelque chose qui impliquait ces gars dans un crime et ces derniers avaient alors pensé qu'il valait mieux se débarrasser d'elle. Elle savait de quoi ces types étaient capables.

« Je ne me souviens pas d'avoir été agressée. Qu'est-ce que vous m'avez fait ? Vous m'avez droguée ? »

Gabriel secoua la tête.

« On ne vous a pas droguée. Mais si vous ne vous souvenez pas de ce qui est arrivé, c'est que votre agresseur a effacé votre mémoire. »

« Effacé ma mémoire ? S'il vous plaît, épargnez-moi vos salades. Je ne suis pas stupide. »

Elle leva le menton en signe de la bravoure qu'elle n'avait pas. Mais elle voulait des réponses, que celles-ci lui plussent ou non.

« Dites-moi seulement ce que vous voulez, qu'on en finisse. »

S'il y avait une chose qu'elle détestait, c'était bien l'incertitude. Une fois qu'elle saurait ce qui se passait, elle pourrait élaborer un plan. Elle était douée pour ça.

Yvette fit un pas en avant et se planta devant Gabriel.

« Vous avez été agressée par un vampire. »

Le cœur de Maya s'arrêta de battre pendant une seconde. Puis elle laissa échapper son souffle. C'était une grosse plaisanterie. Il n'y avait pas d'autre explication possible. Aucune personne sensée, pas même un criminel, ne pouvait inventer une histoire aussi invraisemblable et attendre qu'on le crût.

« D'accord, où est la caméra ? Ce sera sur Youtube, c'est ça ? Qui est derrière tout ça ? C'est Paulette ? »

Sa collègue n'était pas la dernière à faire des blagues. Maya devrait lui retourner la monnaie de sa pièce.

Malheureusement, personne ne rit. Au lieu de quoi, Gabriel fit un pas vers elle.

« Le vampire qui vous a agressée a entamé le processus pour faire de vous l'une des nôtres. Nous sommes tous des vampires, mais nous sommes là pour vous aider. »

Aucun de ces mots n'avait de sens. Ils s'étaient probablement tous échappés de l'asile. Elle regretta de ne pas avoir écouté davantage son professeur de psychiatrie sur la manière dont il fallait affronter les fous. Malheureusement, ses intérêts en la médecine s'étaient davantage tournés vers le fonctionnement du corps et non celui de l'esprit.

« Les vampires n'existent pas, espèces de dingues. Vous avez regardé trop de mauvais films. »

« Je peux vous prouver que vous vous trompez, » avança Gabriel.

« Ah ouais ? Et comment ? En mettant de fausses canines ? »

Il secoua la tête et fit de nouveau un pas vers elle, s'approchant trop à son goût.

Maya lui lança le chandelier à la tête, impressionnée par la force de son propre geste. En un mouvement si rapide qu'elle ne put le suivre du regard, Gabriel attrapa l'objet et le posa sur la chaise à côté de lui. Ahurie, Maya le regarda. D'accord, il était rapide. Mais cela ne voulait rien dire. Hormis qu'elle n'avait aucune chance de le vaincre.

« Ne faites pas ça, s'il vous plaît, » demanda-t-il d'une voix calme. « Je ne suis pas l'ennemi. »

Maya lui lança un rire forcé.

« Tu devrais peut-être lui montrer, » suggéra Thomas.

« Non. Je ne veux pas l'effrayer plus qu'elle ne l'est déjà, » répondit Gabriel.

« Non, non, s'il vous plaît. Montrez-moi, » se moqua Maya. « Il faut que je voie ce que vous autres *vampires* êtes capables de faire. »

Aucun d'entre eux ne bougeant ou ne disant quoi que ce fût pour prouver qu'ils étaient réellement ce qu'ils prétendaient être, elle sut qu'elle les avait pris à leur propre piège.

A présent, elle était convaincue qu'il s'agissait d'une blague. Ses collègues de l'hôpital y étaient probablement pour quelque chose. Ils avaient dû engager des acteurs pour lui jouer un tour. N'avaient-ils pas dit quelques semaines plus tôt qu'elle travaillait trop dur et qu'elle avait besoin de se reposer ?

« C'est bien ce que je pensais. Maintenant, dites-moi comment sortir d'ici. A moins que je doive vous payer ? »

« Nous payer ? » demanda Gabriel en lui jetant en regard douteux.

« Pour votre représentation. Sincèrement, au début, j'ai cru que vous étiez de la Mafia. Vous auriez dû garder cette idée. Des gardes du corps, qui s'occupent de certaines choses... Ça, c'était bien. On y aurait cru davantage. Mais des vampires... Vraiment ? Franchement, je ne doute pas de vos compétences en tant qu'acteurs, mais c'est un rôle difficile à jouer. »

Les trois la regardèrent comme si elle était une folle échappée de l'asile. Elle se sentait presque coupable d'avoir tout gâché.

« Mais vraiment, vous étiez bons. C'est juste que le truc du vampire, c'est un peu gros. Désolée. Hé, il est quelle heure ? J'espère que vous ne m'avez pas retardée pour mon prochain service. »

Maya regarda autour d'elle, cherchant ses chaussures.

« Elle est en plein déni, » entendit-elle Yvette dire.

« C'est clair, » ajouta Thomas en signe d'approbation.

« Je ne sais pas comment vous l'expliquer sans vous effrayer. Pourtant, je vous assure que j'essaye, » dit Gabriel.

Maya retint sa respiration lorsqu'elle perçut un mouvement à côté de lui.

Yvette avait attrapé le chandelier sur la chaise.

« Attrape ! »

Yvette lui lança l'objet si rapidement que son œil ne put enregistrer le mouvement.

« Non ! » hurla Gabriel.

Mais, un instant plus tard, Maya attrapait le chandelier sans le moindre effort. Elle regarda l'objet qu'elle tenait dans la main, incapable d'expliquer comment elle avait pu le réceptionner alors qu'elle l'avait à peine vu venir.

Elle n'avait jamais joué au baseball, sa coordination main-œil était bien trop mauvaise pour ce sport. Et, à présent, elle attrapait un chandelier lancé sur elle à la vitesse d'une voiture ? Comment était-ce possible ? Et d'ailleurs, comment la femme avait-elle pu le *lancer* à la vitesse d'une voiture ?

Gabriel se retourna vers la femme.

« Tu aurais pu la blesser ! » Sa voix était dure, froide.

« Ses réflexes sont bien plus aiguisés que ceux d'un humain. »

Yvette haussa vaguement les épaules, puis regarda Maya droit dans les yeux.

« Tes sens sont démultipliés. Et tu es également plus forte. Je savais que tu l'attraperais. C'est un réflexe. »

Maya secoua la tête.

« Vous me jouez un tour. »

Elle n'avait aucune idée de la façon dont elle avait fait cela, mais il était tout bonnement impossible qu'elle l'eût fait seule. Quelque chose clochait chez elle. Elle pouvait le sentir. Non sans effort, elle repoussa ses doutes grandissants. Elle ne se laisserait pas avoir par eux.

Elle plaça le chandelier sur la table de nuit ancienne. La pièce en bois, fragile, se fendit sous la force avec laquelle elle lâcha l'objet. Ahurie, elle le regarda. Avait-elle sous-estimé sa force ?

« Vous nous croyez, maintenant ? » demanda Gabriel.

« Non ! »

Cela ne prouvait rien du tout. La table de nuit avait peut-être été fabriquée pour plier au moindre impact.

« Alors allez dans la salle de bain. »

Il pointa du doigt la porte près de la cheminée.

« Il y a un miroir au-dessus du lavabo. Regardez dedans et dites-moi ce que vous voyez. »

Maya hésita. Le doute avait commencé à s'immiscer en elle. Elle n'avait rien à perdre à regarder dans un miroir, si ? Sans quitter ni Gabriel ni les deux autres des yeux, elle marcha avec précaution jusqu'à la porte de la salle de bain, l'ouvrit en grand et jeta un œil à l'intérieur. Une élégante salle de bain en marbre blanc l'accueillit. C'était bien plus luxueux que ce à quoi elle était habituée.

« Je vais attendre ici, » dit Gabriel.

Maya entra dans la salle de bain tout en gardant un œil sur la porte. Elle s'approcha du lavabo et regarda dans le miroir. Elle s'arrêta devant celui-ci, mais son reflet n'y apparut pas. Elle regarda une seconde fois puis se pencha pour inspecter le miroir de plus près. Rien.

« Un autre de vos tours, à ce que je vois, » commenta-t-elle.

Elle avait entendu parler de tels accessoires de cinéma : des miroirs qui n'en étaient pas vraiment afin que la lumière du plateau ne se réfléchît pas dans la caméra.

« Ce n'est pas un tour. Les vampires n'ont pas de reflet. Notre aura transmet une fréquence que le miroir ne peut traiter. C'est pourquoi il ne reflète rien. »

« Je suppose que ça veut dire que vous n'apparaissez pas non plus sur les photos, » se moqua-t-elle.

« En fait, si. Si on utilise un appareil photo numérique, » répondit-il depuis la chambre.

« Mais bien sûr, » répondit-elle. « Je ne sais pas où vous allez chercher tout ça ni ce que vous essayez de faire, mais ça ne marchera pas. »

« Prenez n'importe quoi dans la salle de bain : une serviette, un savon, n'importe quoi. Et agitez-le devant le miroir. »

Elle réprima un rire. Elle n'avait aucune intention de suivre sa suggestion ridicule. Qu'est-ce que cela prouverait ?

« Faites-le, » ordonna Gabriel d'un ton qui ne laissait pas de place au refus.

Bien, elle ferait ce qu'il disait, puis elle sortirait en lui conseillant d'essayer ses tours ridicules sur quelqu'un d'autre. Elle en avait assez. Ce n'était plus drôle. En fait, cela ne l'avait jamais été.

D'un geste impatient, Maya attrapa la brosse à cheveux posée sur le comptoir en marbre et la tint devant le miroir. Comme si tenue par une main invisible, celle-ci apparut. Elle la bougea et le reflet bougea dans le miroir. Ce dernier était bel et bien réel. A présent qu'elle y prêtait davantage attention, tout se reflétait derrière elle : la douche, les toilettes, les serviettes sur le porte-serviettes. Tout, sauf elle.

La brosse à cheveux atterrit bruyamment dans le lavabo.

Maya ouvrit la bouche mais aucun son n'en sortit. Aucun cri, aucun mot.

Tandis que son cerveau analysait les informations reçues, ses poumons luttaient pour trouver un peu d'air. Elle leva ses mains et les regarda. Elles étaient visibles, elle pouvait les voir et les toucher mais le miroir ne reflétait rien. Comme si elle n'existait pas.

Qu'était-elle ?

Gabriel sut à son cri que la réalité avait fini par s'ancrer en elle. Il ne fallut que quelques secondes pour que ses sanglots ne retentissent.

Il se retourna pour regarder ses collègues.

« Laissez-nous. Je m'en occupe. »

Thomas sembla soulagé.

« Je suis en bas, si tu as besoin de moi. »

Yvette haussa simplement un sourcil interrogateur. Mais en quelques secondes, les deux quittèrent la pièce.

A présent, il se retrouvait seul avec les sanglots de Maya et sa propre douleur. Il ne pouvait que trop bien imaginer ce qu'elle traversait, mais cela dépassait toutefois le stade de la simple empathie. Il n'avait jamais ressenti la douleur de quelqu'un de manière aussi intense. Seules des âmes sœurs pouvaient ressentir la douleur de l'autre d'une telle manière. Alors pourquoi son cœur lui faisait-il aussi mal, puisqu'il connaissait à peine Maya ?

Déterminé à lui venir en aide, il entra dans la salle de bain. Elle s'était accroupie contre la baignoire, les bras autour des jambes, la tête dans les genoux. Il l'atteignit en deux enjambées et la prit dans ses bras.

Elle ne s'y opposa pas. Toute notion de lutte l'avait quittée. La femme qui leur avait fait face avec tant de courage, les prenant pour Dieu seul sait quel genre de criminels, s'était écroulée.

Gabriel la serra contre sa poitrine puis la ramena dans la chambre où il s'assit dans le fauteuil en face de la cheminée. Il la garda sur ses genoux et se mit à lui caresser doucement le dos.

« Tu n'es pas seule. On va s'occuper de toi. »

Il allait s'occuper d'elle. Il voulait être le seul à s'en charger. Il ferait en sorte qu'elle ne pleurât plus jamais. Il avait pris la décision de la maintenir en vie, c'était donc à lui qu'incombait cette responsabilité. Mais sa décision allait au-delà de la responsabilité. Il *voulait* prendre soin d'elle.

A chaque respiration qu'elle prenait, de nouveaux sanglots s'emparaient d'elle. Ses larmes mouillaient le t-shirt blanc de Gabriel, tandis qu'elle s'agrippait à lui comme une femme au bord de la noyade.

Gabriel n'avait aucune expérience face aux sanglots d'une femme mais il ne pouvait s'y dérober. Elle avait tous les droits de pleurer. Toute sa vie lui avait été arrachée. Rien ne serait plus jamais pareil. Des choix avaient été faits pour elle et, encore, elle était loin de tout savoir. Non seulement elle devrait boire du sang humain et se tenir à l'écart de la lumière du jour mais, de plus, sa vie de femme venait de changer irrémédiablement ; par une simple morsure. La moindre des choses était de la réconforter et de lui apporter tout ce dont elle avait besoin.

« Pourquoi ? » sanglota-t-elle en prenant une grande inspiration.

Gabriel passa la main dans ses cheveux soyeux et effleura le sommet de son crâne d'un baiser.

« Je ne sais pas, bébé. Mais je te promets qu'on punira celui qui a fait ça. »

Il n'était pas sûr qu'elle l'eût entendu, tellement elle ne cessait de pleurer, mais il espérait que sa voix l'apaiserait. C'est pourquoi il continua de parler, lui murmurant des mots sans importance pour au moins la rassurer de par sa présence, lui faire comprendre que quelqu'un était là pour elle. Les uns après les autres, les mots jaillissaient de sa bouche, des mots suaves, pleins d'émotion. Il ne savait d'où ils venaient. Il n'avait jamais été prolixe et n'avait jamais eu l'occasion de prononcer des mots doux à une femme.

Ses mains parcouraient librement le dos, les cheveux et même les jambes de Maya. Elle ne le repoussa pas. Tout ce qu'il faisait c'était l'apaiser, faisant preuve de tendresse et d'affection, car il savait qu'elle en avait plus que jamais besoin. Tout son monde s'était brisé en mille morceaux. Il ne la laisserait pas porter seule la douleur sur ses épaules. Il partagerait son malheur autant qu'elle le lui permettrait.

« Je ne m'arrêterai que lorsque justice sera faite, » promit Gabriel tant à lui-même qu'à Maya.

Un voyou de vampire l'avait blessée et ce dernier devait payer pour cela. Personne n'avait le droit de faire du mal à Maya ; une créature si parfaite qu'il ne devrait même pas oser la désirer.

Et pourtant.

La tenir dans ses bras en sentant ses douces petites fesses sur ses genoux et sa tête appuyée contre sa poitrine était la sensation la plus divine qu'il eût jamais ressentie. Elle semblait petite contre son corps, vulnérable bien qu'en tant que vampire, elle était physiquement bien plus forte qu'elle ne l'avait jamais été au cours de sa vie humaine. A présent, peu de choses pouvaient lui faire mal. Mais pour ce qui était de son cœur, les choses étaient différentes.

« Qu'est-ce que je vais faire ? » gémit-elle soudainement.

Il lui caressa doucement le dos en essayant de la rassurer, de lui faire comprendre que tout irait bien.

« On verra ça tous les deux. Je serai à tes côtés du début à la fin. »

Gabriel voulait qu'elle lui fît confiance. Lui, l'inconnu qu'elle avait dévisagé avec horreur lorsqu'elle s'était réveillée. Son regard ne lui avait pas échappé. Ses yeux s'étaient écarquillés sous l'effet de la peur et du choc, lorsqu'elle avait vu sa cicatrice. Elle n'avait pu détourner son regard, un regard que Gabriel connaissait bien. Mais être dévisagé par elle, de cette façon, l'avait profondément blessé. S'était-il vraiment attendu à ce qu'elle le regardât différemment ? Avait-il vraiment pensé qu'elle serait capable de passer au-delà de la dégradation physique et de voir l'homme qui se cachait dessous ?

Gabriel savait qu'il était dangereux de rêver. S'il se permettait d'espérer, il risquait une blessure bien plus douloureuse que celle administrée par n'importe quel couteau. Il valait mieux qu'il oubliât les sentiments que cette femme provoquait chez lui ; le désir et la passion qu'elle réveillait. Il l'aiderait à traverser cette épreuve, quel qu'en fût le prix à payer. Il y avait peu de chances pour qu'elle vît en lui davantage qu'un mentor, mais cela ne devait pas avoir d'importance. Elle avait besoin de lui et il voulait être là pour elle, pour chacun de ses désirs.

Elle bougea sur ses genoux, ce qui permit à Gabriel de se rendre compte de l'étroitesse de son pantalon. Le simple fait de la tenir dans ses bras l'avait fait bander. Il se maudit d'une réaction aussi inappropriée. Un vampire excité était la dernière chose dont elle avait besoin. Mais bon sang, qu'est-ce qu'il l'était !

Il prit une profonde inspiration et essaya de se concentrer pour faire baisser son érection mais, avec l'air, il inhala également le parfum suave de sa belle, ce qui l'acheva presque. Son essence était pure et envoûtante. En soupirant, il plongea sa main dans les cheveux de Maya et s'autorisa à succomber aux désirs de son corps. L'espace d'un court instant, il se permettrait de ressentir certaines choses, avant de devoir enfouir ses désirs dans les profonds replis de son cœur.

Il ne sut s'il avait levé la tête de Maya vers lui ou si elle l'avait fait d'elle-même, mais lorsque le visage de celle-ci lui fit face et que ses yeux noyés de larmes le regardèrent, le temps s'arrêta. Il aperçut un éclair rouge dans ses yeux et sut que son côté vampire avait pris le dessus. Puis il nota la passion et l'interrogation dans ses yeux. Au moment où elle entrouvrit les lèvres, il fut perdu.

Sans hâte, Gabriel effleura ses lèvres, s'attendant à ce qu'elle le repoussât au dernier moment. Au lieu de quoi, elle les accepta, les mordillant même. Il ne fit rien pour la forcer et arrêta simplement de bouger, savourant la douceur de sa bouche. Lorsqu'il sentit sa langue glisser sur sa lèvre supérieure, il ouvrit la bouche et prit les devants.

Il savait qu'il n'était pas un pro du baiser. Il n'avait que peu d'expérience ; les prostituées embrassaient rarement. Quant aux autres femmes, elles s'étaient toutes enfuies, dégoûtées par son visage. Mais pour ce baiser, il fit attention à la moindre réaction du corps de la jeune femme, espérant qu'elle le guiderait et lui montrerait ce qu'elle aimait.

Maya entrouvrit davantage encore les lèvres, ce que Gabriel prit comme une invitation à l'explorer avec sa langue. Doucement, il se glissa dans sa bouche, l'expérimentant, la caressant. Un doux soupir lui fit comprendre qu'elle appréciait. Aussi répéta-t-il le geste et caressa sa langue de la sienne. Son goût était encore meilleur que son parfum.

La désirant davantage encore, il l'attira vers lui et donna plus d'intensité à leur baiser. Lorsqu'il sentit ses mains sur son cou et dans ses cheveux, Gabriel sut qu'elle en voulait plus également. Il n'avait jamais eu de femme qui le désirât avec autant de passion. Son cœur battit plus vite tandis qu'il sentait le sang affluer dans ses veines.

Maya l'embrassa avec tant d'enthousiasme qu'il se demanda s'il avait correctement compris la réaction initiale de cette dernière à son égard. L'avait-elle vraiment regardé avec horreur ? Ce baiser était-il sa façon à elle d'affronter les événements ? Et même si c'était le cas, pourquoi ne pourrait-il s'accorder la saveur de ces moments de joie ? Les savourer tout en acceptant le fait que rien d'autre n'arriverait, que c'était tout ce qu'elle lui donnerait ?

Réalisant qu'il s'agissait peut-être de la dernière fois qu'il goûtait à sa bouche, il l'envahit avec la ferveur d'un barbare à l'assaut. S'il s'était attendu à ce qu'elle battît en retraite, il aurait été déçu : elle répondit en effet à sa férocité. Sa langue se battit en duel avec la sienne, la caressant puis prenant de la distance afin qu'il vînt la rechercher. Dieu que cette femme savait embrasser ! Ce n'était qu'à présent qu'il se rendait compte de ce qui lui avait manqué toute sa vie.

Dans ses bras, elle était semblable au feu ; elle grésillait, brûlait, se consumait. Incomparable. Il n'avait jamais imaginé rencontrer une femme aussi passionnée. Une passion qu'elle semblait plus qu'enthousiaste à l'idée de partager avec lui.

Or, c'était précisément ce qu'il voulait ; il la voulait, elle, plus que tout au monde. Même bien plus qu'il n'avait désiré Jane, de longues années auparavant. Cela le choqua. Il l'attira plus près encore. Si elle avait été humaine, il l'aurait écrasée tellement il la serrait fort. Il ne nota que trop tard le changement en elle. Gabriel s'écarta. Elle fit de même, le repoussant.

Puis il sentit le goût de son propre sang sur ses lèvres.

Maya l'avait mordu.

6

Maya regarda le sang sur la lèvre de Gabriel et la seule chose qui lui vint à l'esprit fut de le lécher et de l'avaler. L'odeur de l'hémoglobine agressa ses sens et elle réalisa qu'elle avait soif ! Soif de sang ! Bien que la vue du sang ne l'eût jamais affectée – en tant que médecin, elle n'aurait pu se le permettre – elle n'en avait jamais aimé l'odeur. Elle ne pouvait dès lors s'expliquer le désir qu'elle éprouvait pour celui de Gabriel.

Confuse, elle se releva.

Elle ne savait pourquoi elle l'avait embrassé. Pourquoi elle avait embrassé l'homme qui l'avait effrayée la première fois qu'elle l'avait vu ; celui dont le visage l'avait dégoûtée. A présent, lorsqu'elle le regardait, elle ne ressentait plus de dégoût. Seulement une profonde attirance pour lui.

Gabriel se leva et la regarda, impassible.

« Maya, je… »

Etait-ce du regret dans sa voix ou de la honte ?

Elle recula et se détourna de lui pour éviter de lui sauter dessus et de lui prendre son sang. Elle avait une multitude de questions à lui poser mais, dans l'immédiat et au vu de son état, elle n'était pas sûre de pouvoir se contrôler. Et son ego fragile n'avait nullement besoin d'une autre situation embarrassante comme celle qui venait de se produire.

« C'est ma faute. Ça n'arrivera plus. »

Il n'avait fait que la réconforter et elle l'avait mordu. Quelle ingratitude !

Elle regarda la porte de la salle de bain, à la recherche d'une échappatoire pour être seule et pouvoir laisser libre cours à ses pensées ; pour fuir cette odeur enivrante. Si elle restait plus longtemps en sa présence, elle succomberait et se jetterait sur lui comme un tigre affamé.

« Il faut que je prenne une douche. »

Gabriel s'éclaircit la gorge.

« Je vais demander à Yvette d'aller te chercher des vêtements propres. »

Elle entendit ses pas lorsqu'il traversa la pièce et, quelques secondes plus tard, la porte se referma derrière lui. Elle était seule ; bien plus seule qu'elle ne l'avait jamais été.

Lorsqu'elle entra dans la douche, des filets d'eau chaude parcoururent son corps, comme s'ils voulaient la nettoyer des nouvelles choquantes dont on lui avait fait part. Au plus profond d'elle-même, elle espérait être toujours plongée dans ses rêves – des rêves sans queue ni tête – et que sa vie était toujours la même : elle était un médecin plutôt doué, qui aspirait à avancer dans sa carrière de chercheur et qui désirait faire la différence.

Ses recherches dans le domaine de la sexualité humaine, ou plus précisément des dysfonctionnements sexuels chez les hommes et les femmes, avançaient bien. Elle était sur le point de faire un grand pas en avant et ses chances d'obtenir une bourse fédérale pour financer ses recherches étaient grandes. Il était inconcevable qu'elle fît tout rater maintenant. Il s'agissait du travail de toute une vie.

Maya se toucha les bras et les jambes mais ne nota aucune différence. Ils semblaient exactement identiques à ceux qu'elle avait eus en tant qu'humaine. Et la couleur de sa peau était la même. Les vampires n'étaient-ils pas censés être pâles et terreux du fait de leur intolérance à la lumière du soleil ? Ou bien son teint ne deviendrait-il cireux qu'avec le temps ?

Maya regarda la porte vitrée de la douche et observa les petits filets d'eau qui glissaient le long du marbre blanc, en contrebas. Elle ne se reflétait pas dans le verre. Etait-ce assez pour prouver qu'elle était un vampire ? Ne pouvait-il y avoir une autre explication ? En tant que scientifique, elle savait qu'il ne fallait ni tirer de conclusions hâtives, ni prendre les déclarations des gens pour argent comptant. Elle devrait appréhender cette situation de la même façon qu'elle approchait ses recherches : avec logique, sans émotion.

Son ventre gargouilla, lui rappelant combien elle avait faim. Mais, au lieu de saliver à l'idée d'un bon gros steak, elle visualisait le sang de Gabriel sur la lèvre de ce dernier. Elle avait vu le choc dans ses yeux lorsqu'il avait réalisé qu'elle l'avait mordu. Gabriel l'avait regardée comme si elle était devenue folle. Peut-être l'était-elle ; mais elle désirait son sang. Le souvenir de l'odeur la faisait encore saliver.

Elle ouvrit la bouche et laissa son doigt glisser sur ses dents du haut. Elles étaient toujours identiques hormis… Là, l'une de ses canines semblait plus pointue. Elle la frotta pour voir si quelqu'un y avait mis un morceau de plastique pour un meilleur effet mais elle ne trouva rien : la dent était intacte. Avait-elle vraiment des canines ? Peut-être la dent avait-elle toujours été comme cela, sans qu'elle l'eût jamais vraiment remarquée.

De son doigt, elle toucha les dents de l'autre côté de sa bouche et nota la même structure. Mais le bout pointu ne suffisait pas pour être qualifié de canine. Elle se souvint alors n'avoir pas distingué de canines sur Gabriel et ses amis. Les canines pouvaient-elles n'apparaître qu'en certaines occasions, lorsqu'on en avait besoin ?

Maya ferma les yeux et pensa à sa faim, visualisant de nouveau le sang de Gabriel. A sa grande surprise, elle sentit une sorte de tension dans sa mâchoire. Quelque chose était en train de se passer. Doucement, les deux incisives s'allongèrent et se transformèrent en pointes aiguisées. Elle ouvrit les yeux en grand. Ça ne pouvait être possible ! Non, il devait y avoir une autre explication.

Etait-elle vraiment un vampire ?

Elle avait des canines, des canines pour mordre les gens ; des canines qu'elle avait déjà utilisées pour mordre Gabriel. N'était-ce pas une preuve suffisante ? Elle l'avait mordu, avait goûté son sang et avait aimé cela ; non, elle avait adoré. Quel genre de créature faisait une telle chose, hormis un vampire ?

Maya tenta de ne pas penser à ce qui l'avait amenée à mordre Gabriel mais il lui était difficile de faire abstraction du baiser qu'ils avaient échangé. Certes, 'échangé' n'était peut-être pas le bon mot. En réalité, elle s'était littéralement jetée sur lui, comme une adolescente en quête maladive d'attention.

Elle avait toujours été assez directe lors de ses rendez-vous et dans sa vie sexuelle mais la façon dont elle avait agi avec Gabriel avait été on ne peut plus dévergondée. Les bras de Gabriel avaient été assez tendres, comme pour réconforter et apaiser un enfant mais elle, elle y avait répondu avec désir et passion. Elle se souvint combien il avait été hésitant à échanger ce baiser, combien il avait été réticent à répondre à ses avances. Mais plus il avait résisté, plus elle était allée vers lui, se serrant contre son corps musclé comme une chatte en chaleur.

Les larmes qu'elle avait versées dans ses bras lui avaient enseigné une chose : elle n'était pas morte. Quoi qu'elle fût à présent, vampire ou non, son cœur battait comme celui d'un humain et ses émotions étaient toujours là, peut-être même plus intenses encore.

Elle ne savait pas ce que lui apporterait sa nouvelle vie et ne voulait même pas essayer de le deviner pour le moment. Qu'allait-elle dire à sa famille ? Elle pensa à ses parents. Elle était fille unique. Combien de temps encore serait-elle capable de leur cacher la vérité ? Elle se demanda si elle représentait un danger pour eux. Serait-elle capable de les attaquer lorsqu'elle aurait faim, comme elle l'avait pratiquement fait avec Gabriel ?

Devrait-elle garder ses distances avec ses parents afin de garantir leur sécurité ? Devrait-elle renoncer à les revoir ? Cela était impossible. Elle aimait ses parents. Ils lui avaient donné toutes les opportunités de réussir dans la vie et l'avaient toujours soutenue dans ses choix. Elle ne pouvait se séparer d'eux. La simple pensée lui faisait trop mal.

Et son travail ? Si elle était vraiment un vampire, elle pouvait dire adieu à son boulot. Elle ne pouvait rester médecin si la vue du sang lui donnait faim et lui faisait penser au dîner. Le simple souvenir des quelques gouttes sur les lèvres de Gabriel la fit saliver. Elle n'avait jamais senti quelque chose d'aussi délicieux. Son ventre gargouilla. Oh bon Dieu, ce qu'elle avait besoin de sang ! C'était une faim bien plus importante que n'importe laquelle de ses envies de chocolat.

En outre, qui voulait d'un médecin qui ne pouvait travailler qu'à la nuit tombée ? Elle ne serait pas en mesure d'aider ses patients lorsqu'ils en auraient besoin. Elle devrait cacher ce qu'elle était. Il était évident que personne ne voudrait s'approcher d'elle une fois qu'ils sauraient qu'elle était un vampire. Elle ne l'oserait pas elle-même ! Elle ne pouvait donc en vouloir à personne.

Ils la verraient comme un monstre qui blessait les gens. Et n'était-ce pas ce qu'elle devrait faire ? Au lieu d'aider les gens, elle devrait les chasser et se nourrir d'eux. Rien qu'à cette idée quelque peu effrayante, un frisson glacé parcourut sa colonne vertébrale. C'était probablement ce que Gabriel avait voulu dire lorsqu'il lui avait murmuré qu'il prendrait soin d'elle et lui enseignerait tout ce qu'elle avait besoin de savoir. Comme mordre les humains ?

Frustrée, Maya frappa du poing contre le mur en céramique, lequel se fêla instantanément. Ahurie, elle regarda son poing. Avec horreur, elle observa le carreau puis son poing de nouveau. Elle ne ressentait aucune douleur. Pourtant, il était clair que l'impact aurait, tout au moins, dû lui faire un peu mal. Elle était trop forte. Elle pouvait même blesser quelqu'un sans le vouloir, sans savoir ce qu'elle faisait. Non, elle ne pouvait revoir ses parents. Et si elle écrasait sa mère par le simple fait de l'embrasser ?

Elle ravala ses larmes, ne voulant pas s'effondrer une nouvelle fois. Il fallait bien qu'elle s'y fît, qu'elle s'adaptât à cette nouvelle vie. Gabriel et ses amis semblaient parvenir à s'en accommoder. Ils avaient bien dû trouver un moyen. Il n'y avait aucune raison pour qu'elle n'y arrivât pas. Elle s'attendait à ce que cela fît mal, à ce que la transition fût difficile, mais elle était forte. Elle se devait d'essayer.

Maya déglutit. Elle devait oublier son ancienne vie. Plus elle la pleurerait, plus il lui serait difficile de se faire à la nouvelle. Elle essaya de se remonter le moral en se disant que l'agression dont elle n'avait aucun souvenir aurait pu la tuer.

Elle avait beau essayer, elle ne se rappelait de rien de ce qui était arrivé. Tout ce qui lui restait en tête c'étaient le bruit de ses talons sur le trottoir, le brouillard épais de cette nuit-là, l'obscurité. Bien que l'eau de la douche fût chaude, cette simple réminiscence la glaça. Pourquoi ne parvenait-elle pas à se remémorer quoi que ce fût ? Avait-elle été si traumatisée que son esprit avait bloqué tout souvenir ?

Elle avait entendu parler de patients qui avaient temporairement perdu la mémoire à la suite d'un événement tragique. Elle avait garé sa voiture, puis s'était dirigée vers son immeuble. Ensuite, plus rien. Seulement le brouillard, l'obscurité, une légère fatigue. Maya se concentra et essaya de nouveau, jusqu'à ce que ses épaules se contractèrent et qu'elle se retournât, les yeux grands ouverts. Elle ne vit que la blancheur de la céramique.

Elle tendit la main vers le robinet et coupa l'eau. Il était inutile d'essayer trop longtemps. Les choses lui reviendraient lorsqu'elle serait prête, elle en était certaine. Elle irait doucement, avancerait chaque jour petit à petit. Ou peut-être plutôt chaque *nuit*, puisque les jours lui étaient à présent interdits.

Elle avait des questions, des centaines de questions et il valait mieux que quelqu'un y répondît rapidement.

Alors qu'elle se séchait, elle entendit la porte de la chambre s'ouvrir et des pas légers résonner dans la pièce. Une odeur s'engouffra dans ses narines : ce n'était pas Gabriel. Elle aurait reconnu l'odeur de celui-ci n'importe où. L'acuité de son odorat et de son ouïe était désormais à la fois étrange et fascinante.

Maya s'enveloppa dans une serviette et entra dans la chambre.

Yvette se tenait près du lit et y disposait quelques vêtements. Sans se retourner, elle lui adressa la parole.

« Tu fais à peu près la même taille que Delilah. Je suis sûre que ça ne lui posera aucun problèmes que tu lui empruntes quelques affaires. »

« Merci. Yvette ? »

La femme se retourna et Maya eut une nouvelle occasion d'admirer sa beauté. Ses traits de top modèle n'étaient assombris que par son regard aigre.

« Oui ? »

Maya se balança d'un pied sur l'autre.

« J'ai soif. »

Elle se sentait aussi fière que si elle avait demandé une injection d'héroïne. Et à ses yeux, c'était exactement de ce dont il s'agissait : quelque chose d'interdit et de crapuleux.

Mais, au lieu de la regarder d'un air dégoûté, Yvette lui sourit. Maya pouvait facilement imaginer à quel point les hommes devaient tomber à ses pieds.

« On s'y attendait. Je t'ai amené plusieurs bouteilles. »

Des bouteilles de quoi ?

« Je veux dire, enfin, je crois… que je veux du sang. »

« Je sais. C'est là. »

Yvette pointa du doigt la table de chevet sur laquelle étaient posées deux bouteilles au contenu non identifié.

Maya s'en approcha. Se penchant légèrement en avant, elle put lire les étiquettes. Tout ce qui était imprimé dessus était *O positif*. S'agissait-il bien de ce à quoi elle pensait ?

« C'est du… »

Yvette répondit avant qu'elle ne pût parvenir à une quelconque conclusion.

« Du sang humain. En fait, on ne sort pas tous pour aller mordre des humains. On a évolué. »

Ils buvaient du sang en bouteille ? Pas de morsure ? Pour la première fois depuis qu'elle s'était réveillée, elle sentit une vague de soulagement l'envahir. Elle n'aurait pas à devenir un animal qui attaquait les humains.

« Tu ne mors pas les gens ? »

« Non. Pas pour me nourrir, en tout cas. »

Maya préféra ne pas demander davantage d'explications à Yvette quant à son commentaire. En repensant au baiser qu'elle avait échangé avec Gabriel, son instinct lui confirma que les morsures n'étaient pas uniquement réservées à l'alimentation. Et pour le moment, elle ne voulait pas penser davantage à ce qui s'était passé avec Gabriel.

Elle attrapa l'une des bouteilles et la déboucha. Elle sentit l'odeur métallique du sang. Son estomac se noua. Ce sang n'avait pas la même odeur que celui de Gabriel. Ce n'était pas ce que son corps voulait.

« Ça sent mauvais, » fit-elle remarquer.

« Mauvais ? » demanda Yvette d'une voix incrédule, avant de reprendre. « Je croyais que tu avais soif. »

Maya hocha la tête.

« Je suis affamée mais ce n'est pas ce que je veux. »

Le sang de Gabriel avait senti délicieusement bon, tout comme l'emballage dans lequel il avait été livré. Bon, elle ne préférait même pas y penser. Sinon, elle risquait de se précipiter au rez-de-chaussée pour le retrouver et prendre ce qu'elle voulait.

Yvette secoua la tête.

« C'est ce qu'on boit tous. C'est de la très bonne qualité. Samson n'achète que le meilleur. Bois. »

Maya porta la bouteille à ses lèvres. Au moment où le sang toucha sa langue, elle eut un haut-le-cœur manifeste. Elle essaya d'avaler le liquide répulsif mais en fut incapable. Elle recracha sa gorgée.

« C'est dégoûtant. »

Yvette parut choquée.

« Mais il *faut* que tu boives du sang d'humain. Sans quoi, tu ne pourras pas survivre. On se nourrit tous une fois par jour, parfois plus si on est blessé ou si on a besoin de décupler notre énergie. »

Maya avait toujours le goût peu ragoutant du sang dans la bouche. La seule chose à laquelle elle pensait était de s'en débarrasser. Elle se souciait peu de ce que faisaient les autres, elle ne boirait pas ce liquide dégoûtant.

« Je vais vomir. »

Elle se précipita dans la salle de bain et porta de l'eau à sa bouche pour se débarrasser du goût. Lorsqu'elle se retourna, elle vit Yvette sur le pas de la porte.

« Peut-être que vous vous êtes trompés… Je ne suis peut-être pas un vampire. »

Yvette secoua la tête.

« Tous les signes sont là. En plus, je peux sentir ton aura. »

Maya ne comprenait pas. Quelle sorte de junkie New-Age était-elle ?

« Quelle aura ? »

« Chaque vampire a une aura reconnaissable entre toutes. Seuls les autres vampires ou les autres créatures surnaturelles peuvent la sentir. C'est comme ça qu'on se reconnaît entre nous. »

« Je ne comprends pas. »

Elle ne voyait aucune aura.

« Ça viendra. Pour le moment, tu es affaiblie parce que tu n'as encore rien mangé. Une fois que ça ira mieux, tu découvriras tes nouveaux sens tout doucement. Alors nourris-toi ou j'appelle le médecin pour lui dire qu'il y a quelque chose qui cloche avec toi, » dit Yvette.

Il n'en fallait pas plus à Maya : non seulement elle était un vampire, mais en plus, quelque chose clochait chez elle. Elle ne pouvait l'accepter.

« Laisse-moi réessayer. »

Lorsqu'Yvette lui tendit la bouteille ouverte, Maya retint sa respiration. Peut-être que si elle n'inhalait pas l'odeur, elle parviendrait à avaler. Une fois de plus, elle porta la bouteille à ses lèvres et prit une gorgée. Une seconde plus tard, elle cracha le liquide rouge sur le marbre blanc de la tablette et sur le miroir immaculé. Les gouttes sur ce dernier créèrent des petites rivières en coulant, dessinant un étrange motif telles de longues cordes censées l'attraper et la retenir. Comme un filet dans lequel elle serait tombée captive.

« J'appelle le médecin, » répondit Yvette.

Maya se reprit contre la tablette.

« J'ai peut-être besoin de vrai sang humain. »

« C'*est* du vrai sang humain. Frais, en bouteille. Il n'y a rien qui cloche là-dedans. »

Comme pour le prouver, Yvette en prit une gorgée puis avala.

« Tu vois ? »

On ne pouvait le nier. Yvette buvait le sang sans le moindre problème.

« J'y suis peut-être allergique. Il y a d'autres marques ? »

Déjà en tant qu'humaine, elle avait eu quelques allergies alimentaires ; c'était peut-être le problème. Une allergie à un certain type de sang.

« Allergique ? Impossible. Je n'ai jamais entendu parler d'un vampire allergique au sang, » réfuta Yvette sans la moindre hésitation.

« C'est le seul sang que tu as ? » demanda Maya, désespérée.

Elle était affamée et son corps lui disait qu'elle avait besoin de manger ou de boire ; ou Dieu seul sait comment les vampires appelaient cela.

« Samson garde du *O négatif* quelque part. Laisse-moi voir ça avec Carl. »

Elle se dirigea vers la porte.

« En attendant, habille-toi. »

Dès qu'Yvette sortit de la chambre, Maya enfila les vêtements que cette dernière lui avait apportés. Qui que fût Delilah, Yvette avait raison. Elles faisaient toutes les deux plus ou moins la même taille. Le jean usé lui allait presque parfaitement, tandis que le doux t-shirt rouge était juste un peu trop serré pour ses biceps bien dessinés.

Elle eut tout juste le temps de s'habiller avant qu'Yvette ne revînt avec une autre bouteille. Maya l'attrapa et lut l'étiquette : *O négatif.* Priant pour que le goût fût meilleur, elle enleva le bouchon. L'odeur qui s'engouffra dans ses narines fut encore pire que celle du sang qu'elle avait recraché quelques minutes plus tôt. Ils s'attendaient à ce qu'elle bût *ça* ? Aucune personne sensée ne se serait approchée de ce truc horrible !

Elle redonna la bouteille à Yvette.

« Je ne peux pas. C'est encore pire que la première. »

Yvette lui jeta un nouveau regard sceptique.

« C'est le meilleur sang du marché. Est-ce que tu as la moindre idée du prix d'une bouteille de *O négatif* ? C'est comme une bouteille du meilleur champagne. »

« Je me fous du prix que ça peut bien coûter, je n'aime pas ça, » rétorqua Maya. « Pourquoi tu ne le bois pas, *toi* ? »

Yvette haussa un sourcil.

« Je crois que c'est ce que je vais faire. La bouteille est déjà ouverte. On ne va pas gâcher la marchandise. »

Le ventre de Maya gargouilla de nouveau. Elle se cramponna, tentant de lutter contre la faim.

« Je ne suis peut-être pas un vampire. »

Yvette fit signe que non.

« Je sais que c'est difficile à accepter mais le déni ne te mènera nulle part. Tu es un vampire. Comme nous tous. Il va falloir que tu t'y fasses. »

« Mais alors pourquoi je ne veux − ou ne peux − pas boire de sang humain ? Ce n'est pas normal. Tu as déjà entendu parler d'un vampire qui ne boit pas de sang humain ? »

Yvette pinça ses lèvres.

« Non, mais peut-être que le médecin oui. Descendons pour l'attendre. »

« C'est quoi, sa spécialité ? Le vampirisme ? »

Yvette haussa les épaules.

« J'ai bien peur que tout ce qu'ils aient, ce soit un psychiatre. C'est un peu le désert, ici. A New York, on peut te trouver un vrai médecin mais à San Francisco, c'est le seul. »

« Il y a plein de médecins à San Francisco. »

Yvette lui jeta un regard qui en disait long.

« Bien sûr, mais aucun d'entre eux n'est vampire. »

Bien sûr, Yvette avait raison. Maya ne pouvait voir un vrai médecin. Comment diable lui expliquerait-elle sa soif de sang et le refus de son corps d'en boire ? Elle avait besoin de voir un médecin-vampire. Elle n'avait aucune idée de la façon dont un psychiatre pouvait l'aider, sauf s'il l'hypnotisait pour qu'elle avalât l'immonde boisson. C'était peut-être ce qu'Yvette avait en tête.

Il avait dû entendre parler de circonstances identiques. Dans le cas contraire, la théorie que Maya avançait se devait d'être la plus sensée : elle ne pouvait être un vampire si elle ne pouvait boire de sang humain. Ils s'étaient trompés et elle ne s'était pas transformée. Elle était toujours humaine. Sa force un tant soit peu effrayante et son absence de reflet n'étaient peut-être que temporaires. Il y avait toujours espoir pour que le cauchemar qu'elle vivait s'arrêtât.

7

A bord de l'Audi R8 de Samson, Gabriel appuya sur l'accélérateur et traversa le Golden Gate Bridge à une vitesse avoisinant les cent cinquante kilomètres à l'heure. Le trafic était fluide et une telle occasion ne se présentait pas très souvent. De surcroît, conduire la voiture de sport de Samson était un excellent moyen d'évacuer sa frustration.

Le baiser échangé avec Maya l'avait perturbé. Si elle ne l'avait pas accidentellement mordu – et il était certain qu'il s'agissait d'un accident puisqu'elle n'avait pas encore conscience de sa propre force – il n'aurait su dire jusqu'où les choses seraient allées. D'accord, il se mentait à lui-même. Il savait pertinemment quand cela se serait arrêté : au moment où elle aurait usé de sa nouvelle force pour le repousser alors qu'il tenterait de la posséder. Au moment où elle aurait vu son corps nu et l'aurait traité de monstre.

Gabriel quitta l'autoroute en prenant la bretelle en direction de Sausalito, ancienne enclave des artistes de la région, qui n'étaient à présent plus en mesure de payer les loyers ou les prix exorbitants des maisons. La commune était devenue la cour de récréation des riches. Pas étonnant : la vue sur la ville était magnifique.

Il regarda les lumières étincelantes à sa droite. Le soleil ne lui manquait pas. En fait, il en appréciait l'absence dans sa vie. Les nuits pouvaient être belles. Elles cachaient la laideur du monde pour ne montrer que des choses brillantes et scintillantes. Dans la pénombre nocturne, il pouvait cacher son visage défiguré et être respecté pour l'homme qu'il était et non pour le monstre que certains voyaient en lui. La nuit, il pouvait prétendre être un homme comme les autres, empli de rêves et de désirs ordinaires : une femme aimante, une famille, un foyer accueillant. Il savait qu'il ferait un bon mari, doux et aimant. Si seulement on lui en donnait la chance.

Mais depuis qu'il était devenu vampire, il n'avait jamais rencontré de femme qui ne l'eût regardé avec horreur. Il n'avait même jamais osé faire d'avances à qui que ce fût de peur d'être rejeté. En tant qu'humain, il l'avait été plus souvent qu'à son tour et l'une de ces femmes était allée jusqu'à altérer une partie de son visage. Malgré ce que Jane lui avait fait, il savait au fond de lui qu'il ne pouvait lui en vouloir. Il aurait dû la préparer à ce qu'elle verrait.

Gabriel cligna des yeux comme pour se débarrasser de l'atroce souvenir de sa nuit de noces et observa les plaques portant le nom des rues. Il se trouvait de l'autre côté de Sausalito et avait laissé derrière lui le pittoresque centre-ville. A sa droite, s'étendait la baie avec un petit groupe de péniches aménagées. Il ralentit, à la recherche du bon embranchement. Il arrêta l'Audi au niveau du dernier embarcadère.

La sorcière demeurait dans la dernière péniche amarrée.

Après ce baiser échangé avec Maya, il était retourné chez Drake et y avait conclu un pacte avec le diable en donnant au praticien ce que ce dernier voulait : l'usage de son don. Il se détestait d'avoir accepté le marché, d'avoir succombé à ses envies les plus primaires, mais les choses étaient ce qu'elles étaient. Parce qu'il désirait Maya plus que tout. Parce qu'il espérait qu'il y eût une chance pour qu'elle l'acceptât malgré son problème. Parce que le baiser de la jeune femme avait réveillé ses espoirs.

Gabriel ne savait trop quoi penser des contacts de Drake avec une sorcière et il ne tenait pas vraiment à spéculer à ce propos. Mais c'était pour le moins étrange. Il n'y avait pas pires ennemis que les vampires et les sorcières. Compter une sorcière parmi ses connaissances – voire pire, ses amis – était dangereux pour n'importe quel vampire. Si les autres l'apprenaient, le vampire en question serait considéré comme un traître. Les conséquences seraient graves. Mais au point où il en était, Gabriel s'en souciait peu.

Lorsqu'il avait entendu son vieil ami Amaury parler des recherches d'une sorcière à propos de son problème personnel, Gabriel avait de nouveau espéré. A présent, il était temps de voir si, lui aussi, pouvait être aidé.

Admettre sa vulnérabilité aux sorcières était dangereux car leurs sortilèges étaient puissants et un vampire ne possédait que peu de protection contre ces derniers. Mais en toute honnêteté, Gabriel ne pensait pas vraiment avoir le choix.

Il avait déjà tout essayé mais son problème avait persisté. Non, son problème l'empêchait de prendre une femme consentante dans ses bras et de lui faire l'amour. Il ne voulait pas que cela se produisît avec Maya. Il ne voulait pas qu'elle s'enfuît, horrifiée. Il voulait l'embrasser à nouveau, parcourir son corps nu avec ses mains et qu'elle le caressât en retour. Pourvu qu'on pût remédier à son problème, Gabriel espérait que Maya ignorerait sa cicatrice et l'accepterait tel qu'il était. Dans la négative, pourquoi l'avait-elle embrassé la première alors?

« Va-t-en de chez moi, vampire, » résonna une voix cachée dans l'obscurité.

Gabriel leva la tête et vit la sorcière, postée au niveau du balcon supérieur, arbalète et pieu en main. On pouvait distinguer sa fine silhouette sous le clair de lune mais son visage demeurait caché dans la pénombre. Mais l'acuité visuelle des vampires dans l'obscurité permettait à Gabriel de pallier le problème. Il voyait suffisamment pour remarquer qu'il s'agissait d'une attirante jeune femme d'une trentaine d'années.

Il ne comprenait que trop bien son hostilité. Si elle s'était elle-même présentée devant la demeure d'un vampire, elle n'aurait pas été mieux accueillie. Il ne le prit pas personnellement.

« Mademoiselle LeBlanc, c'est le docteur Drake qui m'envoie. »

Un petit grognement lui fit comprendre qu'elle se souciait peu de la recommandation du médecin.

« Pour faire quoi ? »

« J'ai un problème dont il faut s'occuper, » admit Gabriel.

« Tu devrais savoir qu'il ne vaut mieux pas demander de l'aide à quelqu'un de mon espèce. On ne peut faire confiance à aucun d'entre vous. »

Gabriel prit le risque.

« Si c'était le cas, alors tu n'aurais pas dit à Drake où on pouvait te trouver. Après tout, il est l'un des nôtres. »

« Ah oui ? »

Il aperçut son visage et la vit froncer les sourcils. Qu'essayait-elle de lui dire ? Qu'on ne pouvait faire confiance à Drake ou bien que celui-ci n'était pas l'un d'eux ? Gabriel était certain que le praticien était un vampire ; son aura émettait une certaine fréquence et c'était de cette façon que les vampires se reconnaissaient entre eux. La sorcière cherchait manifestement à le déstabiliser.

« Je ne veux rien de gratuit. »

« Et je n'accorde aucune faveur, » répondit-elle.

« Je n'en demande pas. J'ai de quoi te payer. »

Gabriel savait déjà qu'elle ne voulait pas d'argent car il avait lu dans sa mémoire. Il y avait vu l'image de son relevé bancaire lorsqu'il avait mentionné le paiement. Elle n'était pas intéressée par davantage que ce qu'elle possédait déjà. Mais il devait être prudent dans sa manière de traiter avec elle. S'il lui donnait autre chose que de l'argent liquide, cela pourrait un jour se retourner contre lui et il pourrait littéralement s'en mordre les doigts ! Il valait mieux parvenir à la convaincre d'accepter les espèces.

« L'argent, c'est froid, impersonnel, » répondit-elle.

« La solitude aussi. »

S'il pouvait la convaincre de s'intéresser à son cas, il devait d'abord l'interpeller.

« Si tu ne suçais pas le sang des gens, tu ne serais pas seul. Ça ne t'a jamais traversé l'esprit ? »

« Je ne mords pas les gens. »

Elle haussa un sourcil.

« Ah, tu es de ceux qui se croient plus civilisés parce qu'ils boivent du sang en bouteille. Ça ne fait pas une grande différence pour moi. C'est toujours du sang d'humain. »

« Du sang qui a été donné. Personne n'a été blessé. »

« Il y a toujours une victime, » avança la sorcière.

Gabriel secoua la tête.

« On paye ce qu'on prend. Ce n'est pas différent de tes achats de pattes de corbeaux pour tes potions. »

Elle haussa les épaules.

« A moins que tu n'aies quelque chose d'alléchant à me proposer, ça ne m'intéresse pas de t' aider. »

« Tu ne veux même pas savoir ce dont j'ai besoin ? »

« Je m'en fous complètement, vampire. Peu importe ce qui t'arrive, je suis sûre que tu le mérites. »

« C'est dur, même venant d'une sorcière, » répondit Gabriel sans pour autant abandonner.

« Le soleil n'est pas sur le point de se lever ? Tu devrais peut-être partir ? »

« J'obtiens toujours ce que je veux. »

Il lui jeta un regard intense. Il n'avait jamais essayé de contrôler l'esprit d'une sorcière mais cela valait le coup d'essayer. Si elle refusait de céder, peut-être pouvait-il la manipuler. Le but ultime en valait la peine.

« Sors de ma tête, vampire. Je suis plus forte que toi. Retourne auprès des tiens. Ici, il n'y a rien pour toi. »

Sachant que l'appâter avec de l'argent ne fonctionnerait pas, il essaya de charmer son humanité.

« Tu ne t'es jamais sentie si seule au point de penser que le reste du monde t'avait bannie ? »

Une courte pause s'ensuivit. L'avait-il touchée ?

« Cette vie, tu l'as choisie, vampire. »

Effectivement, il avait choisi le vampirisme. Mais il était une exception. La majorité des autres vampires l'étaient devenus contre leur gré. A l'heure actuelle, leur société punissait de tels actes mais, en des temps plus anciens, personne n'avait élevé la voix en faveur des innocents et de leurs droits.

A peine une poignée d'entre eux étaient nés à l'époque actuelle et il ne s'agissait que d'hybrides ; les chanceux qui pouvaient vivre dans les deux mondes, dans celui des humains comme dans celui des vampires et marcher tant à la lumière du jour que dans l'obscurité.

« Personne ne choisit vraiment. On est jeté dedans d'une façon ou d'une autre. Tu as choisi d'être sorcière ? » répliqua-t-il.

« Ça ne te regarde pas, vampire, » dit-elle en agitant son arbalète. « Maintenant, retourne avec les tiens et laisse-moi en paix. Je ne cherche pas les ennuis. En tout cas, pas le genre de ceux que tu m'apporteras. Il est mauvais de faire affaire avec les gens comme toi. »

Gabriel ne bougea pas. Il ne partirait pas.

« J'ai besoin de ton aide. »

Il n'en était pas non plus au point de la supplier.

« Apparemment, décliner ne suffit pas. Bien ! Alors essaye ça. »

Il entendit le lâcher de la corde de l'arbalète une seconde avant que le pieu en bois ne fusât dans les airs. Par pur réflexe, il sauta. Il atterrit dans l'eau trouble et s'enfonça jusqu'à la taille, la boue et la vase s'engouffrant dans son pantalon et ses bottes.

« Ne reviens pas, vampire. »

Gabriel la regarda s'éloigner du balcon d'un pas lourd pour retourner à l'intérieur de la péniche, claquant la porte derrière elle. Il se devait de trouver une autre façon de convaincre la sorcière de l'aider.

8

« Non ! »

Alors qu'il sortait de la voiture qu'il venait juste de garer devant chez Samson, Gabriel entendit le cri haut-perché.

Maya ! On lui faisait du mal.

Il lui fallut un quart de seconde pour se précipiter vers l'entrée, introduire la clé dans la serrure et ouvrir la porte. Il entra sans même prendre la peine de refermer derrière lui. Ses bottes pleines de boue laissèrent des traces sur le sol immaculé tandis que ses vêtements étaient toujours mouillés du bain improvisé. Carl le tuerait s'il voyait le désordre qu'il laissait sur son passage.

Un autre cri provint de la cuisine.

« Laissez-moi ! »

Un instant plus tard, Gabriel fit irruption dans la pièce. La scène qu'il vit n'était pas ce à quoi il s'était attendu. Il n'y avait personne d'autre que ses propres collègues, Thomas et Zane, lesquels maintenaient Maya qui tentait de se dégager de leur étreinte, alors qu'Yvette essayait de lui verser le contenu d'une bouteille de sang dans la bouche. Maya tapait violemment du pied, le visage furieux, les lèvres pincées, refusant la bouteille qu'Yvette lui portait à la bouche.

« Putain, mais qu'est-ce qui se passe ? » cria Gabriel en se précipitant pour éloigner Yvette de Maya.

« Lâchez-là, maintenant. Tous. »

Ni Thomas ni Zane n'obéirent.

« Elle ne veut pas boire, » expliqua Yvette tandis qu'elle jetait un regard sur l'accoutrement de son patron. On pouvait nettement lire un point d'interrogation sur son visage lorsqu'elle observa le pantalon et les bottes pleines de boue.

« Je vous ai dit de la lâcher, maintenant. »

Que ce fût sous l'effet de la colère contenue dans le ton de la voix de Gabriel ou à la vue de ses canines qui s'allongeaient, Thomas et Zane abdiquèrent sans plus attendre. Maya se dirigea vers lui et il la prit par les épaules.

« Qu'est-ce qui t'est arrivé ? » demanda Thomas.

Gabriel lui jeta un regard impatient. « Ne pose pas de questions. »

Il ne pouvait avouer qu'il avait rendu visite à une sorcière. En outre, c'était lui le patron et il ne devait d'explications à personne. Ses yeux parcoururent le corps de Maya, à la recherche de blessures.

« Ça va ? »

Elle hocha la tête mais ne dit rien. Au lieu de quoi, elle trouva refuge contre sa poitrine comme si elle ne s'était pas rendu compte de ses vêtements mouillés et souillés. Gabriel apprécia la confiance qu'elle lui témoignait, se demandant néanmoins pourquoi elle se sentait si bien avec lui. C'était un inconnu pour elle, tout comme les autres ; et en l'occurrence, un inconnu plutôt mouillé.

Alors qu'il passait un bras autour de ses épaules, il regarda de nouveau ses collègues.

« Expliquez-vous. »

Il surprit le regard d'Yvette sur son bras enveloppant Maya. L'étincelle dans ses yeux ne pouvait être que de la jalousie. Cela le surprit. Il n'avait jamais donné à Yvette la moindre raison de croire qu'il était un tant soit peu intéressé par elle et qu'il espérait une relation extra-professionnelle. Ou avait-elle mal interprété la façon dont il convoitait son amitié ?

« Elle a recraché le sang, » déclara Thomas. « On a appelé le médecin et il a dit qu'on devait la faire boire. »

« Où est Drake ? »

« Il arrive, » répondit Thomas.

Gabriel se dégagea légèrement de Maya et la regarda dans les yeux.

« C'est vrai, tu n'as pas voulu boire le sang ? »

« C'est dégoûtant ! Ça a mauvais goût et ça me donne envie de vomir, » dit-elle.

« On ne mentait pas, » lâcha Zane.

Gabriel lui jeta un regard furieux.

« Et je suppose que c'était ton idée de la maintenir en place pour la forcer à boire ? »

Il était inutile d'attendre la réponse de Zane pour savoir qu'il avait raison.

« Laisse-moi te rappeler qu'on n'est plus en 40-45 et que tu n'es pas dans une chambre de torture. »

Zane plissa les yeux. Gabriel regarda la façon dont les veines dans le cou de son second bombaient. Au même moment, il sentit le corps de Maya se contracter. Il réalisa instantanément que les instincts de cette dernière étaient aiguisés. Zane était impatient et brutal. La violence faisait partie intégrante de sa vie et Maya avait raison de le craindre.

« On fait avec ce qui marche. »

La voix de Zane était froide et dépourvue d'émotion. S'il n'était pas un aussi bon combattant, Gabriel l'aurait renvoyé depuis longtemps. Mais il valait mieux l'avoir à ses côtés plutôt que l'affronter. Et une fois que Zane choisissait son camp, il s'y tenait. Gabriel pouvait imaginer l'origine d'une telle loyauté mais il n'en avait jamais connu la véritable raison.

« Si tu la touches encore, je te tue, » prévint Gabriel avant de regarder les deux autres. « Et c'est valable pour vous aussi. Maya est sous ma protection. Si vous lui faites du mal, vous aurez à faire à moi. »

Le visage choqué de ses collègues lui laissèrent entendre qu'ils prenaient sa menace au sérieux. Ca valait mieux pour eux ! Il ne menaçait jamais personne à la légère et mentir n'était pas dans ses habitudes non plus. Ce qui faisait d'ailleurs de lui le plus mauvais joueur de poker au monde.

« Bien. »

Gabriel reporta son attention sur Maya. Il ne savait que trop bien qu'il la tenait toujours dans ses bras. Elle ressentait sans doute le même malaise que lui car elle s'écarta aussitôt.

« Yvette a essayé de me forcer à boire mais je lui ai dit que ça me donnait la nausée, » dit Maya.

Yvette fit un pas en avant.

« Je lui ai donné ce qu'on a de meilleur. Là, c'est comme si elle disait qu'on lui avait donné du sang animal. »

« Ce n'est pas ce que j'ai dit. Le goût et l'odeur me rendent malade. Je ne peux pas boire ça. Tu ne comprends pas ? »

Maya mit ses poings sur les hanches et regarda Yvette.

Voulant éviter une bagarre, Gabriel leva la main.

« D'accord, voyons ça d'un peu plus près. Yvette, tu lui as donné quoi ? »

« Rien que je ne boirais moi-même. »

Lorsque Gabriel haussa un sourcil, elle continua.

« D'abord, une bouteille de *O positif* et ensuite, du *O négatif*. Tu sais que Samson a toujours une réserve des meilleurs produits. Mais elle n'a même pas voulu boire le *O négatif*. Je n'ai jamais entendu un truc pareil. »

« Je suis peut-être allergique, » interrompit Maya.

« Impossible, » répondit Thomas.

« Jamais entendu parler de ça, » reconnut Zane. « Les vampires ne sont pas allergiques au sang. »

Gabriel hocha la tête. Il ne pouvait qu'être d'accord avec eux. Jamais au cours de sa longue vie il n'avait entendu parler d'un vampire dégoûté par le sang.

« Maya, un tout nouveau vampire a tellement soif qu'il serait prêt à boire n'importe quel sang humain disponible. C'est instinctif, purement et simplement. »

Les autres instincts de Maya semblaient fonctionner normalement ; sa réaction instantanée à l'agression de Zane avait démontré que son instinct naturel d'auto-défense était on ne peut plus sensible. Mais Gabriel ne comprenait pas pourquoi elle ne se nourrissait pas.

« Je ne suis peut-être pas un vampire, en fin de compte, » répondit-elle.

Gabriel la dévisagea longuement. Il pouvait clairement ressentir son aura et si cela ne suffisait pas à lui prouver qu'elle était l'une d'entre eux, il se souvenait du moment où elle l'avait mordu. Il avait senti ses canines le mordiller. Non, elle était un vampire.

« Il y a quelque chose qui cloche. »

Aux mots de Gabriel, Maya déglutit. Quelque chose clochait ? Ah oui, ça, c'était sûr. Et même plus d'une chose clochait, d'ailleurs. Pour commencer, elle était devenue vampire – même si elle n'arrivait pas à l'admettre – alors qu'à cet instant précis, elle aurait dû se trouver à l'hôpital en train de diagnostiquer et de guérir des patients. En outre, elle était enfermée dans une étrange maison avec quatre inconnus – non, cinq en comptant le majordome – au lieu de se trouver chez elle. Enfin, elle portait les vêtements d'une femme qu'elle n'avait jamais rencontrée. Cela ne suffisait-il pas ?

Apparemment, non. Elle avait, de surcroît, été transformée en un vampire «anormal». C'était bien sa veine ! Au lieu de vouloir du sang humain comme tel était le cas pour les nouveaux vampires, elle trouvait cela dégoûtant au point d'en avoir la nausée.

Mais ce qu'ils ne savaient pas et qu'elle ne voulait –ni ne pouvait – leur dire, c'était son profond désir de mordre Gabriel. Littéralement. Au moment où il était entré dans la cuisine pour venir à sa rescousse contre ses odieux amis, elle avait repoussé son irrésistible envie de planter ses canines dans son bras et de se nourrir. Oui, se nourrir. C'était comme cela qu'ils disaient.

Lorsqu'il l'avait serrée contre sa poitrine, elle avait profondément inhalé son parfum. Ses sens étaient si aiguisés qu'elle pouvait clairement sentir le sang chaud sous sa peau, si proche. Si seulement ses amis avaient pu quitter la pièce. Alors peut-être aurait-elle pu l'émouvoir et prendre ce dont elle avait besoin. Et ce n'était pas uniquement de son sang dont elle avait besoin. Elle voulait ses bras autour d'elle et son corps nu sur elle – ou sous elle, peu lui importait.

Maya se débarrassa de cette pensée. Elle n'était pas un animal qui attaquait sans arrière-pensée ses victimes mais bon Dieu, elle voulait le sang de Gabriel. Ainsi que son corps. Qu'était-elle devenue ? Une créature répondant uniquement à ses besoins ? Avait-elle perdu toute humanité ?

Elle ne pouvait le croire. Son sens du bien et du mal était toujours là et ses peurs d'antan demeuraient les mêmes. Mais une passion déchaînée la submergeait et ne demandait qu'à être libérée sur un homme innocent, lequel n'avait rien fait hormis l'aider et la réconforter.

Elle leva les yeux vers Gabriel. Etrange ; à peine quelques heures plus tôt, elle avait eu peur de lui. Sa laide cicatrice lui avait paru menaçante. Mais toutes les choses qu'il avait dites et faites depuis lors avaient, peu à peu, pris le dessus sur son apparence. A présent qu'elle le regardait, elle ne voyait plus de laideur ; seulement un homme qui essayait de la protéger.

Et comment voulait-elle lui montrer sa reconnaissance ? En le mordant.

Elle ne pouvait se permettre d'agir de la sorte. Elle devait quitter cet endroit. Sans un mot, elle tourna les talons et quitta la cuisine.

« Où est-ce que tu vas ? »

Elle entendit la voix de Gabriel derrière elle.

« Maya ! »

Mais elle ne voulait pas l'écouter.

Dans le couloir, elle se dirigea vers les escaliers. Pour rentrer chez elle, elle avait besoin de ses clefs qui se trouvaient dans son sac. Avant qu'elle n'eût le temps de poser un pied sur la première marche, Gabriel était déjà derrière elle. Il la fit se retourner.

« Qu'est-ce qui ne va pas ? » demanda-t-il, une lueur d'inquiétude et de confusion dans les yeux.

Elle essaya de trouver les mots justes mais rien ne vint. Comment pouvait-elle lui dire ce qu'elle voulait vraiment ? Planter ses canines dans son cou tandis que ses mains exploreraient son corps nu, quand tout ce qu'il voulait, lui, c'était la protéger.

« Je te promets qu'ils ne te feront plus de mal. Ils me craignent trop. Je suis leur patron. Personne ne te touchera ou ne te forcera à faire ce que tu ne veux pas, » promit-il.

Maya secoua la tête. Elle le croyait mais cela ne suffisait pas.

« Je n'ai rien à faire ici. Je rentre chez moi. »

Gabriel en resta bouche bée.

« Tu ne peux pas. Ce voyou traîne toujours dans les parages. C'est trop dangereux. »

« Il faut que je rentre chez moi. Je ne peux pas rester ici avec toi. Ce n'est pas ma vie. Ce n'est pas moi. »

Les larmes envahirent ses yeux à nouveau mais elle les refoula.

« J'ai un travail, une vie. Mes parents. Qu'est-ce que je vais leur dire ? Et mes amis ? Paulette et Barbara vont s'inquiéter si je ne leur dis pas où je suis. »

« On t'aidera à faire face à tout ça. Je t'aiderai, » insista Gabriel.

« Et comment ? En mentant pour cacher ce que je suis ? Ou bien serai-je considérée comme morte pour les autres ? »

Gabriel caressa son bras d'une manière si réconfortante qu'elle eut envie de s'abandonner à lui.

« On doit tous se faire à une nouvelle vie. Rester jeune alors que les autres vieillissent et meurent. Je t'aiderai pour ce qui est de tes parents et de tes amis. Mais pour le moment, tu ne peux le dire à personne ; pas tant qu'on n'a pas attrapé le malfrat. »

« Et après, quoi ? Qu'est-ce que je vais faire de ma vie ? Je ne peux plus être médecin. C'est tout ce que je sais faire et maintenant, je suis un monstre.

Tu ne comprends donc pas ? Je ne suis pas normale. Et je ne bois pas de sang humain. Ça ne marche pas. »

« Vous mourrez si vous n'en buvez pas, » déclara une voix provenant de la porte d'entrée, avant que celle-ci ne claquât.

Maya porta son regard vers l'homme qui se tenait à présent dans l'entrée. Grand et mince, il l'observait.

« Voici le docteur Drake et bien que je préférerais ne pas être d'accord avec lui, je dois dire qu'il a raison, » ajouta Gabriel.

« On dirait que j'arrive juste à temps, » dit Drake en avançant, tendant la main à Maya. « Nous avons déjà été présentés mais je crois me souvenir que, lors de notre dernière rencontre, vous étiez inconsciente. »

Puis il se tourna vers Gabriel et le regarda de haut en bas.

« Je vois que votre visite n'a pas été très bien accueillie. »

Maya n'avait aucune idée de ce à quoi le médecin faisait allusion, ce qui ne semblait pas être le cas de Gabriel, tant le mot qu'il prononça ensuite résonna davantage comme un avertissement que comme un accueil.

« Doc'. »

Drake la dévisagea d'un sourire.

« La transformation s'est bien déroulée, grâce à Gabriel. »

Maya regarda le médecin. Qu'avait à faire Gabriel dans tout cela ? Ils lui avaient dit qu'elle s'était fait agresser et que son assaillant avait fait d'elle un vampire. Lorsqu'elle jeta un regard interrogateur à Gabriel, celui-ci baissa légèrement les yeux, comme s'il voulait l'éviter.

« Qu'est-ce que vous voulez dire ? » demanda-t-elle au médecin en le regardant droit dans ses yeux bleus.

« Eh bien, ils vous ont certainement dit ce qui s'était passé. »

Maya sentit les poils de son cou se hérisser. On lui cachait quelque chose. Ils ne lui avaient pas dit toute la vérité.

« Non. Pourquoi ne le faites-vous pas vous-même ? »

Drake regarda Gabriel puis reporta son attention sur elle. Il semblait nerveux.

« Vous étiez en bien mauvais état lorsqu'ils vous ont trouvée. La transformation avait commencé mais n'avait pas abouti. On n'avait que deux choix : vous laisser mourir ou compléter la transformation. »

Des souvenirs de la nuit précédente apparurent en flash dans l'esprit de Maya.

« Vous ne m'avez pas laissé mourir. »

Elle se souvenait de la douleur et du froid. Et du rêve étrange qu'elle avait fait.

« Non. Gabriel a complété la transformation. Il vous a donné suffisamment de son sang pour que ça marche. De fait, il est votre maître. »

Maya garda la bouche grande ouverte tout en regardant Gabriel, lequel se tenait à peine à quelques mètres d'elle. A présent, tout prenait sens. Son rêve n'en avait pas du tout été un. Cette nuit-là, durant laquelle elle s'était nourrie au poignet de Gabriel, elle avait senti le corps de ce dernier la réchauffer, la réconforter. A présent, le fait qu'il fût aussi protecteur envers elle n'était plus surprenant. Il devait la considérer comme sa fille. Pas étonnant qu'il eût été aussi réticent à l'idée de l'embrasser et qu'il eût arboré un air si honteux et coupable à la fin de leur baiser.

Etait-ce du regret qu'elle lisait à présent dans ses yeux ?

« On n'avait pas de temps à perdre. Je me devais d'agir, » dit Gabriel. Cela ressemblait à des excuses.

Avait-il agi sous le coup de l'impulsion et le regrettait-il à présent ? Elle ne voulait pas le savoir, ne pouvait pas le lui demander, mais les yeux de Gabriel parlaient d'eux-mêmes : tellement de regrets, tellement de peine. Maya n'était pas certaine qu'il avait réellement voulu de cette responsabilité. Voilà ce qu'elle était pour lui : quelqu'un qu'il devait prendre en charge parce qu'il l'avait transformée. Il avait fait d'elle ce qu'elle était.

« Tu ne me dois rien. Tu m'as sauvé la vie et je t'en remercie, » s'empressa-t-elle de dire en essayant de retenir ses larmes.

Mais elle n'accepterait rien d'autre venant de lui. Pas même son offre de la protéger sous prétexte qu'il se sentait responsable que son propre sang l'eût transformée. Le sang de Gabriel coulait dans ses veines. Etait-ce la raison pour laquelle elle en avait envie ? Et était-ce la raison pour laquelle elle était attirée par lui ?

« Docteur Drake, je voudrais que vous m'examiniez. »

« Certainement. Utilisons le bureau de Samson, » répondit-il en pointant du doigt une porte au bout du couloir.

Lorsque Gabriel fit mine de les suivre, elle ajouta : « En privé. »

Maya surprit du coin de l'œil le regard de Gabriel. Ce qu'elle vit la prit de court. Etait-il blessé ? Ne devait-il plutôt se sentir soulagé, puisqu'elle l'avait libéré de son obligation de prendre soin d'elle ? Il ne semblait pas du tout aller dans ce sens.

Maya ferma la porte du bureau derrière elle et s'appuya contre celle-ci. Les murs de la pièce étaient recouverts de lambris en bois sombre et garnis de bibliothèques débordant de littérature. Sur le grand et ancien bureau, se tenaient deux ordinateurs ainsi que d'autres gadgets du même genre. Le propriétaire des lieux – Samson, supposa-t-elle – semblait aimer ses jouets électroniques.

« Comment vous sentez-vous ? » demanda le médecin.

Elle le fit taire d'un geste impatient de la main.

« Ne tournons pas en rond et parlons de médecin à médecin. »

Il hocha la tête. « Bien. »

« Même si j'ai entendu dire que vous étiez psychiatre, je crois que pour eux, vous êtes ce qui se rapproche le plus d'un médecin, ici à San Francisco. »

Drake fronça les sourcils.

« La psychiatrie est une *vraie* discipline en médecine. »

« Peu importe. J'espère juste que vous allez pouvoir m'éclairer sur certaines choses. Au point où on en est, vous pourriez être vétérinaire que ça me serait égal. »

« Et en quoi puis-je vous aider ? »

Le médecin ne sembla pas prêter attention à son allusion et elle l'en remercia silencieusement. Elle avait besoin de sa coopération.

« Vous avez dit que Gabriel était mon maître. Est-ce que ça fait de moi sa fille ? »

Qu'on lui vînt en aide si elle désirait le sang et le corps de son père !

« Non, pas du tout. Bien sûr, il y a toujours une sorte d'affinité entre un maître et le vampire qu'il a créé mais, la plupart du temps, celle-ci est surtout due aux nombreuses fréquentations entre le vampire novice, son maître et la famille de ce dernier. Prenez Carl, par exemple. Samson en a fait un vampire après l'avoir trouvé mourant à la suite d'une agression. Cela lui a semblé naturel de rester avec Samson. Ce dernier était en effet le seul vampire qu'il connaissait et qui, de surcroît, pouvait lui enseigner tout ce qu'il avait besoin de savoir. Alors oui, des amitiés se créent souvent mais ça n'a rien à voir avec le fait d'avoir le sang de quelqu'un dans ses veines. Il y a déjà eu de nombreux incidents au cours desquels un vampire a tué son maître. »

Bien que Maya fût soulagée d'entendre qu'elle n'était pas considérée comme la fille de Gabriel, cela n'expliquait pas pourquoi elle voulait boire son sang.

« Vous avez déjà entendu parler d'un vampire qui ne buvait pas de sang humain ? »

Drake fit la moue.

« Eh bien, c'est quelque peu inhabituel. Je dois reconnaître que j'ai entendu des rumeurs concernant des vampires qui buvaient du sang synthétique, quelque part sur la Côte Est, et d'autres qui buvaient du sang animal parce qu'ils n'aimaient pas l'idée de faire mal aux humains. Mais je n'ai jamais entendu parler de quelqu'un qui n'en buvait pas du tout. Dites-moi pourquoi vous ne voulez pas boire, » demanda-t-il.

« Le goût est rebutant. Ça me donne la nausée dès que ça touche mes papilles. »

« Fascinant. »

Maya lui lança un regard exaspéré.

« Désolé, » s'excusa-t-il. « Mais vous devez admettre que d'un point de vue médical, c'est assez intriguant. »

Elle ne pouvait qu'être d'accord. Qu'elle le voulût ou non. Etudiante, lors de ses recherches, elle aurait adoré présenter un tel cas, quelque chose sur quoi se pencher vraiment. Mais à présent qu'*elle* était le cas en question, cette fascination n'était plus si grande.

« Vous vous débrouillez comment en matière de recherches ? » demanda-t-elle à Drake.

Il haussa les épaules.

« Pas trop mal, pourquoi ? »

« Ecoutez, j'ai besoin que vous fassiez quelque chose pour moi. J'ai besoin que vous recherchiez ce qui peut provoquer une aversion au sang humain. Tout ce que vous pouvez trouver. Allergies, gènes, prédispositions. »

Elle aurait bien fait les recherches elle-même mais elle ne connaissait rien aux vampires alors, par où commencer ? Non, Drake avait davantage de chances de faire des rapprochements. En outre, elle avait besoin de toute son énergie pour combattre son désir pour le sang de Gabriel. Maya attrapa un stylo et une feuille posés sur le bureau et se mit à griffonner.

« Voilà l'identifiant et le mot de passe de mes dossiers médicaux. Ça vous donnera des informations concernant mes antécédents. Je veux que vous trouviez ce qui ne va pas chez moi. »

Il prit le papier.

« Vous voulez que je pirate les dossiers médicaux informatisés du Centre médical ? »

« Ce n'est pas du piratage puisque vous avez le mot de passe. Vous savez lire un dossier médical ? ». Elle l'observa un long moment et elle remarqua son froncement de sourcils. « Il me reste combien de temps avant que mon corps ne meure d'inanition ? »

Lorsqu'elle prononça ces mots, un frisson lui parcourut la colonne vertébrale. Elle n'y prêta pas attention. Si elle voulait y arriver, elle devait faire preuve de logique. Elle ne pouvait laisser interférer ses émotions.

« Je ne suis pas complètement sûr mais la soif va s'accroître et devenir douloureuse. Elle vous rendra folle et votre corps sera incapable de tenir plus de quelques jours. Vous êtes sûre de ne pas être en mesure de boire ? »

Il lui jeta un regard plein de pitié.

Elle hocha la tête.

« J'en suis sûre. »

Drake se retourna vers la porte mais elle l'arrêta avant qu'il ne l'ouvrît.

« Une autre question. Est-ce qu'il y a eu des cas où le vampire avait soif du sang de son maître ? »

Drake écarquilla les yeux.

« Une fois la transformation terminée ? »

Maya hocha la tête.

« Docteur Johnson, si c'est ce dont votre corps a besoin, alors vous devez le lui dire. »

Et être encore plus redevable envers Gabriel qui, manifestement, ne voyait en elle qu'une charge ? Non, ce n'était pas envisageable. Elle secoua la tête.

« Bonne nuit, docteur Drake. »

9

« Qu'est-ce que tu veux dire par rien ? » demanda Gabriel en se levant.

« Exactement ce que j'ai dit. Je ne me rappelle rien de l'agression. »

Maya regarda Thomas, Zane et Yvette. Les trois vampires, soit assis, soit debout dans la pièce, écoutaient leur patron.

Après le départ de Drake, Gabriel s'était changé et avait passé des vêtements propres. Il avait ensuite rassemblé tout le monde et, on ne peut plus professionnel, il avait fait part à chacun de l'urgence de retrouver le malfrat. L'ouïe fine de Maya lui avait permis d'entendre la brève conversation qu'il avait eue avec Drake. S'en tenant au serment d'Hippocrate, le médecin n'avait pas révélé ce qu'elle lui avait confié au préalable. Il avait seulement parlé des recherches à effectuer quant à son incapacité à boire du sang humain et avait stipulé qu'il reviendrait rapidement avec une solution.

Si Gabriel était toujours inquiet pour Maya, il ne le montrait cependant pas. Son visage était de marbre, ne laissant transparaître aucune émotion. Sa cicatrice semblait de nouveau menaçante. Maya se demanda si elle n'avait pas simplement rêvé sa beauté, quelques heures auparavant. Peut-être même que le baiser volé n'était que pur fruit de son imagination car l'homme qui la regardait à présent ne pouvait manifestement pas avoir été aussi doux ou encore lui avoir murmuré des mots d'encouragement.

« Quelle est la dernière chose dont tu te souviennes à propos de cette nuit ? » demanda Gabriel.

Maya se rassit et s'appuya contre les coussins.

« J'avais quitté l'hôpital et je rentrais à la maison. Il était tard, bien après minuit. On m'avait appelée vers vingt-trois heures et le temps que l'état du patient se stabilise à nouveau, il était minuit passé. »

« Tu rentrais à pied ? »

Maya secoua la tête.

« Non, en voiture, mais je n'arrivais pas à trouver une place pour me garer alors j'ai fait le tour du pâté de maisons plusieurs fois. En fin de compte, j'ai dû remonter deux pâtés de maisons à pied. »

« Est-ce que quelqu'un t'a suivie après que tu sois garée ? »

Les questions de Gabriel fusaient comme des balles de revolver. Si elle n'en avait pas su davantage à son sujet, elle aurait cru qu'il était inspecteur de police, pas vampire.

« Non, je n'ai pas entendu de pas. Juste, euh… »

Gabriel lui jeta un regard interrogateur.

« Juste quoi ? »

Maya balaya la question d'un geste de la main.

« Rien, vraiment. Juste un sentiment étrange. »

Elle tenta de se concentrer sur le moment en question et un souffle glacé sembla embrasser sa nuque, lui donnant la chair de poule. Mais aucun souvenir de la nuit fatidique ne lui revint.

« Qu'est-ce qui s'est passé, après ? »

« Je ne sais pas. Je ne me souviens de rien après ça. »

« Tu ne te souviens pas d'avoir été agressée et mordue ? »

Instinctivement, Maya porta sa main au niveau de son cou et se frotta à l'endroit précis où la peau était toujours sensible.

« Non. »

Gabriel suivit son geste du regard.

« C'est là qu'il t'a mordue. Il a bu ton sang jusqu'à ce que ta tension baisse et que ton cœur s'arrête de battre. Puis il t'a nourrie de son sang. »

Maya ravala la bile que son ventre avait soulevée. Elle était contente de ne pas se souvenir de quoi que ce fût concernant l'agression.

« Je préfère ne pas savoir ce qui s'est passé. »

Ainsi, il lui serait plus facile d'oublier.

« Je sais. »

Gabriel lui adressa un sourire attristé et, à cet instant précis, elle aurait pu le prendre dans ses bras pour la compassion dont il faisait preuve. Puis il regarda ses collègues.

« Le choc a peut-être poussé Maya à oublier ? Une façon pour son esprit de se protéger ? » leur demanda-t-il.

Thomas haussa les épaules.

« Pas si sûr. La plupart d'entre nous ont été transformés dans d'horribles circonstances et ça ne nous empêche pas de nous en rappeler. Je pense plutôt que quelqu'un a perturbé ses souvenirs. »

Gabriel hocha la tête.

« Il n'y a qu'une seule façon de le savoir. »

« Ne m'en voulez pas mais je vais sortir à la recherche d'un en-cas pendant que tu utilises ton don, » annonça Zane en se dirigeant vers l'entrée.

« Il y a du sang dans le garde-manger, » proposa Gabriel.

Zane lui jeta un demi-sourire, si tant était que l'on pût appeler cela un demi-sourire. L'homme semblait véritablement incapable de sourire ; ses lèvres ne se retroussaient que très vaguement.

« Merci, mais non. Je préfère ma nourriture fraîche. »

Il jeta un regard salace à Maya et sembla se réjouir du choc que ses paroles provoquèrent chez cette dernière.

« Je serai de retour dans une heure. »

Devant une Maya bouche bée, Zane quitta la maison. Allait-il vraiment mordre quelqu'un ? Yvette ne lui avait-elle pas dit qu'ils étaient tous des vampires civilisés qui ne buvaient que du sang en bouteille ?

« Ne fais pas attention à lui. Il suit ses propres règles, » expliqua Yvette. « On ne peut pas tous être aussi civilisés que Gabriel. N'est-ce pas ? »

Maya suivit le regard qu'échangèrent Gabriel et Yvette. Soudain, une tension qu'elle ne put expliquer se fit sentir dans la pièce. Y avait-il quelque chose entre eux deux ?

Thomas revint au sujet principal.

« Bon, Gabriel… Mets ton nez dans ses souvenirs et tires-en quelque chose qui nous donnera matière à travailler. C'est assez difficile de partir à la recherche d'un malfrat quand on ne sait rien sur lui. Même un limier a besoin d'un minimum d'odeur pour se lancer. »

Quelque chose dans les mots prononcés par Thomas attira l'attention de Maya. Une odeur. C'était cela. A présent, elle pouvait clairement distinguer les vampires grâce à leur odeur et c'était encore plus flagrant pour Gabriel étant donné qu'elle avait bu son sang. Elle se pencha en avant sur le canapé.

« Vous avez juste besoin d'une odeur ? »

« Ça aiderait, » reconnut Thomas.

Maya leva les yeux vers Gabriel.

« Tu viens de dire que le malfrat m'avait donné de son sang avant d'être interrompu. »

« En effet, » répondit Gabriel.

« Alors tu peux peut-être repérer cette odeur en moi et l'utiliser pour retrouver mon agresseur ? »

Thomas prit une profonde inspiration, puis secoua la tête.

« Tout ce que je peux sentir, c'est ton odeur et vaguement celle de Gabriel. Ce que l'agresseur a pu laisser s'est évaporé depuis longtemps. »

« Mince. »

Maya se laissa retomber en arrière sur le canapé.

« Ce n'est pas une mauvaise idée, cela dit, » admit Gabriel. « Thomas, Eddie est l'un des gars qui l'a trouvée. Pourquoi tu ne lui demanderais pas s'il a remarqué quelque chose ? »

« Je peux lui en parler, bien sûr. Mais tu sais qu'Eddie est encore jeune. Même s'il a senti l'odeur de l'agresseur sur elle, ça ne garantit pas qu'il s'en souviendra et qu'on pourra retrouver le gars. »

« Essaye quand même. Et parle à James, aussi. Ça vaut le coup d'essayer. »

« Pas de problème. Je parlerai à Eddie en rentrant. Il devrait bientôt sortir du boulot. »

« Vous travaillez ? » demanda Maya, visiblement confuse.

Quel genre de métier les vampires pouvaient-ils exercer ?

« Bien sûr, » répondit Thomas. « Pas pour l'argent, cela dit, même si la paye n'est pas mauvaise. Mais quand tu es immortel, tu as besoin d'un hobby ou d'un boulot. Autrement, tu t'ennuies ferme. »

Maya n'imaginait que trop bien la situation. Après une semaine à la plage, elle était en général prête à déplacer des montagnes et à se rendre utile à tout prix. Non pas que paresser sur le sable fût envisageable pour le moment.

« Vous faites quoi ? »

« Gardes du corps, » répondit Gabriel. « On travaille pour une société appelée Scanguards. Samson l'a lancée et on l'a rejoint, un par un. »

« La société protège qui ? »

« Des politiciens, des artistes… N'importe qui en mesure de se payer nos services. »

« Mais vous êtes des vampires. Je croyais que vous ne pouviez pas voir la lumière du jour. »

Quelque chose clochait.

« C'est vrai. Mais tous nos employés ne sont pas des vampires. On a beaucoup d'employés humains qui font les gardes de jour. »

« Et vos clients le savent ? »

Gabriel haussa un sourcil.

« Qu'on est des vampires ? Non, on fait attention. Seuls nos employés humains en qui on a pleinement confiance le savent. »

Maya avait du mal à faire face aux nouvelles. Des vampires qui protégeaient les gens.

« Toi aussi, tu es garde du corps ? »

Elle balaya du regard le corps musclé de Gabriel. Elle pouvait, sans problème, l'imaginer en train de protéger quelqu'un ; son corps à elle, par exemple, jour et nuit.

En regardant Thomas et Yvette, elle en vint à la même conclusion. Et Zane ? Eh bien, Zane était tout simplement affreux et toute personne désireuse de se faire protéger par lui devait être complètement dingue.

« C'est comme ça que j'ai démarré, mais aujourd'hui, je ne pars plus en mission. Je m'occupe des opérations à New York, » corrigea Gabriel.

Bizarrement, sa déclaration la déçut. Qu'est-ce cela pouvait lui faire, où il vivait ? N'était-ce pas mieux qu'il vécût à New York et se tînt ainsi à distance d'elle et de ses tentations ? Au moins, de cette façon, elle pourrait plus facilement venir à bout de la faim qu'elle combattait. Même à présent, elle pouvait à peine se retenir de ne pas se jeter sur lui pour boire son sang. Et plus elle était proche de lui, pire c'était. S'il retournait à New-York, peut-être trouverait-elle un moyen de faire avec.

« Maya. »

La voix de Gabriel la fit sursauter.

« Quoi ? »

« Je t'ai demandé si je pouvais m'introduire dans tes souvenirs. »

Les trois vampires la regardaient, dans l'expectative.

« Comment tu fais ça ? »

Elle n'aimait pas trop l'idée qu'une personne pût fouiner dans sa tête. Et s'il voyait des choses qu'elle ne voulait pas qu'il vît ? Verrait-il qu'elle voulait boire son sang ? Et si oui, que ferait-il ? La bloquerait-il afin qu'elle ne l'attaquât pas ?

« C'est un don psychique que je possède, » expliqua calmement Gabriel. « Je peux m'introduire dans l'esprit d'une personne et lire ses souvenirs. Ça ne te fera aucun mal. »

Maya passa ses bras autour de sa taille.

« Est-ce que ça veut dire que tu peux lire mes pensées ? »

Il secoua la tête.

« Non, je ne peux pas lire dans l'esprit des gens. Je peux uniquement voir les souvenirs d'événements que la personne a vus de ses propres yeux. Je ne peux ni voir ce qu'elle a ressenti, ni ce qu'elle a pensé. »

Une vague de soulagement s'empara d'elle. Cela ressemblait moins à la violation de la vie privée qu'elle avait imaginée en premier lieu.

« D'accord, vas-y. Mais je te préviens, je ne me souviens de rien. »

« C'est ce qu'on va voir. »

Gabriel s'assit à ses côtés sur le canapé, ce qui eut pour effet d'intensifier son odeur.

« Je peux le faire sans te toucher mais ça fonctionne mieux si je pose les mains sur toi. »

Sa déclaration la fit rougir. Elle sentit son sang battre dans ses veines à la vitesse de la lumière. S'il la touchait, l'attirerait-elle vers elle pour planter ses canines dans sa peau ? Maya déglutit et fit en sorte que sa voix sonnât d'une manière désintéressée lorsqu'elle lui répondit.

« Bien sûr que tu peux me toucher, si ça aide. »

« Merci. »

Elle humidifia ses lèvres sèches et ressentit la chaleur de la pièce de manière encore plus intense ; bien que rien ne fût comparable avec le moment où Gabriel lui prit les mains. Une décharge électrique la parcourut et elle sursauta involontairement.

« Détends-toi, Maya. Ça ne va pas faire mal, je te le promets. »

Sa voix était apaisante mais cela ne changeait rien à la tempête qui faisait rage dans son corps.

Elle serra la mâchoire et, pour la première fois, se rendit véritablement compte de la présence de ses canines. Celles-ci piquaient et s'allongeaient. Elle ferma les yeux et inspira profondément dans un effort de relaxation, mais cela eut l'effet inverse. Elle parvenait qu'à sentir le parfum masculin de Gabriel et la richesse de son sang ; une odeur de bois riche combinée à la senteur unique de la bergamote.

Les glandes de sa bouche la firent saliver à l'idée de le goûter. Une simple petite goutte de sang sur la lèvre de Gabriel apaiserait sa soif. La douce pression des lèvres de ce dernier contre les siennes ou le combat de leurs langues respectives le permettrait peut-être. Et peut-être que, par accident, ses canines lui mordilleraient les lèvres, le faisant saigner. Ensuite, elle le lècherait alors qu'il serait à bout de souffle, sous elle.

« Je ne suis pas sûre de pouvoir faire ça, » dit Maya, la peau écarlate et brûlante.

« Chut… Je ne remonterai qu'à la nuit de ton agression. Je ne regarderai pas ailleurs. »

Elle espérait que cela irait vite. Combien de minutes encore pourrait-elle endurer la douceur de ses mains chaudes sur sa peau, laquelle lui procurait une délicieuse sensation de chatouillis ? Une femme pouvait-elle devenir dingue à ce point ou cela était-il simplement dû à la carence de sang ? Etait-ce la démence dont Drake lui avait parlé ? Tout avait-il déjà commencé ? Si cela empirait, elle devrait s'enfermer à double tour dans une pièce et en jeter la clé de la porte ; autrement, Gabriel serait en danger.

Gabriel prit les mains de Maya dans les siennes et réalisa qu'il avait du mal à se concentrer. En général, le fait de toucher le sujet rendait les souvenirs plus faciles d'accès. Dans le cas présent, il ne s'agissait, ni plus ni moins, que de la meilleure des distractions. Mais il était trop tard. Il ne pouvait plus reculer. Cela ne ferait que montrer à tous combien elle le perturbait. Et il ne voulait pas que quiconque le sût ; ni ses collègues, et encore moins elle.

Le fait qu'elle l'eût écarté devant le médecin comme un mauvais écolier l'avait blessé et poussé à se demander ce qui était véritablement arrivé entre eux. Le baiser de Maya était-il dû à un moment d'insanité provoqué par le choc qu'elle avait vécu ? L'avait-elle embrassé parce qu'elle avait ressenti la même attirance pour lui que celle qu'il ressentait pour elle ou cela n'avait-il pas eu la moindre importance à ses yeux ?

Une femme comme elle avait l'opportunité de choisir de beaux hommes. Lui, il n'entrait pas dans cette catégorie. N'importe lequel de ses collègues était plus attirant. D'accord, il était grand, musclé et fort mais on n'était plus au Moyen-âge. Aujourd'hui, les femmes ne voyaient plus les hommes comme un moyen de les entretenir. Elles cherchaient également un bel amant. Or, il n'était pas beau ; et encore moins l'amant qu'une femme pût désirer.

Gabriel repoussa l'idée déplaisante et se concentra sur la femme qui lui faisait face sur le canapé. Il pressa ses pouces contre les paumes de ses mains et les caressa doucement en décrivant de petits cercles. Le parfum de Maya s'engouffra dans ses narines et l'enveloppa. Il ferma les yeux et se concentra sur son aura, cet épais brouillard qui l'entourait. Il pouvait enfin la voir, après avoir adapté son propre esprit sur la fréquence de celui de Maya.

Son cœur se mit à battre en harmonie avec le sien, suivant sa respiration. Leurs corps étaient en parfaite synchronisation. Il s'imagina être dans l'esprit de Maya et, un instant plus tard, il se sentit transporté. Lorsqu'il ouvrit les yeux, il ne vit pas le salon de Samson mais une rue sombre.

Il entendit les pas de Maya comme elle les avait entendus elle-même ; il ressentit la brise de la nuit brumeuse. Elle chercha ses clés dans son sac, les en sortit. Il n'y avait pas de lumière sur le pallier lorsqu'elle atteignit celui-ci.

Puis une voix l'appela. Le malfrat l'avait attendue.

Et plus rien. Les ténèbres, hormis une sorte de voile sur l'image, comme un film au grain abîmé. Il savait de quoi il s'agissait.

Gabriel se força à pénétrer plus profondément dans sa mémoire et retourna en arrière. Il la vit se rendre au travail, faire du shopping en ville, manger au restaurant avec des amis, mais partout, il pouvait voir le voile. Il remonta six semaines auparavant et découvrit quand tout avait commencé. Avant cela, les souvenirs étaient clairs ; ils n'avaient été altérés que plus tard.

Gabriel cligna des yeux et lâcha les mains de Maya avant de soulever les paupières. Il avait interrompu la connexion.

Maya le regarda avec curiosité.

« Rien, c'est ça ? Je te l'avais dit. »

Il secoua la tête.

« Tu le connaissais. »

Elle se leva du canapé sans attendre plus longtemps.

« Impossible. »

Gabriel se leva à son tour.

« Au contraire, j'ai bien peur que ce ne soit la vérité. Il t'a appelée par ton prénom. Il t'attendait. »

« Tu as reconnu sa voix ? » interrompit Thomas.

Gabriel se tourna vers lui.

« Non. Maya le craignait. Cette peur a transformé sa voix. Je ne sais pas de qui il s'agit. »

« Mais je m'en souviendrais, si je le connaissais. C'est certain. »

Gabriel plongea ses yeux dans le regard inquiet de Maya.

« Il y a une raison pour laquelle tu ne te souviens de rien. Il a effacé ta mémoire. Et même plusieurs fois. »

« Mais je me souviens de choses qui se sont passées avant l'agression. Des bribes… Je me souviens être allée à l'hôpital ce soir-là. »

Gabriel hocha la tête.

« C'est parce qu'il n'a eu besoin d'effacer que les souvenirs le concernant. Quand je suis allé dans ta mémoire, je suis remonté six semaines plus tôt. Je crois que tu l'as peut-être repoussé, alors il a effacé ta mémoire avant de réessayer. J'ai vu des traces du moment où il a altéré tes souvenirs afin qu'il n'y ait pas d'interruption. C'est comme un voile. Je crois qu'il t'a suivie. »

Il remarqua le frisson qui parcourut le corps de Maya et voulut la prendre dans ses bras pour la réconforter mais se retint. Et si elle ne voulait pas qu'il la touchât ? Lorsqu'il lui avait pris les mains pour plonger dans ses souvenirs, elle s'était presque écartée de lui. La dégoûtait-il soudainement ? Regrettait-elle leur baiser ?

« Je suppose que lorsque je l'ai repoussé la deuxième fois, il a décidé de me tuer, » avança Maya.

« Pas de te tuer, » interrompit Yvette. « Mais de faire de toi ce qu'il est lui-même. Ce que nous sommes. »

« Mais pourquoi ? »

« Peut-être qu'il a pensé que tu l'accepterais dès que ton ancienne vie serait derrière toi. »

Gabriel n'avait jamais entendu une telle tristesse dans la voix d'Yvette. Etait-ce la même solitude qu'il avait souvent ressentie ?

« C'est logique, » ajouta Thomas. « Supprime des options et il y a des chances pour que tu acceptes ce qu'on t'offre. Espèce d'enfoiré. »

Gabriel voulut laisser échapper un juron bien plus fort mais il se retint. Jurer sur ce qu'on ne pouvait changer n'aiderait en rien. Ce qui était fait était fait. A présent, il était temps d'agir.

Ils devaient l'attraper. Si ce crime restait impuni, l'anarchie primerait. Et plus important encore, il ressentait le besoin urgent de punir l'homme qui avait fait du mal à Maya.

10

Maya craignait de tomber sur un voisin alors qu'elle, Yvette et Gabriel approchaient de son appartement. Il était prêt de minuit vendredi soir y avait des chances pour que quelqu'un rentrât tard et ne les vît. Cela ne semblait pas inquiéter Gabriel.

« On utilisera simplement le contrôle de l'esprit sur eu et ils ne sauront jamais qu'ils t'ont vue, » suggéra-t-il.

« Pardon ? »

Avait-elle bien entendu ? Etait-ce le contrôle de l'esprit ce dont elle pensait qu'il s'agissait. Le contrôle de l'esprit ? S'agissait-il bien de ce à quoi elle pensait ?

Yvette lâcha un sourire en coin et répondit sans laisser à Gabriel le temps de dire quoi que ce fût.

« C'est un petit tour bien pratique. C'est ce qui nous permet de passer inaperçus depuis des siècles. Je te suggère de vite apprendre à t'en servir. »

« Chaque chose en son temps, » avertit Gabriel en souriant doucement à Maya.

Avait-il la moindre idée des ravages qu'il causait lorsqu'il la regardait et lui souriait de cette façon ?

« Je veux que Maya se sente à l'aise dans sa nouvelle vie. Qui plus est, au début, ces capacités ne sont pas aussi faciles que ça à maîtriser. Si tu y vas trop fort, tu peux te faire mal. »

« Ou nous blesser, » ajouta sèchement Yvette. « Tu ferais bien de ne pas utiliser le contrôle de l'esprit sur un autre vampire. C'est uniquement pour les humains. »

Le regard qu'Yvette arbora en disait long.

« Qu'est-ce qui se passe si jamais je l'utilise sur un autre vampire ? Si j'apprends un jour comment ça marche, bien sûr. »

Gabriel fronça les sourcils.

« L'autre vampire s'opposera automatiquement à ton pouvoir et utilisera le sien contre toi. Ce n'est pas joli à voir et, en général, seul l'un des deux s'en sort vivant. »

« Même si c'est accidentel ? »

« Peu importe, » expliqua Gabriel. « Quand un vampire se sent attaqué par le contrôle de l'esprit, il se défend instinctivement. Le plus fort des deux l'emporte en tuant l'autre. »

Il posa sa main sur l'épaule de Maya.

« C'est un pouvoir dangereux. Thomas est le meilleur professeur pour ça. Je lui demanderai de te l'enseigner quand les choses se seront calmées. »

« Pourquoi pas toi ? »

« C'est le meilleur et il vaut toujours mieux s'adresser au meilleur. Je t'enseignerai d'autres choses, des choses pour lesquelles je suis meilleur que Thomas. Je veux que tu apprennes des meilleurs. C'est uniquement de cette façon que je saurai si tu es en mesure de te défendre et si tu es en sécurité. »

La façon dont il pressa doucement son épaule eut un effet rassurant sur elle, tout comme le fait de savoir qu'il lui enseignerait certaines choses et qu'il ne se contenterait pas de déléguer le travail à d'autres.

Lorsqu'ils entrèrent dans le studio, Maya eut la chair de poule. On aurait dit que quelqu'un était déjà passé par là. Même si la porte avait été fermée à clé, trop de choses n'étaient pas à leur place habituelle. Elle n'était peut-être pas de nature très ordonnée, mais le fait de vivre dans un petit espace lui avait appris à y maintenir un minimum d'ordre.

« Quelqu'un est venu. »

Gabriel hocha la tête.

« J'y comptais bien. »

« Pourquoi ? »

« Parce que ça veut dire qu'on a une chance de trouver une trace de ton agresseur. Il a peut-être laissé quelque chose. »

Maya était surprise. Elle ne s'était pas attendue à voir Gabriel adopter les méthodes des experts de la police scientifique. Il ne cessait de la surprendre. Elle avait été stupéfaite en découvrant son don qui lui permettait de s'immiscer dans les souvenirs des gens et il avait eu raison : elle n'avait rien ressenti lorsqu'il l'avait fait. Cela voulait-il dire qu'il pouvait le faire à n'importe quel moment, n'importe où et sans le dire ? Elle lui jeta un regard en coin.

Gabriel lui parut imposant, tandis qu'il furetait intentionnellement dans son salon, ses yeux scannant les étagères débordantes d'ouvrages médicaux. Ses longs doigts traînaient sur les couvertures des livres. Alors qu'il se hissait sur la pointe des pieds pour regarder les étagères du haut, elle remarqua la façon dont ses fesses se contractaient sous son jean usé. Cet homme portait les jeans comme personne. Maya se demanda ce qu'elle ressentirait si elle plantait ses canines dans la chair ferme de ses fesses afin d'y sucer le sang.

Elle venait de faire un pas vers lui lorsqu'il se retourna soudainement. Surprise, elle retint son souffle en espérant qu'il ne pût lire dans ses pensées comme il le lui avait assuré plus tôt. Avant qu'elle ne s'écartât, il lui posa la main sur l'avant-bras.

« Quelque chose ne va pas ? Tu as ressenti quelque chose ? »

Maya secoua la tête et mentit.

« A part le fait que je fouille mon appartement comme un voleur au milieu de la nuit ? Non, pas vraiment. »

« En plein jour, c'est malheureusement impossible, » répondit Gabriel en haussant les épaules.

« Je m'en étais doutée. Ne cherche pas, je suis juste d'humeur grincheuse. »

Bien plus que cela, elle avait faim et si elle ne mettait pas un peu de distance entre eux, Gabriel lui servirait de dîner.

« Je ferais bien de regarder mes messages. »

Elle se dirigea vers son téléphone et vit le bouton du répondeur clignoter. Trois messages. Elle appuya sur le bouton.

« Ceci est un message vocal de l'Association des... »

Elle pressa le bouton pour l'effacer.

« Maya, chérie... Je voulais juste te rappeler que c'était le soixantième anniversaire de tatie Suzie la semaine prochaine et tu sais combien elle aime avoir de tes nouvelles. Et appelle-moi. Ça fait une semaine qu'on ne s'est pas parlé. Tu travailles trop. »

Elle surprit le regard curieux de Gabriel.

« Ma mère, » expliqua-t-elle, avant que le message suivant ne s'enclenchât.

« Bon sang mais où est-ce que tu es ? Le chef est dans une colère noire parce que tu n'es pas venue hier. Appelle-moi. »

Le répondeur redevint silencieux. Maya mit les mains contre ses tempes.

« Oh merde, c'était Barbara. J'avais complètement oublié le boulot. Ils vont me virer. »

Elle sentit une main dans son dos.

« Maya, je déteste devoir t'annoncer une telle chose mais, de toute façon, tu ne pourrais pas continuer à travailler en tant que médecin. »

Elle se retourna pour regarder Yvette et se surprit à lire de la compassion dans les yeux de cette dernière. C'était ce qu'Yvette lui avait déjà dit plus tôt. A présent, Maya voyait les choses différemment.

« En fait, je ne vois pas pourquoi je ne peux pas continuer à être médecin. Ce n'est pas comme si j'avais envie de sang humain. Je ne devrais pas avoir de problème à côtoyer des humains et à traiter leurs maladies. Je ne suis pas attirée par leur sang. »

Non, pas par le leur. Uniquement par celui de Gabriel.

« On n'en est pas encore sûrs, » coupa Gabriel. « Si ça se trouve, c'est juste temporaire. Je peux t'assurer que lorsque tu auras trop soif, tu boiras n'importe quel sang disponible. »

Elle espérait que ce fût vrai mais n'en était pas aussi certaine. En outre, d'autres problèmes étaient aussi à prendre en compte.

« Je dois bien faire quelque chose pour vivre. Même si mes factures en nourriture vont baisser, ça ne veut pas dire que je n'aurai pas besoin d'argent pour vivre. Et ce sang en bouteille ne doit pas être donné. Où est-ce que ça s'achète, d'abord ? On en commande par correspondance ? »

Gabriel posa une main rassurante sur son bras.

« Tu ne devrais pas te préoccuper de ça pour le moment. On a des choses plus importantes à traiter. Et peu importe ce dont tu as besoin, je m'en chargerai. »

Maya ne fut pas la seule à lui jeter un regard incrédule. Elle remarqua la façon dont Yvette haussa les sourcils tout en pinçant les lèvres. Gabriel venait-il de lui proposer de payer ses factures?

« Merci mais je ne veux pas qu'on m'entretienne. »

Il grogna et se retourna. Le choix de ses mots n'avait peut-être pas été approprié mais l'essentiel de son message était là. Elle ne dépendrait pas d'un homme. Il devait bien y avoir des métiers qui convenaient aux vampires. Travailler de nuit à la banque du sang ? Gardien de cimetière la nuit ?

Maya regarda de nouveau le répondeur. Elle devait appeler sa mère qui s'inquiétait, ainsi que Barbara, la collègue avec laquelle elle travaillait depuis quatre ans.

Elle souleva le combiné et composa le numéro. Avant que l'appel n'aboutît, la main de Gabriel pressa la touche pour raccrocher.

« Oh, c'est quoi ça ? » cria-t-elle, déjà à bout.

« Tu appelles qui ? »

Elle le lui aurait dit mais le ton de sa voix était trop autoritaire à son goût, ce qui l'énerva. Un sentiment de malaise se déploya alors dans son ventre.

« Ça ne te regarde pas. Je suis quoi, ta prisonnière ? »

Choqué, il lâcha le téléphone.

« Non, bien sûr que non. Vas-y, » dit-il avant de faire une brève pause. « Mais fais attention à ce que tu dis à tes amis et à ta famille. »

Les épaules de Maya s'affaissèrent. Il avait raison. Elle n'avait aucune idée de ce qu'elle allait dire à sa mère ; elle avait tout simplement composé le numéro sans réfléchir. Elle posa son regard sur la photo de ses parents posée sur le buffet : son père avait un bras autour des épaules de sa mère et tous deux riaient aux éclats. Elle se souvint du jour où elle avait pris la photo. Le jour de la remise des diplômes à l'école de médecine. Sa mère avait relevé ses cheveux blonds en un parfait chignon. Les cheveux de son père, eux, étaient tout aussi trempés que ses vêtements.

« Il m'avait dit qu'il sauterait dans la piscine tout habillé si je réussissais mes examens avec la mention très bien, » dit-elle sans s'adresser à personne en particulier. « Je ne pouvais pas rater une telle occasion. »

Lorsqu'elle leva les yeux de la photo, elle vit que Gabriel la regardait, un doux sourire aux lèvres.

« Appelle tes parents. Dis-leur que tu vas bien mais que tu fais plus de gardes parce qu'un médecin est malade et qu'ils ont besoin d'un remplaçant, » lui conseilla-t-il. « On trouvera quelque chose de mieux plus tard. »

Elle hocha la tête et ravala ses larmes.

« Il est trop tard. Ils dorment déjà. Je les appellerai demain. »

« Bien, » convint Gabriel.

Puis comme s'il savait ce à quoi elle pensait, il ajouta : « Tu reverras tes parents. Je te le promets. Je ferai en sorte que ce soit possible. »

Elle lui adressa un sourire reconnaissant.

« Merci. »

« Maintenant, tu peux jeter un œil autour et nous dire s'il manque quelque chose ou s'il y a quelque chose qui ne t'appartient pas et qui pourrait être à lui ? »

Maya frissonna à l'idée que la personne qui l'avait agressée fût entrée chez elle. Avait-elle été si proche de lui ? L'avait-elle embrassé ? L'avait-elle laissé la toucher ? Ou avait-elle même couché avec lui ? Cela ne l'aurait pas beaucoup surprise, malheureusement. Elle avait toujours eu une vie sexuelle épanouie et la plupart de ses relations n'avaient pas duré longtemps.

Elle n'avait jamais été satisfaite, ni émotionnellement, ni sexuellement. Aucun homme n'avait été capable de lui donner ce dont elle avait besoin. Peut-être que cela aurait été plus facile si elle avait été capable de dire à un homme ce qu'elle voulait et ce dont elle avait réellement besoin. Mais elle n'avait jamais été capable d'exprimer ses désirs. Tout ce qu'elle savait, c'était qu'ils étaient sombres, trop sombres pour que son propre esprit pût mettre des mots dessus. Dès qu'elle avait couché avec quelqu'un, elle avait toujours voulu ressentir plus de choses. Même si elle n'avait jamais pu dire ce que ce *plus* signifiait.

Maya repoussa ses pensées et passa en revue ses affaires, allant douloureusement d'un tiroir à un autre, d'une étagère à la suivante. Rien ne semblait manquer.

« Tu as trouvé quelque chose ? » entendit-elle Yvette demander à Gabriel.

« Non, rien. Il a été prudent, » répondit celui-ci d'une voix neutre.

« Oui, bizarre. Tu crois qu'il savait qu'on viendrait ? »

« Apparemment, oui. On dirait qu'il est venu nettoyer derrière lui. »

Maya regarda l'obscurité par la fenêtre et frissonna. Elle ne voulait pas rester là. Elle ne se sentait pas en sécurité du fait de savoir qu'il pouvait entrer lorsqu'il le voulait.

« Je vais emporter quelques trucs, » annonça-t-elle.

« Yvette, aide-la, » ordonna Gabriel. « On en a fini ici. »

Dans la chambre, Maya jeta quelques vêtements dans un sac puis elle se dirigea vers la salle de bain. Elle ouvrit le cabinet de toilette sous l'évier et en sortit ses pilules contraceptives.

« Tu n'en auras pas besoin, » dit Yvette dans son dos.

Elle n'avait pas remarqué qu'Yvette l'avait suivie et, bien entendu, le miroir ne les reflétait pas.

« Qu'est-ce que tu en sais ? Je ne vais pas arrêter le sexe juste parce que je suis un vampire. »

« Personne n'attend ça de toi. Mais tu n'auras pas besoin de ces pilules. Les femmes vampires sont stériles. »

Stériles. Le mot resta en suspens.

Maya s'agrippa au bord du lavabo. Pendant toutes ces années, elle avait pris tant de précautions pour ne pas tomber enceinte. Pendant toutes ces années, elle avait craint le manque d'effet de sa pilule, la déchirure d'un préservatif ou tout autre accident stupide. Et à présent, lorsqu'on lui disait qu'elle n'avait plus à se soucier de ce genre de choses, elle se rendait compte qu'elle aurait voulu être mère un jour ? Pourquoi la vie était-elle aussi cruelle ?

Elle sentit la main chaude d'Yvette dans son dos et se retourna.

« Je suis désolée, je croyais que tu le savais. Seuls les vampires mâles sont fertiles et encore… Uniquement s'ils s'allient à un partenaire de sang-mêlé. Je sais, c'est nul. »

Maya ne comprenait pas ce qu'Yvette était en train d'essayer de lui expliquer.

« Une alliance ? »

« Oui, en fait les vampires mâles sont exactement comme leurs homologues humains. Tout ce qu'ils veulent, c'est une femme qui leur donnera un enfant. Seule une humaine qui a mélangé son sang à celui d'un vampire peut rendre celui-ci fertile. La seule chose à laquelle les femmes vampires sont bonnes, c'est le sexe. Alors tu ferais bien de ne pas sacrifier ton cœur à un vampire parce que ça ne finira qu'en grosse déception. J'ai déjà vu ça arriver. »

Maya dévisagea Yvette avec incrédulité. Cela ne pouvait être vrai. Non seulement elle ne pouvait avoir d'enfants, enfants que, jusqu'à présent, elle ne savait pas qu'elle voulait mais en plus, aucun vampire mâle ne voudrait d'elle comme partenaire sur le long terme parce qu'elle était stérile ? Etait-elle en train de payer ce qu'elle avait fait à de nombreux hommes ? Parce qu'elle avait rompu avec eux dès qu'elle avait réalisé qu'ils ne pouvaient satisfaire ses besoins ? Parce qu'elle avait à peine donné une chance à qui que ce fût ?

Un sanglot lui déchira la gorge.

Une seconde plus tard, Gabriel déboula dans la pièce.

« Qu'est-ce que tu lui as fait ? » cria-t-il à Yvette en s'immisçant entre les deux femmes, puis en prenant Maya contre sa poitrine.

Instinctivement, elle se laissa faire.

« Mais je n'ai rien fait ! » s'exclama Yvette avant de sortir avec fracas de la petite salle de bain.

Maya laissa échapper un autre sanglot. Peu importe la motivation d'Yvette quant au choc d'une telle révélation. En fait, elle en était plutôt contente ; contente de l'avoir appris maintenant.

Les sanglots de Maya atteignirent Gabriel au plus profond de lui-même. Il avait de nouveau échoué. Il s'était promis plus tôt qu'elle ne pleurerait plus et voilà dans quel état elle était, les larmes lui ravageant le visage. Il n'aurait pas dû lui demander de venir avec eux chez elle. Elle était encore trop fragile, trop sensible à tout.

Elle le repoussa et s'écarta. Ne voulait-elle pas qu'il se sentît inquiet ?

« Je vais bien, » dit-elle.

Il savait que ce n'était pas le cas.

« Pourquoi pleures-tu ? » demanda-t-il.

« Je ne pleure pas, » renifla-t-elle. « Je crois que j'ai attrapé quelque chose. »

Il pencha la tête.

« Qu'est-ce que tu veux dire ? »

« Juste un rhume ou un truc dans le genre. »

Gabriel secoua la tête. Maya l'évitait et il n'aimait pas ça.

« Les vampires n'attrapent rien. On ne tombe pas malades. »

Mais avant qu'il ne pût faire dire à Maya ce qui n'allait pas, il entendit un bruit.

Il tourna la tête vers la petite fenêtre au-dessus de la baignoire. Jusqu'alors, il n'avait pas remarqué que celle-ci était ouverte.

« Quelqu'un nous regarde, » murmura-t-il à Maya en lui prenant le bras.

Il la ramena rapidement dans le salon, où Yvette attendait, assise dans un fauteuil.

« Il est dehors, » dit-il à Yvette qui sauta instantanément sur ses pieds.

« Je vais le chercher. Tu ramènes Maya à la maison. »

« On aura plus de chance si on est deux après lui, » protesta Yvette.

Gabriel l'interrompit d'un mouvement de la main.

« C'est un ordre. »

Sans attendre de réponse, il sortit de l'appartement et passa la porte d'entrée.

Le malfrat les avait observés. Ce qui voulait dire qu'il savait que Maya avait survécu et qu'elle était, en outre, sous la protection de Gabriel. Il pouvait découvrir où elle se cachait. Il était essentiel que Gabriel le trouvât avant qu'il ne pût de nouveau passer à l'attaque.

Le fait qu'il eût surveillé l'appartement – manifestement dans l'espoir qu'elle revînt – rendait son obsession pour Maya on ne peut plus évidente aux yeux de Gabriel. Un harceleur, exactement comme il l'avait suspecté. Un amoureux éconduit.

Il n'avait pas vu l'homme mais il avait remarqué que l'allée depuis laquelle il les avait observés était une impasse. Cela voulait dire qu'il devait revenir dans la rue principale pour pouvoir s'échapper. C'est pourquoi Gabriel ne prit pas la peine de courir jusqu'à l'allée. Il suivit tout simplement la vague odeur de vampire que ce voyou avait laissée derrière lui.

Il zigzagua à travers Noe Valley. Gabriel comprit que le voyou essayait de sortir du quartier résidentiel pour se retrouver dans un endroit plus vivant où il serait plus difficile pour le New Yorkais de le poursuivre. Gabriel accéléra, essayant de gagner du terrain, mais sa connaissance lacunaire de ce quartier de San Francisco n'aidait pas. S'il s'était trouvé à New York, Gabriel aurait mis la main sur ce type depuis longtemps, mais chasser un homme sur son propre territoire n'était pas chose aisée.

Lorsqu'il entendit de la musique et des bruits provenant d'une fête, Gabriel sut qu'il l'avait perdu. Deux pâtés de maisons plus loin et il se retrouva au cœur de Castro. Ces deux pâtés de maisons semblaient juste accueillir deux ou trois douzaines de bars et de clubs. Des fêtards s'amassaient sur les trottoirs. Gabriel scanna la foule du regard et nota soudain l'absence de femmes.

La plupart des passants étaient des hommes qui se tenaient par le bras, par la main, voire s'embrassaient ouvertement. Gabriel était déjà venu là auparavant. Il s'agissait du quartier gay de la ville, où la population homosexuelle avait ses habitudes. La police n'intervenait que très rarement et se montrer en public faisait partie des normes.

Gabriel s'arrêta à l'angle d'un bar et sortit son téléphone. Un jeune bellâtre biker lui sourit et leva sa bière vers lui depuis le bar. Gabriel secoua la tête et se retourna. Super. Les hommes le draguaient et se souciaient manifestement peu de sa cicatrice. Pourquoi ne pouvait-il en être de même avec les femmes ? Enfin, pas n'importe quelle femme – Maya plus particulièrement.

Il composa un numéro et obtint une réponse après trois sonneries.

« Quoi de neuf, Gabriel ? » répondit Zane, le souffle coupé.

« Tu es où ? »

« Pourquoi ? »

« Parce que j'ai besoin que tu bosses un peu, » aboya Gabriel.

« Je suis à la Mission, un endroit branché, » dit Zane en lui donnant l'adresse.

« Je te retrouve là-bas. »

Gabriel entra l'adresse dans le GPS de son téléphone. Zane se trouvait à six pâtés de maisons. Bien pratique.

Ce que Zane appelait un endroit branché était bien plus qu'une simple boîte de nuit. Le videur ne dit rien à l'entrée et laissa pénétrer Gabriel à l'intérieur de l'établissement lugubre dès qu'il remarqua la cicatrice de ce dernier. L'homme avait dû supposer que la présence de cette balafre sur la joue du vampire n'était pas due au hasard. Les gens semblaient avoir peur de lui et ne lui montraient aucune résistance.

Il faisait sombre, plus sombre que dans les autres boîtes où il était allé, et la raison ne se fit pas attendre. Le long des murs, on pouvait distinguer des petites cabines dont l'entrée était recouverte d'un tissu transparent qui déformait le visage des gens qui se trouvaient derrière sans pour autant cacher ce qu'ils y faisaient.

Gabriel n'était pas surpris. Le choix de divertissement de son second incluait toujours du sexe et, si celui-ci était épicé de violence, cela n'en était que mieux. Il fit confiance à son nez et trouva Zane dans l'une des cabines. Il s'arrêta devant et regarda à travers le tissu diaphane.

Il était facile de reconnaître la silhouette de Zane. Sa tête rasée brillait. Il était étendu sur un banc, sa verge épaisse dépassant de son pantalon de cuir. Une femme lui faisait une fellation tandis qu'une autre était assise sur son visage pendant qu'il lui maintenait les fesses avec ses doigts.

Les femmes étaient habillées mais, après vérification, Gabriel remarqua que la femme accroupie sur Zane ne portait pas de culotte sous sa jupe ultra-courte.

Gabriel resta immobile en regardant Zane pratiquer un cunnilingus sur l'une de ces femmes pendant qu'il lui insérait un troisième doigt dans le derrière, ignorant le fait que celle-ci voulût se retirer. De sa main libre, il la fessa et elle poussa un cri aigu.

« Fais comme j'te dis, » entendit-il Zane ordonner.

Gabriel pensa à l'interrompre mais deux choses l'arrêtèrent. Tout d'abord, interrompre un vampire qui s'envoyait en l'air n'était pas une bonne idée – Zane utiliserait son énergie sexuelle en guise de violence – et Gabriel ne voulait pas en être la cible.

La seconde raison était sa propre excitation. Gabriel aimait regarder. Souvent, c'était tout ce qu'il avait. Et cette fois, il s'agissait bien plus que de regarder deux personnes dans un film porno. Cette fois, il pouvait imaginer qu'il était l'homme et que la femme était Maya.

La situation l'excita en quelques secondes, réveillant des désirs sexuels plus sombres qu'à l'accoutumée. Il ne pouvait dire pourquoi il voulait soudainement s'adonner à des choses innommables, succomber à des actes sexuels qui semblaient dépravés et tabous. Devenait-il si désespéré que la moindre chose l'excitait désormais ? Il se débarrassa de ses vilaines pensées.

Lorsque Zane planta ses dents dans la cuisse de la femme pour boire son sang, Gabriel sut qu'il ne lui restait plus longtemps à attendre. Quelques instants plus tard, Zane se défit des deux femmes et les renvoya. Il ne sembla pas surpris par la présence de Gabriel à l'entrée de l'alcôve.

Zane lui fit signe d'entrer.

« Ça fait longtemps que tu attends ? »

« Assez longtemps. »

« Tu aurais dû te joindre à nous. Je ne suis pas le proprio. »

« Non, merci. »

Gabriel s'éclaircit la gorge et s'assit sur le banc. Il ne s'était jamais déshabillé devant ses amis et collègues et il n'allait certainement pas commencer maintenant. Personne ne savait rien de l'horreur qu'il cachait.

« J'espère que tu leur as effacé la mémoire. »

« Procédure standard, » confirma Zane en étendant ses longues jambes devant lui. « Tu as du boulot pour moi ? »

«Ce soir, le voyou nous a observés chez Maya. Il sait qu'elle est avec nous alors, il va falloir qu'on passe à la vitesse supérieure dans nos recherches. Tu as trouvé quelque chose ? »

Zane haussa les épaules.

« J'y travaille, comme tu peux le voir. »

Gabriel haussa les sourcils. S'envoyer en l'air avec deux femmes ne s'apparentait pas à la recherche d'un malfrat.

« J'ai mes méthodes. »

« Je les connais. Qu'est-ce que tu espérais trouver en baisant ces deux filles ? »

« Bien plus que tu ne le crois. Ça parle, une femme. Ça remarque des choses. »

Gabriel laissa échapper un bref grognement.

« Je veux que tu vérifies les alibis de tous les vampires mâles la nuit de l'agression. Le rédacteur du *SF Vampire Chronicle* devrait avoir la liste complète de tous les foyers de vampires. Je ferai en sorte que tu l'obtiennes. Regarde ce que tu peux y trouver. Uniquement les hommes, hétéros. Laisse de côté ceux qui ont une partenaire de sang-mêlé puisqu'ils n'auraient pas pu boire le sang de Maya. Je pense qu'il s'agit d'un amoureux éconduit. »

Il détestait cette idée. Maya avait-elle couché avec lui ? Lui avait-elle permis de la toucher comme Gabriel voulait lui-même le faire ?

11

Maya se retourna dans son lit. En rentrant, elle avait dit à Yvette qu'elle était fatiguée et, étant donné qu'il ne restait qu'une heure avant le lever du jour, celle-ci n'avait pas semblé surprise lorsqu'elle lui avait demandé si elle pouvait se reposer.

Yvette lui avait dit qu'elle resterait dans la maison, comme l'avait exigé Gabriel. Selon elle, il y avait une chambre sécurisée au sous-sol de la maison, derrière le garage, dans laquelle aucun rayon de soleil ne pouvait pénétrer. C'était là qu'Yvette dormirait. Etant donné que Gabriel utiliserait la suite parentale lorsqu'il reviendrait et que Maya occupait la seule chambre d'amis de la demeure, c'était la dernière pièce disponible dans la maison.

Au point où elle en était, Maya ne se souciait plus guère de ce que les gens pouvaient penser. La faim était si douloureuse que même l'hostilité évidente d'Yvette ne l'atteignait pas. Elle pouvait deviner que cette dernière était froissée. La réprimande de Gabriel avait dû l'affecter.

Mais tout ce qui importait à Maya, c'était d'assouvir sa faim. Elle avait entendu Gabriel rentrer peu avant le lever du soleil et parler à Yvette avant de monter. Elle aurait pu jurer qu'il s'était arrêté devant sa chambre mais ensuite, il s'était dirigé vers la suite parentale et y était entré.

A présent, tout était silencieux.

Maya agrippa son ventre et se roula en boule. Les crampes empiraient. Il n'y avait aucune comparaison entre les pires crampes qu'elle avait ressenties au cours de ses cycles menstruels et la douleur que son ventre vide lui causait en se contractant par vagues successives. Ayant grandi au sein d'une communauté de nantis, elle n'avait jamais connu la faim auparavant. Etait-ce ce que vivaient quotidiennement certaines personnes ? Ou la douleur n'était-elle due qu'à sa nouvelle condition de vampire ainsi qu'à l'acuité à présent démultipliée de ses sens?

Elle ne pouvait laisser sa faim l'emporter. Elle était plus forte. Elle se devait de l'être. Lorsque la vague de douleur suivante s'empara d'elle avec une puissance à lui couper le souffle, elle sut qu'elle devait agir. Peut-être que sa faim était à présent suffisamment grande pour combattre son aversion pour l'horrible sang en bouteille. Elle essaierait une nouvelle fois. Autrement, elle ne pourrait jamais tenir un jour de plus. Et il n'y avait aucune chance pour que Drake se montrât avant la tombée de la nuit ; pour autant qu'il eût de bonnes nouvelles à communiquer.

Maya regarda le réveil posé sur la table de nuit. C'était le milieu de la matinée. Non, elle ne pouvait pas attendre jusqu'à vingt heures que le soleil se fût couché.

Ignorant la douleur, elle sortit ses jambes du lit. Tremblant dans sa chemise de nuit rouge, elle attrapa sa robe de chambre et la passa.

Pieds nus, elle se glissa hors de la chambre et descendit au rez-de-chaussée. Elle ne voulait réveiller personne ; surtout pas Gabriel. Il réduirait à néant ses efforts pour goûter au sang humain. A cet instant précis, elle pouvait toujours sentir l'odeur de son sang. Un frisson la parcourut et elle accéléra le pas pour rejoindre au plus vite le rez-de-chaussée et la cuisine. Plus elle se tenait à distance de Gabriel, mieux c'était.

La cuisine était déserte.

Maya ouvrit le frigidaire et jeta un œil à ce qu'il contenait. Comme prévu, il était plein de bouteilles de sang. Elle en attrapa une et laissa la porte se refermer.

Essayant de ne pas se donner une chance de renoncer, elle défit le bouchon. Comme lors de ses dernières tentatives, elle retint son souffle et porta la bouteille à ses lèvres. Un instant plus tard, elle mit la tête en arrière et prit une gorgée. Le liquide rouge se répandit dans sa bouche. C'eut été de l'acide sulfurique que le goût n'en aurait pas été plus horrible. Elle se dirigea vers l'évier et cracha.

Les gouttes qui avaient atteint sa gorge lui donnèrent un haut le cœur et elle toussa. Il n'y avait pas moyen qu'elle bût ce truc, même si sa vie en dépendait, ce qui, à son grand désespoir, était précisément le cas.

Elle garda la bouche sous le robinet et laissa l'eau fraîche lui ôter le goût du sang avant de se redresser. Un instant plus tard, une nouvelle crampe parcourut son corps et elle se plia en deux. En essayant de se retenir au comptoir, elle renversa accidentellement la bouteille, laquelle atterrit bruyamment dans l'évier.

Incapable de tenir debout plus longtemps, Maya tomba au sol. Des mouches apparurent devant ses yeux. Avant qu'elle ne pût se relever, la porte de la cuisine s'ouvrit en grand. Elle vit d'abord une longue robe de chambre, puis leva les yeux et fixa son regard sur le visage de Gabriel.

« Maya, oh mon Dieu… Qu'est-ce qui s'est passé ? » demanda-t-il d'une voix paniquée.

Sans attendre sa réponse, il s'accroupit et l'aida à se relever. L'odeur du vampire New Yorkais l'enveloppa immédiatement, rendant sa faim encore plus insoutenable.

Il ne la lâcha pas. Au contraire, ses mains serrèrent ses bras davantage encore.

« Laisse-moi t'aider. Tu es faible. »

« Non, laisse-moi, » le supplia-t-elle, sachant qu'elle ne pourrait résister plus longtemps.

Elle fit un mouvement brusque et se surprit elle-même lorsqu'elle réussit à se défaire de ses mains. Lorsqu'il l'attrapa de nouveau, elle le repoussa pour tenter de l'arrêter. Elle frôla son avant-bras, mais lorsque ses ongles passèrent sur la peau de Gabriel, elle se rendit compte que ses doigts s'étaient transformés en griffes aiguisées.

Du sang s'échappa des deux petites coupures qu'elle avait faites. Elle les regarda. Du sang. *Son* sang. Juste là. Elle n'avait qu'à attraper le bras de Gabriel et le porter à sa bouche pour le lécher.

Son ventre s'emballa. N'obéissant qu'à elle-même, sa main tenta de l'attraper. Elle se lécha les lèvres en anticipation du cadeau inespéré. Ses narines frémirent, la plongeant davantage encore dans la délicieuse odeur, alors qu'un grognement sourd s'échappait de sa poitrine. Elle se sentait comme un animal, mais cela n'avait plus aucune importance. Son instinct de survie était plus fort.

Il lui attrapa le poignet avant qu'elle ne pût lui toucher le bras et la força à le regarder. Une étincelle éclaira les yeux de Gabriel lorsqu'il comprit. Il regarda la blessure à son bras, puis Maya de nouveau.

Elle était prête à se battre pour ce qu'elle voulait.

« Oh mon Dieu, c'est mon sang que tu veux, c'est ça ? » demanda-t-il, incrédule.

Maya ne répondit que par un grognement.

« Viens. »

D'une poigne de fer, il la sortit de la cuisine et l'amena dans le couloir. Allait-il à présent l'enfermer pour faire en sorte qu'elle ne l'attaquât plus ? Elle ne pouvait le laisser faire. Elle devait se battre.

Lorsqu'il la poussa dans le bureau, elle voulut protester mais sa bouche était trop sèche pour qu'elle pût parler. Elle avait besoin de son sang, sans attendre.

Une seconde plus tard, elle se retrouva sur le canapé ; sur ses genoux.

« Pourquoi diable ne m'as-tu pas dit que tu voulais mon sang ? » demanda-t-il d'une voix furieuse.

Elle sursauta lorsqu'il l'attrapa et essaya de se défaire de ses bras mais il l'en empêcha.

« Mince ! » jura-t-elle.

« Têtue… J'aurais pu te nourrir, la nuit dernière. Est-ce que tu as la moindre idée de combien j'étais inquiet ? »

Avait-il dit *la nourrir* ? Cela voulait-il dire qu'il était prêt à la laisser boire son sang ?

« J'ai besoin… »

Elle s'arrêta. Elle ne pouvait le dire . La honte lui ôtait de la bouche les mots qui lui auraient permis d'exprimer ses besoins.

« Je sais ce dont tu as besoin. »

Il défit le col de sa robe de chambre et repoussa ses cheveux. Elle n'avait pas remarqué jusqu'alors qu'ils n'étaient pas retenus en queue de cheval comme d'habitude. Alors qu'il lui exposait son cou, elle le regarda. Que voulait-il dire ? Voulait-il qu'elle se nourrît de lui ?

Gabriel surprit le regard confus de Maya lorsqu'il lui offrit son cou. Il aurait pu la laisser se nourrir de son poignet ou de son avant-bras mais il la voulait plus proche. Il voulait sentir son corps lorsqu'elle planterait ses canines dans sa veine et sucerait son sang. Il était peut-être égoïste mais il voulait ressentir le plaisir de la sentir serrée contre lui lorsqu'elle boirait.

« Plante tes canines dans ma peau, » ordonna-t-il en lui montrant sa veine clairement visible sous sa peau. « Ici. Je veux que tu mordes ici. Et tu n'arrêteras que quand tu seras repue. Si tu oses t'arrêter avant, tu devras en payer le prix. »

« Je ne veux pas te blesser, » marmonna-t-elle.

Sa réponse le prit au dépourvu. Malgré la faim qu'il pouvait clairement lire dans ses yeux, elle trouvait encore suffisamment de force pour lui résister.

« Tu ne me feras pas mal. Maintenant, bois ou je t'y force. »

Il reconnut le ton bourru de sa voix et sut que celui-ci était dû à l'excitation précoce qu'il éprouvait rien qu'à l'idée qu'une partie de lui-même serait bientôt en elle.

Maya s'approcha et abaissa finalement la tête vers son cou. Ses lèvres pulpeuses effleurèrent sa peau. Il ne put réprimer le frisson qui parcourut con corps ; depuis le point qu'elle avait touché jusqu'à ses orteils.

« Mords-moi, » la pressa-t-il.

Il n'avait jamais rien désiré de plus que les dents de Maya dans son cou.

Gabriel sentit les canines, d'abord sur sa peau, puis le long de sa veine déjà prête à exploser. La bouche de Maya s'ouvrit en grand et le bout pointu de ses dents perça à travers la peau, plongeant en profondeur et se positionnant dans son cou. Lorsqu'elle aspira les premières gouttes de sang, il frissonna.

Jamais au cours de sa longue vie il n'avait expérimenté une telle chose. Oui, elle s'était déjà nourrie de lui, mais de son poignet et de plus, elle avait été inconsciente. Ses canines ne s'étaient jamais plantées en lui. Jamais personne n'avait eu l'occasion de mordre son cou ; aucune maîtresse qui aurait pu le faire dans le feu de la passion, comme il en était coutumier chez les couples de vampires. Et si ce n'était pour se nourrir, ça l'était tout au moins pour accroître leur excitation.

Il n'était absolument pas prêt à faire face à la réaction de son propre corps face à cette morsure.

Le paradis. Il ne pouvait le décrire autrement. Comme un courant électrique, une chaleur enivrante s'étendit à chaque cellule de son corps, enveloppant sa colonne vertébrale pour finalement se poser dans sa verge. Tout son corps bouillait sous les sensations.

Malgré la robe de chambre qu'elle portait, il pouvait sentir son corps comme si elle s'était trouvée nue sur ses genoux. Des étincelles semblaient jaillir du corps de Maya pour atteindre le sien, telles des petites décharges électriques en train de danser. Mais il y avait toujours bien trop d'espace entre leurs corps.

« Assieds-toi à cheval sur moi, » lui murmura-t-il à l'oreille.

Sans protester, elle bougea et il l'aida à passer ses jambes de chaque côté de ses hanches. Pendant un moment, il se demanda s'il était juste d'abuser ainsi de la situation, mais c'était trop tard : il la voulait aussi près de lui que possible. Son corps ne désirait qu'elle.

A chaque goutte de sang qu'elle buvait, l'euphorie dans l'esprit de Gabriel ne cessait d'augmenter. Il n'avait jamais ressenti une telle liberté, une telle légèreté ; un tel paroxysme. Rien au monde ne pouvait l'atteindre. La solitude appartenait au passé. La douleur était devenue comme une musique étrangère à ses oreilles.

Il plongea la main dans les cheveux de la jeune femme et la maintint contre son cou, plus que réticent à l'idée qu'elle arrêtât de boire. Son érection pressait contre elle et bien qu'elle l'eût sûrement remarquée, elle ne s'écarta pas. Il lui glissa son autre main dans le bas du dos et écarta les doigts. La légère pression qu'il exerça fut suffisante pour qu'elle y répondît : elle bougea pour se placer contre son érection et se frotter contre lui.

Gabriel ne put retenir le gémissement bruyant qui s'échappa de ses lèvres. Il prit une profonde inspiration et inhala l'odeur de Maya : purement féminine, mûre et excitée. Pour s'être nourri d'humains avant de se mettre au sang en bouteille, il savait à quel point il pouvait être sexuellement excitant de boire le sang de quelqu'un directement depuis une veine. S'il avait été un gentleman, il aurait ignoré l'excitation de Maya, ne se serait pas pressé contre elle et n'aurait pas tiré avantage de la situation. Mais c'était bien la dernière chose qu'il avait en tête.

Bon sang, il l'avait désirée dès qu'il l'avait vue pour la première fois. Quelqu'un pouvait-il vraiment lui en vouloir de goûter ainsi au paradis et d'en apprécier chaque seconde aussi longtemps qu'elle ne lui résisterait pas ? Aussi longtemps qu'elle serait suffisamment droguée par le sang pour ne pas se soucier de celui qui se frottait la verge contre sa féminité ?

La pression dans ses bourses s'accrut et il sut qu'il devait la lâcher avant de passer pour un parfait idiot en éjaculant dans son boxer. Mais pas tout de suite. Il avait besoin de la sentir encore un peu plus avant de retourner se coucher, seul ; son odeur enivrante le possédant, le fantôme de son corps tendre pressé contre le sien. Puis il se toucherait, non pas avec sa propre main calleuse qui le serrerait jusqu'à ce qu'il libérât sa semence en prétendant en inonder l'écrin de Maya, mais bien en imaginant que celle-ci le caresserait de sa main douce.

Trop tôt, il la sentit s'écarter et retirer ses canines de son cou. Il voulut la retenir, lui dire de continuer mais sut que cela lui était impossible. Lorsqu'il plongea ses yeux dans les siens, il sut qu'elle était rassasiée. Son visage semblait plus rempli et sa peau était brillante, tandis qu'un éclat faisait briller ses pupilles. Elle ne lui était jamais apparue aussi belle.

« Merci, » murmura-t-elle avant de regarder de côté, comme honteuse de ce qu'elle venait de faire.

« Je t'en prie, » répondit-il en toute honnêteté. « Tu devras boire mon sang quotidiennement. »

Elle leva les yeux vers lui.

« Mais je… Je veux dire, je ne peux… »

« Ton corps en a visiblement besoin. On se nourrit tous quotidiennement, » insista-t-il.

C'était la vérité mais savoir qu'il y prendrait plaisir chaque jour ne l'empêchait pas de se sentir comme un voleur.

« Je ne peux pas te faire ça sans te donner quelque chose en retour. Ce n'est pas juste, » protesta-t-elle, lui prouvant qu'elle avait davantage d'intégrité que lui-même n'en aurait jamais.

« Si c'est la seule chose que tu peux boire, alors c'est comme ça. Tu te nourriras de moi. Et tu ne me dois rien. »

Elle lui avait déjà donné bien plus que ce qu'elle pouvait imaginer. Le simple fait de savoir qu'il la tiendrait tous les jours lorsqu'elle se nourrirait dépassait ses souhaits les plus fous.

« Mais je veux te donner quelque chose en échange. Je ne peux pas juste manger gratuitement. C'est comme payer un dîner. »

Il sourit à sa comparaison. Il avait bien plus d'argent qu'il n'en avait besoin. Il ne voulait rien. A part, peut-être…

« Un baiser, » laissa-t-il échapper sans pouvoir s'en empêcher.

Lorsqu'il vit sa réaction, il regretta immédiatement ses mots. Surprise, elle écarquilla les yeux et entrouvrit les lèvres comme si elle voulait faire une remarque. Puis son regard se porta sur le côté balafré de son visage.

Il déglutit et tourna la tête pour lui cacher son visage défiguré. Il venait juste de ruiner le moment le plus parfait de son existence, en ayant simplement laissé, ne fût-ce qu'un instant, ses désirs prendre le contrôle. C'était stupide. Non seulement elle ne l'embrasserait pas, mais elle ferait probablement tout pour éviter de devoir à nouveau se nourrir de lui.

« Pas grave, » dit-il d'une voix impassible. « Tu n'as pas à le faire. Je, euh… »

Il sentit la main de Maya lui attraper le menton et le forcer à la regarder dans les yeux.

« Un baiser par repas ? » demanda-t-elle avant de hocher doucement la tête.

Par repas ? Il n'avait pensé qu'à un baiser pour tous les repas à venir mais il n'osa protester. Il n'était pas assez noble pour admettre qu'il ne voulait qu'un seul baiser. Elle l'avait mal compris mais il ne la reprendrait pas. Au contraire, il acquiesça d'un mouvement de tête.

« Je crois que c'est équitable. Je dois te payer maintenant ? »

Soudain, il se sentit impudent.

« Comment était le dîner ? »

« Délicieux. »

Le fait de savoir que Maya aimait son sang était bien plus excitant que ce qu'il aurait pu imaginer.

« Dans ce cas, je crois qu'il est temps de régler l'addition. »

Gabriel la regarda alors qu'elle s'approchait doucement de lui. Sa position était parfaite : toujours sur lui. Il ne pouvait penser à meilleure posture pour un baiser, hormis peut-être si elle était allongée sous lui, mais là, il voyait trop loin.

Tel un chat, elle bougea plus près jusqu'à ce que sa bouche se trouvât au-dessus de la sienne. Ses lèvres étaient légèrement écartées et il put sentir son souffle. Sa respiration devint soudain plus courte. Aussi se demanda-t-il si elle n'avait pas peur de ce qu'il ferait. Regretterait-elle sa décision et renoncerait-elle au dernier moment ?

« Je peux garder mes mains sur le canapé, si tu préfères, » offrit-t-il en plaçant la paume de ses mains contre les coussins à côté de ses hanches. Il ne voulait pas qu'elle eût peur de lui ni qu'elle pensât qu'il profitait de la situation, même s'il n'en désirait pas moins. Mais le fait de savoir qu'il ne s'agissait pas du dernier baiser qu'ils échangeraient lui donnait le courage de contenir son avidité et de prendre uniquement ce qu'elle acceptait de lui offrir ; sans franchir les limites du baiser.

Il pouvait apprendre à savourer ce moment. Chaque jour, il aurait quelque chose qui l'attendrait. Mais il devait rester tranquille et ne pas la submerger par la passion qu'il ressentait ; ne pas l'effrayer au point qu'elle s'enfuît ou qu'elle annulât leur pacte. Non, sa réaction devait être silencieuse afin qu'elle ne sût pas combien il la désirait et qu'ainsi elle ne fût pas effrayée par l'ampleur de son excitation. Chaque jour, il pourrait s'accorder un peu plus et il la mettrait davantage à l'aise. Alors, peut-être, commencerait-elle à ressentir pour lui la même attirance que celle qu'il ressentait pour elle.

Les lèvres de Maya frôlèrent les siennes et il sut combien il lui serait difficile de maintenir ce baiser doux et innocent.

Son odeur masculine l'enveloppa. Maya ne pouvait croire à la chance qu'elle avait. Après avoir bu son sang, elle se sentait régénérée ; plus forte qu'elle ne l'avait jamais été, mais également plus excitée ! Et à présent, il voulait un baiser en échange ? La situation pouvait-elle être plus parfaite ?

L'embrasser ne représentait pas du tout un sacrifice à ses yeux. Lorsqu'elle frôla ses lèvres, elle apprécia le mélange parfait de douceur et de fermeté. Jusqu'à présent, elle n'avait pas réalisé combien ses lèvres étaient pleines, mais voilà qu'elle pouvait apprécier leur volupté en suçant sa lèvre supérieure et en la léchant avec sa langue.

Maya captura la bouche de Gabriel et, sous une légère pression de sa langue, ce dernier entrouvrit les lèvres. Avidement, elle s'y engouffra pour l'explorer. Son goût était tout aussi incroyable que celui de son sang. Elle savait que la réaction qu'elle avait avec lui était purement chimique. Les phéromones qu'il émettait éveillaient son désir. Comme un instinct primaire, son corps reconnaissait celui de Gabriel comme étant celui qui lui correspondait le mieux. Elle avait lu des études cliniques sur le processus chimique qui produisait le désir et elle savait que c'était exactement ce qui lui arrivait à présent. Il ne pouvait pas s'agir de quoi que ce fût d'autre : du pur désir. Il ne pouvait y avoir autre chose. Elle ne savait presque rien de Gabriel. Aucun sentiment n'avait pu naître en si peu de temps.

Elle continua de l'embrasser, caressant sa langue de la sienne, mais la réaction de Gabriel ne fut pas celle escomptée. Comme n'importe quel mâle dominant, elle s'était attendue à ce qu'il prît les choses en main et en demandât davantage. Pourtant, il n'en faisait rien. Il ne répondait qu'en lui caressant la langue de la sienne lorsqu'elle l'y incitait assez longuement. Lorsqu'elle essaya d'attirer sa langue dans sa bouche, il résista.

Frustrée, Maya s'écarta et le regarda. Il semblait ahuri.

« Ça ne te plaît pas ? »

Son expression passa du choc à la confusion.

« Bien sûr que si, » protesta-t-il.

Elle regarda de côté, incapable de lui faire face pour la question suivante.

« Alors pourquoi tu ne m'as pas embrassée en retour ? »

Sa réponse arriva comme un cheveu sur la soupe.

« Si je t'embrasse, je ne vais pas pouvoir garder mes mains loin de toi. »

Elle le regarda d'un air de défi.

« Personne ne t'a demandé une telle chose. »

Soudain, elle sentit son bras autour d'elle.

« Tu ne sais pas ce que tu me fais. »

Non, elle n'en avait aucune idée mais elle savait ce que Gabriel lui faisait à elle. Il la rendait folle et ce n'était pas près de s'arrêter s'il ne l'embrassait pas convenablement.

« Embrasse-moi, Gabriel. Embrasse-moi maintenant ou je jure que je... »

« Quoi ? » la coupa-t-il. « Ou tu renonces ? J'ai mérité ce baiser alors crois-moi, je vais l'avoir comme je l'entends. »

Sans lui laisser le temps de répondre, il captura ses lèvres dans un baiser passionné qui la fit fondre. Là, c'était quelque chose. Ne voulant pas qu'il changeât d'avis, elle plongea ses mains dans ses cheveux et caressa le point sensible au niveau de sa nuque. Elle le sentit frissonner.

Alors que sa bouche capturait la sienne, les mains de Gabriel parcoururent son dos, la caressant, l'attirant plus près encore. Elle pouvait clairement sentir son érection bouger contre elle à chaque inspiration qu'il prenait. Elle tenta de s'approcher.

Comme s'il savait ce qu'elle voulait, il attrapa la ceinture de sa robe de chambre et l'ouvrit. Un instant plus tard, sa main s'y engouffra et il la toucha à travers le tissu de sa chemise de nuit. Elle gémit dans sa bouche au moment où elle sentit le bout de ses doigts caresser ses seins. Une vague de chaleur déferla en elle, courant de ses seins à son ventre, puis au centre de sa féminité, mettant le feu à son clitoris.

Elle se cambra à son toucher. En même temps, elle se pressa contre son érection, permettant à sa chair sensible de toucher son engin dur comme de la pierre. Sa robe de nuit était trempée à l'endroit précis où son intimité entrait en contact avec l'érection de Gabriel, laquelle était cachée derrière sa robe de chambre en soie. Un baiser ne l'avait jamais fait mouiller de cette façon. Etait-ce un effet secondaire du vampirisme ou était-ce Gabriel qui lui faisait cela ?

Maya entremêla sa langue à la sienne. Avec plaisir, elle se rendit compte qu'il avait dépassé toute inhibition et qu'il l'embrassait à présent avec la ferveur d'un homme affamé. Lorsqu'elle retira légèrement sa langue, il alla la rechercher en grognant désespérément. Le son se répercuta à travers son corps, heurtant chacune de ses cellules, caressant sa chair.

D'un mouvement fluide, il passa sur elle et elle se retrouva soudain le dos contre les coussins, coincée sous son corps robuste. Sa bouche ne la relâcha pas, pas même une seconde. Ses cuisses poussaient à présent contre elle, son érection cachée par la robe de chambre calée contre le centre de sa féminité. A chaque mouvement, sa dure extrémité frottait contre son clitoris. C'était bien plus que de la taquinerie, c'était une vraie torture. Mais une torture à laquelle elle était plus qu'heureuse de succomber.

Plus il se frottait contre elle, plus le cœur de Maya battait fort. Ses tétons s'étaient transformés en pics durs qui frottaient contre sa poitrine. La bouche de Gabriel descendit le long de son cou, y titillant la peau avec ses dents. Elle frissonna.

Lorsque, de sa main, il lui toucha le sein et lui prit le téton entre son pouce et son index, elle laissa échapper un cri.

« Oh bon Dieu, oui ! »

Elle le voulait. Elle avait besoin de lui maintenant. Elle désirait l'avoir en elle, quel qu'en fût le prix.

Maya glissa ses mains sous la robe de chambre pour caresser ses épaules musclées. Sa peau était chaude et douce, plus douce que ce à quoi elle s'était attendue. Mais elle n'eut pas l'opportunité de se concentrer sur lui et sur son corps car il s'empara de ses seins avec une attention qu'elle ne put ignorer.

Le bruit d'une porte que l'on ouvre la fit tourner les yeux mais elle ne put prévenir Gabriel à temps.

Lorsqu'Yvette entra dans la pièce et les regarda avec dégoût – à moins qu'elle ne fût simplement choquée – Gabriel passait encore sa langue sur le téton de Maya, rendant le tissu transparent.

Ce fut seulement lorsqu'Yvette lâcha un petit cri qu'il leva la tête et se tourna vers elle. Il abandonna immédiatement sa position compromettante.

« Merde ! » jura Gabriel.

12

Gabriel écouta à peine les excuses d'Yvette avant de s'extirper de cette situation embarrassante et de se précipiter dans la suite parentale.

Il avait complètement perdu le contrôle et il s'en était fallu de peu pour qu'il possédât Maya.

Et il avait ressenti quelque chose d'autre. Quelque chose n'allait pas chez lui. Gabriel ouvra sa robe de chambre et baissa son boxer. Sa verge gonflée ne le surprit pas, contrairement à ce qui arrivait au morceau de chair situé au-dessus de celle-ci.

La malformation se trouvait à quelques centimètres au-dessus de sa verge. Il s'agissait d'un amas de chair d'une longueur de plusieurs centimètres et d'une largeur d'environ un centimètre. C'était ce qui avait fait fuir les femmes. Il était une bête de foire avec un affreux morceau de chair inutile qui lui posait problème lorsqu'il voulait coucher avec une femme.

Gabriel examina la protubérance. Elle empirait.

La malformation n'avait plus sa dimension habituelle. Elle mesurait à présent une douzaine de centimètres et sa circonférence avait presque augmenté de moitié. La peau sur le dessus s'était asséchée, comme si elle s'était composée de plusieurs morceaux de peau empilés les uns sur les autres. Il relâcha cette partie peu ragoûtante de son anatomie.

Maya aurait crié avec effroi s'il avait essayé de lui faire l'amour ce soir. Il était presque reconnaissant envers Yvette de s'être montrée à un moment aussi inopportun. Son interruption lui avait épargné un rejet bien plus douloureux.

Et pas uniquement cela : il avait exploité la vulnérabilité de Maya en l'embrassant et en la touchant. Il savait pourtant, qu'après s'être nourrie, elle risquait d'être sujette à une excitation rapide. Elle n'en avait nullement connaissance mais lui, en tant que vampire expérimenté, il ne le savait que trop bien. Cela n'avait rien à voir avec une éventuelle attirance pour lui. Il s'agissait uniquement d'une réaction à la morsure. Un moment d'euphorie auquel elle devait faire face. Il était un vrai goujat pour profiter ainsi de la situation. Quelqu'un devrait lui donner une leçon.

Il ne savait pas si elle était vraiment attirée par lui. Il l'avait vue regarder de nouveau sa cicatrice mais ensuite, son excitation avait pris le dessus, ne lui laissant pas le choix quant à ce qu'elle voulait véritablement. Quel genre de femmes pouvait le regarder et le trouver séduisant sans être droguée ? Et droguée, elle l'avait été ; par son sang. Sinon, pourquoi aurait-elle accepté de lui donner ce baiser qu'il avait réclamé ? Ou était-ce possible qu'elle fût attirée par lui ? Et si son addiction au sang n'était pas responsable après tout ?

Si seulement il avait su quoi lui dire, lui faire part de ses inquiétudes. Mais il n'était pas vraiment adepte des conversations douces avec les femmes. Bon sang, il ne savait pas comment agir avec elle. Mais il savait qu'il devait trouver quelque chose, s'expliquer avec elle. S'excuser de s'être enfui du bureau comme il l'avait fait.

A quoi était-elle en train de penser, à présent ? Elle devait certainement le considérer comme un être insensible et indifférent à elle. Pourtant, c'était tout sauf le cas. Mais s'il était resté, il n'aurait fait qu'aggraver la situation. Non, il devait d'abord avoir les idées claires avant de déterminer un plan d'attaque.

Après quelques heures d'un sommeil léger, Gabriel, voulut à tout prix éviter Yvette et Maya. Il quitta la maison dès le coucher du soleil. Il aurait un tête-à-tête avec cette dernière lorsqu'il rentrerait. Mais il devait d'abord s'occuper d'autres choses.

Lorsqu'il se retrouva dans les rues sombres, il sortit son téléphone portable et composa le numéro de la sorcière. Après trois sonneries, on décrocha.

« Je t'ai dit de me laisser tranquille, » répondit la sorcière sans dire bonjour.

Il en conclut qu'il n'était pas le seul à faire apparaître les numéros entrants ni à les mémoriser.

« S'il te plaît, ne raccrochez pas. Si tu m'aides, je te donnerai n'importe quoi. »

Cette fois, il était sincère. La vue de sa protubérance l'avait effrayé. Il devait s'en débarrasser. Sans attendre. Il ne pouvait apparaître ainsi devant Maya. Il ne lui donnerait pas la moindre raison de le rejeter. Ce qui s'était passé dans le bureau entre eux lui avait fait prendre conscience qu'il la désirait au point de se battre pour elle, si besoin était. Il ferait tout ce qu'on lui demanderait.

« N'importe quoi ? »

La voix de la sorcière était pleine d'intérêt. Il savait qu'il était dangereux de lui offrir tout ce qu'elle voulait.

« N'importe quoi. »

Une pause s'ensuivit. Avait-elle raccroché ?

« Je vais y réfléchir. Donne-moi un jour ou deux. »

Un clic et elle avait raccroché avant qu'il n'eût pu ajouter quoi que ce fût d'autre. Au moins ne l'avait-elle pas directement rejeté comme la fois précédente. Elle allait reconsidérer son offre et c'était un pas en avant. Il espérait qu'elle lui viendrait en aide. Le prochain repas de Maya était prévu dans moins de vingt-quatre heures et, s'il ne pouvait réprimer ses désirs à ce moment-là, la même scène se reproduirait.

Il se promit de ne pas lui faire payer le prochain repas. Il valait mieux ne pas tenter le diable et s'éloigner de toute tentation éventuelle. Le simple fait de devoir la nourrir de son propre sang lui demanderait de puiser au plus profond de lui-même pour trouver le contrôle nécessaire dont il aurait besoin. Un incident semblable à celui qui avait eu lieu dans le bureau ne pouvait se reproduire. Pas tant que son corps ressemblait à cela.

Peu de temps après son appel à la sorcière, il atteignit le cabinet du docteur Drake et fut accueilli par sa Barbie de réceptionniste.

« Comment va le docteur Johnson ? » demanda le docteur Drake à la minute où il entra dans le bureau du psychiatre, ce dernier étant visiblement peu surpris de sa visite.

Gabriel eut besoin d'une fraction de seconde pour comprendre à qui Drake faisait allusion en évoquant le docteur Johnson. Gabriel ne la voyait pas comme un médecin. Pour lui, c'était simplement Maya.

« Elle s'est nourrie de mon sang. »

Drake haussa à peine un sourcil.

« Je m'en étais douté. »

Gabriel se redressa.

« Pardon ? »

Le médecin haussa les épaules.

« Elle m'a dit qu'elle voulait votre sang et qu'elle luttait contre cette idée. »

Gabriel le dévisagea.

« Et vous ne me l'avez pas dit ? »

Il sentit une colère sourde lui gonfler la poitrine. Drake avait laissé Maya souffrir alors qu'il aurait pu prendre le problème en main s'il avait su ce qui se passait ? Il fit deux pas vers le médecin.

« Secret médical. »

« Au diable, le secret médical ! » cria Gabriel en attrapant Drake par le col de sa blouse blanche. « A présent, vous allez m'écouter : tout – et je dis bien *tout* – ce qui concerne Maya me concerne. Tout ce que vous savez sur elle, vous me le dites. Compris ? »

Drake repoussa la main de Gabriel.

« Qu'est-ce qu'elle est pour vous ? »

« Ça ne vous regarde pas. »

« Si, » avança le médecin. « Est-ce que vous serez là quand les choses se compliqueront ? Oui ? »

« Je l'ai aidée jusque-là, non ? » fusa Gabriel.

« Vous n'avez encore rien vu ! »

« Le pire est derrière. Elle a réussi sa transformation et maintenant qu'elle a accepté le fait d'avoir besoin de moi pour se nourrir, je ne vois pas d'autres problèmes. »

Gabriel n'aimait pas les gens alarmistes. Si le médecin pensait qu'il pourrait élever ses honoraires en inventant des boniments, le poing de Gabriel ne tarderait pas à venir s'écraser sur lui.

« Non, je ne sais pas non plus *quel* genre de problèmes il y aura. Mais je sais qu'il y en *aura*, » dit-il en épongeant son front. « J'ai des raisons de croire que Maya n'est pas entièrement humaine. »

Gabriel grogna.

« Bien sûr, qu'elle n'est pas humaine. C'est un vampire. »

Drake secoua la tête.

« Ce n'est pas ce que j'ai voulu dire. Elle n'était pas complètement humaine avant la transformation. »

Il fallut plusieurs secondes pour que les nouvelles fissent leur effet.

« Pas humaine ? »

Drake désigna les chaises et tous deux s'assirent.

« Je doute qu'elle le sache. »

« Vous l'avez examinée ? »

L'estomac de Gabriel se retourna à l'idée que le médecin eût pu la toucher lorsqu'il s'était enfermé avec elle dans le bureau.

« Non, elle m'a donné accès à son dossier médical. J'ai jeté un œil aux tests qu'elle a passés au cours de sa vie et il faut bien avouer que quelque chose cloche. »

Bien – le médecin ne l'avait pas touchée. Cela le rassurait un peu.

« Quelque chose cloche… Dans quel sens ? »

« Elle a des poussées de fièvre depuis ses treize ans. Au moins une fois par an, parfois deux. Les médecins ne l'expliquent pas. Au mieux, ils évoquent la grippe ou une infection. Mais c'est la fréquence qui me pousse à m'interroger. »

Gabriel haussa les épaules. Les humains étaient simplement vulnérables à toutes sortes de choses. Il n'y avait rien d'étonnant à cela.

« Quoi d'autre ? »

« Elle a passé un test génétique pendant son internat ; des essais auxquels elle a pris part pour se faire un peu d'argent, » expliqua-t-il. « Les résultats sont inquiétants. »

« Crachez le morceau, » ordonna Gabriel.

« Le test a montré deux paires de chromosomes supplémentaires, soit un total de vingt-cinq au lieu de vingt-trois. »

« Comment est-ce possible ? »

Gabriel était à présent content que les jours de solitude l'eussent poussé à chercher de quoi s'occuper. Depuis longtemps maintenant, il regardait des émissions sur la chaîne Discovery et avait ainsi acquis des connaissances basiques en médecine.

« Les commentaires qui accompagnent les protocoles stipulent qu'ils pensent que l'échantillon a été contaminé, donc ils l'ont exclue de l'essai clinique. Mais le docteur Johnson, Maya, » corrigea-t-il, « a conservé les résultats dans son dossier médical. Elle a dû se demander quelle pouvait être la cause de ses fièvres. »

« N'est-ce pas possible que le laboratoire ait eu raison en parlant de contamination ? Ça peut facilement arriver. Vous devez connaître, bien mieux que moi, tous ces trucs à propos de contamination. L'erreur humaine est possible. »

Gabriel refusait d'accepter l'idée qu'il pût y avoir quelque chose qui n'allait pas chez Maya. Elle devait faire face à suffisamment de choses comme cela pour le moment.

« C'est ce que j'ai pensé aussi mais… »

« Vous croyez que la raison pour laquelle elle ne veut pas boire de sang humain est due à ce problème de chromosome ? »

Drake hocha la tête.

« C'est tout à fait possible. Franchement, je n'ai jamais entendu parler d'un vampire qui ne pouvait pas boire de sang humain. C'est vrai que certains vampires boivent le sang de leurs pairs mais en général, ça fait juste partie de leur vie sexuelle. Et les couples liés par le sang le font, mais pas au détriment du sang humain. »

Soudain, le médecin plongea son regard dans celui de Gabriel.

« J'espère que vous buvez assez de sang lorsqu'elle se nourrit de vous. Vous devez conserver votre force. »

« Ne vous inquiétez pas pour moi. Je me nourris en fonction de ce que mon corps me dicte. »

« Elle prend beaucoup ? »

Drake lui lança un regard plein de curiosité.

« Autant que ce dont elle a besoin. »

Et à son goût, elle ne s'était pas nourrie assez longtemps. Il aurait aimé apprécier la sensation bien plus encore.

« Bon, je suppose que vous savez ce que vous faites. Au moins, ça nous donne un peu de temps pour trouver ce qui ne va pas chez elle. Comme je l'ai dit, il y a des choses sur lesquelles je dois me pencher. Il faut que j'obtienne des informations de la part de ses parents. Etant donné que Dieu seul sait quel composant non-humain elle a en elle, j'ai besoin de ses antécédents médicaux. »

Gabriel hocha la tête.

« Je vais vous obtenir leurs coordonnées. Mais vous devrez probablement voler les informations médicales. Thomas peut vous y aider : il sait pirater les systèmes. Je vais lui en parler. »

« Bien. Ça m'aidera, en effet. Une fois que je saurai de quoi souffrent ses parents, je serai en mesure de confirmer mes suspicions. »

Gabriel se pencha en avant sur sa chaise.

« Alors, vous avez des suspicions ? Sur quoi ? »

Drake secoua simplement la tête.

« Je ne peux rien dire pour le moment. Si je dis quoi que ce soit sans preuve, vous me traiterez de fou. »

« Dites-moi. Je vous promets de ne pas vous traiter de fou. »

« Non. J'ai d'abord besoin d'informations sur ses parents. »

Gabriel n'aimait pas l'idée que le médecin gardât ses suspicions pour lui-même.

« Bien. Mais j'insiste sur une chose. »

Drake haussa un sourcil.

« Quoi que vous trouviez, parlez m'en d'abord. Pas à Maya. Moi seul déciderai de lui dire ou pas, et quand. Je ne sais que trop bien ce à quoi elle est confrontée pour le moment. Et franchement, je ne veux pas qu'elle ait à se préoccuper de quoi que ce soit d'autre. Elle est trop fragile pour ça. »

« Fragile ? » demanda Drake. « C'est un vampire. Elle n'est absolument pas fragile, au contraire. »

« Elle ne se rend pas encore compte de sa force, ni de ses envies. Elle ne les contrôle pas. Je ne veux pas que quoi ce soit la bouleverse. »

Drake se leva.

« Comme vous voudrez. A qui dois-je envoyer la facture ? »

Gabriel grommela.

« Qu'est-ce que vous voulez pour ça? »

« Pas d'inquiétude. Pour ça, du liquide fera l'affaire. »

Gabriel se leva et se dirigea vers la porte.

« Vous avez mon adresse. »

Avant qu'il n'ouvrît la porte, Drake demanda.

« Est-ce qu'il y a quelque chose que vous ne feriez pas pour elle ? »

Jetant un regard par-dessus son épaule, il dévisagea le médecin.

« Faites juste votre job. Mes sentiments ne vous regardent pas. »

Non. Ils ne regardaient que lui.

~ ~ ~

Impatiemment, Gabriel frappa à la porte de la moderne maison construite sur les collines juste en-dessous de Twin Peaks. La vue depuis la propriété était à couper le souffle. Thomas avait manifestement de l'argent, ce qui ne le surprenait pas. Il avait amassé une fortune, comme la plupart de ses collègues vampires qui, comme lui, vivaient depuis près d'un siècle.

La porte s'ouvrit et Thomas apparut dans l'embrasure avec, pour tout vêtement, une serviette autour de la taille, sa peau brillant après ce qui semblait avoir été une douche.

« Désolé, Thomas. J'aurais dû appeler. On peut parler plus tard, » dit Gabriel.

Thomas lui fit signe d'entrer.

« Entre. Si tu te montres sans prévenir, je suppose que c'est important. »

Gabriel entra et referma la porte derrière lui.

« Merci, j'apprécie. »

Il parcourut des yeux la grande pièce ouverte sur la cuisine en essayant d'éviter le corps à moitié nu de Thomas. Il ne connaissait pas ce dernier aussi bien que Samson et Amaury, d'autant que Thomas n'avait jamais vécu à New York et qu'il ne venait lui-même que très rarement sur la Côte ouest. D'habitude, voir un autre homme partiellement nu ne le gênait pas, mais les choses étaient différentes avec Thomas. Il ne savait pas quel comportement adopter avec un homosexuel presque nu. On regardait ? On ne regardait pas ?

« Alors, quoi de neuf ? » demanda Thomas, manifestement on ne peut plus à l'aise dans cette situation.

Gabriel s'éclaircit la gorge.

« Je reviens du cabinet de Drake. Maya refuse toujours le sang humain. »

Thomas secoua la tête.

« Il va falloir qu'on la force, si ça continue. Autrement, elle va mourir d'inanition. »

« Ce ne sera pas nécessaire. Elle a commencé à boire mon sang, ce matin. »

« Ton sang ? Elle veut boire du sang de vampire ? »

Thomas se passa la main dans ses cheveux mouillés, son geste mettant en exergue les muscles de son buste.

La porte d'entrée s'ouvrit de nouveau et Gabriel tourna la tête. Il reconnut Eddie. Le regard de ce dernier atterrit sur Thomas et s'y attarda un peu plus longtemps que ce à quoi Gabriel ne s'était attendu.

« Hé ! » les accueillit-t-il.

Thomas replaça sa main sur sa serviette tout en regardant Eddie.

« Je ne savais pas que tu n'avais pas dormi ici aujourd'hui. »

Eddie haussa les épaules.

« J'ai perdu la notion du temps. J'étais sur le point de rentrer quand j'ai vu que le lever du soleil était trop proche pour que je revienne. »

« Ne me dis pas que tu as embêté Nina et Amaury en restant chez eux. »

Eddie fit signe que non.

« Bon Dieu, non. Ces deux-là n'arrêtent pas, nuit et jour. Je n'aurais jamais réussi à fermer l'œil. »

Il sourit d'un air suffisant, ses fossettes ressortant de son jeune visage.

« Je me demande bien ce que ma sœur peut lui trouver. Ce type est juste intimidant. »

« Comme ta sœur, » rétorqua Gabriel.

Thomas rit.

« Ça, c'est vrai, mon pote. Elle peut faire face à n'importe lequel d'entre nous. »

Eddie n'insista pas.

« Mouais. Heureusement, Holly m'a laissé rester chez elle. »

« Holly ? » demanda froidement Thomas. « Tu sors avec Holly ? »

« La copine de Ricky ? » demanda Gabriel en haussant un sourcil.

« L'ex, » le corrigea Eddie. « Et non, je ne sors pas avec elle. Cette femme ne fait rien d'autre que répandre des ragots. »

Thomas sembla se détendre et sourit à Eddie.

« A quel sujet ? »

« Elle a essayé de me convaincre que c'était Ricky qui l'avait larguée et pas le contraire. Comme si j'en avais quelque chose à faire. Ça, je te le dis… J'avais plus que hâte que le soleil se couche pour partir. Elle m'a bourré la tête avec ça et sur la manière dont Ricky avait posé les yeux sur une autre femme avant de la laisser tomber comme une vieille chaussette. La prochaine fois, je te jure que je choisis d'être réduit en cendres plutôt que d'aller chercher refuge chez elle. »

Eddie se dirigea vers la porte qui menait aux chambres.

« Si ça ne te dérange pas, je vais fermer l'œil une petite heure. »

Thomas hocha la tête.

« Dors autant que tu en as besoin. Et prends une douche, ok ? Tu sens comme les filles. »

Eddie renifla son t-shirt et fronça les sourcils.

« Cette Holly ! Toujours à faire brûler cette merde d'encens. »

Tandis qu'Eddie sortait de la pièce, Thomas se retourna vers Gabriel.

« Comment se passe le tutorat ? » demanda Gabriel.

« C'est un bon gamin et il apprend vite. Dans quelques mois, il sera capable de se débrouiller tout seul. »

Gabriel perçut de la tristesse dans la voix de Thomas.

« Tu l'aimes bien ? »

« Comme j'ai dit, c'est un bon gamin, » répondit Thomas avant de faire une pause. « Et hétéro. Fin de l'histoire. »

Thomas inspira profondément.

« Tu disais que tu avais besoin de mon aide ? »

Gabriel s'éclaircit la gorge. La vie privée de Thomas ne le regardait pas.

« C'est à propos de Maya. Drake ne comprend pas pourquoi elle rejette le sang humain et boit le mien à la place. »

« Sacré veinard, » l'interrompit Thomas en souriant de toutes ses dents.

Gabriel savait exactement à quoi il faisait allusion : l'excitation sexuelle que provoquait un vampire lorsque ce dernier buvait le sang d'un pair.

Un sourire involontaire s'empara des lèvres de Gabriel mais disparut aussitôt.

« Le médecin pense que quelque chose cloche chez elle. Et il se peut que ce soit génétique. »

« Tu veux que je fasse quoi pour t'aider ? »

« J'ai besoin que tu jettes un œil au dossier médical de ses parents. Il faut qu'on voie s'ils ont des problèmes d'ordre génétique. Tu peux t'en charger ? »

Thomas hocha la tête.

« Ok. Laisse-moi deux secondes pour que je demande leurs noms et tout à Maya, puis on… »

« Sans que Maya ne le sache, » l'interrompit Gabriel.

« Oh, d'accord. Tu dois avoir tes raisons. »

« En effet. Tu peux t'en occuper ? »

« Pas de problème. J'appellerai Drake quand j'aurai toutes les infos. »

« Tu as eu l'opportunité de parler à Eddie et à James de l'odeur de l'agresseur de Maya ? »

Thomas soupira avec regret.

« Oui, mais ils n'ont rien remarqué. Ils ont dit que l'odeur était trop vague et que ça aurait pu être n'importe qui. En plus, elle saignait beaucoup. Ils ont dû être trop attirés par l'odeur du sang humain pour faire attention à celui du vampire. Désolé, Gabriel. Cette piste ne mènera nulle part. »

« Je m'y attendais. Essayons autre chose. J'ai pensé qu'elle sortait peut-être avec lui et qu'il aurait donc pu l'appeler. »

L'idée-même qu'elle eût pu fréquenter quelqu'un d'autre que lui était difficile à accepter. Avait-elle vraiment pu lui trouver quelque chose ?

« Tu peux pirater ses appels téléphoniques ? Ligne fixe et portable, pour m'obtenir la liste de toutes les personnes qu'elle a contactées ? En attribuant les numéros aux noms, on peut peut-être trouver quelqu'un. »

« Laisse-moi voir ce que je peux faire. »

« Merci. »

Gabriel tendit la main vers Thomas qui la serra brièvement.

« Une dernière chose, » ajouta-t-il. « Est-ce que tu pourrais remplacer Yvette à la villa d'ici le lever du soleil ? Elle a besoin d'un peu de repos. »

En réalité, après la rencontre quelque peu embarrassante de ce début de journée, c'était surtout Gabriel qui avait besoin de prendre ses distances avec elle. Dans l'immédiat, il ne tenait pas spécialement à se retrouver nez-à-nez avec sa collègue.

« Laisse-moi deviner. Les femmes ne s'entendent pas. »

Gabriel haussa les épaules.

« Ne me pose pas ce genre de questions. Qu'est-ce que j'y connais, aux femmes ? »

Thomas rit et lui tapota l'épaule.

« Bien plus que moi en tout cas, ça, c'est clair. »

13

Fidèle à sa parole, Thomas arriva chez Samson deux heures avant le lever du jour pour remplacer Yvette, visiblement soulagée de pouvoir enfin sortir prendre l'air.

Après ses visites chez la sorcière et chez Drake, Gabriel avait parlé au rédacteur en chef du *SF Vampire Chronicle* pour que Zane obtînt la liste de tous les vampires mâles de San Francisco.

A présent, Gabriel se trouvait dans la cuisine, où il buvait deux bouteilles de sang supplémentaires. Bientôt, il devrait nourrir Maya. Elle n'avait pas fait allusion à sa faim ; en fait, elle l'avait pratiquement évité depuis qu'il était rentré.

Il se demanda si elle lui en avait voulu lorsqu'elle s'était rendu compte qu'il avait profité d'elle. Malheureusement, il était incapable de dire si elle l'appréciait ou pas ; ou si son excitation avait uniquement été une conséquence indirecte de la nutrition. Bon sang, il avait toujours son goût en bouche, même près de vingt-quatre heures plus tard.

« Hé, quoi de neuf ? » demanda une voix familière depuis la porte de la cuisine.

Gabriel se retourna. Il aurait dû entendre Ricky entrer, mais apparemment, ses pensées l'avaient emmené trop loin. Bien que Ricky eût probablement utilisé sa clé, Gabriel aurait au moins dû remarquer le bruit de la porte lorsqu'il l'avait ouverte, puis refermée ; les pas de Ricky auraient également dû le tirer de ses réflexions. Quel genre de garde du corps était-il en train de devenir ?

« Je ne t'attendais pas ici, » répondit Gabriel.

Ricky n'aurait-il pas dû se trouver dans un quelconque lieu de débauche pour noyer son malheur après sa rupture ?

Celui-ci haussa les épaules. Ses cheveux roux et ses tâches de rousseur brillaient.

« Je m'ennuie trop quand je ne fais rien. J'ai entendu dire que tu aurais peut-être besoin d'aide pour protéger un nouveau vampire, alors je me suis dit que je pouvais passer. »

Gabriel hocha la tête. Il avait besoin de toute l'aide que l'on pût lui apporter. Avec Thomas occupé à aider Drake en jetant un œil au passé médical de Maya (tâche à laquelle il s'attelait au moment-même dans le bureau de Samson) et Zane, toujours dehors en mission de reconnaissance, comme Gabriel le lui avait demandé, personne d'autre n'était disponible pour enquêter sur les autres points troubles de l'agression.

« En fait, étant donné que Zane est actuellement plongé dans les bas-fonds de la société pour obtenir la moindre info sur le voyou, j'aurais bien besoin d'une aide supplémentaire. »

Ricky sourit de toutes ses dents.

« Je suppose que Zane s'est à nouveau porté volontaire pour son boulot favori : tirer les vers du nez des gens. Ça nous enlève tous les trucs sympas à faire, hein ? »

Gabriel fronça simplement les sourcils.

« Dans le cas présent, ça m'est égal de savoir à qui il tire les vers du nez, du moment qu'il obtient quelque chose. »

« Connaissant Zane, je suis sûr qu'il y parviendra. Bon, alors, tu as besoin de mon aide ? Quelqu'un pour veiller sur la maison ? »

« Non, je préfèrerais que tu enquêtes pour moi. Elle connaissait son agresseur et… »

« Dans ce cas, je crois que tu contrôles la situation, » l'interrompit Ricky en s'appuyant nonchalamment sur le comptoir de la cuisine.« Il n'y a plus qu'à trouver où se cache le gars. »

Gabriel se frotta la nuque.

« J'ai bien peur que ce ne soit pas aussi facile. Il lui a effacé la mémoire. »

« Mince. Mais on pouvait s'y attendre, non ? » répondit Ricky. « Alors, on fait quoi, maintenant ? Tu vas le trouver comment ? Tu veux que je regarde où ? »

Gabriel savait qu'il restait encore une piste à explorer. Le voyou avait certes effacé la mémoire de Maya, mais il n'avait pas pu en faire autant avec toutes les personnes connaissant son existence.

« Parlons à Maya. Je crois qu'elle peut nous aider, là-dessus. »

Il ouvrit la porte menant au couloir.

« Mais tu ne viens pas de dire qu'il lui avait effacé la mémoire ? » demanda Ricky.

« Si. Mais je suis sûre qu'il n'a effacé *que* sa mémoire à elle. »

Il passa la tête dans le couloir.

« Maya, tu peux descendre, s'il te plaît ? »

Il savait qu'elle l'entendrait. Quant à savoir si elle allait s'exécuter, c'était une autre histoire.

Lorsqu'il entendit ses pas au premier, il réalisa qu'il devrait lui faire face et qu'il serait, par ailleurs, incapable d'agir comme si rien n'était arrivé entre eux.

Lorsque Maya les rejoignit en bas de l'escalier et se tourna vers lui, Gabriel en eut le souffle coupé. Son cœur battait contre ses côtes comme s'il voulait atteindre Maya. Bon sang, il avait vraiment de sérieux problèmes. Il ne pouvait pas rester loin d'elle aussi longtemps. Elle agissait sur lui comme un aimant sur un bout de fer ; il était incapable de lui résister.

Il leva les yeux vers son visage : elle ne le regardait pas, comme si elle voulait éviter tout contact visuel avec lui.

« Maya, » dit-il à voix basse, ne voulant pas que quelqu'un d'autre l'entende. Ce qu'il avait à dire était d'ordre privé. « Il faut qu'on parle de ce qui s'est passé la nuit dernière. »

Maya prit une profonde inspiration. Elle n'était pas prête à lui parler. Lorsqu'il s'était enfui du bureau, visiblement paniqué, elle s'était sentie on ne peut plus embarrassée. Elle avait été sur le point de s'envoyer en l'air avec lui ; là, sur le canapé du bureau. Elle avait été sur le point de le dévorer sans même réfléchir à ce qu'il pensait d'elle. Mais à présent, son opinion lui importait. Pensait-il qu'elle était une fille facile ?

« Gabriel, je ne sais pas quoi dire, » bégaya-t-elle.

Etait-elle en train de rougir ? Un vampire pouvait-il rougir ? Elle espérait que non. Dans l'affirmative, ses joues seraient écarlates ; aussi rouges que le sang de Gabriel.

Et voilà ; elle ne pouvait penser à autre chose qu'à son sang, à sa bouche et à ses mains sur elle. A la façon dont son érection avait pressé contre elle. Une autre vague de feu parcourut ses sens. Elle ne pouvait tout simplement pas se laisser aller à un tel chamboulement comme si elle était vierge.

« Je voudrais m'excuser, » dit-il. « Je n'aurais pas dû m'enfuir comme ça. »

Elle lui fit signe de se taire. Elle ne voulait pas de ses excuses. Ce qu'elle voulait savoir, c'était s'il avait ressenti quelque chose lorsqu'il l'avait embrassée ou s'il n'avait été question que d'une simple réaction masculine. L'aimait-il ? Voulait-il plus d'elle ? Soudain, les avertissements d'Yvette résonnèrent à ses oreilles : un vampire mâle voulait s'unir à une humaine pour avoir une chance de fonder une famille. Elle, elle n'était bonne que pour le sexe. Etait-ce également la façon dont Gabriel la voyait ?

Elle lui jeta un regard furtif mais n'eut pas le courage de le lui demander.

« Pas grave. »

Puis elle s'éclaircit la gorge.

« Tu m'as appelée ? »

« Oui, tu veux bien venir nous voir dans la cuisine, s'il te plaît ? »

Maya ressentit la présence d'un autre vampire dès qu'elle s'avança vers la cuisine. Elle se débarrassa de cette sensation étrange et passa la porte que Gabriel tenait ouverte pour elle. Elle força un sourire. L'homme qui se tenait nonchalamment appuyé sur le comptoir de la cuisine mesurait quelques centimètres de moins que Gabriel. Ses cheveux roux étaient vaguement bouclés et ses yeux étaient marrons ; un marron classique, pas comme ceux de Gabriel, qui étaient éclatants. Etait-elle vraiment forcée de comparer tous les hommes qu'elle croisait à Gabriel ?

En se redressant, elle lança un regard interrogateur à ce dernier, lequel l'avait suivie dans la cuisine.

« Voilà Ricky O'Leary. C'est le chef des opérations de Scanguards. Il s'est proposé de nous aider à trouver l'agresseur. »

Maya tendit la main pour serrer celle de Ricky.

« Enchantée, » dit-elle automatiquement.

Lorsqu'elle retira sa main, elle ressentit, l'espace d'une fraction de seconde, l'hésitation de ce dernier à la laisser aller. Il ressemblait en tout point au vampire chauve, Zane.

Bon sang, la voyaient-ils donc tous comme de la viande fraîche, parfaite pour le sexe ?

Elle sentit Gabriel s'approcher d'elle avant qu'il ne lui adressât de nouveau la parole.

« Je crois qu'on a peut-être un autre moyen de retrouver l'agresseur. Mais on va avoir besoin de ton aide pour ça. »

« Bien sûr. Mais je croyais que tu avais déjà regardé dans mes souvenirs et que tu n'y avais rien trouvé. »

Elle n'avait aucune idée de ce qu'il attendait d'elle cette fois-ci. Si elle avait su autre chose, elle lui en aurait déjà fait part. Elle voulait plus que quiconque retrouver l'enfoiré.

« Oui, dans tes souvenirs. Mais qu'en est-il de tes amis ? »

D'un sourire mystérieux, il poursuivit.

« On a besoin de savoir à qui tu aurais pu parler de lui. Tu vois, il a effacé ta mémoire mais il ne peut pas savoir que tu as parlé de lui. Ça peut nous aider à l'identifier. »

« Bonne idée, Gabriel. Je n'y avais pas pensé, » remarqua Ricky.

Gabriel plaça sa main sur le front de Maya. Pourquoi devait-il la toucher ainsi ? Ne s'était-il pas rendu compte que son toucher la brûlait au fer rouge ? N'avait-il donc pas conscience qu'au moindre de ses contacts elle désirait ses mains partout sur son corps ?

« Maya, tu peux nous dire à qui tu as parlé de lui ? Si tu sortais avec lui et que tu l'as rembarré, il se pourrait que tu en aies parlé à l'une de tes amies, non ? »

« Il n'y a que deux personnes auxquelles je parle des hommes : Paulette et Barbara. Ce sont les deux seules de qui je suis proche. Je suis presque sûre d'avoir parlé de quelqu'un à l'une ou l'autre et, si je l'ai envoyé balader parce que c'était un con ou un truc dans le genre, tu peux être sûr qu'on en a parlé pendant toute une soirée autour d'une bouteille de vin en le critiquant. »

Gabriel lui jeta un regard surpris mais elle haussa à peine les épaules. C'était ce que faisaient les femmes. Ne le savait-il pas ?

Ricky s'éclaircit la gorge.

« Bon, c'est bien. Pourquoi ne pas commencer avec elles ? Donne-moi leur nom et l'endroit où je peux les trouver, puis j'irai voir ce qu'elles savent. Je suis sûr qu'elles nous mettront sur la bonne piste. »

« Bon plan, » reconnut Gabriel. « Assure-toi de ne pas trop attirer leur attention. Personne ne doit soupçonner la moindre chose. Elles ne savent pas ce qui arrive à Maya et on ne veut pas qu'elles posent des questions. »

« Je ne suis pas un amateur, comme tu le sais. Fais-moi confiance, je vais m'en charger, » le rassura Ricky avant de regarder Maya.

« Alors, où est-ce que je peux trouver tes deux amies ? »

Elle attrapa un calepin posé sur le comptoir.

« Là. Je vais t'écrire leur adresse. Ce sera plus facile de tomber sur Paulette. Elle a des horaires plutôt fixes, alors le soir, tu as des chances de la trouver chez elle. »

Elle griffonna le nom de ses amies sur le calepin.

« Quant à Barbara, elle a des horaires très irréguliers. Alors, si elle n'est pas chez elle, tu la trouveras à l'hôpital. »

Elle leva les yeux vers Gabriel.

« Je devrais peut-être les appeler pour leur parler ? »

Gabriel secoua la tête.

« Et leur dire quoi ? Elles vont t'entraîner dans une conversation et tu n'auras pas les réponses à leurs questions. »

« Mais qui te dit que Ricky obtiendra quelque chose, lui ? Sans vouloir offenser… »

Elle se tourna vers Ricky.

« Vous êtes un inconnu pour elles. »

Ricky sourit de toutes ses dents.

« Ne vous inquiétez pas pour ça. J'ai un don spécial. »

Encore un vampire avec un don ?

Gabriel lui sourit.

« Il a raison. Ricky sait comment dissiper les soupçons des gens. C'est pourquoi il est aussi bon dans son boulot. Dès que quelqu'un a des doutes, Ricky utilise son don pour les dissiper. C'est un peu comme le contrôle de l'esprit mais ça marche sur tout le monde, même sur les vampires. Et ça nous a souvent aidés pour nous sortir de situations compliquées tout en évitant un mouvement de panique. »

« Mais quand vous le ferez, elles ne le remarqueront pas ? » s'inquiéta Maya.

« C'est là toute la beauté du don de Ricky, » répondit Gabriel à la place de l'autre vampire.

« Elles ne se rendront même pas compte de ce qui se passe. »

« Tout à fait. Alors ne vous inquiétez pas, » dit calmement Ricky en prenant le bout de papier.

« On se tient au courant. »

« Merci, Ricky. J'apprécie vraiment, » dit Gabriel en serrant la main de ce dernier, alors que Maya essayait toujours d'assimiler les nouvelles.

Apparemment, tous les vampires possédaient un don qui leur permettait de se défaire de nombreuses situations. Gabriel pouvait voir les souvenirs des gens, Ricky pouvait dissiper leurs doutes. Thomas et Yvette avaient-ils également un don ? Et Zane ? Et elle ? En développerait-elle un aussi ?

Un instant plus tard, Ricky était parti. Elle se retrouva seule avec Gabriel. Elle avait chaud et il lui était difficile de respirer. Elle voulait lui parler de ce qui s'était passé. Elle voulait obtenir des réponses. Mais un peu plus tôt, elle avait ressenti quelque chose d'autre s'immiscer en elle. A présent, elle savait de quoi il s'agissait.

La fièvre était revenue.

Maya se tenait dans la cuisine telle une biche prête à bondir. Gabriel se demanda si son comportement avait pu l'effrayer au point qu'elle craignît de se retrouver seule avec lui. Il voulait faire la paix mais ne savait par où commencer. Il avait peur que, quoi qu'il dît, ce ne serait pas ce qu'elle attendait.

« Est-ce que tu as soif ? » dit-il en essayant de rompre le silence entre eux.

« Non, ça va. Je n'ai pas faim. »

N'avait-elle vraiment pas encore faim ou refusait-elle à nouveau de se nourrir de lui à cause de l'intimité que cela avait impliqué la fois précédente ?

« Tu peux te nourrir de mon poignet au lieu de mon cou si ça te met plus à l'aise, » proposa-t-il.

Ce serait moins intime mais cela n'empêcherait pas d'éveiller toujours autant d'excitation chez lui.

Maya se retourna vers la porte.

« Je n'ai pas faim. Je ne me sens pas très bien, pour le moment. J'ai peut-être attrapé quelque chose. »

Il l'arrêta lorsqu'elle atteignit la porte.

« Attraper quelque chose ? Maya, je t'ai dit que les vampires ne tombaient pas malades. »

Devait-elle vraiment mentir de la sorte pour se défaire de sa présence ?

« Eh bien, je ne sais pas pour les autres vampires mais moi, je me sens mal, alors si ça ne te dérange pas, je voudrais aller m'allonger. »

Sans un regard de plus, elle sortit de la cuisine.

Il fit deux pas et la suivit dans le couloir, d'où il la regarda monter les escaliers. Merde, il avait vraiment tout gâché. Il devrait lui expliquer toutes ces choses, lui dire que ce qu'elle pensait de lui était faux. Bien sûr, il n'avait pas la moindre idée de ce qu'elle pensait. Mais il pouvait deviner. Une fois son excitation passée, lorsqu'Yvette les avait interrompus, elle avait probablement ressenti du dégoût pour lui.

« Gabriel, » appela Thomas depuis le bureau.

Il se retourna et répondit.

« Oui ? Quelque chose à propos des enregistrements téléphoniques ? »

« Malheureusement, AT&T a un problème de serveur. Du coup, ils les ont fermés pour cause de maintenance. Je ne peux pas y accéder pour le moment. D'après eux, ça pourrait prendre douze heures. »

« Mince, » jura Gabriel.

« Mais on a examiné les dossiers médicaux. »

Gabriel entra dans le bureau et ferma la porte. Thomas se tenait debout, sur le seuil. « Tu as trouvé quoi ? »

Thomas secoua la tête, visiblement frustré.

« Rien. Regarde toi-même. Ils sont tous les deux clairs comme de l'eau de roche. Aucun problème génétique. Maya n'a pas pu hériter ça de ses parents. »

Thomas s'écarta pour laisser Gabriel jeter un œil à l'ordinateur. Il fit dérouler le dossier, regardant les pages les unes après les autres. Le père de Maya avait eu quelques os cassés et l'appendicite, mais rien d'autre. Le dossier de sa mère était un peu plus dense mais ne contenait rien de surprenant. Quelques allergies, des infections occasionnelles, quelques notes d'un gynécologue et une cheville cassée.

Frustré, Gabriel tapa du poing sur la table.

« Ce n'est pas possible ! »

Thomas haussa les épaules.

« Va savoir. Le médecin lui-même ne peut pas l'expliquer. Il était sûr que c'était héréditaire. Peut-être un problème à la naissance ? »

Gabriel jeta de nouveau un œil au dossier de la mère.

« Voyons ce qu'en dit le gynéco. »

Il passa les notes en revue, puis soudain… Ce ne pouvait être possible et pourtant. C'était bien là.

« Sa mère a subi une hystérectomie. »

« Cancer ? »

« Oui. »

« La chimio aurait pu faire quelque chose à Maya, » avança Thomas.

Gabriel regarda la date des notes, puis dévisagea soudain son collègue.

« Elle a subi l'intervention *avant* la naissance de Maya. Maya n'est pas sa fille. »

Plus que pris au dépourvu, Thomas expira lentement.

« Adoptée ? »

Gabriel envisagea cette possibilité. Trente ans auparavant, la maternité de substitution n'était pas aussi courante qu'à présent, ce qui voulait dire que son père n'était pas non plus son père biologique.

« Probablement. »

En prononçant ce dernier mot, il se souvint des photos exposées dans le salon de Maya.

« J'aurais dû m'en douter avant. J'ai vu des photos de ses parents. Ils ne lui ressemblent pas. La peau de Maya est plus foncée, tandis que ses parents sont blonds et plus pâles. Il n'y a aucune chance qu'elle soit leur fille biologique. »

Il regarda Thomas droit dans les yeux.

« On doit trouver ses vrais parents. Ce n'est que comme ça qu'on comprendra ce qui cloche chez elle. »

« Je crois qu'on doit lui demander si elle sait qu'elle est adoptée. »

Gabriel secoua la tête.

« Attendons pour ça. Avant, regarde les registres d'adoption. Commence par les services sociaux et vois ce que tu peux trouver. Je ne veux pas lui faire part de son anomalie génétique maintenant. Elle doit faire face à suffisamment de choses pour l'instant. Promets-moi que tu ne diras rien. »

« C'est ton choix, Gabriel, mais il faudra que tu lui dises à un moment ou à un autre. Et entre toi et moi, le plus tôt sera le mieux. Les femmes n'aiment pas qu'on leur mente. »

« Qu'est-ce qui fait soudain de toi un expert en femmes ? »

Thomas haussa les épaules.

« Le bon sens. » Après une courte pause, il ajouta, « Et tu ferais bien aussi de lui dire ce que tu ressens au lieu de te morfondre. »

Gabriel grogna. Etait-ce si évident ? Et si Thomas l'avait remarqué, cela voulait-il dire qu'il en était de même pour Maya ? Etait-ce la raison pour laquelle elle l'évitait ? Ne voulait-elle pas attirer son attention ?

« Je ne me souviens pas t'avoir demandé de conseil quant à ma vie privée. »

Son collègue sourit à pleines dents.

« Prérogative d'un homo. »

« En plus, il n'y a rien entre elle et moi. »

De qui se moquait-il ?

« Hum hum, » répondit Thomas.

14

Gabriel ne voulait pas dormir. C'était le milieu de la matinée et la plupart des vampires étaient au lit. Lui, il était assis dans le fauteuil du salon et regardait le feu se consumer dans la cheminée. Maya n'avait pas demandé à se nourrir. Il avait été attentif à ses faits et gestes, convaincu qu'elle finirait par être assoiffée, mais elle demeurait silencieuse. Il pensait qu'elle était en colère contre lui. Il devait faire quelque chose… mais quoi ?

Il avait abusé de sa vulnérabilité, l'avait exploitée sans penser à son bien-être. Comme si sa nouvelle condition de vampire ne lui suffisait pas ! Il était inutile de lui imposer, en plus, l'obligation de repousser un vampire excité qui ne voulait rien d'autre que la posséder.

Pourquoi était-il soudainement devenu aussi agressif dans sa vie sexuelle ? Pendant des années, il n'avait eu aucun problème pour se contrôler. Auparavant, il n'avait jamais véritablement poursuivi une femme. Cela ne lui avait jamais importé. Oui, il avait voulu une compagne, une femme qu'il aurait pu tenir dans ses bras et avec qui il aurait eu des relations sexuelles, mais il s'était contenté de ce qu'il pouvait obtenir et avait payé pour le reste.

Bien sûr, la solitude avait fini par le toucher et l'avait conduit à contacter Drake, mais bien qu'il eût toujours désiré se débarrasser de son hideuse malformation, l'urgence ne s'en était jamais fait ressentir non plus. A présent, il ne pouvait plus attendre et ce, pour une seule et unique raison : afin de se comporter avec Maya comme n'importe quel autre homme le ferait, afin de la courtiser. Bien sûr, il y avait toujours l'affreuse cicatrice sur son visage.

Une femme comme Maya pouvait trouver tellement mieux que lui. Une fois qu'elle se serait faite à sa nouvelle vie, elle recevrait nombre d'offres de vampires célibataires en ville. S'il n'essayait pas avec elle maintenant, il aurait encore moins de chances de réussir lorsqu'il aurait des rivaux.

Il devait essayer, maintenant. Une lueur d'espoir avait brillé lorsqu'elle lui avait répondu de manière passionnée dans le bureau. Il espérait seulement que cela n'était pas une conséquence de son alimentation. Peut-être ressentait-elle ne fût-ce qu'une once d'attirance pour lui. Sinon, pourquoi aurait-elle accepté de l'embrasser à sa demande ? Aussi longtemps qu'il continuerait de s'accrocher à cette petite lueur d'espoir, il ne pourrait abandonner la partie.

Gabriel ferma les yeux et imagina ce que cela ferait de ressentir l'amour de Maya, de savoir qu'elle l'appréciait. Il savait que ses rêveries n'étaient que pure torture mais il ne pouvait s'empêcher de s'y laisser aller ; pas tant que cela emplissait son cœur de chaleur et de fierté. C'était comme dans un rêve :

appeler Maya sa femme, l'aimer jour et nuit, vivre avec elle, partager un toit, rire avec elle.

C'était le destin qui les avait réunis et, bien qu'il fût réticent à l'idée de croire au destin, il voulait malgré tout penser qu'ils étaient faits pour se rencontrer parce qu'il s'était rendu compte d'une chose : il était en train de tomber amoureux d'une femme bien trop belle et bien trop parfaite pour lui et ce, en tout point.

Quelqu'un frappa doucement à la porte et il tourna la tête. Qui pouvait donc bien rendre visite à un vampire en journée ? Il devait s'agir d'un humain. Gabriel se leva, puis se dirigea vers la porte. Il renifla. Ou une sorcière.

Il regarda par l'œil de bœuf et reconnut mademoiselle LeBlanc, la sorcière qui, à peine quelques nuits plus tôt, avait pointé une arbalète sur lui. Cette fois, elle ne semblait pas armée.

« Tu vas ouvrir, vampire, ou je m'en vais ? » dit-elle à travers la porte.

Comment savait-elle qu'il la regardait ?

« Je vais ouvrir. Compte jusqu'à trois, puis entre. Je serai dans la première pièce sur ta gauche. »

Gabriel défit le verrou et alla se réfugier dans le salon en fermant la porte derrière lui afin que la lumière extérieure ne pénètre pas dans la pièce. Non seulement les vitres des fenêtres à l'avant de la maison étaient faites d'un verre teinté spécial, mais de plus, de légers rideaux les couvraient. Ceux-ci ne permettaient pas une occultation totale mais il faisait suffisamment sombre dans la pièce pour qu'un vampire y fût en sécurité.

Un instant plus tard, il entendit la porte s'ouvrir. Lorsqu'elle le rejoignit dans le salon, il désigna le canapé. Elle semblait moins impressionnante cette fois, surtout sans son arbalète. Vêtue d'un tailleur, elle aurait pu passer pour une humaine ordinaire aux yeux de n'importe qui. S'il avait dû deviner son âge, il aurait dit qu'elle avait la trentaine. Elle était attirante et, à sa grande surprise, elle lui sourit.

« Ah ça, c'est une première, » dit-elle en regardant la pièce. « Alors c'est comme ça que vous vivez, vous autres. »

« La maison appartient à mon patron. Et non, on ne vit pas dans des grottes et on ne dort pas dans des cercueils. »

« Plaisanterie à part, je crois que tu sais pourquoi je suis là. »

Il hocha la tête.

« Tu vas m'aider concernant mon problème. »

« Tu as dit que tu me donnerais tout ce que je voulais. »

Gabriel eut un mouvement de recul. C'était en effet ce qu'il avait dit et il tiendrait parole. A présent, la question était de savoir ce qu'elle voulait.

« C'est exact. »

« Drake a fait allusion à ton don. »

« J'aurais dû me douter qu'il ne garderait pas ça pour lui. Et le secret médical, dans tout ça ? »

Elle lâcha un petit rire.

« Je ne suis pas ici pour parler de Drake et de son éthique, » dit-elle avant de faire une courte pause. « Ou plus exactement de son absence d'éthique. »

« Pas faux. Qu'est-ce que je peux faire pour toi ? »

Comme s'il ne le savait pas déjà.

« Utiliser ton don. Une seule fois. »

Il hocha la tête et espéra que, quoi qu'elle fît de ces souvenirs par la suite, ils ne feraient de mal à personne.

« Bien, alors on a un accord. Maintenant, ton problème. Dis-moi, quelle est cette urgence qui te pousse à t'adresser à quelqu'un comme moi ? »

Elle se pencha en avant sur le canapé et le regarda dans l'expectative.

Gabriel déglutit. Cela allait être embarrassant.

~ ~ ~

Maya repoussa les couvertures. Il faisait bien trop chaud dans la pièce. Sa chemise de nuit rouge collait à sa peau moite. Des petites perles de sueur ne cessaient de se former, coulant de sa gorge, le long de sa poitrine et entre ses seins.

Elle savait que c'était la fièvre, même si elle avait espéré qu'en tant que vampire, elle ne serait plus malade. Gabriel ne lui avait-il pas dit que les vampires ne tombaient pas malades ? Et pourtant, non seulement la fièvre s'était de nouveau emparée d'elle, mais elle avait même empiré. Depuis une heure, sa peau était toute brûlante, tout comme ses entrailles. Elle avait senti sa température monter pendant la conversation qu'elle avait eue avec Ricky et Gabriel. Elle avait espéré que cela s'arrêterait, mais en vain.

Elle devait trouver une solution pour refroidir son corps et faire baisser sa température. Les jambes tremblantes, elle sortit du lit. Chaque pas qu'elle faisait était douloureux et ne faisait qu'augmenter la température de son corps, comme si le moindre geste ajoutait du carburant. Alors qu'elle tentait de se concentrer sur la porte de la salle de bain, sa tête commença à tourner. Une douche froide. Elle devait prendre une douche froide.

Un premier pas, suivi d'un second, la rapprocha de la salle de bain mais son instinct l'avertit que cela ne fonctionnerait pas. Au fond d'elle-même, elle savait ce dont son corps avait besoin et ce qu'il désirait. Elle l'avait toujours su sans jamais vouloir l'admettre.

La fièvre l'amenait à désirer qu'un homme la touchât. Depuis la première poussée de fièvre à l'âge de treize ans, tout ce à quoi elle avait pensé, à chaque fois, c'était qu'un homme la touchât, l'embrassât, lui fît l'amour. Elle n'y avait jamais succombé et avait toujours réussi à faire face à la douleur. Les médecins n'avaient jamais été capables d'expliquer son état et avaient évoqué un virus exotique comme la malaria. Pourtant, elle n'était allée nulle part et les tests sanguins s'étaient avérés négatifs.

Ses propres recherches n'avaient rien donné. Et la fièvre réapparaissait, l'assaillant plusieurs fois par an. Parfois de manière légère, d'autre fois avec beaucoup plus de virulence. Mais toujours accompagnée d'un profond désir sexuel.

Cette fois-ci, c'était pire. Elle savait que dans cette maison, un seul homme était capable d'attiser le feu en elle : Gabriel. Son corps cessa d'écouter son cerveau et elle changea de direction. Au lieu de poursuivre vers la salle de bain, où de l'eau froide l'attendait, ses jambes en coton la portèrent vers la porte de la chambre.

Sa respiration s'accéléra. Elle avait besoin de plus en plus d'oxygène pour faire fonctionner son corps. Ce n'était pas assez. Elle n'y arriverait pas ; pas cette fois.

Maya attrapa la poignée, la tourna et tira. Des mouches apparurent devant ses yeux et elle perdit l'équilibre avant que la porte ne basculât sur elle.

~ ~ ~

Gabriel défit sa ceinture pour montrer à la sorcière de quel genre d'aide il avait besoin, mais soudain, un bruit sourd retentit au premier étage. Il se rua vers la porte et regarda dans le couloir. Là, il vit Thomas se précipiter en haut.

Une vague de panique s'empara de lui. Sans se soucier plus longtemps de la sorcière, il suivit Thomas et atteignit la porte de la chambre d'amis quelques secondes après ce dernier. Là, au sol, dans l'embrasure de la porte entrouverte, gisait Maya ; sa peau était luisante et sa chemise de nuit collait à son corps.

Avant que Thomas ne pût la toucher, Gabriel était déjà à ses côtés et la prenait dans ses bras.

« Maya, tu m'entends ? »

Tandis qu'il tenait son corps contre le sien, il put ressentir la chaleur qui émanait d'elle.

« Qu'est-ce qui ne va pas avec elle ? » demanda Thomas, visiblement inquiet.

« Elle est brûlante. »

« Tu crois que c'est la fièvre ? »

L'espace d'un instant, Gabriel se demanda comment Thomas pouvait savoir pour les poussées de fièvre, mais il réalisa ensuite que ce dernier avait parlé au médecin lorsqu'ils avaient regardé les dossiers médicaux.

« On dirait bien. Je ne comprends pas. Toute maladie qu'elle a pu avoir en tant qu'humaine aurait dû être éradiquée lorsqu'elle est devenue vampire. »

Thomas hocha la tête.

« On ferait bien de faire venir le médecin. »

« Je peux aider, » dit la sorcière derrière la porte.

Gabriel n'avait pas remarqué que celle-ci les avait suivis.

Immédiatement, Thomas se leva et jeta un regard hostile à la femme, prêt à l'attaque.

« C'est bon, Thomas. Elle est ici pour aider. »

« Tu as fait entrer une sorcière chez Samson ? »

Gabriel n'eut pas le temps de répondre.

« Ça te dérangerait de t'écarter, vampire ? Afin que je puisse aider cette femme ? Ou tu préfères qu'on débatte sur nos deux espèces pendant qu'elle succombe à sa fièvre ? »

Sans autre mot, Thomas s'écarta et la laissa entrer.

« Amène-la jusqu'au lit. Je vais l'examiner, » ordonna la sorcière.

Gabriel se leva en serrant Maya davantage encore contre lui. Lorsqu'elle bougea, il sentit la tête de cette dernière se réfugier dans le creux de son cou. Un instant plus tard, sa langue le lécha, le chatouillant agréablement. Puis il sentit ses dents. Il eut à peine le temps d'atteindre le lit que les canines de Maya se plantèrent dans son cou et qu'elle commençât à boire son sang.

Il s'assit au bord du lit, la tenant dans ses bras alors qu'elle continuait de se nourrir. Peut-être s'était-elle évanouie à cause de la faim, même si Gabriel savait d'instinct que la raison en était toute autre. Quelque chose clochait sérieusement chez elle.

« Elle boit ton sang ? » demanda la sorcière, visiblement perplexe.

Gabriel la regarda, puis elle les regarda.

« Elle n'accepte pas le sang humain. »

Il chercha Thomas du regard.

« Thomas, va chercher Drake. »

« On est en pleine journée, » fit remarquer la sorcière.

« Pas grave, » répondit Thomas. « Je vais envoyer un van teinté et un de nos gardes du corps humains. »

Il regarda la sorcière de haut en bas.

« Tu es sûr d'être en sécurité avec elle ? »

« Mademoiselle LeBlanc ne veut de mal à aucun de nous, crois-moi. »

Thomas haussa les épaules.

« Si tu le dis. »

Puis il sortit.

La sorcière s'éclaircit la gorge pour que Gabriel tournât la tête dans sa direction.

« Elle en a pour combien de temps à se nourrir ? »

« Aussi longtemps que nécessaire, » répondit Gabriel.

Il passa une main dans les cheveux, puis sur les épaules de Maya et réprima l'envie de la toucher davantage ; plus intimement. Il était déjà excité et la présence de la sorcière dans la pièce n'aidait pas. Seul son sens de la dignité et de l'intimité – plus pour Maya que pour lui-même – l'empêchait de la dévorer des mains.

Un long moment s'écoula avant que Maya ne relâchât son cou et léchât la morsure pour la cicatriser. Doucement, il la laissa aller sur le lit. Ses yeux étaient fermés. Lorsqu'il la lâcha, elle commença à trembler de tout son corps. Des gémissements s'échappèrent de ses lèvres, preuve indéniable de sa douleur.

« Elle semble plus calme dans tes bras, » nota la sorcière.

C'était également ce que pensait Gabriel, même s'il n'en était pas certain.

« Fais quelque chose pour moi, » demanda la sorcière. « Prends-la à nouveau dans tes bras. »

« Pour quoi faire ? »

Hormis l'exciter à nouveau.

« J'ai besoin de voir comment elle réagit. »

Gabriel fit comme demandé et reprit Maya dans ses bras. Les tremblements s'arrêtèrent et son corps se tortilla contre le sien. Il se sentit dans l'embarras lorsqu'il remarqua que Maya se frottait contre lui, ses mains cherchant directement sa verge. Il ne put réprimer sa propre excitation face à une telle réaction. En espérant que la sorcière n'eût pas remarqué les gestes inconscients de Maya et, tentant de respecter la pudeur de cette dernière, il attira ses mains à sa poitrine.

« Intéressant. »

Tout ça pour leur propre dignité. La sorcière avait très bien vu ce que Maya avait inconsciemment essayé de lui faire.

« Vous êtes amants ? »

Gabriel lui jeta un regard nerveux.

« Non. Etant donné ce que je t'ai dit, je pensais que tu avais compris que je n'avais personne. »

« Donc, elle est la raison pour laquelle tu veux que je t'aide à résoudre ton petit problème, » conclut-elle.

Il n'aimait pas la façon dont elle interférait dans sa vie privée.

« J'ai besoin d'une aide immatérielle de ta part. Je te paye, non ? »

« Oh… Susceptible. Ça confirme tout. »

Elle haussa les épaules, puis reporta son attention sur Maya.

« Recouche-la. »

Une fois de plus, Maya bougea et se retourna. Sa peau était rouge. Davantage de sueur était apparue sur son front, son cou et sa poitrine. Ses tétons étaient visibles à travers le tissu trempé et Gabriel ressentit le besoin de respecter sa décence. Il allait la couvrir lorsque la sorcière l'en empêcha.

« Je sais que tu veux la protéger, mais elle a déjà assez chaud comme ça. Crois-moi, vampire. Tu es le seul dans cette pièce à être excité en la regardant. »

Gabriel siffla mais ne lui répondit pas. Il n'avait rien à dire. La sorcière avait raison. Il détourna les yeux.

« Tu peux trouver ce qui ne va pas chez elle ? »

« J'ai quelques doutes mais j'aimerais voir ça avec Drake quand il sera là. »

~ ~ ~

Le temps que Drake n'arrivât, une demi-heure plus tard, l'état de Maya avait encore empiré. La température de son corps était montée en flèche, sa respiration était devenue difficile et il était indéniable qu'elle souffrait. Mais, à aucun moment, elle n'avait ouvert les yeux, pas même une seule fois. Elle délirait.

« Que s'est-il passé ? » demanda Drake en entrant dans la chambre.

Gabriel secoua la tête.

« Je ne sais pas. Elle m'a dit qu'elle avait attrapé quelque chose et elle est allée au lit sans manger. Quelques heures après, elle s'est évanouie. »

« Elle s'est nourrie, depuis ? »

« Oui, mais son état ne s'est pas amélioré. Au contraire, il ne cesse d'empirer. »

Drake se pencha au-dessus du lit et regarda Maya. Il toucha son front et observa ses pupilles. Soudain, il sembla remarquer la présence de la sorcière, qui, jusqu'alors près de la cheminée, s'approchait enfin du lit.

« Ah, Francine. Quelle surprise de te voir ici. »

« Drake. »

« Une idée ? » demanda-t-il en désignant Maya.

« A vrai dire, oui. »

« Ça te gênerait de m'en faire part ? »

Elle hocha la tête.

« Excuse-nous une minute, vampire, » dit-elle à Gabriel en faisant signe à Drake de la suivre dans la salle de bain.

Gabriel regarda Thomas, lequel était entré dans la chambre après Drake.

« Etrange duo, » remarqua Thomas.

« Je me fous pas mal qu'ils soient étranges, du moment qu'ils peuvent aider Maya. »

Gabriel caressa le visage brûlant de cette dernière. Immédiatement, elle tourna la tête vers sa main et sa bouche chercha ses doigts. Elle prit son pouce et commença rapidement à le sucer. Gabriel déglutit. Même lorsqu'elle était inconsciente, elle le tuait. En temps normal, il parvenait déjà à peine à réprimer son désir pour elle, mais lorsqu'elle suçait son pouce de cette manière, il ne pouvait que l'imaginer sucer sa verge de la même façon.

Il prêta attention aux voix étouffées provenant de la salle de bain mais ne put entendre quoi que ce fût. Drake et la sorcière semblaient parler volontairement à voix basse afin qu'on ne surprît pas leur conversation.

Gabriel retira son pouce de la bouche de Maya et caressa ses lèvres avec ce dernier. Elle tira la langue et le lécha. Il se pencha vers elle, la bouche près de son oreille.

« Bébé, tu me rends fou. Je ne peux plus me contrôler. Si tu n'arrêtes pas, je ne sais pas ce que je vais faire. »

Elle soupira, puis reprit son pouce dans sa bouche. La verge de Gabriel se durcit contre la braguette de son jean, le métal lui coupant la chair. Il serra le poing de son autre main, se battant contre son désir de posséder Maya. Il retira son pouce en grognant et s'éloigna du lit.

« Tu lui as dit ce que tu ressentais ? » demanda Thomas.

Gabriel tourna la tête pour le regarder.

« Et après ? »

« Tu ne veux pas savoir si elle ressent la même chose ? »

« Et si ce n'est pas le cas ? »

Thomas jeta de nouveau un œil à Maya.

« A voir à quel point elle veut ton sang, je ne serais pas étonné qu'elle veuille ton corps tout autant. »

Gabriel fut sauvé par Drake et la sorcière qui choisirent ce moment précis pour sortir de la salle de bain, le regard grave. Son estomac se noua. Les nouvelles étaient-elles si mauvaises ?

« On est tous les deux d'accord, » déclara Drake en regardant Maya.

« Et ? » demanda Gabriel en se passant la main dans les cheveux.

« Elle est en chaleur. »

Gabriel ne comprenait pas.

« En chaleur ? Qu'est-ce que vous voulez dire par là ? »

« En chaleur sexuelle, » expliqua Drake. « Comme un félin. »

« Mais c'est impossible, » protesta Gabriel.

Etre en chaleur constituait un signe de fertilité.

« C'est un vampire. Les femmes vampires ne sont pas en chaleur. Elles sont stériles. »

« Oui, ça, je le sais. Vous pensez vraiment que j'ignore ce genre de choses ? Mais elle n'est pas entièrement vampire et, quoi qu'elle soit, elle est en chaleur. »

« Alors ça va partir tout seul ? »

Si c'était vraiment une chaleur sexuelle, cela ne pouvait être que temporaire.

« Oui, mais... »

« Mais quoi ? »

« Sa température monte en flèche. Trop pour son corps. Elle risque de mourir. Et il n'y a qu'une façon de mettre fin à la fièvre. »

Gabriel avait cessé d'écouter.

« Mourir ? Non. On ne peut pas laisser ça arriver. On ne peut pas la laisser mourir. Doc' ? On peut sûrement faire quelque chose. »

« Nous, non, » dit Drake, « mais vous, oui. »

Gabriel regarda Drake, puis la sorcière.

« Moi ? »

La sorcière fit un pas vers lui.

« La seule façon d'arrêter ses chaleurs, c'est de la satisfaire. »

Ses mots résonnèrent dans sa tête. La satisfaire.

« Comment ? »

Drake osa ricaner.

« Je vous laisse deviner, Gabriel. Je suis sûr que vous savez comment faire jouir une femme. »

Ce fut à ce moment qu'il comprit. Ils voulaient qu'il fît l'amour à Maya. Il s'approcha du médecin et baissa la voix tout en conservant un ton froid.

« Mais je ne peux pas. Vous savez que je ne peux pas. »

Derrière lui, Thomas s'éclaircit la gorge.

« Si vous voulez, je peux le faire. Après tout, ce sera comme toucher ma sœur. Ça ne signifiera rien. »

Gabriel se retourna.

« Non ! »

Malgré le fait que Thomas fût homosexuel et que Maya ne l'intéressât donc pas, Gabriel ne laisserait jamais un autre homme que lui la toucher.

Thomas jeta un sourire en coin et Gabriel réalisa que ce dernier avait uniquement dit cela pour le faire réagir. Eh bien, cela avait fonctionné et s'il continuait, il aurait aussi l'occasion de goûter à son poing.

« Je n'ai pas dit que vous deviez vous la faire, » ajouta Drake. « Bon sang, je ne suggèrerais jamais une telle chose sur une femme inconsciente. Il y a d'autres façons de s'y prendre. Utilisez vos mains et votre bouche sur elle. Elle a besoin de jouir. C'est la seule façon de venir à bout de ses chaleurs. »

15

La pièce était plongée dans un silence que, seuls la respiration de Maya et le froissement des draps lorsqu'elle bougeait et se retournait, venaient perturber. Ils étaient tous partis : le médecin, la sorcière et même Thomas, afin de leur laisser un peu d'intimité. Gabriel savait que Thomas était toujours quelque part dans la maison mais qu'il s'était suffisamment éloigné pour ne pas entendre ce que Maya et Gabriel allaient faire. Ils savaient tous ce qui allait arriver et cela était déjà suffisamment embarrassant. Il n'était donc pas nécessaire d'en rajouter. Non pas que cela pût mettre un frein à l'excitation de Gabriel.

Cependant, les choses ne se présentaient pas exactement comme ce dernier l'avait prévu. Pour commencer, lorsqu'il lui aurait fait l'amour, il l'aurait voulue éveillée et totalement consciente de sa présence, l'acceptant pleinement, et non pas avec cette fièvre qui ne cessait de lui faire perdre connaissance. Mais bien qu'elle fût dans cet état, il voulait la toucher et lui faire l'amour. Et il se maudissait pour cela. Elle était vulnérable et il allait l'exploiter pour son propre plaisir.

Dégoûté, il se détourna du lit. Le détesterait-elle lorsqu'elle reviendrait à elle et réaliserait ce qu'il avait fait ? Le détesterait-elle de l'avoir touchée sans sa permission ? La perdrait-il et perdrait-il toute chance d'obtenir un jour son affection ? Cependant, il n'avait pas le choix, l'idée de la laisser mourir lui étant insupportable.

Même dans son délire, elle avait cherché à l'approcher. Elle s'était frottée contre lui exactement comme lorsqu'elle s'était nourrie de lui auparavant. Et la façon dont elle avait sucé son pouce n'était-elle pas la preuve de son désir pour lui ?

Maya trembla brusquement et il se retourna vers elle. Elle avait besoin de lui et, quoi qu'il lui en coûta, il ne pouvait ignorer son besoin. Il se débarrassa de ses chaussures, se dirigea vers le lit et grimpa dessus avant de la prendre dans ses bras.

« Je suis là, bébé. Je suis là. »

Elle sembla respirer plus facilement lorsqu'il serra son corps chaud contre le sien. Elle était encore plus chaude qu'à peine quelques minutes plus tôt. Le médecin avait raison. S'il ne la satisfaisait pas, sa fièvre l'emporterait.

Malgré les circonstances, il ne la déshabillerait pas afin de lui laisser le plus de dignité possible. Et pour garder un semblant de distance, il ne se déshabillerait pas non plus. Seule sa main la toucherait à travers sa chemise de nuit. Il ne regarderait pas son corps nu et se contenterait de la toucher. Ainsi, elle comprendrait qu'il n'avait pas eu le choix et qu'il avait tout essayé pour ne pas profiter d'elle.

Gabriel lui souleva le menton et, de ses lèvres, lui captura les siennes dans un doux baiser. Ses lèvres avaient un goût de sel, celui d'une femme fertile et pleine d'envie. Il savait qu'il n'aurait pas dû l'embrasser mais lorsqu'il avait inhalé son odeur, son corps avait pris le dessus sur son cerveau et tout ce qu'il pouvait à présent faire, c'était réagir à ce vieil instinct de la saison des amours.

Il ne pouvait expliquer comment il savait qu'elle était sienne mais son instinct lui disait que la femme qu'il tenait dans ses bras était parfaite pour lui. Il n'avait jamais ressenti cela pour personne d'autre, pas même pour Jane, la femme qui l'avait laissé après leur nuit de noces. Il n'avait jamais ressenti cette connexion, comme si leurs lignes de vie étaient entremêlées et qu'elles se complétaient.

Plus il inhalait son parfum, plus il ressentait le lien qui l'unissait à Maya. Lorsqu'elle entrouvrit ses lèvres, il envahit sa bouche et captura sa langue, la caressant, la léchant et dansant avec elle avant de se retirer. Leurs salives se mélangèrent et le goût de leurs fluides mêlés le drogua. Il sut alors que quelque chose se passait entre eux. Quelque chose que seuls le désir et l'attirance ne pouvaient expliquer. Il en parlerait au médecin, mais plus tard. Pour l'instant, il devait sauver la femme qu'il aimait.

Qu'il aimait ?

Sa prise de conscience le heurta de plein fouet, et ensuite, elle l'apaisa. « Je t'aime, » murmura-t-il contre ses lèvres, avant de tracer un chemin de baisers le long de la peau chaude de son cou.

Il sentit l'odeur enivrante de son sang à travers la veine pulsante et grogna. Ses canines s'allongèrent.

Il s'écarta d'elle. Non, il ne devait pas la mordre. Il ne pouvait s'autoriser une action aussi intime que celle de boire le sang de sa femme sans la permission de cette dernière. Sa femme. Oui, il l'avait appelée ainsi parce que c'était bel et bien ce qu'elle était, à présent : sa femme.

Il balaya du regard son corps tremblant et sa chemise de nuit pourpre. Une chemise de nuit qui la couvrait à peine jusqu'à mi-cuisses ; d'un tissu si fin qu'il pouvait facilement deviner la silhouette de ses tétons durs au bout de ses seins. Les bretelles de la chemise de nuit bougeaient dès qu'elle se tournait et il n'en fallait jamais beaucoup pour qu'ils glissent définitivement le long de ses épaules et révèlent la rondeur parfaite de ses globes.

Gabriel laissa sa main glisser le long des seins de Maya et en captura un dans sa paume. Sa main l'englobait totalement et le téton dur frottait sur le centre de celle-ci. De son pouce, il l'explora ensuite, caressant la chair à travers la soie et effleurant le téton. Elle arrêta de bouger, puis se cambra à son toucher. Sans réfléchir, il tira sur le tissu afin que les bretelles glissent et libèrent le beau sein qu'il caressait. Sa peau était douce. Il baissa la tête et passa sa langue sur le téton. Il réalisa alors que, malgré son état de semi-conscience, elle ressentait ce qu'il faisait : elle avait glissé sa main sur sa nuque afin de lui maintenir la tête sur son sein.

« Oui, » murmura-t-elle d'une voix soulagée, comme si elle avait attendu cela depuis longtemps.

Le voulait-elle ? Savait-elle que c'était lui qui la touchait ?

Gabriel suça davantage encore la belle peau et continua à tracer des cercles sur le téton tout en caressant le sein dans sa paume. Il ne se lassait pas de la toucher, de sentir la texture de sa peau, son parfum.

Il sentit son pantalon se serrer tandis que sa verge se gonflait de sang, se durcissait, en attente. Au détail près que cela serait vain. Le message comme quoi il ne lui ferait pas l'amour ne semblait toutefois pas être parvenu à sa verge, laquelle grossissait à vue d'œil.

Ses doigts parcoururent le ventre de Maya, la soie fine se repliant sous ses seins. Il passa ses cuisses et se faufila sous la chemise de nuit avant de remonter vers le nord. Lorsqu'il atteignit son entrejambes, il toucha son slip, ce qui la fit immédiatement gémir et se cambrer.

Son excitation avait trempé ses dessous, diffusant une odeur si intense que Gabriel en perdit la raison. Essayant de réprimer son désir, il frotta ses doigts contre le tissu mouillé et sentit clairement la chair chaude et féminine par-dessous.

« Oh bon Dieu, Maya… » dit-il d'une voix emplie de désespoir, ne sachant comment se retenir de la posséder quand chaque cellule de son corps lui criait de le faire.

Malgré qu'il se fût juré de ne pas regarder son corps nu — et bien qu'il eût déjà rompu cette promesse en exposant ses seins — il lui retira son slip et la laissa ainsi, allongée et nue. Ses poils noirs et bouclés étaient réduits à une fine ligne qui pointait vers le centre de son corps. Comme si Gabriel avait besoin de davantage d'indications pour trouver le chemin.

Ses doigts se dirigèrent vers le bas et elle écarta les jambes immédiatement, l'invitant à la regarder, à la toucher ; à la dévorer. Alors qu'il se concentrait sur le bas de son corps en suivant l'odeur à laquelle il ne pouvait résister, les gémissements de Maya devinrent de plus en plus insistants, comme si elle savait exactement ce qu'il était sur le point de faire. Pourtant, il l'ignorait lui-même.

Il n'avait prévu que de la regarder — une seule fois — afin de se souvenir de son corps lorsqu'il se retrouverait seul dans son lit. Mais lorsque son regard atterrit sur l'intimité de Maya, les lèvres roses et brillantes l'appelèrent, le prièrent de les goûter.

Il n'avait jamais fait une telle chose. Bien sûr, il comprenait le concept. Il l'avait même vu faire et pas uniquement par Zane dans ce club, mais également dans de nombreux films pornographiques. Il n'avait simplement jamais approché sa bouche de l'intimité d'une femme. Et pourtant, à ce moment précis, cela ne faisait aucun doute que c'était ce dont il avait terriblement envie : la goûter, se nourrir d'elle, boire son nectar et la lécher jusqu'à ce qu'elle jouît dans sa bouche.

Il n'avait jamais compris la fascination des hommes pour cela, jusqu'à cet instant. Elle serait à sa merci, vulnérable et ouverte à lui, incapable d'échapper à sa langue exploratrice. Même si elle se réveillait alors qu'il la lécherait, il n'arrêterait pas. Une fois qu'il aurait commencé, il savait que rien ne pourrait plus l'arrêter.

Gabriel regarda de nouveau son visage. Ses yeux étaient toujours clos mais ses lèvres s'étaient entrouvertes. Lorsqu'il glissa un doigt le long de ses plis mouillés, il la vit mordre sa lèvre inférieure. Il bougea son doigt vers le haut et trouva le petit mont de chair encapuchonné qu'il cherchait. Dès qu'il commença à y tracer des cercles avec son doigt humide, Maya se mit à gémir et à se tordre sur les draps. Ses dents relâchèrent sa lèvre et elle se mit à haleter.

« Bébé, il faut que je le fasse. »

Il ne pouvait plus attendre. Tout en lâchant un grognement, il plongea entre les jambes de la jeune femme et écarta ses lèvres. Sa chair était rose et humide ; la plus belle chose qu'il eût jamais vue. Il sortit sa langue et tenta un premier essai sur les lèvres, lapant le nectar qui s'échappait d'elle.

Celui-ci atteignit ses papilles gustatives et son corps se contracta. Une décharge semblable à un coup de foudre s'abattit sur son corps et vibra en lui. Il frissonna.

Bon sang !

Aucun autre goût ne l'avait jamais empli d'une telle satisfaction. Elle lui donnait de plus en plus faim. Sans même le savoir, c'était ce qu'il avait attendu toute sa vie. Maya était parfaite en tous points.

Gabriel leva la tête et grogna. Il tuerait quiconque essaierait de se mettre entre lui et Maya. Et il ne s'arrêterait ni aux portes du Paradis ni à celles de l'Enfer si la Faucheuse venait à la lui arracher des bras. Car, à présent, il la voyait sienne : Maya était sa compagne. La perdre signifierait perdre la seule chance qu'il avait d'être heureux.

Conscient de cette nouvelle vérité, il replongea sa bouche en elle et lui donna ce dont son corps avait si désespérément besoin. Son esprit enregistra le moindre recoin de son intimité, le moindre repli, le moindre sillon, tandis qu'il prenait du plaisir à lécher sa fente. Il nota chaque petit mouvement qu'elle faisait et chaque inspiration qu'elle prenait.

Le cœur de Gabriel battait la chamade dans sa poitrine.

Elle était un véritable festin et il n'avait jamais eu droit à un buffet aussi somptueux ; un buffet réservé à lui seul. Sans hâte, il la goûta, mordillant sa douce chair, léchant et suçant sa peau chaude. Il observa chacune de ses réactions, chaque gémissement, chaque soupir.

Il passa ses mains sous ses fesses pour la soulever afin que sa langue pût s'introduire dans l'étroitesse de son écrin.

« Oh ! »

Il l'entendit gémir et se demanda si elle était consciente. Il ne voulait pas y penser car il était à présent incapable de s'arrêter, même si elle le suppliait. Ou le supplierait-elle au contraire de continuer ?

Déterminé à lui procurer un plaisir extrême, sa langue fit des allers-retours dans son écrin, léchant son clitoris en alternance. Le petit mont de chair était engorgé et en érection. Chaque fois qu'il passait sa langue dessus, le corps de Maya tremblait. Gabriel sentit qu'elle était proche de l'orgasme et, même s'il ne voulait pas que cela se finît, il savait ce qu'il lui restait à faire.

Il glissa un doigt dans ses replis humides et sentit ses muscles se contracter et l'attraper avec fermeté. Il grogna. Si seulement sa verge avait pu être à la place de ses doigts. Il suça le clitoris et le captura entre ses lèvres avant de les refermer énergiquement par-dessus. Le corps de Maya trembla. Il ressentit les spasmes de la vulve se resserrer sur son doigt et les vagues déferler contre ses lèvres lorsque l'orgasme de Maya l'envahit. Le cri qui en résulta fut le son de la libération le plus pur qu'il eût jamais entendu.

Gabriel garda la bouche contre le clitoris et le lécha doucement tandis que Maya retombait peu à peu.

Maya sentit des vagues de plaisir parcourir son corps et elle accueillit volontiers le soulagement qui s'ensuivit. La chaleur de son corps se dissipa et, pour la première fois depuis des heures, elle put respirer. Alors qu'elle prenait une profonde inspiration, ses narines frémirent. Au même instant, elle ressentit une pression contre son intimité ainsi que le souffle chaud de quelqu'un.

Elle ouvrit les yeux en grand.

Là, entre ses jambes, la bouche de Gabriel recouvrait son clitoris toujours palpitant et il la léchait, la menaçant de faire à nouveau brûler un feu ardent en elle.

« Gabriel. »

Comme si piqué par un frelon, il leva la tête et rencontra son regard. Elle ne l'avait jamais vu ainsi. Ses yeux étaient noirs de passion et ses lèvres pulpeuses, encore humides de son nectar. Il l'avait léchée alors qu'elle était inconsciente. Elle aurait dû se sentir violée, ou du moins embarrassée, mais étonnamment, telles ne furent pas les pensées qui l'assaillirent. Etait-elle en train de devenir une créature avide de sexe, à présent qu'elle était un vampire ?

« Maya, je peux t'expliquer. »

Sa voix était mêlée de culpabilité et de regret. Elle ne comprit pas et le regarda se lever pour s'asseoir à ses côtés, sur le lit, tout en replaçant rapidement sa chemise de nuit pour la recouvrir.

Elle remarqua alors combien il était nerveux, comme s'il venait d'être surpris en train de faire quelque chose qu'il n'aurait pas dû. Certes, elle l'*avait* bel et bien surpris, mais cela lui était égal. Elle n'éprouvait qu'un seul regret : avoir été inconsciente.

« Qu'est-ce que tu faisais ? » demanda-t-elle.

Gabriel passa une main dans ses longs cheveux. Cette fois-ci, ils étaient détachés ; pas de queue de cheval. Elle aimait cette coiffure et y aurait volontiers plongé les mains.

« Je suis désolé. Je devais le faire. Le médecin et la sorcière, ils ont tous les deux dit… »

Il s'arrêta et se détourna.

Pourquoi l'évitait-il à présent ? Elle lui prit le menton et le força à la regarder.

« Dis-moi ce qui se passe. »

Il cligna des yeux.

« Tu étais en chaleur. Le médecin a dit que tu mourrais si personne ne te satisfaisait. Alors ils ont décidé que je devais le faire. »

Il regarda au sol.

« Ils ? »

« Drake et la sorcière. »

Maya ne savait pas qui était la sorcière mais cela lui était égal. Ce qui importait, c'était que Gabriel avait été forcé de le faire. Il l'avait fait pour la sauver, pas parce qu'il la désirait.

« Ils t'ont poussé à le faire ? »

Il hocha la tête.

« Crois-moi, s'il te plaît. Je n'aurais jamais profité de toi de cette façon si je n'avais pas craint pour ta vie. »

Maya déglutit et tenta de se débarrasser du nœud que les mots de Gabriel avait formé et qui lui nouait à présent la gorge. Il ne l'aurait jamais touchée si elle n'avait pas été en danger. Il se sentait donc toujours responsable d'elle. Rien d'autre.

« Merci. Et je suis désolée que tu aies dû le faire contre ta volonté. »

Elle s'arma de courage pour faire face à la douleur de savoir qu'il l'avait touchée sans en avoir envie.

« Maya, ce n'est pas ce que j'ai voulu dire. »

Elle le dévisagea.

« Je voulais le faire. Il n'y avait rien d'autre que je désirais davantage que de te faire jouir avec mes mains et ma bouche. Je m'étais promis de te laisser autant de dignité que possible mais Maya, quand je t'ai regardée, je n'ai pas pu m'en empêcher. Je… »

La douleur tordait son visage. Une douleur qu'elle ne pouvait s'expliquer. Il avait voulu la toucher et le fait de le savoir lui réchauffa le cœur. Il ressentait quelque chose. Il était attiré par elle, tout comme elle l'était par lui.

« Gabriel, pourquoi est-ce que tu te tortures ainsi ? »

Elle prit son visage entre ses mains, sa paume effleurant sa cicatrice. Il eut un mouvement de recul comme s'il s'attendait à ce qu'elle le giflât.

« Tu ne m'en veux pas ? Tu ne me détestes pas d'avoir fait ça ? » demanda-t-il.

Maya se pencha légèrement vers lui.

« T'en vouloir ? »

Elle approcha son visage du sien.

« Non, je ne t'en veux pas. Je suis juste déçue. »

Elle le vit déglutir.

« Bon Dieu, je suis désolé. »

Elle secoua la tête et sourit.

« Je suis juste déçue parce que j'étais inconsciente. »

Quelque chose changea dans le regard de Gabriel. Une lueur de surprise s'empara de ses pupilles tandis qu'il inspirait profondément.

« Tu veux dire… »

Il lui toucha la joue et passa son pouce sur ses lèvres. Elle les entrouvrit et lécha le chemin parcourut quelques secondes plus tôt par le doigt de Gabriel.

« Gabriel, je te connais à peine mais quand tu m'as touchée, je me suis sentie vivante. Bien plus vivante que lorsque j'étais humaine. »

« Quand Drake m'a dit que tu allais peut-être mourir, j'en ai presque perdu la raison. Maya, je ne sais pas ce qui se passe entre nous mais je sais que j'ai besoin de toi. »

Son cœur fit un bond face à la confession de Gabriel. Elle voulait qu'on eût besoin d'elle. Et elle voulait que ce vampire si fier eût besoin d'elle.

« Tu vas m'embrasser ? »

D'un mouvement fluide, il captura ses lèvres. Elle goûta à sa propre essence sur sa langue lorsqu'il envahit sa bouche, ce qui ne fit qu'accroître son excitation. Gabriel la voulait. Il le lui avait démontré d'une manière on ne pouvait plus intime et elle n'avait même pas pu le ressentir pleinement. Elle ferait en sorte d'y remédier très vite. Cette fois-ci, elle vivrait chaque seconde lorsqu'ils feraient l'amour et elle ne manquerait rien.

Son baiser était un baiser passionné, possessif. Aucun homme ne l'avait jamais embrassée ainsi ; avec une telle ferveur, une telle détermination. Mais également avec tendresse et respect, comme s'il la vénérait. Elle s'abandonna à la délicieuse sensation d'être désirée par un homme passionné. Tout son être ronronnait sous son baiser tandis qu'une nouvelle vague d'excitation montait.

Toute la souffrance par laquelle elle était passée était à présent oubliée. Ce dernier épisode avait été le pire. Elle n'avait jamais ressenti une fièvre aussi intense. Comment Gabriel avait-il dit ? En chaleur ? Elle ne savait pas ce qu'il avait voulu dire par là mais, dans son délire, elle avait ressenti à quel point son corps avait été brûlant. Elle s'entretiendrait plus tard avec Drake à ce sujet. A cet instant précis, elle ne désirait qu'une chose : savourer le moment.

Elle se tenait dans les bras de Gabriel ; des bras qui, enroulés autour de son dos, la retenaient contre lui avec une telle force qu'elle pouvait à peine respirer. Mais cela importait peu. Elle n'avait pas besoin de respirer tant qu'elle pouvait inhaler son parfum à la place. Tout comme son sang, le goût de ses lèvres était enivrant. Son corps répondait à celui du New Yorkais si naturellement que, même si elle l'avait voulu, elle n'aurait pu se défaire de ses bras.

C'était l'homme avec lequel elle voulait faire l'amour. Instinctivement, elle savait qu'il comblerait le vide qu'elle avait, jusque-là, toujours ressenti dans sa vie sexuelle. Personne n'avait été capable de satisfaire ses envies et elle n'avait jamais été en mesure d'exprimer clairement ce qu'elle voulait non plus. Elle ne s'était jamais sentie suffisamment en sécurité avec quelqu'un pour pouvoir avouer ses désirs les plus sombres. Mais dans les bras de Gabriel, tout était différent. Elle s'y sentait protégée et chérie.

Lorsqu'il relâcha ses lèvres, elle le vit sourire.

« On était si inquiets pour toi. »

« J'ai ces poussées de fièvre depuis longtemps, mais cette fois, c'était bien pire. »

Il hocha la tête.

« Je sais. »

« Tu le sais ? Comment ? »

Il lui caressa la joue.

« On a regardé ton dossier médical. »

Elle ouvrit la bouche pour émettre une remarque quant au manque d'éthique de Drake mais Gabriel posa un doigt sur ses lèvres.

« Je suis désolé. J'ai poussé Drake à m'en faire part. Tout ce qui te concerne me concerne. »

« Pourquoi ? »

Il déposa un doux baiser sur ses lèvres avant de répondre.

« Parce que je ne suis heureux que lorsque je sais que tu es en sécurité et que tu vas bien. Je tiens à toi… Beaucoup. »

Maya sentit son cœur se gonfler de joie face à un tel aveu.

« Vraiment ? »

« Plus que je ne peux l'exprimer. »

Elle prit une profonde inspiration et laissa l'idée l'envahir. C'était une idée agréable. Pendant un moment, elle lui sourit à peine. Puis ses pensées l'entraînèrent vers d'autres choses.

« Tu n'avais pas dit que les vampires ne tombaient pas malades ? »

« Oui, c'est vrai pour nous tous. Mais le médecin ne pense pas qu'il s'agisse d'une maladie. Il croit que ce sont des chaleurs, comme les félins pendant leur cycle. »

« Mais je ne suis pas un chat. Je suis un vampire, maintenant. Et Yvette m'a dit que les femmes vampires étaient stériles. Ça n'a pas de sens que je sois en chaleur. Et pour quoi faire ? »

Gabriel la dévisagea.

« Yvette t'a dit ça ? »

« Tu veux dire que ce n'est pas vrai ? »

Y avait-il finalement encore un peu d'espoir ?

« Si, c'est vrai, » dit-il en déglutissant. « Mais c'était à *moi* de tout t'expliquer. En fait, je devrais tout te dire. Il y a tellement de choses qu'on ne t'a pas encore expliquées. C'est à moi de le faire et je suis désolé de ne pas l'avoir déjà fait. »

Elle repoussa sa déception. Elle était donc bien stérile. Avec un peu de chance, elle finirait un jour par l'accepter. Mais serait-ce également le cas de Gabriel ?

« Ce n'est pas de ta faute. Je ne t'ai pas donné beaucoup d'occasions de m'expliquer toutes ces choses. »

Il l'attira contre lui.

« Et si je te disais tout ça maintenant ? A moins que tu ne sois fatiguée ? »

« Non, ça va. »

« Bien. Par quoi devrais-je commencer ? » demanda-t-il.

« Le début ? »

« Le début. »

16

Maya joua avec les boutons de la chemise de Gabriel, les défaisant un par un avant de glisser sa main sur sa poitrine nue.

« Tu essayes de me distraire ? Parce que si c'est le cas, tu fais un excellent boulot, » dit-il d'une voix basse.

Bon sang, ce que sa voix était sexy !

« Comment ça a commencé ? Les vampires. Comment sont-ils apparus ? »

Gabriel lui prit la main pour l'empêcher de caresser son torse et il la serra contre sa peau chaude.

« Il y a beaucoup de légendes, bien sûr, mais la plupart des choses qu'on trouve dans le folklore sont fausses. La croyance est bien différente parmi nous. On dit que le premier vampire était un homme machiavélique qui avait passé un pacte avec le diable et s'était attiré la colère de Dieu. C'était un homme peu judicieux dont l'avidité avait eu raison. Il voulait dominer le monde par la violence. Quand Dieu l'apprit, il le maudit en ne l'autorisant qu'à se déplacer durant la nuit et ce, afin que ses propres créatures furent en sécurité pendant la journée. »

Maya écoutait attentivement.

« Mais pourquoi Dieu lui a-t-il octroyé tous ces pouvoirs, alors ? Et le désir de boire du sang humain ? Ça ne va pas à l'encontre de l'idée de protéger les humains ? »

« Dieu ne lui a pas octroyé ces pouvoirs. C'est le Diable qui l'a fait car il protège les siens. Quand Dieu a condamné notre ancêtre à la vie nocturne, le diable lui a offert ces pouvoirs afin qu'il puisse survivre durant la nuit et faire peur aux humains. Il l'a rendu plus fort la nuit mais n'a rien pu faire quant à sa faiblesse face à la lumière du jour. Et c'est comme ça que le premier vampire est né. »

Une vague de dégoût s'empara de Maya.

« Ça veut dire qu'on vénère le diable ? »

Gabriel rit et secoua la tête.

« Non. On fait ce qu'on veut. Toi seule es à même de décider comment agir. Tu peux être bonne ou mauvaise. C'est à toi de choisir. La réponse est dans ton cœur. Tes décisions t'appartiennent pour toujours, alors ne laisse personne te dire le contraire. »

Ses mots l'apaisèrent.

« Comment es-tu devenu vampire ? »

Gabriel ferma les yeux comme s'il espérait que les souvenirs s'effaceraient d'eux-mêmes. Lorsqu'il les ouvrit à nouveau, il lui jeta un sourire attristé.

« Je n'étais pas très heureux en tant qu'humain et, à cause de ma cicatrice, il m'était difficile de trouver une compagne. J'ai cru, à tort, que tout ça changerait si je devenais puissant. Alors, quand j'ai rencontré un homme qui semblait avoir tout ce que je voulais, je lui ai parlé et il a eu pitié de moi. Mon maître était bon mais j'ai réalisé que même en tant que vampire, j'étais resté la même personne : seul et défiguré. »

Maya lui caressa le visage. Elle se souciait peu de sa cicatrice, mais si celle-ci semblait l'ennuyer, alors peut-être pouvaient-ils faire quelque chose.

« Il y a beaucoup de chirurgiens plastiques de nos jours qui pourraient… »

Il lui prit la main.

« Mon corps s'est arrêté de changer lorsque je suis devenu vampire. De même que mes cheveux repousseront si je les coupe courts, quoi que je modifie à mon physique redeviendra pareil durant mon sommeil afin que je ressemble exactement à ce que j'étais avant ma transformation. Un vampire ne peut altérer sa forme physique. »

Maya porta instinctivement la main à son propre visage.

« Tu veux dire que je vais ressembler à ça pour toujours ? »

Il hocha la tête.

« Des cheveux longs et noirs, de beaux yeux, pas de rides hormis celles du sourire. »

Elle sourit à pleines dents.

« J'ai bien fait de me raser les jambes le soir de l'agression, alors. »

Gabriel éclata de rire ; un rire franc. Elle ne l'avait jamais entendu rire et réalisa qu'elle aimait cela, cette façon dont le grondement de Gabriel lui traversait le corps. Lorsqu'il la regarda, elle perçut une lueur dans ses yeux.

« Il n'y a que les femmes pour tout analyser comme ça dans les moindres détails. »

Puis Gabriel laissa sa main courir du dos de Maya à sa cuisse.

« Mais je dois admettre que j'aime tes jambes douces. »

Elle repoussa sa main et l'empêcha d'aller plus loin. Non pas qu'elle ne voulait pas ce qu'il avait à lui offrir, mais puisqu'ils parlaient, elle voulait en savoir plus.

« Qu'est-ce qui va encore changer dans ma vie ? Les gens vont bien finir par se rendre compte que je ne vieillis pas, non ? »

« Ah… Ça, c'est le plus dur. En général, on mène tous une vie relativement tranquille. On a notre propre communauté et on reste à l'écart des humains autant qu'on le peut. C'était plus facile aux dix-huitième et dix-neuvième siècles, quand les registres n'étaient pas aussi précis qu'aujourd'hui. Maintenant, avec la Sécurité Sociale et tout ça, on doit malheureusement falsifier beaucoup de documents. »

« Tu veux dire des fausses cartes d'identité et tout ? »

« En gros, oui. De nos jours, on a beaucoup de choses à planifier. Tous les vingt-cinq ou trente ans, on crée une nouvelle identité. On va déclarer la naissance d'un enfant, on obtient un numéro de sécurité sociale et pareil pour les diplômes, histoire d'avoir un passé. »

« Ça a l'air compliqué. »

« Pas quand tu as quelques génies de l'informatique avec toi qui peuvent pirater n'importe quel dossier. En fait, l'invention de l'ordinateur nous a simplifié la vie. On n'a plus à entrer par effraction la nuit à la mairie. »

Il lui fit un clin d'œil mais Maya était bien trop préoccupée à l'idée de devoir mener une existence aussi complexe.

« Je ne sais pas comment on fait tout ça. Je commence par quoi ? »

Gabriel prit le menton de Maya dans sa main.

« Ne t'inquiète pas pour ça. Je le ferai pour toi. »

La sincérité dans ses yeux était plus qu'évidente. Elle sut instinctivement qu'il lui donnerait tout ce dont elle avait besoin. Mais pouvait-elle l'accepter ?

« Mais je ne peux pas dépendre autant de toi. »

Il fronça les sourcils.

« Mais je veux prendre soin de toi. »

« J'ai toujours pris ma vie en charge. Je ne sais pas comment m'appuyer sur quelqu'un d'autre. »

« Nous autres, vampires, comptons les uns sur les autres : pour créer de nouvelles identités, garder nos secrets, nous protéger. On est comme une grande famille. Personne ne pensera que tu es faible juste parce que tu comptes sur les autres membres de notre clan. »

« Mon clan… Ça fait tellement bizarre de dire ça. Sans vouloir offenser qui que ce soit, je ne les considère pas comme faisant partie de mon clan. Ils sont tous si forts et si sûrs d'eux-mêmes. En plus, je ne suis pas un vampire normal : je tombe malade, le sang humain me rebute… »

« Je suis sûr qu'il y a une explication plausible à tout ça. Et on va la trouver. En attendant, tu te nourriras de moi. »

« Ça ne te dérange pas ? »

Il ricana doucement.

« Me déranger ? »

Il l'attira vers lui, la serrant davantage encore dans ses bras.

« Sentir tes canines dans mon cou, c'est presque le paradis. C'est la chose la plus excitante qui me soit jamais arrivée. »

Elle en eut le souffle coupé. Elle ressentait la même chose.

« C'est toujours comme ça pour toi ? »

Surpris, Gabriel écarquilla les yeux.

« Toujours ? Maya, tu es la seule à t'être nourrie de moi. Je ne sais même pas comment c'est avec quelqu'un d'autre et en toute honnêteté, je me fous bien de le savoir. Je suis parfaitement heureux à l'idée de te laisser boire mon sang, tous les jours et pour aussi longtemps que tu le voudras. »

Aussi longtemps qu'elle le voudrait ? Qu'essayait-il de lui dire ? Cela voulait-il dire qu'il était intéressé par une relation sérieuse ? Elle se souvint de ce qu'Yvette lui avait dit – qu'un vampire voulait s'unir à une humaine afin d'avoir des enfants. Etait-ce ce qu'il voulait ? Etait-ce ce à quoi il aspirait ? Elle ne pouvait le lui demander de cette façon. Tout était bien trop nouveau. C'était comme demander à un homme si elle pouvait emménager avec lui après un seul rendez-vous. Vampire ou pas, aucun homme ne voulait qu'une femme s'attachât à lui après quelques rendez-vous seulement. D'ailleurs, ils n'avaient même pas eu de rendez-vous.

La satisfaire alors qu'elle était inconsciente n'était pas vraiment ce qu'elle appelait un rendez-vous. En outre, elle voulait autre chose.

« Gabriel ? »

Il pressa son front contre le sien.

« Hum ? »

« Fais-moi l'amour. »

Elle avait besoin de le sentir. Elle porta la main à son jean et sentit son membre dur. Mais avant qu'elle ne pût déboutonner son pantalon, Gabriel posa sa main sur la sienne.

« Je préférerais te montrer ce que tu as raté alors que tu étais inconsciente. »

Etait-ce vrai ? Gabriel voulait-il la satisfaire de nouveau au lieu de se satisfaire lui-même ?

« Tu veux dire encore ? »

« Je peux ? »

Elle plongea ses yeux dans les siens, lesquels étaient pleins de désir et de promesses. Il la voulait. Cela ne faisait aucun doute. Maya attira la tête de Gabriel vers la sienne.

« Touche-moi, » lui murmura-t-elle dans un souffle.

Lorsque la bouche de Gabriel captura la sienne, elle ressentit une vague d'euphorie jusque-là inconnue parcourir son corps. Tout ce qui le concernait lui semblait familier et neuf à la fois. Son baiser était différent des précédents. L'hésitation qu'elle y avait perçue avait disparu, laissant place à la confiance d'un homme habitué aux requêtes.

Ses mains l'explorèrent au travers de caresses assurées. Ses doigts taquinèrent sa peau chaude, lui promettant du plaisir et ne lui demandant que d'y succomber. Tel un conquérant, il alla de l'avant, sa langue se battant en duel avec la sienne, ses lèvres écrasant jusqu'au dernier des doutes qu'elle avait pu avoir.

Il la serra de plus en plus. La chaleur de son corps la brûlait. Même si elle l'avait voulu, elle n'aurait pu se défaire de ses bras. Il l'avait embrasée. Aucun autre homme n'avait été capable d'une telle chose par un seul baiser et une seule caresse. Comme si son corps connaissait Gabriel, le reconnaissait et se connectait au sien à un autre degré.

Les mains du New Yorkais touchant son corps déclenchèrent une série d'images de sexe libéré et sauvage. Il ne s'agissait pas simplement d'une connexion entre deux corps mais également d'un lien de cœur et d'esprit. Une connexion plus profonde. Toutes ces choses qu'elle avait toujours voulues d'un homme – tous ces désirs interdits qu'elle n'avait jamais exprimés – tout cela devenait prioritaire. Elle voulait qu'il la prît de toutes les façons possibles et imaginables.

Alors que les lèvres de Gabriel descendaient plus bas, il suça un téton avec avidité et Maya sentit la chaleur de son corps augmenter. Elle était fiévreuse, mais pas comme elle avait pu l'être quelques heures plus tôt. Cette fois, il s'agissait de son désir pour Gabriel. Elle se cambra vers lui, en demandant davantage encore. Il laissa échapper un grognement sourd et titilla son téton sensible.

« Oh bon Dieu… Gabriel ! »

Il gloussa et cela résonna tel un grognement sourd. A cet instant, il sut exactement ce qu'il allait lui faire. Entre ses mains, elle se liquéfiait. Aucun homme n'en avait, jusqu'alors, été capable.

Il ne leva la tête que très brièvement. Une lueur rouge scintillait à présent dans ses yeux noir chocolat et ses canines s'étaient allongées.

« Je n'ai même pas commencé… »

Le simple fait de savoir ce que ces mots impliquaient la fit frissonner de plaisir. Un instant plus tard, la bouche de Gabriel descendit, déposant sur son ventre des baisers mêlés de petites morsures. Chacun d'entre eux déclenchait une sorte de petite explosion en elle. Avait-elle déjà été aussi sensible au toucher d'un homme ou était-ce son côté vampire qui lui faisait cet effet ?

Non, cela ne pouvait être dû à son état de vampire. Il lui semblait évident que le toucher de Gabriel lui aurait procuré les mêmes sensations si elle était demeurée humaine. Mais elle ne put s'attarder sur la question car, à la seconde où elle sentit la bouche de ce dernier au centre de sa féminité tandis qu'il plongeait dans son buisson brun, son cerveau se mit en veille. Tout ce qu'elle pouvait à présent faire, c'était se laisser aller à ressentir les sensations.

Lorsque la langue de Gabriel lécha ses plis humides, Maya gémit. Il répondit par un grognement. Elle n'avait encore jamais entendu de son aussi sexy. Alors qu'elle se préparait à l'invasion des sensations que la langue de Gabriel allait lui procurer, elle glissa sa main dans les cheveux de ce dernier et le sentit trembler. Un sourire s'empara de ses lèvres. Le fait de savoir qu'elle avait le même effet sur lui que celui qu'il avait sur elle l'emplissait de satisfaction.

Pendant qu'il caressait son clitoris avec le pouce, il introduisit plus profondément sa langue en elle . Elle en eut le souffle coupé. Sa langue s'engouffra une fois de plus en elle, telle une lance, puis il la retira et la glissa sur son clitoris. Le besoin de Maya monta en flèche.

« J'ai besoin de toi en moi… » demanda-t-elle.

Elle voulait sentir son membre dur en elle, l'emplissant, la prenant, la faisant succomber à ses mouvements.

Un doigt plongea en elle, puis un second mais elle voulait plus ; elle avait besoin de plus.

« Ta verge. Laisse-moi te sentir en moi. »

Mais Gabriel n'écouta pas sa requête. Il inséra plutôt trois doigts en elle et lécha son clitoris avec avidité. Avant qu'elle ne pût reformuler sa demande, il pinça davantage encore le bouton engorgé et la fit jouir. Les vagues de plaisir déferlèrent en elle comme un tsunami sur la Côte pacifique.

Avant qu'elle n'eût retrouvé une respiration régulière et que les spasmes de son corps se fussent atténués, Gabriel l'avait déjà reprise dans ses bras et la blottissait contre sa poitrine.

Elle leva la tête vers lui.

« Je te veux en moi. »

Il lui sourit et déposa un doigt sur ses lèvres.

« La prochaine fois, bébé. La prochaine fois. »

Comment pouvait-il ne pas le vouloir quand elle sentait clairement son érection presser contre son ventre ?

« Maintenant, s'il te plaît. »

Gabriel lui prit le visage dans la paume de sa main.

« Tu dois d'abord te reposer un peu. Je te veux, bébé, n'en doute pas. Et bientôt, je te ferai mienne. »

Son baiser éluda la question suivante de Maya.

17

Maya prit une profonde inspiration avant d'entrer dans la cuisine. Elle se sentait revigorée par la douche qu'elle venait de prendre et la nuit qu'elle venait de passer dans les bras de Gabriel. Il lui avait donné davantage de plaisir en la touchant et en l'embrassant qu'elle n'en avait jamais ressenti lors d'une relation sexuelle ordinaire. Lorsqu'elle était avec lui, tout semblait de nouveau bien aller dans sa vie. Comme si tout revenait à la normale. Non, pas à la normale : encore mieux que cela.

Pour la première fois depuis sa transformation, elle était parfaitement consciente de son nouveau corps. Elle sentait combien ses sens étaient à l'affût de tout ce qui l'entourait, combien les stimuli que son corps envoyait étaient différents. C'était une expérience étrange. Elle avait presque l'impression qu'il ne s'agissait pas de son corps, mais de celui de quelqu'un d'autre. Celui de quelqu'un d'autre, oui, car pour la première fois de sa vie, elle ressentait une véritable satisfaction sexuelle. Ou peut-être n'était-ce pas dû à son corps de vampire, mais bien à tout ce que Gabriel avait fait : il l'avait douchée avec tendresse et passion sans s'abandonner lui-même à son propre plaisir.

Maya sut que Gabriel se trouvait dans la cuisine avant même d'y entrer. Il s'était levé une heure avant le coucher du soleil, lui assurant qu'il ne désirait rien de plus que de passer la nuit à ses côtés. Mais il avait du travail.

Gabriel l'accueillit avec le sourire d'un homme satisfait et la prit dans ses bras.

« Tu as bien dormi ? » lui demanda-t-il contre ses lèvres.

« Seulement jusqu'à ce que tu partes. »

Il retroussa ses lèvres avant de frôler sa bouche. Puis il se redressa et retrouva son sérieux.

« J'ai dû prendre contact avec mes collègues. J'ai parlé à Ricky, mais il n'a pas encore pu approcher tes amies. Apparemment, elles sont plus difficiles à aborder que ce qu'on ne pensait. »

« Je pourrais les appeler, si tu veux. »

Gabriel secoua la tête.

« Et leur dire quoi ? Ricky a dit qu'un voisin avait vu Paulette partir avec un sac de voyage. »

« Oh, j'avais oublié. Chaque mois, elle a un séminaire d'une journée à Seattle et elle aime y arriver la veille au soir afin de ne pas être trop fatiguée. »

« Bien, alors elle sera de retour demain. Je vais le dire à Ricky. Pour ce qui est de Barbara, il a prévu de la choper à l'hôpital. »

Il regarda sa montre.

« Maintenant, je dois voir Zane. Est-ce que tu veux te nourrir avant que je parte ? »

L'idée de planter ses canines dans la peau de Gabriel la fit de nouveau rougir. Si elle se nourrissait de lui maintenant, il ne pourrait, en aucun cas, quitter cette maison avant une heure ou deux car elle le traînerait certainement de nouveau au lit.

« Non, ça va pour le moment. »

Il la regarda avec ce qu'elle pensa être de la déception.

« Si tu le dis. »

Maya tendit les bras et posa ses doigts contre les lèvres de Gabriel.

« Tu sais ce qui va se passer si je me nourris maintenant, n'est-ce pas ? Alors va plutôt voir Zane. En attendant, je vais me mettre en appétit, » dit-elle en se léchant les lèvres. « Je suis sûre que je serai affamée quand tu reviendras. »

La lueur de malice qui perça dans les yeux de Gabriel fit battre le cœur de Maya deux fois plus vite.

« Bien, j'ai hâte d'être au dîner. »

Elle le suivit dans le couloir, d'où il appela Thomas.

« Thomas, tu es où ? »

Un instant plus tard, Thomas émergea du bureau de Samson.

« Vous avez besoin de quelque chose ? »

« Prends soin de Maya, je dois aller voir Zane. » Avant de se retourner, il ajouta : « Rien de nouveau pour ce qui est des relevés téléphoniques ? »

Thomas secoua la tête. « Les serveurs de AT&T sont toujours fermés. Eddie s'en occupe. Il doit m'appeler dès qu'ils fonctionnent à nouveau. »

Gabriel hocha la tête. « Merci. »

Un léger baiser déposé sur les lèvres de Maya et il était parti. Celle-ci se retourna pour regarder Thomas.

« Quels relevés téléphoniques ? »

« Les tiens. On s'est dit que ton agresseur t'avait peut-être appelée à un moment donné, surtout si vous sortiez ensemble. »

Maya frissonna à cette idée. Elle ne pouvait pas avoir été aussi intime avec une si mauvaise personne, si ? Avant de se précipiter dans son lit, avait-elle pu déceler assez tôt qui il était vraiment ? Pourquoi ne se souvenait-elle donc de rien le concernant ? Elle ferma les yeux un moment pour se concentrer. En vain ; aucun flash.

« Ça va ? » demanda Thomas d'une voix inquiète. « Tu t'es un peu déconnectée, là. Tu vas bien ? »

Elle savait parfaitement que Thomas n'ignorait pas ce que Gabriel et elle avaient fait quelques heures auparavant et elle ne savait trop qu'en dire. Lorsqu'elle baissa les yeux pour éviter son regard et qu'elle murmura un simple « oui », il claqua la langue.

« Vous n'avez rien fait de mal. Gabriel est quelqu'un de bien. »

« Je le connais à peine, mais bizarrement, j'ai l'impression de le *connaître*. Ça veut dire quelque chose ? »

« Tout ce que je peux dire, c'est que c'est tant mieux. »

Maya leva la tête et lui sourit. Elle aimait bien Thomas et savait qu'ils avaient des chances de devenir amis.

« Merci. Pour ce qui est de mes relevés téléphoniques, j'ai des factures de mon opérateur en ligne Ça peut aider ? »

Thomas hocha la tête avec enthousiasme.

« Bien sûr. Je ne peux pas pirater AT&T pour le moment, alors si on peut avoir accès aux relevés d'une autre façon, ça accélérera les recherches. »

« J'ai uniquement ceux des trois derniers mois. Celui de ce mois-ci n'est pas encore disponible. »

« C'est toujours mieux que rien. »

Mais, après avoir passé plus d'une demi-heure à éplucher ses factures de téléphone, Maya dut s'avouer vaincue.

« Je connais tous ces gens : des amis, des patients, des collègues. Il n'y a pas un seul nom qui ne me soit familier parmi eux. Désolée. »

Thomas haussa les épaules. « Ça valait le coup d'essayer. »

« Il m'a peut-être appelée sur mon fixe, mais malheureusement, je n'ai pas les factures. »

« Ne t'inquiète pas pour ça. Dès que les serveurs de la compagnie téléphonique fonctionneront à nouveau, j'aurai accès aux relevés et j'y jetterai un œil. Entre-temps, il n'y a pas grand-chose qu'on puisse faire de ce côté. »

N'ayant jamais été du genre à aimer se tourner les pouces, Maya était impatiente. Elle était sûre que Gabriel ne reviendrait pas avant plusieurs heures.

« Tu crois que tu peux m'apprendre quelques trucs ? Gabriel a dit que tu étais un bon mentor. »

« C'est vrai. J'ai pris un nouveau vampire sous mon aile et c'est très enrichissant. »

« Qu'est-ce que tu apprends à ton protégé ? Ton ou ta… »

« Mon, » répondit-il. « J'apprends à Eddie à contrôler ses désirs et à utiliser ses compétences particulières. »

Maya lui sourit. « Gabriel m'a dit que tu étais le meilleur prof pour le contrôle de l'esprit. »

Thomas haussa un sourcil. « Attaquer directement avec les trucs compliqués… Tu es ambitieuse. »

« J'ai toujours été une excellente élève. »

« Il ne s'agit pas tout à fait de ça, dans le cas présent. Ça a plus à voir avec les émotions qu'avec les connaissances. Je crois qu'on devrait attendre et travailler d'abord sur des choses plus élémentaires, comme le contrôle de ta force. »

Maya gonfla la poitrine.

« Non. Je veux apprendre le contrôle de l'esprit. Et je veux l'apprendre maintenant. »

Thomas fit la moue. « Tu vas donner du fil à retordre à Gabriel. » Puis il rit. « Il le sait déjà ? »

« Est-ce qu'il sait quoi ? »

« Que tu es butée. »

« C'est un homme intelligent. Il s'en rendra compte assez vite. »

« Ok. Bon, alors on a besoin de trouver quelqu'un sur qui s'exercer. » Thomas plissa son front. « Déjà allée dans un bar gay ? »

« Pourquoi un bar gay ? »

« Parce que c'est là que tu as le moins de chances que quelqu'un te reconnaisse. »

Maya haussa les épaules. « Ok. Si tu tiens les lesbiennes à distance. »

« Ça marche. Si tu ne tiens pas les mecs mignons à distance de moi. »

« Comme si c'était possible ! »

Maya regarda Thomas des pieds à la tête. C'était un magnifique spécimen masculin et la façon dont il remplissait son pantalon en cuir avait le don de déconcentrer quiconque l'observait. Heureusement, elle avait jeté son dévolu sur Gabriel : s'amouracher d'un gay l'aurait mise de beaux draps.

« Merci, c'est gentil de dire ça, » rétorqua Thomas, surpris de sa remarque.

Une demi-heure plus tard, elle se retrouva avec Thomas à jouer des coudes pour entrer au Q Bar, dans le cœur du Castro. Il utilisa son propre corps en la tenant derrière lui pour la faire passer dans la foule qui, miraculeusement, s'écarta sur leur chemin. Le videur les regarda à peine avant de leur faire signe d'entrer.

Un doute s'empara de Maya.

« Tu as utilisé le contrôle de l'esprit ou bien… »

Il la coupa. « N'utilise pas ces mots. En public, dis juste 'compétences'. »

Elle hocha la tête, doutant néanmoins que quiconque eût pu les entendre dans le bar plein à craquer. Le volume de la musique était au maximum et tous criaient pour se faire entendre.

« Tu as utilisé tes compétences ? » lui demanda-t-elle immédiatement.

Elle savait qu'elle n'avait pas besoin de crier. Thomas l'entendait très bien, et inversement. Elle remarqua combien il lui était facile d'allumer le son, puis de l'éteindre.

« Pas besoin, le videur me connaît. Je n'utilise pas mes compétences quand ce n'est pas nécessaire. Ça demande de l'énergie. Si tu puises trop dans tes ressources, ça va t'épuiser. N'utilise tes compétences que lorsque tu n'as pas d'autre choix. Et jamais contre l'un d'entre nous. »

Maya hocha la tête. « Yvette me l'a déjà dit. »

« Bien, alors tu es prévenue. Peu d'entre nous parviennent à éviter une bagarre et à laisser leurs compétences de côté lorsqu'on les attaque. »

La curiosité envahit Maya. « Tu peux ? »

Thomas lui jeta un regard sévère. « Question trop personnelle. Joker. »

« Désolée. »

Elle se tourna vers le bar pour éviter son regard de réprimande. Il la fit se retourner en lui posant la main sur l'épaule.

« Il y a des choses qu'il vaut mieux garder près du cœur. Tu comprendras, un jour. Tout le monde a des choses dont il ne veut pas parler. Toi aussi. »

Maya en eut le souffle coupé. Savait-il pour elle ? Elle demeura figée un instant.

« Maya, je ne peux pas lire dans ton esprit, détends-toi. Et je ne veux pas savoir ce que tu veux garder pour toi. Par contre, ce n'est pas le cas de tout le monde, » dit-il en lui faisant un clin d'œil et en lui souriant à pleines dents. « Maintenant, commençons notre petite leçon ou on va m'accuser de t'avoir utilisée pour sortir. »

La tension que Maya sentait dans ses épaules s'affaiblit et elle lui sourit.

« Parce que tu ne voulais pas ? »

« Si tu dis à Gabriel que je voulais sortir, je te jure que je lui dirai que tu m'as forcé. »

« T'es un mec sympa, tu le sais, ça, Thomas ? »

Il jeta un œil à droite, puis à gauche.

« Ne parle pas si fort, malheureuse. Si ce genre de choses vient à se savoir, je ne pourrai plus jamais sortir avec qui que ce soit ici. »

Il fronça les sourcils, faussement en colère.

« Les mecs gentils ne couchent pas. »

« Ok, alors montre-moi. »

A présent, Maya était curieuse. Si elle devait plonger dans sa nouvelle vie, elle voulait le faire complètement. Et si cela signifiait par ailleurs de maîtriser des super pouvoirs, cela n'en était que mieux.

« Bien. Voilà ce que tu dois faire. Tu vois le mec en train de siroter son verre dans le coin ? Il est timide. Je veux que tu le fasses se lever, qu'il aille voir le brun ténébreux au bar et qu'il lui mette la main aux fesses. »

Maya regarda l'homme auquel Thomas faisait allusion. Il était assis dans un coin, les yeux baissés, comme s'il avait honte de se trouver là. De temps en temps, il portait son verre à ses lèvres et buvait une gorgée. Elle se sentit désolée pour lui. Il n'était manifestement pas à l'aise. Puis elle porta son attention sur le brun ténébreux au bar et le regarda de la tête aux pieds.

« Tu te moques de moi, Thomas. Il n'a aucune chance. »

« Et c'est tout l'intérêt. C'est pour ça que tu vas l'aider. Fais en sorte que la confiance s'installe dans son esprit afin qu'il puisse aller vers ce gars et lui demander de sortir avec lui. Contrôle son esprit pour lui faire croire qu'il a une chance. »

Maya secoua la tête. « Comment ? »

Thomas la regarda droit dans les yeux.

« Cherche en toi. Concentre-toi sur les battements de ton cœur, puis sur l'homme dans le coin et dis-lui quoi faire. Envoie-lui tes pensées. Essaye. »

Elle prit quelques profondes inspirations, puis essaya d'occulter le bruit qui l'entourait. Elle avait fait du yoga auparavant. Aussi essaya-t-elle de se souvenir de la façon de se concentrer sur son corps et de calmer son esprit. Une sensation agréable emplit son corps.

« J'ai chaud. »

« C'est bon signe, » dit Thomas. « Ton corps est en train de te dire que tu rassembles ton énergie. C'est cette énergie en toi qui crée cette chaleur. »

Elle hocha la tête sans répondre, tentant de ne pas perdre sa concentration. Elle regarda l'homme, puis forma les mots dans son esprit.

Lève-toi. Va au bar. Mets les mains aux fesses du brun.

Maya répéta ses pensées et les dirigea à nouveau vers l'homme, mais celui-ci ne bougea pas.

« Essaye encore, » l'encouragea Thomas. « Mets-y toute ton énergie. Ne pense à rien d'autre. »

Une fois de plus, elle rassembla son énergie et calma son esprit. Elle se concentra uniquement sur l'homme assis dans le coin, les yeux rivés sur sa bière, les mains agrippées au verre. Elle ferma les yeux et lui envoya, une fois de plus, ses pensées, l'incitant à lâcher sa bière et à se lever. Le bruit d'un verre brisé lui fit ouvrir les yeux.

Elle regarda sa victime. Devant lui se trouvaient les restes de son verre, la bière coulant sur la table. Avec horreur, il regarda ses mains qui avaient littéralement pulvérisé le verre.

Maya se retourna aussitôt vers Thomas. « J'ai fait ça ? »

Thomas hocha la tête. « Tu lui as dit de casser le verre ? »

« Non, bien sûr que non. Je lui ai dit de lâcher le verre et de se lever. »

Thomas se frotta le menton.

« Hum. Bizarre. Essaye encore. Mais je crois que le pauvre gars en a eu assez pour ce soir. Maintenant, il mérite un peu de repos... »

« Qu'est-ce que tu veux dire ? »

« Regarde. »

Thomas se détourna d'elle et regarda en direction du brun ténébreux qui se tenait toujours au bar. Un instant plus tard, l'homme se retourna et regarda en direction du gars dans son coin. Sans hésitation, il marcha vers lui, s'assit à ses côtés et lui prit la main.

Maya écouta leur conversation.

« Je suis ambulancier. Laisse-moi regarder ta main. Il ne faudrait pas que ça s'infecte. »

L'homme timide lui adressa un sourire reconnaissant. « Merci. »

« Laisse-moi bander ta main, ok ? J'habite juste au coin de la rue et j'ai une trousse de premiers secours. »

Maya nota le regard suggestif de l'ambulancier à l'adresse du timide. Un instant plus tard, les deux se levèrent et quittèrent le bar.

« Tu es un génie. Comment as-tu su que le gars était ambulancier ? »

Thomas sourit à pleines dents. « Je suis sorti avec lui. »

« Mais il n'a pas eu l'air de te reconnaître, » fit remarquer Maya.

A moins qu'il fût coutumier pour les gays de prétendre ne pas se connaître une fois que tout était fini ?

« Parce qu'il ne m'a pas reconnu, en effet. J'ai effacé sa mémoire après. »

Maya ouvrit la bouche pour lui signifier son mécontentement, mais Thomas leva la main.

« Simple mesure de sécurité. Je t'apprendrai un autre jour. Une compétence à la fois. Et pour que ce soit clair, je n'ai pas utilisé mon don pour sortir avec lui. Je peux m'envoyer en l'air sans. »

Maya sourit. Elle n'avait jamais douté de sa capacité à attirer les hommes.

« Maintenant, revenons-en à notre leçon. »

« Et si je n'y arrive pas ? » Elle détestait l'échec.

« Tu apprendras. Ne t'inquiète pas. On est tous passés par là. »

Mais l'optimisme de Thomas faiblissait un peu plus à chacune de ses tentatives. D'abord, Maya réussit à enlever un bouton du jean d'un homme qu'elle voulait envoyer aux toilettes. La fois suivante, elle essaya d'en persuader un autre d'aller au bar pour commander un verre, mais le tabouret se renversa sur ce dernier, le cognant dans les parties et l'arrêtant net.

« Aïe, » grimaça Thomas.

« Je ne le fais pas exprès, » tenta de le rassurer Maya.

A présent, elle était frustrée. Elle avait beau essayer de se concentrer, elle demeurait incapable de faire faire quoi que ce fût, à qui que ce fût. Au contraire, elle n'avait de cesse de faire bouger les objets qui les entouraient.

« Manifestement, ça ne marche pas de la façon escomptée. Essayons autre chose. »

« Effacer la mémoire ? » demanda-t-elle en espérant qu'ils pourraient effacer tous ces incidents embarrassants de la mémoire des gens.

« Non, tu n'es pas prête pour ça. »

Maya fit la moue. Elle était nulle et détestait cela. D'abord, elle était un vampire peu commun qui ne désirait que le sang de son maître et rejetait celui des humains. Ensuite, elle avait des épisodes de chaleur alors que la stérilité de leur espèce aurait dû rendre impossible une telle réaction. Et à présent, elle échouait au contrôle de l'esprit. Y avait-il plus pathétique ?

« Amène-moi ce bol de cacahuètes, celui qui est au bout du bar, » demanda Thomas.

Maya regarda le petit bol à moitié vide dont personne ne semblait vouloir.

« Mais tu ne manges pas. »

« Amène-le, c'est tout. »

Elle se leva et fit un pas vers le bol, mais Thomas l'arrêta, une main sur le bras.

« Avec ton esprit. »

« Et comment je suis censée faire ça ? »

« De la même façon que tu as cassé le verre et fait bouger le tabouret. Fais-le. »

Pas vraiment convaincue, Maya porta à peine son attention sur l'objet.

Bol, bouge et arrête-toi en face de Thomas.

Elle sursauta lorsqu'elle vit le bol bouger et glisser tout le long du bar avant de s'arrêter devant Thomas.

« Je croyais que tu ne voulais pas m'apprendre d'autres compétences. »

« Je ne t'ai rien appris de plus. C'est toi et juste toi. On dirait bien, » dit-il en baissant la voix et en s'approchant de son oreille, « que tu ne peux imposer ton esprit aux humains mais que tu as les capacités de faire bouger les objets inanimés, ce dont, si je peux me permettre, aucun de nous n'est capable. Je crois que tu es unique. »

Unique.

« Ne me dis pas que c'est un autre mot pour *spéciale*. Je ne veux pas être spéciale. Je veux être normale, » répondit-elle un peu froidement.

Ne pouvait-elle pas, au moins, être un vampire normal ? Etait-ce trop demander ?

« Calme-toi, » dit Thomas d'une voix qui se voulait apaisante. « Tout le monde n'a pas la chance d'avoir un don aussi extraordinaire. Un jour, tu seras bien contente. »

Maya siffla. « J'en doute. »

« Thomas ! » Une voix masculine se fit entendre à quelques mètres à peine.

Thomas tourna la tête pour regarder l'homme qui l'avait interpellé. Maya observa le jeune blond qui s'approchait. Elle ressentit son aura et sut immédiatement qu'il s'agissait d'un vampire. C'était donc ce dont Yvette avait parlé.

Lorsqu'il s'arrêta assez près pour qu'elle pût le toucher, Maya remarqua le regard que Thomas lui adressa.

« Eddie ? Mais qu'est-ce que tu fous dans un bar gay ? »

Avant que Maya ne pût comprendre pourquoi Thomas était si en colère, Eddie s'adressa à elle.

« Je suis Eddie, un des gars qui t'a trouvée, l'autre nuit. »

Maya tendit la main, Eddie la serra.

« Merci, je t'en suis reconnaissante. »

« Je t'en prie. »

Puis il regarda de nouveau Thomas.

« Je ne serais pas là si Gabriel ne m'avait pas envoyé te chercher. Il est livide. »

« Pourquoi Gabriel est-il aussi perturbé ? » demanda Maya avant que Thomas ne pût répondre.

Eddie sourit à pleines dents.

« Il est rentré et il a trouvé la maison vide. Donc il a envoyé tous les v… euh, gardes-du-corps, » se corrigea-t-il, « à ta recherche. »

Les poils du cou de Maya se hérissèrent.

« C'est quoi, son problème ? Je suis juste sortie avec Thomas. »

« Apparemment, il ne t'avait pas autorisée à quitter la maison. »

« Il ne m'avait pas autorisée ? »

Un frisson glacé parcourut son corps. Contrôle. Quelqu'un essayait de la contrôler à nouveau. A nouveau ? Pourquoi avait-elle cette sensation de familiarité ? Une étrange sensation de déjà-vu s'immisça en elle. Elle n'avait jamais laissé qui que ce fût contrôler sa vie. Alors pourquoi avait-elle l'impression du contraire ?

Un souvenir lui apparut en flash, mais disparut aussitôt. Trop vite pour qu'elle pût savoir de quoi il s'agissait. Contrôle. C'était le seul mot que son cerveau pouvait former. Quelqu'un dans son passé avait-il essayé de la contrôler ? Instinctivement, elle porta la main à son cou, à l'endroit où son agresseur l'avait mordue ; là où il avait planté ses canines en elle pour boire son sang. Un courant d'air froid la traversa, aussi froid que le brouillard qui rendait cette ville célèbre.

Soudain, plus rien n'allait. Elle sentit la peur l'envahir et réalisa qu'elle ne se sentirait plus jamais en sécurité. A présent qu'elle savait de quoi ce monde était fait, le cocon de sécurité qui l'avait enveloppée lorsqu'elle était encore humaine avait cessé d'exister. En réalité, il n'avait jamais existé et il n'existerait jamais.

« Maya. »

La voix de Thomas la fit sursauter.

« Oui. »

« J'ai dit qu'on rentrait, » lui dit Thomas avant de s'adresser à Eddie. « Toi, tu viens avec nous. »

« Et si j'avais envie de rester ici un peu plus ? »

Maya comprit immédiatement qu'Eddie plaisantait, mais elle ne fut pas sûre que Thomas l' eût également compris.

« Dehors. Maintenant. »

Le ton de Thomas était dur et implacable. Eddie répondit à Maya en lui souriant et en lui faisant un clin d'œil.

Mais elle n'avait pas envie d'y répondre. Elle ne pouvait laisser qui que ce fût la contrôler. Encore moins Gabriel. Autrement, elle perdrait le peu qu'il lui restait d'elle-même. Elle avait déjà perdu son sentiment de sécurité, d'humanité, de vie. Elle devait s'accrocher à la seule chose qu'il lui restait : le pouvoir qu'elle avait quant à ses propres décisions. Elle ne pouvait permettre à qui que ce fût d'autre d'avoir ce pouvoir sur elle.

18

Gabriel serra les poings. Comment Thomas avait-il pu autant manquer de sérieux en emmenant Maya dehors, sans autre protection que la sienne ? Avait-il déjà oublié que son agresseur traînait toujours dehors, prêt à l'attaquer une nouvelle fois ? Il ne pouvait prendre le risque qu'il lui arrivât quelque chose. Il venait à peine de la trouver – la seule femme qu'il eût jamais voulue – et personne n'avait le droit de la lui enlever.

La peur qu'il avait ressentie en premier lieu fit place à la colère. Sans Maya dans sa vie, tout espoir s'évanouirait. Après les heures qu'il avait passées avec elle au lit et pendant lesquelles elle l'avait autorisé à la toucher et à l'embrasser, il s'était senti on ne peut plus heureux. Il s'était envolé au septième ciel et y était resté jusqu'au moment de la discussion qu'il avait eue avec Zane à propos de l'avancée des recherches.

Les résultats présentés par Zane avaient été sinistres. De tous les vampires mâles susceptibles d'être responsables de l'agression de Maya, certains employés de Scanguards se trouvaient sur la liste. Gabriel plissa le front en se remémorant les noms sur cette liste : les noms des vampires pour lesquels on ne pouvait confirmer la position au moment des faits. Des hommes qu'il connaissait depuis longtemps : trois excellents gardes du corps de Scanguards. Même Zane et Ricky figuraient sur cette liste.

Zane, dans sa franchise habituelle, avait admis n'avoir aucun alibi, ou du moins, aucun qui pût être vérifié. D'après ses dires, il s'était rendu à un club pour adultes et, fidèle à son *modus operandi,* il avait effacé la mémoire de toutes les personnes qui avaient croisé son chemin. La soirée de Ricky avait été similaire, ce qui n'était pas le moins du monde surprenant étant donné sa récente rupture d'avec Holly.

Gabriel déglutit en essayant de se défaire de ses doutes. Non, personne dans son cercle restreint d'amis ne pouvait avoir fait cela. S'il ne pouvait même pas faire confiance à ses propres hommes, alors quoi ? Et pourtant, cela suffisait-il pour qu'il écartât la possibilité qu'il pût s'agir de l'un d'entre eux ? Zane était allé dans la chambre de Maya lorsqu'elle s'était réveillée, mais par la suite, il n'avait plus tenté de l'approcher à nouveau.. Etait-ce délibéré ? Se tenait-il à distance afin de ne pas attirer son attention ?

Et Ricky… Quand il avait débarqué, Gabriel avait bien vu le regard plein de désir qu'il avait porté sur Maya lorsqu'il lui avait serré la main. Il ne pouvait pas vraiment lui en vouloir. Maya était belle. Qui pouvait ne pas la désirer ?

Le bruit de deux motos se garant devant la maison le sortit de ses sombres pensées. Gabriel se précipita vers la porte. Il l'ouvrit en grand et aperçut Maya descendre de la Ducati de Thomas. C'était Eddie qui avait conduit la seconde moto. Gabriel avait instinctivement su que, si quelqu'un était en mesure de trouver Thomas, ce ne pouvait être qu'Eddie. Après tout, ils passaient le plus clair de leur temps ensemble.

Nourrissant toujours sa colère envers Thomas et son irresponsabilité, il réprima l'envie de courir vers Maya pour la prendre dans ses bras. Il devait d'abord en toucher deux mots à son collègue et mettre les choses au clair : toute action qui mettait Maya en danger ne pouvait être tolérée et serait punie.

Alors que le trio se dirigeait vers lui, Gabriel s'écarta pour les laisser passer. Il attendit que tout le monde fût à l'intérieur et claqua la porte.

« Thomas, est-ce que tu as la moindre idée de ce que tu as fait ? » gronda Gabriel. « Maya aurait pu être agressée, dehors. »

« Gabriel, elle ne s'est jamais trouvée en danger. »

Gabriel réduisit la distance qui le séparait de Thomas et colla son nez à celui de ce dernier.

« Tu n'as pas le droit de la faire sortir d'ici et de la mettre en danger. Je t'interdis de… »

« Gabriel, arrête ! » le coupa Maya.

Il tourna la tête vers elle. Elle se tenait là, les mains sur les hanches.

« Ça suffit. J'ai demandé à Thomas de me faire sortir. Ça fait des jours que je suis enfermée ici. Tu ne peux pas me garder prisonnière éternellement. »

« C'est ce que tu crois ? Que je te garde prisonnière ? »

Il n'avait fait que la protéger. Ne s'en rendait-elle donc pas compte ?

« C'est l'impression que j'ai, oui, » grommela-t-elle dans sa barbe. Gabriel n'eut cependant aucun problème pour entendre les mots qu'elle avait employés. Et ces mots lui firent mal.

« J'essayais juste de te protéger. L'agresseur est toujours là. Il pourrait frapper n'importe quand. Tu n'es pas en sécurité dehors. »

« Je ne suis en sécurité nulle part ! Mais tu ne peux pas me protéger de tout. »

« Si, » protesta Gabriel, « et je le ferai, même si je dois… »

« M'enfermer et me faire surveiller vingt-quatre heures sur vingt-quatre ? »

Maya leva le menton, un air de défi s'emparant de son beau visage.

« Ce n'est pas ce que j'ai voulu dire. »

« Mais tu l'as pensé. Jusque-là, j'ai mené une vie indépendante. Et il n'est pas question que ça change. Ni pour toi, ni pour qui que ce soit. Personne ne me contrôlera. »

Il fit un pas vers elle, mais elle leva la main, ce qui l'arrêta aussitôt.

« Je me dois d'être capable de me défendre toute seule. Je ne peux pas me reposer constamment sur quelqu'un d'autre comme ça. »

Elle se retourna.

« Maya, écoute. »

Mais elle continua à monter les escaliers.

« Je vais dormir. Ma leçon sur le contrôle de l'esprit avec Thomas m'a épuisée. »

Leçon sur le contrôle de l'esprit ? Gabriel se retourna pour faire face à Thomas, lequel se tenait dans le couloir avec Eddie.

« Pourquoi tu ne m'as pas dit que tu lui avais enseigné le pouvoir du contrôle de l'esprit ? »

« Parce que tu ne m'as pas laissé placer un mot. »

Gabriel se passa la main dans les cheveux et laissa échapper un soupir frustré.

« Ça me rend dingue… Quand je ne suis pas avec elle, je m'inquiète. Tu comprends ça ? »

Thomas secoua simplement la tête.

« Tu l'as dans la peau. Mais si tu ne lâches pas un peu la bride, tu vas la perdre. C'est une femme de tête. »

« Bon sang, qu'est-ce que j'y connais aux relations amoureuses ? Tout ce que je sais, c'est que je dois la protéger. L'agresseur est toujours dehors. »

Hormis son mariage plus que court avec Jane, il n'avait jamais vécu de relation avec une femme qui n'eût reposé sur une transaction financière. Etait-il censé aller la voir et s'excuser ? Et si oui, quand ? Ou devait-il plutôt attendre un signe de sa part qui lui laisserait entendre qu'elle était prête à parler ?

Comment diable pouvait-il savoir ce genre de choses ? Quant à simplement demander, cela n'était pas vraiment possible non plus.

« Protège-la mais ne l'étouffe pas. »

Gabriel dévisagea son collègue. En avait-il trop fait ? Il avait seulement essayé de la protéger d'un danger. Il avait déjà fait cela dans le passé, en tant que garde du corps, alors, cette fois, en quoi était-ce différent ?

« On dirait que je ne fais pas la différence. »

« Dans ce cas, tu as intérêt à vite apprendre. Maya est unique. Elle ne se laissera faire par personne. Au fait, elle n'arrive pas à apprendre le contrôle de l'esprit. »

« Quoi ? »

Même Eddie laissa transparaître sa surprise. Le contrôle de l'esprit était un outil essentiel pour tout vampire ; aussi important que les canines pour se nourrir.

« J'ai essayé de lui apprendre mais elle n'arrive pas à influencer les humains. Par contre, les objets inanimés… c'est une autre histoire, » fit remarquer Thomas.

« Explique. »

« Elle peut faire bouger les objets grâce à son esprit. Maya a essayé de commander l'esprit des gens, mais à chaque fois, tout ce qu'elle est parvenue à faire, c'est de faire bouger des choses. Des verres. Des chaises. Elle a un don unique. »

« Mais qu'est-ce qu'elle va faire sans contrôle de l'esprit ? » l'interrompit Eddie.

Thomas haussa les épaules.

« On verra bien comment les choses évoluent. Elle va peut-être pouvoir compenser. »

Gabriel ressentit une vague d'inquiétude l'envahir. Sans le contrôle de l'esprit, elle n'avait aucun moyen de se défendre contre les humains. Cela voulait même dire qu'il devait accentuer ses efforts pour la protéger et non pas lâcher la bride come l'avait suggéré Thomas.

« Compenser comment ? »

Thomas sourit.

« Elle a besoin de quelqu'un en qui elle peut avoir confiance. Et pas d'un chien dans un jeu de quilles. Cette femme, » dit-il en pointant du doigt le premier étage, « n'aime pas qu'on lui dise ce qu'elle doit faire. Si tu veux rester dans ses grâces, je te suggère de la voir comme elle est : une femme indépendante et forte. Elle ne veut ni d'une baby-sitter ni d'un garde du corps. »

Gabriel hocha la tête. Maya avait traversé suffisamment d'épreuves. Depuis quelques jours, elle était confrontée à tellement de changements ! Toute sa vie avait été déracinée et son identité remise en question. Qu'était-elle sans sa dévotion à sa profession, ses amis et sa famille ? Parce qu'elle lui avait répondu avec autant d'abandon, il avait cru qu'elle se satisferait de lui. Il avait imaginé qu'elle accepterait simplement son aide et son jugement et s'y plierait.

Il avait oublié qu'elle avait une personnalité indépendante et qu'elle avait besoin de prendre ses propres décisions. Et s'il voulait la garder, il devait lui laisser cette liberté, même si cela lui était difficile.

Gabriel se souvint du moment où il l'avait prise dans ses bras, quand il lui avait donné du plaisir ; pas lorsqu'elle avait été inconsciente, mais par la suite, lorsqu'elle s'était réveillée et qu'elle avait réalisé ce qu'il faisait. Elle avait réagi à son toucher, l'avait regardé avec un tel désir dans les yeux qu'il ne pouvait penser, ne serait-ce qu'une seconde, qu'elle n'avait pas envie de lui.

Peut-être qu'une fois qu'il l'aurait véritablement proclamée sienne, une fois qu'il lui aurait vraiment fait l'amour, alors les choses seraient différentes. Mais jusqu'à présent, il n'en avait pas eu la possibilité et, même s'il la suivait et s'excusait, il ne pourrait la posséder au lit comme un homme se le devait. Il ne pouvait lui permettre de le voir nu. Elle s'enfuirait et il la perdrait pour toujours. Non, il devait lui donner le temps – ainsi qu'à lui-même – de se défaire des obstacles qui les maintenaient à distance l'un de l'autre. Elle avait besoin de temps pour se calmer et comprendre le véritable sens de ses réactions : il voulait la protéger et non pas la contrôler. Quant à lui, il avait besoin de temps pour résoudre son propre problème.

Soudain, le téléphone d'Eddie se mit à sonner. Gabriel se retourna et regarda ce dernier lire un message d'alerte.

« Parfait, les serveurs de AT&T fonctionnent à nouveau. »

Gabriel sentit une vague de soulagement l'envahir en apprenant la nouvelle.

« Vous deux, allez-y et rassemblez les infos. Faxez-moi simplement le relevé dès que vous l'aurez. Oh, et appelez Yvette en chemin pour qu'elle prenne la relève ici. »

« Ok, » confirma Thomas en ouvrant la porte, Eddie sur ses talons.

Thomas fit un bond en arrière et regarda par-dessus son épaule.

« On dirait que tu as de la visite. »

~ ~ ~

Maya se laissa tomber sur les couvertures du lit. Lorsqu'elle tourna la tête, elle put sentir l'odeur de Gabriel imprégnée dans les oreillers. Comment tout avait-il pu se compliquer ainsi ? A peine quelques heures plus tôt, elle s'était sentie heureuse et satisfaite. A présent, tout était chamboulé.

L'homme qui s'était tenu dans l'entrée lorsqu'ils étaient revenus de Castro n'était pas le même que celui qui l'avait tenue dans ses bras et touchée avec une telle dévotion. Ce n'était pas le Gabriel qu'elle pensait connaître ; pas l'amant tendre et attentionné de la veille. Ce Gabriel-là était différent : dur, impassible, puissant.

Et, au vu de l'échange qu'il avait eu avec Thomas, elle savait qu'il possédait en effet ce pouvoir dont il usait à présent. Ce n'était pas l'homme qui l'avait tendrement embrassée et qui lui avait dit combien il avait hâte d'être à l'heure du dîner, alors qu'il était le seul à régaler. Comme si elle pouvait encore boire son sang. A présent, elle ne pouvait plus le regarder, pas après ce qu'elle lui avait dit quelques minutes plus tôt.

Elle savait pourquoi elle avait réagi de manière aussi dure à sa réprimande. C'était le flash de son souvenir, celui qui s'était emparé d'elle au bar.

Contrôle.

Le mot s'engouffra de nouveau dans son esprit tandis qu'un sentiment de peur s'immisçait en elle. Lorsqu'elle avait vu Gabriel sur le pas de la porte, elle avait remarqué ses yeux : il avait l'habitude de contrôler ceux qui l'entouraient, non pas forcément parce que cela était dans sa nature mais parce que c'était le patron. Et pour le moment, il lui faisait peur.

Elle avait l'étrange sensation d'avoir eu une conversation similaire avec quelqu'un d'autre. Lorsqu'elle avait accusé Gabriel de vouloir la surveiller vingt-quatre heures sur vingt-quatre, ce n'était pas vraiment à lui qu'elle s'était adressée. Les mots provenaient de cette mémoire qu'elle n'avait pas.

Maya frissonna lorsque son esprit se mit à assembler les différentes pièces du puzzle. Les mots venaient de la mémoire que son agresseur avait effacée ; il s'agissait de mots qu'elle avait dits au monstre qui avait fait d'elle un vampire. Il avait voulu la contrôler, la posséder. Désormais, elle le savait. Instinctivement et ce, même si elle ne s'en souvenait pas. Elle ne se rappelait aucun détail de ces scènes, mais son corps avait conservé la mémoire des sens. Lorsqu'elle s'était entendue dire ces mots à Gabriel, son corps s'était souvenu de la peur qu'elle avait ressentie lorsqu'elle avait fait face à son agresseur.

Elle devait expliquer à Gabriel qu'elle ne lui avait pas volontairement parlé aussi sèchement, que cela n'avait rien à voir avec lui, mais avec ses propres craintes. Il comprendrait.

19

Gabriel reposa sur la table basse le verre de sang qu'il s'était servi, puis regarda Francine, laquelle avait pris place sur le canapé.

La sorcière l'observa longuement. « Je suis inquiète. »

Gabriel frissonna. « A propos de quoi ? »

« J'ai longuement parlé à Drake. J'ai des doutes concernant Maya. »

« Des doutes ? »

Il se sentit sur la défensive.

« Doucement, vampire. Quand je parle de doutes, je ne veux pas dire qu'elle manigance quelque chose. Non, elle ne sait vraiment pas ce qui lui arrive. »

« Il ne lui arrive rien. »

En fait, il n'avait jamais rencontré de femme plus parfaite.

La sorcière lui adressa un sourire qui en disait long.

« La poussée de testostérone ne s'arrête jamais avec toi ? »

Lorsqu'il ouvrit la bouche pour répliquer, elle le coupa simplement d'un mouvement de la main.

« Heureusement, je ne suis pas celle qui doit faire face à ton ego. Je suis bien plus préoccupée par l'état de Maya. »

Gabriel expira profondément. « Et pourquoi ? »

« C'est un vampire et pourtant, elle ne boit que ton sang et rejette celui des humains. Elle a des périodes de chaleur alors que les vampires femelles sont stériles. »

« Tu en connais un rayon sur les vampires ! »

Elle haussa les épaules.

« C'est important de connaître son ennemi : c'est mieux pour le combattre. Mais trêve de plaisanteries, est-ce que tu as considéré l'éventualité qu'en donnant ton sang à Maya, tu as peut-être déclenché les symptômes qu'elle présente ? »

Gabriel fit un bond en avant.

« Tu es en train de suggérer que mon sang n'est pas bon pour elle ? »

« Tu es doué pour tirer des conclusions un peu hâtives. Non, tout ce que je dis, c'est que ton sang a peut-être activé des gènes passifs chez elle. Toi-même tu m'as dit que ta transformation avait été aussi difficile que la sienne. Et si vous aviez davantage en commun ? »

Il haussa un sourcil. Cette nuit-là, avant que Maya ne perdît connaissance, il en avait dit long à la sorcière à propos de son problème.

« On pourrait difficilement trouver deux êtres plus opposés. »

Elle était parfaite alors que lui était loin de l'être. Même la sorcière savait cela.

« Elle veut ton sang et rien que ton sang, si j'ai bien compris. Pas le sang d'un humain ni celui d'un autre vampire. »

« Parce que j'ai achevé la transformation. »

« Non. Parce qu'il y a quelque chose dans ton sang dont elle a besoin. Peut-être que c'est quelque chose que son corps reconnaît. »

« On dirait que tu me fais passer pour un dealer. »

« Quelque part, oui. Mais on ne le saura pas tant que je n'aurai pas analysé tes plaquettes. »

Gabriel plissa les yeux.

« Si c'est une ruse pour obtenir du sang de vampire, tu peux… »

Francine soupira, exaspérée.

« Je crois que je n'ai jamais rencontré de vampire plus soupçonneux que toi. Crois-moi, vampire. Si je voulais te faire du mal, ce serait déjà fait depuis longtemps. »

Lui faire confiance ? S'il voulait savoir ce qui n'allait pas avec Maya et lui, peut-être n'avait-il pas le choix..

« Peut-être que si tu m'appelais « Gabriel » au lieu de « vampire », ce serait plus facile pour moi de croire en tes bonnes intentions, » dit-il avant de faire une pause puis d'ajouter, « Francine. »

Elle haussa un sourcil. « S'il n'y a que ça, je peux le faire. » Elle fit une pause pour marquer l'effet. « Gabriel. »

Celui-ci se décontracta, puis se rassit dans son fauteuil près de la cheminée.

« Combien de sang veux-tu ? »

« Seulement un petit échantillon. Je vais l'emmener au laboratoire pour l'analyser. Ça ne prendra pas plus d'une heure. »

« Tu as un laboratoire ? »

« Tu ne crois vraiment pas que je peux gagner ma vie en tant que sorcière, si ? Je travaille pour un labo du centre-ville. Ça paye, » dit-elle en lui faisant un clin d'œil. « assez pour que je puisse acheter les pattes de corbeau dont j'ai besoin pour mes potions. »

« Allons au premier. J'espère que ça ne te dérange pas si je fais ça dans la chambre. Je préférerais qu'on ne nous interrompe pas. Mes associés trouveraient ça franchement bizarre s'ils me voyaient donner mon sang à une sorcière. »

Elle se leva et prit son sac qui contenait probablement tout un tas de trucs typiques de sorcières.

« D'ordinaire, je dirais qu'il en est hors de question, mais à en juger à quel point tu es raide dingue de Maya, je vais partir de l'idée que tu ne me feras rien. »

Pour la première fois depuis que la sorcière était arrivée, Gabriel laissa échapper un petit rire.

« Tu es une femme très attirante, mais désolé, je ne suis intéressé ni par toi ni par une quelconque autre femme en-dehors de Maya. »

Une fois dans la suite parentale, Gabriel ferma doucement la porte derrière lui.

« Une dernière chose : ne fais pas de bruit. Maya est dans la chambre d'à côté et je ne veux pas qu'elle nous entende. »

« Bien. »

Francine sortit un garrot et une seringue. Gabriel y jeta à peine un œil et secoua la tête.

« Ce ne sera pas nécessaire. Donne-moi juste le tube. »

Elle le lui tendit. Il se concentra afin que ses doigts se transforment en griffes, puis se coupa au niveau du pouce. Instantanément, du sang commença à couler. Gabriel plaça le tube en-dessous et le remplit du liquide rouge. Un instant plus tard, il lécha la plaie pour la refermer.

Francine reprit le tube et le referma avant de le mettre dans son sac.

« Bien. Je te laisse un tube pour Maya. Appelle-moi quand tout est prêt et j'enverrai quelqu'un le chercher. Maintenant, voyons un peu ton problème. Je crois qu'on a été interrompus la dernière fois, juste quand j'étais sur le point de t'examiner. »

Gabriel déglutit. C'était le moment qu'il redoutait le plus.

« Je peux avoir ta parole que, peu importe ce que tu découvriras, tu n'en parleras à personne ? »

« Secret médical de sorcière à vampire, ça va de soit, » plaisanta-t-elle. Mais Gabriel n'avait pas le cœur à rire.

D'une main tremblante, il défit sa ceinture, puis déboutonna son jean. Le bruit de sa braguette résonna dans la pièce lorsqu'il la baissa. Tout le monde l'avait-il entendu, dans la maison ? Lorsqu'il baissa son pantalon à mi-cuisse, il entendit Francine réagir.

Tandis qu'il se tenait devant elle sans bouger, elle quitta la place qu'elle occupait sur la méridienne et s'approcha de sa verge.

« Doux Jésus… » murmura-t-elle.

~ ~ ~

Le ventre de Maya gargouilla, mais elle essaya de calmer sa faim. Elle faisait les cent pas depuis un bon moment dans le but de prendre une décision. A présent, elle ne pouvait plus attendre. Elle devait faire face à Gabriel et lui expliquer pourquoi elle avait réagi aussi durement lorsqu'elle était revenue. Elle se devait de faire le premier pas et de s'excuser pour la rudesse de ses mots, ne serait-ce que pour préserver ce qui grandissait entre eux.

Et puis elle avait besoin de se nourrir. Bon Dieu ce qu'elle avait envie de lui ! Pas seulement de son sang, mais aussi de son toucher, de ses lèvres, de ses baisers. Ses jambes se dérobaient sous elle par le simple fait de penser à lui, en se souvenant de la manière dont il l'avait touchée et embrassée ; la façon dont il l'avait fait jouir en utilisant sa langue et ses mains. Des perles de sueur apparurent dans son cou. Elle était excitée rien qu'à l'idée de se retrouver dans ses bras.

Maya ferma la porte de la chambre derrière elle et se dirigea vers le bout du couloir avant de s'arrêter au niveau des escaliers. Elle pouvait clairement ressentir la présence de Gabriel. En fait, elle pouvait sentir son sang. Le sentait-elle maintenant plus fort à cause de la faim ou avait-elle toujours été capable de sentir son sang à une telle distance ? Lorsqu'elle tourna la tête, elle se rendit compte que l'odeur devenait plus intense. Cela ne venait pas du rez-de-chaussée, mais de la suite parentale.

Maya sourit intérieurement. Si Gabriel était au lit, cela n'en était que mieux. Elle pourrait d'abord boire son sang avant de le dévorer, lui. Sur la pointe des pieds, elle marcha jusqu'au seuil de la suite parentale. Aussi doucement que possible, elle tourna la poignée, puis ouvrit la porte.

A peine avait-elle fait un pas à l'intérieur qu'elle se pétrifia sur place.

Elle eût le souffle coupé.

Gabriel se tenait près de la cheminée et lui faisait face. Mais ce n'était pas elle qu'il regardait. Son regard était concentré sur la femme qui était assise sur la méridienne en face de lui et qui tournait le dos à Maya. Son visage semblait déformé, comme s'il avait mal.

Mais ce n'était pas le pire. Le pire, c'était que le pantalon de Gabriel était baissé jusqu'à ses genoux – laissant ostensiblement apparaître ses cuisses nues – alors que son entrejambes était toujours caché par la tête de la femme.

Maya cligna des yeux, mais non, elle n'hallucinait pas ! Une inconnue était en train de faire une fellation à Gabriel ! Et l'expression sur le visage de celui-ci n'était pas de la douleur. Non, c'était du plaisir.

Comment pouvait-il lui faire une chose pareille ?

Un sanglot lui déchira la poitrine.

Gabriel la fusilla du regard et, au même moment, la femme se retourna. Tous deux la dévisagèrent, visiblement choqués.

Gabriel essaya désespérément de remettre son pantalon ; en vain.

« Maya, s'il te plaît. Ce n'est pas ce que tu crois. »

La femme se retourna complètement, bloquant toujours la vue sur la verge de Gabriel. Comme si Maya avait besoin de voir l'érection de ce dernier pour comprendre ce qu'ils étaient en train de faire. Non, elle n'avait pas besoin de preuves. Tout se lisait sur leur visage.

Elle tourna les talons et se précipita hors de la pièce.

« Maya, écoute-moi. Je peux t'expliquer. »

Il ne pouvait trouver remarque plus pitoyable. Qu'y avait-il à expliquer ? Il avait ramené une autre femme à la maison après qu'elle lui eût dit qu'elle ne voulait pas être sous le contrôle de quelqu'un. Etait-ce ainsi que Gabriel répondait à son accès de colère ? Ne se souciait-il pas de ce qu'elle pensait ? Cruel.

Maya descendit les escaliers à toute allure, plus vite qu'elle ne l'avait jamais fait auparavant. Alors c'était cela, la vitesse des vampires ? Pas plus mal. Elle devait partir, prendre un peu de distance avec Gabriel et cette maison. Elle repéra un jeu de clés posé sur la console dans l'entrée. Elle savait qu'il y avait une voiture dans le garage. Gabriel l'avait prise lorsqu'il était allé voir Zane plus tôt dans la journée.

Elle attrapa les clés et se précipita dans le garage. La portière de l'Audi R8 s'ouvrit en un clic. Elle n'avait jamais conduit une voiture de sport auparavant, mais cela ferait l'affaire. Maya sauta à l'intérieur, claqua la portière et inséra les clés.

Une seconde plus tard, le moteur démarra. La télécommande de la porte du garage était précisément là où elle l'avait supposé : au niveau du pare-soleil. De précieuses secondes défilèrent tandis que la porte du garage se levait. Lorsqu'il y eut assez d'espace pour que la voiture pût passer, Maya appuya sur l'accélérateur et sortit.

L'acuité des sens prodiguée par son état de vampire lui permit d'éviter un de justesse lorsqu'elle déboula dans la rue. Du coin des yeux, elle vit Yvette s'arrêter sur le trottoir pour la regarder. Maya l'ignora, appuya davantage encore sur l'accélérateur et descendit la rue à toute vitesse. Ses yeux la brûlaient et elle se rendit compte qu'elle pleurait.

Bon sang, Gabriel !

Elle l'avait trop laissé s'approcher et tout ce qu'elle avait récolté, c'était de la douleur. Il était exactement comme Yvette l'avait dépeint : tout ce qu'il voulait, c'était une humaine, pas un vampire stérile. Elle avait remarqué que la femme qui avait la tête littéralement collée sur l'entrejambes de Gabriel était humaine. Son odeur était celle d'une humaine ; avec un petit truc en plus. Mais elle n'était certainement pas un vampire. Maya renifla. Gabriel n'avait pas eu besoin de beaucoup de temps pour la remplacer. Après toutes les choses qu'il lui avait dites lorsqu'ils s'étaient retrouvés au lit ; ses promesses de prendre soin d'elle, d'être toujours là pour elle. Avait-il menti lorsqu'il lui avait assuré qu'il était au paradis lorsqu'elle se nourrissait directement de lui ?

Elle sécha ses larmes d'un revers de la main. Si être un vampire lui valait d'être traitée avec aussi peu de respect et avec autant de dureté par les hommes comme Gabriel, alors elle ne voulait pas en être un.

Elle freina brusquement à hauteur d'un feu, laissa le moteur tourner et prit une profonde inspiration. Les vampires étaient-ils réellement si différents des humains ? Lorsqu'elle se remémora la scène dans la chambre de Gabriel, elle se rendit compte, avec dégoût, que son « ce n'est pas ce que tu crois » était on ne peut plus typique des humains ; typique de ce qu'un homme avait l'habitude dire pour se sortir d'un tel pétrin. Non, les vampires n'étaient pas du tout différents sur ce point. La vérité, c'était que Gabriel était un enfoiré de plus, pas mieux que n'importe quel humain.

Alors, elle ferait ce qu'elle avait fait avec tous les autres hommes : elle l'oublierait. Et parlerait de lui dans son dos avec ses amies. Oui, à présent, c'était exactement ce dont elle avait besoin..

Maya regarda sa montre. Paulette devait être chez elle et cela ne la dérangerait pas si elle arrivait à l'improviste. Son amie ouvrirait une bouteille de vin et partagerait son malheur. Pendant un moment, Maya se demanda jusqu'à quel point elle pouvait lui parler, ce qu'elle pouvait réellement lui dire. Finalement, elle en vint à la conclusion qu'elle n'avait rien à lui cacher. Si elle voulait que Paulette restât son amie – et elle avait désespérément besoin de l'épaule d'une amie sur laquelle pleurer – elle devait lui dire la vérité. Doucement, tranquillement.

20

Se précipitant dans l'entrée, Gabriel percuta presque Yvette. S'il n'avait pas eu tant de mal à remettre son pantalon et que les cheveux de la sorcière ne s'étaient pas pris dans sa braguette, il aurait pu rattraper Maya avant que celle-ci ne parvînt à s'enfuir de la maison.

« Tu as vu Maya ? » demanda-t-il d'un ton bourru.

Yvette haussa un sourcil. « Elle est partie avec l'Audi de Samson. »

Puis elle passa devant lui comme si de rien n'était.

Une colère sourde envahit Gabriel. Il se retourna et attrapa Yvette par les épaules.

« Et tu ne l'as pas arrêtée ? »

Elle se défit de son emprise et persiffla.

« Quand une femme en colère est au volant d'une voiture, j'évite généralement de me jeter sous ses roues. »

Il plissa les yeux. Il était hors de question qu'il accepte un quelconque manque de respect de la part de ses subordonnés.

« C'est ton boulot de la protéger. »

« Je n'étais PAS EN SERVICE ! Pourquoi tu ne l'as pas protégée, toi ? Ce n'est certainement pas pour rien qu'elle est sortie d'ici en courant, alors tu ferais peut-être bien de te remettre en question avant d'accuser quelqu'un d'autre. »

Poings sur les hanches, Yvette le dévisageait.

« Tu ne l'aimes pas. »

C'était bien trop évident aux yeux de Gabriel.

« Et pourquoi le devrais-je ? » demanda-t-elle, exaspérée. « Elle se fait agresser, on la transforme en vampire et tout à coup, tout le monde en devient gaga comme si elle était spéciale. Et moi, dans tout ça ? »

Gabriel fit un pas en arrière, comprenant enfin tout le sens des paroles d'Yvette. Elle avait des vues sur lui.

« Par 'tout le monde', tu veux dire moi, c'est ça ? »

« Laisse tomber ! » lâcha-t-elle. Elle ponctua ses derniers mots d'un geste énervé et lui tourna le dos.

Une poigne se referma sur son bras comme un étau. Yvette ravala ses larmes. Elle ne donnerait pas à Gabriel la satisfaction de voir combien il l'avait blessée. Pendant toutes ces années durant lesquelles ils avaient travaillé ensemble, elle avait cru qu'ils s'étaient rapprochés. Leur relation était passée d'un stade purement professionnel à ce qui ressemblait davantage à de l'amitié. Par la suite, elle avait espéré que Gabriel finirait par baisser la garde et qu'il viendrait vers elle pour autre chose que le travail et l'amitié. Elle lui avait donné suffisamment d'indices pour qu'il comprît qu'elle était prête à sauter le pas.

Elle lui avait laissé du temps pour qu'il se fît à l'idée, mais Maya était arrivée. En quelques jours, Gabriel était devenu l'homme qu'il était à présent, aussi excité que les autres. A la différence près que ce n'était pas elle qu'il désirait, mais bien Maya. Mais qu'avait Maya de plus qu'elle ?

« Lâche-moi le bras ou je te le casse, » le prévint-elle.

Sa voix avait clairement dû laisser transparaître son sérieux car il la lâcha immédiatement.

« Je crois qu'il est vraiment temps qu'on parle, tous les deux. »

Elle se tourna pour lui faire face à nouveau.

« Il n'y a rien à dire. »

Il avait autant de chances qu'elle lui avouât ses sentiments que de voir le Diable en personne chausser des patins à glace et faire un tour de patinoire en Enfer.

Etait-ce de la pitié qu'elle semblait lire dans le regard de Gabriel ? Non, elle ne voulait pas de sa pitié.

« Yvette, je ne t'ai jamais donné de raisons de croire que j'étais intéressé par toi autrement que professionnellement et amicalement. Je n'ai aucun autre sentiment pour toi. Si je t'ai laissé penser le contraire, j'en suis désolé. »

Il était désolé ? C'était le bouquet !

« Vous les hommes, vous êtes tous les mêmes. Ça ne changera jamais, hein ? Une nouvelle femme arrive et hop, on est tout excité. Bon sang, mais tu ne la connais même pas ! »

Elle savait qu'elle n'aurait pas dû lui parler de cette façon, mais tout ce qu'il pouvait dire ou faire n'avait plus aucune importance. Il n'avait qu'à la virer. C'était peut-être mieux pour eux deux.

« Non, je ne la connais pas. Mais je l'aime. »

Ses mots la poignardèrent. Elle croisa son regard et y lut de la sincérité. C'était vrai : il l'aimait. Il n'y avait ni faux-semblant, ni bravade dans ses mots ; ceux-ci étaient empreints d'une honnêteté simple et pure. Une porte se referma devant elle. Si elle avait eu l'espoir que le désir de Gabriel pour Maya ne fût que passager et qu'un jour, quelque chose pût se passer entre eux,, alors la flamme dans les yeux de son patron lui fit comprendre que cela n'arriverait jamais. Il avait trouvé ce qu'il cherchait.

« C'est ta partenaire ? » demanda-t-elle. Sa voix se brisa quand elle prononça ces paroles.

« Si elle le veut. Malheureusement, elle a mal interprété quelque chose et pour le moment, elle me déteste. »

Yvette se souvint du regard de Maya.

« Je ne crois pas que 'détester' soit le mot exact. Une femme qui déteste quelqu'un ne pleure pas comme j'ai vu Maya pleurer. »

Les larmes avaient coulé abondamment le long de son visage, soulignant ses traits clairement marqués par la douleur.

« Elle te veut toujours. »

Une lueur d'espoir apparut dans le regard de Gabriel et quelque chose se flétrit en Yvette. Elle n'était pas mauvaise. Seulement un peu perdue. Pendant toutes ces années, elle avait espéré que Gabriel vînt vers elle pour un peu plus qu'une simple amitié, mais il avait raison : il ne lui avait jamais laissé croire qu'il était intéressé par elle. Elle avait tout imaginé. Parce qu'elle était seule. Pathétique, non ?

Mais elle valait mieux que cela ; elle était plus forte.

« Je vais t'aider à la retrouver. »

« Vraiment ? »

Maladroitement, Gabriel fit un pas vers elle pour la prendre dans ses bras ; il semblait submergé par ses émotions.

Yvette recula. « Non. »

Il laissa retomber ses bras et baissa les yeux, embarrassé par sa propre exubérance et par le refus d'Yvette, mais soulagé à la fois. .

« Merci. »

« Elle allait en direction du sud. »

Gabriel hocha la tête.

« Son appartement est à Noe Valley. Allons-y. »

Il regarda vers la porte avant de s'adresser une nouvelle fois à Yvette.

« C'est ton chien ? »

Yvette se retourna. Sur le palier, se tenait le chien qui l'avait suivie depuis deux pâtés de maisons. Patiemment, il attendait, assis là. Avant lui, elle avait eu droit à un autre chien. Et avant cela, à un chat.

« Je ne sais absolument pas pourquoi tous les satanés chiens et chats de la ville me suivent. J'ai l'impression d'être devenue une espèce de 'chuchoteur' à l'oreille des chiens. »

Elle fit un signe de la main à l'animal.

« Va-t-en ! »

Elle n'aimait même pas les animaux.

« Je crois qu'il t'aime bien. »

Elle renifla et était sur le point de répondre lorsqu'une odeur désagréable emplit ses narines. En un quart de seconde, elle se retourna et leva les yeux vers les escaliers où se tenait une femme qu'elle n'avait jamais vue.

« Qu'est-ce qu'une sorcière fait chez Samson ? »

~ ~ ~

Maya gara l'Audi et coupa le moteur. Elle jeta un œil autour d'elle tout en s'extirpant de la voiture pour se fondre dans la nuit. Ses sens n'avaient encore jamais été aussi développés. Au bout de la rue,, un habitant de ce quartier résidentiel promenait son Westie blanc. Lorsqu'elle se concentra, elle put entendre le bruit de la vaisselle dans la cuisine d'un appartement voisin. Les informations rugirent du poste de télévision d'une maison située de l'autre côté de la rue.

Elle n'avait jamais prêté attention à ces bruits auparavant et elle avait toujours pensé que le quartier de Paulette était plutôt tranquille. Et bien… il ne l'était pas - ou du moins, ne l'était plus. Grâce à l'acuité de ses sens, elle pouvait entendre la vie qui se déroulait à l'intérieur des petites maisons construites à flanc de colline. Depuis l'endroit où elle se trouvait, elle pouvait voir l'océan. En fait, elle aurait pu le voir pour autant que le brouillard ne s'étendît pas jusqu'à la plage.

Midtown Terrace était un quartier de classe moyenne dont les maisons des années 50 étaient toutes plus ou moins construites selon le même plan. Celle de Paulette ne faisait pas exception et comprenait trois chambres ainsi qu'une salle de bain situées au-dessus d'un garage pouvant contenir deux voitures. A l'arrière, se trouvait un petit jardin. Maya avait passé beaucoup de soirées en compagnie de Paulette et de leur amie Barbara ; à boire, manger, plaisanter et éventuellement dire du mal des hommes qu'elles avaient fréquentés. Comme se le devaient de vraies amies.

Elle fut prise d'une hésitation grandissante au fur et à mesure qu'elle s'approchait de la porte d'entrée. Elle s'arrêta finalement au pied du petit escalier. Paulette la trouverait-elle différente ? Lorsque Maya la prendrait dans ses bras, l'écraserait-elle du fait de sa force supérieure, celle-là même qui l'avait déjà amenée à briser la table de nuit chez Samson ? Peut-être valait-il mieux qu'elle évitât tout contact physique. C'était moins risqué pour Paulette.

Elle leva un pied et le posa sur la première marche. Une légère brise soufflait dans la nuit, mais Maya n'avait pas froid. Son corps de vampire semblait se protéger du froid malgré le fait qu'elle eût oublié de prendre une veste. Et, en pleine nuit au mois de juin, une veste était nécessaire à San Francisco ; une veste épaisse. En fin de compte, être un vampire avait bien des avantages,. Peut-être en viendrait-elle un jour à accepter pleinement cette idée et à tirer profit de cette situation.

Paulette prendrait-elle peur si elle apprenait ce qu'elle était à présent ? La croirait-elle au moins ? Elles avaient toujours eu l'habitude de se faire des blagues. C'était leur façon de se prouver leur amitié. Paulette penserait donc sûrement qu'elle plaisantait. Elle devrait alors lui prouver la véracité de ses révélations. Et ce, sans effrayer sa meilleure amie.

Elle ne voulait faire peur à personne.

Maya prit une profonde inspiration pour se donner du courage et monta quelques-unes des marches qui la séparaient encore de la porte. Quelque chose lui chatouilla alors les narines et son estomac se retourna. La seule fois où elle avait eu cette sensation de dégoût avait été lors de sa tentative pour boire du sang humain en bouteille. Une pensée lui traversa l'esprit, mais elle refusa d'y prêter attention.

Son cœur s'emballa tandis qu'elle montait en hâte le reste des marches et atteignait la sonnette. Sonnette sur laquelle elle n'appuya cependant pas. Cela ne servait à rien. La porte était déjà entrouverte.

Même si le quartier était sécurisé et tranquille, personne ne laissait sa porte ouverte. Personne. Et encore moins Paulette.

Elle ouvrit complètement la porte. Une vague de nausée l'envahit lorsqu'elle inspira.

« Oh bon Dieu, non… » se murmura-t-elle à elle-même.

L'odeur lui piqua les narines et s'en prit à son estomac sensible ; sensibilité qui ne cessait de s'accroître au fur et à mesure qu'elle pénétrait au cœur de la maison. Les lumières du salon étaient allumées, mais la pièce était vide.

Les cordes vocales de Maya l'abandonnèrent. Elle était incapable d'appeler son amie car au fond d'elle-même, elle savait que cela serait inutile. Maya ne percevait pas le moindre bruit dans la maison. Rien ne venait troubler le silence qui y régnait, hormis le bruit du robinet qui fuyait dans la salle de bain.

Ses chaussures à semelle souple lui permirent de se glisser silencieusement dans le couloir menant à la chambre. Elle aurait pu passer pour un voleur. La lumière éclairant le couloir provenait de sous la porte de la chambre. La chambre de Paulette.

Maya se prépara à faire face à ce qu'elle savait déjà qu'elle découvrirait et tourna la poignée. Elle poussa la porte, trouvant celle-ci plus lourde qu'à l'ordinaire. Maya entendit à peine la porte grincer car la scène qui s'offrit alors à ses yeux dans la chambre fit battre son cœur si fort que les bruits autour d'elle s'en trouvèrent étouffés.

Le lit était couvert de sang – séché, certes, mais suffisamment frais pour lui retourner l'estomac. Si celui-ci avait été plein, elle aurait tout rendu mais, apparemment, les vampires ne vomissaient pas. Cela lui aurait pourtant permis de se débarrasser de la sensation de nausée qui l'assaillait.

Les draps étaient défaits, laissant penser qu'il y avait eu lutte. Paulette ne s'était pas laissé tuer facilement. Maya savait qu'elle était morte, même si son corps n'était plus dans la pièce. Elle leva les yeux vers le mur derrière le lit et serra les bras contre sa poitrine.

Un message avait été écrit avec le sang ; un message qui lui était destiné.
C'est de ta faute, Maya.

Un son qui ressemblait davantage à un simple gargouillis finit par s'échapper de sa gorge. Son amie était morte par sa faute. Il l'avait fait. Elle le savait. L'homme qui l'avait agressée avait tué son amie pour se couvrir.

Tout cela parce que Maya avait parlé de lui à Paulette, bien qu'elle ne s'souvînt même pas. Paulette avait dû le connaître pour qu'il s'en prît à elle. Peut-être même qu'elle connaissait son nom et qu'elle savait à quoi il ressemblait. Et cela lui avait coûté la vie.

Le corps de Maya était tout cotonneux. Elle était responsable. Elle aurait dû protéger son amie. Elle aurait dû se douter qu'il s'en prendrait à elle. Pourquoi n'y avait-elle pas pensé ? Pourquoi ?

La porte se referma derrière elle, ce qui la fit se retourner à la vitesse du vampire.

Elle poussa un cri.

Paulette !

Elle était suspendue, là, derrière la porte ; son corps mou ensanglanté, son pyjama déchiqueté par des griffes. Son cœur ne battait plus. Dans le cas contraire, Maya l'aurait entendu de l'endroit où elle se trouvait.. Paulette était partie. Depuis longtemps.

21

« Je n'ai pas réussi à joindre Thomas, » dit Yvette. Elle referma son téléphone et tourna la tête vers Gabriel, lequel conduisait tout en composant un numéro sur son propre portable.

Il écouta un message sur sa boîte vocale et jura.

« Zane ne répond pas non plus. »

« On y est presque, » tenta de le calmer Yvette.

Il lui jeta un regard en coin. Maintenant que tout était clair entre eux, Yvette était à cent pour cent avec lui. Or, il avait besoin de toute l'aide que l'on pût lui apporter. Maya était dehors, livrée à elle-même. Son agresseur était également dans la nature. Si l'enfoiré parvenait à la retrouver, Gabriel la perdrait pour toujours. Il ne pouvait laisser cela arriver. Il devait la protéger.

« Zane, Maya est partie. Va la chercher. C'est ta priorité numéro un. »

Gabriel referma d'un coup son téléphone avant de s'arrêter, quelques instants plus tard, devant l'appartement de Maya et de bondir hors de la voiture. Il se précipita dans les escaliers, Yvette sur ses talons.

La porte était fermée mais cela n'arrêta pas Gabriel. Sans le moindre effort, il donna un coup au niveau du verrou et le bois céda. Il ouvrit la porte et se rua au premier.

Il en fit de même pour entrer dans l'appartement de Maya. De toute façon, si elle était là, elle ne répondrait pas à une gentille petite frappe à la porte. Elle lui en voulait trop pour cela. Mais pour le moment, il s'en souciait peu. Il devait d'abord la ramener chez Samson, où elle serait en sécurité. Après quoi, il lui fournirait des explications.

Comment avait-elle pu croire que la sorcière lui avait fait une fellation ? D'accord, la scène avait dû lui paraître un peu ambigüe. Mais si elle ne s'était pas enfuie comme elle l'avait fait,, elle se serait rendu compte qu'il n'y avait absolument rien de sexuel là-dedans. La sorcière n'avait fait que l'examiner comme l'aurait fait n'importe quel médecin avec n'importe quel patient. Et elle avait ensuite testé sur lui une potion à base de plantes pour voir comment cette saleté réagissait.

Bien sûr, le bout de peau n'avait pas encore eu le temps de réagir dès l'instant où Gabriel avait tout arrêté en remarquant la présence de Maya. Lorsque celle-ci était entrée dans la pièce, le morceau de chair avait grossi. Et lorsqu'elle s'était-elle enfuie, tout s'était de nouveau flétri avant de reprendre sa taille d'origine. Maintenant qu'il y pensait, la sorcière lui avait jeté un regard étrange, mais il avait bien trop paniqué face à la méprise de Maya pour y accorder de l'importance. A présent, il se demandait si…

« On entre ? » demanda Yvette derrière lui.

Gabriel repoussa ses pensées quant à sa malformation et pénétra dans l'appartement. Il renifla, certain de pouvoir deviner si Maya était passée par là. Il balaya la pièce du regard. Rien ne semblait avoir bougé depuis leur venue, deux jours auparavant. Rien n'avait changé. Et il ne sentait pas l'odeur fraîche de Maya. Elle n'était pas rentrée chez elle.

« Où est-ce qu'elle a bien pu aller, si ce n'est ici ? » demanda Gabriel en passant une main dans ses cheveux.

Yvette ouvrit la bouche pour répondre, mais son téléphone sonna. Elle décrocha.

« Thomas ? Tu as eu mon message ? »

Gabriel put entendre la réponse de Thomas.

« *Oui, le GPS de l'Audi de Samson indique qu'elle n'est pas loin de moi. Attends… Elle bouge. Vers le nord-est.* »

« Où ? » aboya Gabriel.

Yvette leva la main et écouta Thomas.

« Où… »

« *Je l'ai entendu. Je crois qu'elle va vers Parnassus.* »

« Parnassus ? » demanda Yvette.

« *L'hôpital.* »

« On se retrouve là-bas, » répondit Yvette avant de raccrocher.

« Appelle Amaury. Moi, je contacte Ricky. » Gabriel sortit de l'appartement et retourna à la voiture à toute vitesse. Alors qu'il sautait à l'intérieur de celle-ci, Ricky répondit à son appel.

« Maya est partie de la maison. »

« Merde, qu'est-ce qui s'est passé ? » demanda Ricky d'une voix inquiète.

« Elle se dirige vers l'hôpital, probablement pour y voir ses amies. Il faut qu'on la retrouve avant son agresseur et qu'on la ramène chez Samson. Retrouve-nous à Parnassus. »

« Ok. » Ricky raccrocha.

« Amaury est en route également, » ajouta Yvette en prenant place sur le siège passager.

Gabriel appuya sur l'accélérateur et remonta la rue en cinquième vitesse. La limousine que Carl conduisait habituellement n'était pas aussi rapide que l'Audi de Samson mais elle était un GPS, ce qui aiderait Gabriel à retrouver Maya et, avec un peu d'espoir, avant son agresseur.

~ ~ ~

Le cœur de Maya accéléra lorsqu'elle gara l'Audi devant l'hôpital, sur une voie où il était interdit de stationner. Elle se souciait peu que la voiture de

Samson partît à la fourrière. Elle n'avait pas une seconde à perdre. Si l'homme qui la suivait avait tué Paulette pour la faire taire, il était clair que Barbara était la suivante sur la liste. Si elle n'avait pas déjà été…

Maya déglutit.

Elle ne comprenait pas comment cet homme avait pu connaître l'existence de Paulette et Barbara. Sauf si, bien sûr, elle les lui avait présentées. Mais dans ce cas, il leur aurait effacé la mémoire à elles aussi, non ? Quelque chose clochait.

L'agresseur essayait-il de lui faire passer un message ? Etait-ce sa façon de se venger pour avoir été éconduit? A présent, elle était en effet de plus en plus convaincue qu'il s'agissait d'un prétendant qu'elle avait repoussé. Personne d'autre ne pouvait déverser une haine aussi virulente que celle qui se dégageait du message écrit avec le sang dans la chambre de Paulette.

C'est de ta faute, Maya.

Les mots firent écho dans sa tête, comme un disque rayé. Aurait-elle pu sauver Paulette ? Si elle avait réfléchi posément, elle aurait pris ce danger en considération lorsque Ricky, le collègue de Gabriel, était arrivé et avait proposé son aide. Peut-être avait-il déjà parlé à Paulette. Après tout, elle lui avait donné les coordonnées de son amie. Peut-être était-ce lui qui avait amené son agresseur jusque chez Paulette. Comment pouvait-elle le savoir ?

Mais cela n'avait que peu d'importance. Au bout du compte, protéger ses amies relevait de sa propre responsabilité. Elle aurait dû aller avec Ricky et avertir Paulette. La presser d'aller dans un endroit plus sûr. Mais cette nuit-là, elle était rentrée en chaleur et son esprit s'était voilé. Elle n'avait pensé qu'à elle-même. Et son égoïsme avait causé la mort de son amie. *C'était* sa faute.

Maya déglutit pour se défaire du nœud qui lui serrait la gorge et se précipita dans les escaliers menant au service de son amie. Elle savait que Barbara était de permanence toute la semaine et qu'elle se trouvait donc certainement dans l'une des salles de l'étage. Alors qu'elle atteignait les portes battantes qui séparaient la zone publique de celle réservée au personnel, elle se rendit compte, avec horreur, qu'elle n'avait pas son passe avec elle.

Elle jura et regarda autour d'elle – personne en vue. L'horloge du couloir indiquait qu'il était un peu plus d'une heure du matin. Le personnel était parti depuis longtemps et il n'y avait que l'équipe de nuit pour assurer la permanence. Le service de Barbara n'étant pas une zone de soins intensifs, le personnel y était réduit à quelques infirmières et un médecin : Barbara. Aucun d'eux n'était en vue.

Maya poussa les portes mais celles-ci ne bougèrent pas. A travers le hublot, elle pouvait voir le bouton qui permettait aux gens de quitter la zone sans utiliser leur passe, mais de l'extérieur, il n'y avait aucun moyen d'entrer. Il fallait que quelqu'un appuyât sur ce bouton pour elle. Mais il n'y avait pas âme qui vive sur laquelle exercer le contrôle de l'esprit ; ou du moins tenter de l'exercer. En y pensant, cela n'aurait pas fonctionné, de toute façon. Et ce, malgré la leçon que lui avait donnée Thomas. Elle n'était parvenue qu'à influencer une chaise, quelques verres et des bols.

A cette idée, le déclic se produisit. Bien sûr ! Il lui suffisait de faire bouger quelque chose et de l'amener à appuyer sur le bouton. Maya regarda de nouveau à travers le hublot et vit un porte-dossier métallique accroché à un mur. Cela ferait l'affaire. Elle se concentra sur l'objet métallique pour qu'il quittât sa place. En retenant son souffle, elle regarda le porte-dossier bouger. Il était suspendu dans les airs, comme articulé par des ficelles invisibles.

Maya n'osait pas respirer, de peur de perdre sa concentration. Quelques secondes plus tard, elle réussit à amener l'objet près du bouton. Dans un dernier effort, elle fit en sorte qu'il cognât contre ce dernier avant de tomber bruyamment au sol.

Elle regarda le dossier, à présent par terre, et elle réalisa qu'elle aurait tout simplement pu se concentrer sur le bouton sans utiliser l'objet métallique. Manifestement, il lui restait encore beaucoup à apprendre sur son nouveau don.

Les portes battantes s'ouvrirent et elle pénétra dans la zone privée.

Soulagée, elle traversa le hall jusqu'à la petite pièce dans laquelle se reposaient les médecins de garde. Barbara devait s'y trouver, à moins qu'elle n'eût été appelée auprès d'un patient.

Maya appuya sur la poignée et ouvrit la porte tout en essayant de ne pas effrayer son amie. La faible lumière d'une lampe de bureau l'accueillit. La chambre de garde n'était que très modestement meublée : un bureau, une chaise, un petit placard, un lavabo et un lit simple. Elle laissa échapper un soupir de soulagement lorsqu'elle vit Barbara plongée dans un sommeil tranquille. Maya referma la porte derrière elle et son amie bougea.

Un instant plus tard, celle-ci abandonna sa position allongée et sortit les jambes du lit, les yeux toujours fermés. Lorsqu'elle les ouvrit et vit Maya à quelques mètres d'elle, Barbara bondit.

« Merde, Maya ! »

« Désolée… »

Mais Barbara ne laissa pas à Maya l'opportunité de poursuivre.

« Tout le monde te cherche. Où diable étais-tu ? Le chef est vert de rage, tout comme les autres titulaires. Ils ont dû te remplacer. »

Maya posa sa main sur le bras de Barbara.

« Je ne peux pas t'expliquer maintenant. J'ai besoin de ton aide. »

Barbara lui jeta un regard surpris.

« Tu as besoin d'argent ? Qu'est-ce qui se passe ? »

Une lumière se mit à clignoter sur le mur et, quelques instants plus tard, une voix se fit entendre dans le haut-parleur.

« *Code Bleu, Code Bleu, Chambre 748, tous les membres de l'équipe, Code Bleu, Code Bleu.* »

Barbara prit la main de Maya et la serra.

« C'est pour moi. Je dois y aller. Attends ici. Je reviens vite. On parlera à mon retour. »

« Non, je viens avec toi. »

« Attends ici. Je n'en ai pas pour longtemps. »

« Non, il ne vaut mieux pas. Je viens avec toi. »

Barbara lui jeta un regard curieux. « Il ne vaut mieux pas ? »

« S'il te plaît, laisse-moi venir avec toi. »

Son amie attrapa une blouse blanche pendue au porte-manteau.

« Tiens. Mets-ça, au moins. Tu passeras plus inaperçue. Et ensuite, tu as intérêt à tout me raconter. »

Maya enfila la blouse et suivit Barbara lorsque celle-ci ouvrit la porte. Une seconde plus tard, elle la referma.

« Merde, le chef est juste là. S'il te voit, il va t'arrêter. »

Maya jura. « Bon sang ! »

Elle n'avait vraiment pas de chance.

« Je reviens. »

« Non, attends ! »

Mais avant que Maya ne pût l'arrêter, son amie avait quitté la pièce. Ses pas résonnèrent dans le couloir. Mal à l'aise, Maya eut soudain la chair de poule. Elle ne voulait pas que Barbara fût seule dans les couloirs. Elle entrouvrit la porte pour regarder dehors. Le chef se tenait toujours là. Il était impossible qu'elle passât devant lui sans qu'il la vît.

Frustrée, Maya referma la porte.

Elle ne pouvait qu'espérer que Barbara sût qui était son harceleur. Alors ce cauchemar serait bientôt fini. Une fois que Maya connaîtrait son nom et saurait à quoi il ressemblait, ils le trouveraient. Elle répéterait tout à Thomas et il ferait en sorte qu'on lui mît la main dessus. Elle ne pouvait imaginer parler à Gabriel. Pas maintenant.

Une fois que l'on aurait attrapé l'agresseur, elle serait de nouveau en sécurité ; tout comme Barbara. Ensuite, elle dirait la vérité à son amie et, ensemble, elles enterreraient Paulette. Elle arriverait à reprendre sa vie en main, d'une manière ou d'une autre. Elle ferait en sorte d'y parvenir malgré le poids de la culpabilité qui pesait sur ses épaules. La culpabilité de se savoir responsable de la mort violente de Paulette.

22

Gabriel tourna dans un couloir de l'hôpital et manqua de peu de percuter Ricky.

« Dieu merci ! Tu es venu vraiment vite, » dit Gabriel.

Yvette s'arrêta également *in extremis* à côté de lui.

« Vous avez de la chance, j'étais dans le quartier. »

« Tu as vu Thomas ? »

« Non. Il est censé être là ? » demanda Ricky.

Yvette hocha la tête. « Il aurait dû arriver avant nous. Il vient directement de Twin Peaks. »

« Séparons-nous, » suggéra Gabriel. « Si vous le jugez nécessaire, utilisez le contrôle de l'esprit pour pouvoir accéder à n'importe quel endroit. Il faut qu'on la retrouve. »

Ricky hocha la tête, enthousiaste. « Ok. Je m'occupe du septième étage. »

« Yvette, prends le cinquième ; c'est là que travaille l'une de ses amies. Elle y est peut-être. Moi, je reste à cet étage. Si vous ne la trouvez pas à vos étages respectifs, montez chacun de trois étages. »

Gabriel donna ses ordres d'un calme olympien. Pourtant, il ne pouvait être plus loin de la sérénité. Mais son expérience l'aidait : il savait comment pister quelqu'un en situation de crise. Il faisait cela depuis longtemps et il le faisait bien. Et dans le cas présent, la vie de Maya en dépendait. Il n'était handicapé que par un détail : les couloirs de l'hôpital étaient nettoyés à l'eau de javel. La forte odeur entravait sa capacité à sentir le parfum de Maya. Son unique consolation résidait dans le fait que l'agresseur serait confronté au même problème s'il était dans les parages. Cela rendait la partie moins aisée.

Alors qu'Yvette et Ricky s'en allaient, Gabriel arpenta les couloirs. Il avait consulté le répertoire de l'hôpital avant de se diriger vers le cabinet de Maya. Si elle était à l'hôpital, elle devait se trouver à son cabinet. Soit pour se cacher, soit pour récupérer quelques affaires tels le double des clés de son appartement, un peu d'argent ou une carte de crédit. Elle n'avait rien pris avec elle lorsqu'elle s'était enfuie de chez Samson, pas même son sac à main.

Cela voulait tout dire. Aucune femme ne partait de chez elle sans son sac à main. Cela le confortait donc dans l'idée que Maya était extrêmement agitée et qu'elle agirait probablement de manière irrationnelle. Il devait la retrouver avant qu'elle ne se mît encore plus en danger. En outre, la dernière fois qu'elle s'était nourrie de lui, c'était avant sa sortie dans le Castro. Elle devait être affamée, ce qui la rendrait faible et moins encline à réfléchir efficacement.

Gabriel atteignit le secteur où se trouvait le cabinet de Maya et appuya sur la poignée de la porte. Celle-ci ne bougea pas. Aucun problème : un coup contre la serrure et le bois se fendit. Il se glissa à l'intérieur sans se faire repérer. Quatre portes s'offrirent à lui, chacune portant une plaque gravée du nom d'un médecin. Sans frapper, il ouvrit celle du cabinet de Maya. Si elle était là, elle l'aurait déjà entendu et si elle ne l'était pas, il était inutile de frapper. La pièce était vide. Il inspira profondément. La faible odeur de Maya s'engouffra dans ses narines. Elle n'était pas venue dans son cabinet depuis des jours. Le cœur de Gabriel chavira.

Il poussa un soupir, puis composa le numéro de Thomas, lequel répondit immédiatement.

« Tu es où ? » demanda Gabriel.

« Au septième étage. »

« Monte plus haut. Ricky couvre déjà le septième étage. Je vais de nouveau jeter un coup d'œil au sixième, puis je monte. Yvette est au cinquième. »

« Ok, » répondit Thomas.

Une fraction de seconde plus tard, Gabriel entendit un cri à travers la ligne. Une onde de choc le parcourut.

« C'était Maya ? »

« Je ne sais pas. »

Puis la ligne se coupa.

« Merde ! »

Gabriel se précipita dans le couloir et y repéra l'écriteau indiquant la direction des escaliers. Il s'y rua, avalant les marches trois par trois. Il atteignit l'étage supérieur à la vitesse du vampire pour, ensuite, ralentir et tenter de retrouver ses repères. Il renifla à nouveau. Une odeur de sang le prit à la gorge. Il courut dans cette direction.

Alors qu'il tournait au coin d'un couloir, il vit un groupe de gens attroupés autour d'une personne allongée au sol. Gabriel scanna les alentours. Une marre de sang s'écoulait de dessous la blouse blanche de la victime.

Quelqu'un empoigna son avant-bras, le faisant se retourner immédiatement.

« Thomas. »

Ce dernier l'attira dans un couloir annexe.

« Ce n'est pas Maya, mais un autre médecin. Ça ressemble à un meurtre de sang froid… »

« Tu as vu qui c'était ? »

« C'est le docteur Barbara Silverstein. »

Le cœur de Gabriel s'arrêta de battre, une peur bleue s'emparant de lui.

« Thomas, c'est l'amie de Maya. Il est ici. L'agresseur est dans l'hôpital. »

~ ~ ~

Maya commença à avoir la chair de poule. Cela faisait bien trop longtemps que le Code Bleu avait été déclenché. Elle commençait à s'impatienter et se sentait stupide d'attendre Barbara dans la salle de garde, à la merci de la première personne susceptible de la trouver là. Elle devait aller voir ce qui pouvait bien se passer.

Avant d'entrouvrir la porte pour regarder dehors, elle se concentra sur les bruits provenant du couloir. Celui-ci était à présent vide. Maya sortit et referma la porte doucement derrière elle. Son intuition ne cessait de lui dire de rester silencieuse. Elle était bien contente d'avoir acheté ces chaussures à semelle souple. Sur le linoleum gris, celles-ci ne faisaient pas le moindre bruit.

Quelque part au loin, une porte s'ouvrit. Maya avança dans le couloir et se réfugia dans une petite alcôve où se trouvait un lavabo. Elle se colla au mur lorsqu'elle entendit des pas se rapprocher d'elle. Balayant du regard sa cachette, elle ne trouva rien qui pût lui servir d'arme. Qui que fût la personne qui s'approchait d'elle, Maya espérait qu'il ne s'agît pas d'un ennemi ; ainsi n'aurait-elle pas à essayer d'en appeler à ses dons de vampire.

A part planter ses canines dans le cou de Gabriel, elle n'avait jamais véritablement utilisé ses nouvelles capacités sur qui que ce fût. Elle savait qu'elle possédait des griffes – elle avait égratigné Gabriel par accident durant cette nuit fatidique où elle avait bu son sang pour la première fois – et elle espérait qu'elles apparaîtraient de la même manière que le faisaient ses canines lorsqu'elle en avait besoin. Les pas s'approchaient et l'individu était sur le point de se retrouver à son niveau lorsqu'elle entendit retentir un léger 'ping'. La personne s'arrêta instantanément.

« Mince, » grommela une voix féminine dans sa barbe.

Maya reconnut ce son : c'était un appel pour les infirmières. Un patient avait appuyé sur la sonnette. L'infirmière tourna sur ses talons et repartit dans la direction opposée. Maya se décontracta lorsqu'elle l'entendit entrer dans une chambre et refermer la porte derrière elle. Elle compta jusqu'à trois, puis sortit de sa cachette.

Rapidement, elle se dirigea vers le poste de garde des infirmières et s'assura que personne ne la voyait. Puis elle passa derrière le comptoir et s'accroupit derrière le bureau. Elle ouvrit le tiroir du bas et y mit la main. Elle savait que les infirmières gardaient des passes dans leurs bureaux au cas où un médecin viendrait à oublier le sien et devrait se rendre quelque part sans devoir attendre que la sécurité en créât un nouveau.

Heureusement, ce poste était en tous points identique aux autres. Dans le troisième tiroir, elle trouva un passe et le glissa dans la poche de son jean. Il fallait absolument qu'elle pût circuler librement au sein de l'hôpital et, à présent, c'était possible.

Alors qu'elle se relevait, les poils de sa nuque se hérissèrent. Un frisson lui parcourut la colonne vertébrale. Elle renifla sans faire de bruit. Il n'y avait aucun humain dans les parages. Le faible parfum qu'elle détectait pouvait être celui d'un vampire, même si cela était difficile à confirmer à cause de la forte odeur d'eau de javel.

Maya repassa de l'autre côté du bureau. Elle avait les mains moites et son cœur battait la chamade, signes qui indiquaient clairement qu'elle devait partir. Son instinct de survie était bien présent. Si elle restait là, elle devrait se battre. Aussi décida-t-elle de quitter les lieux. Elle n'était pas assez stupide pour essayer de lutter contre un vampire à la fois plus fort, plus âgé et plus expérimenté qu'elle. Son seul avantage était de connaître l'hôpital dans ses moindres recoins. Qui que fût la personne à ses trousses, il était impossible qu'elle connût les lieux aussi bien qu'elle. Du moins l'espérait-elle.

Elle devait retrouver Barbara et la protéger. Elle n'aurait jamais dû la laisser répondre au Code Bleu. Cependant, ayant toutes deux prêté le serment d'Hippocrate, Maya se rendit compte qu'elle n'aurait de toute façon pas pu empêcher son amie d'accomplir son devoir. A la place de Barbara, elle aurait agi de la même façon. Néanmoins, elle aurait dû insister pour l'accompagner, quitte à passer devant le nez de son patron. Bon sang, elle n'aurait eu qu'à lui montrer ses canines si cela avait été nécessaire.

Maya se précipita dans le couloir menant à l'escalier de service, plus sûr que l'ascenseur. En effet, dans un ascenseur, elle se retrouverait piégée alors que les escaliers pourraient lui permettre d'atteindre le septième étage en toute sécurité et d'y retrouver Barbara. Mais elle s'arrêta net lorsqu'elle perçut un bruit de pas feutrés. Quelqu'un tentait de demeurer silencieux. Cependant, l'odeur persistante d'ammoniac et d'eau de javel l'empêchait de sentir l'individu. Le couloir avait probablement été nettoyé peu de temps auparavant. Désespérée, Maya regarda les portes donnant sur le couloir. Elle n'avait qu'une seule solution. Elle ouvrit l'une des portes et se glissa dans une pièce sombre. Sans un bruit, elle referma la porte derrière elle avant de tendre l'oreille.

Ses yeux s'habituèrent à l'obscurité. Elle s'aperçut qu'elle n'avait pas la moindre difficulté pour voir ce qui l'entourait. La pièce du concierge était un peu plus grande qu'un placard et était remplie de fournitures, de balais et de seaux.

Un bruit provenant du couloir lui fit retenir son souffle. Celui ou celle qui la suivait venait de s'arrêter non loin de sa cachette. L'avait-on repérée ? L'avait on retrouvée grâce à son odeur ? Peut-être que le vampire qui était à ses trousses possédait des sens plus développés que les siens et peut-être était-il moins affecté qu'elle par l'odeur des produits d'entretien ? Désespérée, Maya attrapa un balai et en cassa le manche en bois. Brisé, celui-ci se transformait en une arme efficace : un pieu. Elle se colla contre le mur à côté de la porte et attendit.

Son ouïe était si sensible qu'elle put entendre une main se poser sur la poignée. Une vague d'adrénaline parcourut son corps ; ou était-ce son sang de vampire qui bouillonnait ? De la lumière pénétra dans la pièce lorsque la porte s'ouvrit. Maya se jeta sur son assaillant et leva le pieu, prête à le lui plonger dans le cœur.

Une main attrapa son poignet fermement et le serra fort. Elle lâcha le pieu.

Oh bon Dieu, non !

23

« J'ai eu ton message, » prononça une voix derrière lui.

Gabriel se retourna et vit son second, Zane. Il était encore plus effrayant que n'importe quelle créature démoniaque.

« Il était temps, » fit remarquer Gabriel. « J'ai besoin dc chaque homme dont je peux disposer. L'amie de Maya a été tuée et Maya est quelque part dans l'hôpital. Il faut qu'on la retrouve. L'agresseur est là lui aussi. »

Le téléphone portable de Gabriel vibra. Il décrocha immédiatement.

« Ouais ? »

« Je suis à l'hôpital. Tu es à quel étage ? » demanda Amaury.

« Au septième. »

Il raccrocha sans attendre de réponse.

« D'accord, alors voilà ce qu'on va faire. Thomas, je veux que tu essayes de t'approcher du médecin qui a été tué pour chercher des traces que le vampire aurait pu laisser. »

Thomas acquiesça d'un signe de tête.

« Tu as carte blanche. Ricky peut t'aider. Je ne sais pas où il est, mais il a dit qu'il se trouvait à cet étage. »

Puis il se tourna vers Zane.

« Zane, tu prends les étages de un à quatre et de cinq... »

« Je peux prendre ceux-là, » répondit Amaury. Sa voix provenait des escaliers.

Soudain, il apparut à l'entrée de ceux-ci, son mètre nonante-huit remplissant parfaitement l'encadrement de la porte. Gabriel lui adressa un hochement de tête, reconnaissant que tout le monde se fût manifesté pour l'aider.

« Bien. Zane, tu t'occupes des étages douze et treize. »

« C'est comme si c'était fait, » répondit Zane en se dirigeant vers les escaliers et en gratifiant au passage Amaury d'une tape sur l'épaule en guise de salut.

« C'est parti, Amaury. »

Thomas leva la main en signe d'au revoir et emprunta le couloir dans le sens opposé. Le personnel, choqué par le meurtre du médecin, se faisait entendre de plus en plus fort. Gabriel et Amaury s'éloignèrent.

« Tu tiens comment ? » demanda Amaury.

« Ça me tue de ne pas savoir où elle est. Et de ne même pas être sûr qu'elle soit en sécurité. »

Gabriel jeta un regard sévère à Amaury.

« Et avec cette senteur d'eau de javel qui remplit l'hôpital, je n'arrive même pas à renifler son odeur. »

« On va la trouver. »

« Je prends les étages neuf, dix et onze. Personne n'est allé au huitième. »

« Je m'en occupe dès que j'ai fini avec le quatre et le cinq, » promit Amaury en adressant à Gabriel un sourire narquois, avant que ce dernier ne se ruât dans les escaliers.

Il en sortit au dixième étage et commença à arpenter les couloirs, l'odorat en éveil. Mais les odeurs de l'hôpital étaient trop fortes. Et il n'y avait toujours aucune trace de Maya. A chaque minute qui passait, son espoir s'envolait un peu plus.

Gabriel se passa la main dans les cheveux. Il ne pouvait pas la perdre. Il venait à peine de la trouver. Ce n'était pas juste. Comment la vie pouvait-elle être aussi cruelle avec lui ? Ne méritait-il donc pas un peu de bonheur ? Etait-ce vraiment trop demander ?

Quelque chose vibra contre son entrejambes. Gabriel s'arrêta et sortit son téléphone de sa poche. Il lut le message qu'il venait de recevoir.

J'ai Maya, Cham. 534C. Fais attention. L'agresseur n'est pas loin.

Il soupira de soulagement lorsqu'il reconnut le numéro : Yvette. Il fit rapidement suivre le message à ses amis, puis se précipita à nouveau dans les escaliers. Une fois qu'ils seraient tous rassemblés, le malfrat n'aurait aucune chance de les battre.

~ ~ ~

Maya se laissa retomber contre le mur de la loge du concierge. Yvette avait refermé la porte, mais par précaution, elle n'avait pas allumé la lumière.

« Il est là, quelque part. Je l'ai senti. J'en suis sûre, » insista Maya en dévisageant Yvette dans l'obscurité.

La faible lumière qui passait sous la porte lui permettait d'admirer la beauté de cette dernière sans la moindre difficulté.

« Je n'ai senti la présence d'aucun vampire étranger, mais avec toute l'eau de javel qu'on a aspergé ici, je ne saurais trop dire… » répondit Yvette.

Cependant, elle laissa la porte fermée et accepta d'envoyer un message aux autres pour les prévenir, comme le lui demandait Maya.

« Gabriel et les autres seront là dans une minute. Tu es en sécurité. »

Maya lui attrapa la main et la serra.

« Merci, vraiment. Je suis désolée, j'ai failli te tuer. »

Yvette haussa les épaules.

« J'aurais fait la même chose, » dit-elle en désignant le balai cassé. « On fait avec ce qu'on a. »

« On peut tuer un vampire en lui plantant un pieu dans le cœur, non ? »

Maya espérait qu'elle n'eût pas été complètement à côté de la plaque.

« Oui. Et il existe aussi quelques autres moyens. Mais ne t'inquiète pas. Une fois que tout ça sera fini, Gabriel te donnera un cours pour t'expliquer dans les grandes lignes ce que tu dois impérativement savoir. Tu ne peux pas trouver meilleur professeur que lui. Il fait ça depuis très longtemps. »

Maya détourna les yeux.

« Je préférerais que quelqu'un d'autre s'en charge. Thomas, peut-être. »

Oui, Thomas serait une alternative beaucoup plus sûre. Il ne représentait aucun danger pour son cœur.

« Je croyais que Gabriel et toi… » Yvette s'interrompit.

« Tu t'es trompée. Il ne s'intéresse pas à moi. »

Yvette ne put s'empêcher de ricaner, comme si elle était persuadée du contraire.

« Ma belle, tu vas lui dire ou il va falloir que je m'en charge ? Parce que cet homme est sûr d'être amoureux de toi et j'aurais tendance à penser que c'est réciproque. »

Maya regarda de nouveau Yvette.

« Eh, oui. Et ne me regarde pas comme si tu ne t'y attendais pas. Il était prêt à m'arracher la tête quand il a su que je t'avais laissé partir sans essayer de t'en empêcher. »

Malgré le sujet qu'elles avaient abordé, elles continuaient toutes deux de parler à voix basse, voire en chuchotant S'il était toujours quelque part dans l'hôpital et qu'elles faisaient trop de bruit, l'agresseur risquait de les repérer.

« Tu te trompes. Il ne m'aime pas. Il a quelqu'un d'autre. »

Maya ravala ses larmes. Ce n'était pas bien de la part d'Yvette de remuer le couteau dans la plaie comme cela et ce, même si Gabriel s'était également moqué d'elle dans le passé.

« Gabriel ? On parle du même gars ? Monsieur Solitaire en personne ? Depuis le temps que je le connais, je ne l'ai jamais vu une seule fois avec une femme. Il n'est jamais sorti avec qui que ce soit et, d'après ce que les gars racontent, il n'a jamais participé à leurs orgies… »

« Leurs quoi ? »

« Certains gars sont un peu chahuteurs et ils ont parfois besoin de décompresser. Ils pensent que je ne le sais pas, mais crois-moi, ça fait bien longtemps que j'ai compris à quoi ils jouaient. Les vampires qui n'ont pas de partenaire… peuvent être assez sauvages quand ils errent en ville à la recherche de filles. Mais le fait est que Gabriel n'a jamais participé à ce genre de choses »

Maya déglutit, choquée. Le franc-parler d'Yvette était inattendu mais, après tout, pourquoi les vampires auraient-ils été différents des autres hommes ? Cela dit, là n'était pas la question. Même si Gabriel ne participait pas à ce genre de choses, cela ne changeait rien au fait qu'elle avait surpris une femme en train de lui faire une fellation.

« Je suppose qu'il est simplement plus discret à ce sujet. Mais ça ne change rien aux faits, » insista Maya.

« Quels faits ? » demanda Yvette.

« Quand je suis partie, il y avait une femme dans la maison.. »

C'était tout ce qu'elle était capable de dire. Yvette en tirerait ses propres conclusions. D'autant qu'elle donnait l'impression d'être une femme très intelligente. Elle comprendrait très bien par elle-même.

« La sorcière ? Tu parles de la sorcière ? »

Puis elle eut l'audace de ricaner.

« Tu crois vraiment qu'il se passe quelque chose entre lui et une sorcière ? »

« Elle était dans sa chambre, » siffla Maya dans sa barbe, tout en faisant attention à ne pas hausser le ton de sa voix, au cas où l'agresseur ne se trouverait pas loin.

« Et je suis sûre qu'il y a une explication à tout ça. »

Maya croisa les bras sur sa poitrine. Elle avait déjà entendu l'explication de Gabriel : *ce n'est pas ce que tu crois.* Comme si cela suffisait à expliquer son pantalon baissé et la tête d'une femme devant son entrejambes. Il était simplement le même coureur de jupons que les vampires auxquels Yvette avait fait allusion. A la différence près que, comme elle l'avait laissé entendre, Gabriel préférait mener sa vie de débauche à l'abri de tout regard. Quoiqu'il en fût, Maya ne voulait pas en faire partie.

« Je... »

Yvette posa un doigt sur ses lèvres.

« Chut. »

Maya tendit l'oreille. Elle s'arrêta de respirer, à l'affût du moindre bruit provenant du couloir. Au loin, elle entendit des pas. Quelqu'un s'approchait. Elle échangea un regard avec Yvette, laquelle hocha la tête. Elle essayait de savoir d'où venaient les pas lorsqu'elle se rendit compte qu'il y avait plus d'une personne.

Maya ignora le frisson qui la parcourut avant de venir se loger dans son cou. Elle pouvait sentir l'individu, il n'était pas loin. Elle serra davantage encore le pieu qu'elle tenait toujours dans la main. Elle voulut reculer un peu plus dans le fond du placard mais, l'instant suivant, on ouvrit la porte. La lumière inonda la loge et, pendant une fraction de seconde, elle ne put rien voir du tout.

« Dieu merci, c'est toi, » s'exclama Yvette en sortant dans le couloir.

Maya entrevit des cheveux roux avant qu'Yvette ne lui bloquât la vue avec son corps. Ensuite, une autre paire de pas lourds se fit entendre.

« Elle est où ? » La voix paniquée de Gabriel retentit dans le couloir.

Un instant plus tard, il poussa Yvette et l'autre vampire, que Maya venait de reconnaître comme étant Ricky. Il la prit dans ses bras.

Gabriel captura sa bouche pour l'embrasser, sans lui laisser le temps de protester. Ce n'était pas le baiser tendre qu'il lui avait donné quelques heures plus tôt : celui-ci était fort, déterminé et désespéré. Elle était trop ahurie pour réagir. Son corps fondit contre le sien et elle l'autorisa à laisser sa langue envahir sa bouche.

Derrière, elle entendit les autres arriver, mais tout n'était que brouhaha. Gabriel demandait toute son attention. Il lui fallut une bonne minute pour se reprendre et se souvenir de ce qu'il avait fait. Elle n'allait pas pardonner sa trahison sous prétexte que maintenant elle était de nouveau en sécurité.

Elle s'écarta de lui et prit son élan pour le gifler mais il interrompit son geste et lui attrapa le poignet avant que la paume de sa main n'entrât en contact avec son visage.

Un flash rouge illumina ses yeux mais, lorsqu'il parla, sa voix était calme.

« Tu crois peut-être que c'est ce que je mérite, mais non. Toi et moi, il faut qu'on parle. »

Il lâcha son poignet.

C'est alors que le ventre de Maya gargouilla. Bon sang, elle était affamée et le goût de Gabriel sur ses lèvres ne lui rappelait que trop bien la saveur de son sang. Elle repoussa la faim. Quelqu'un d'autre passait avant tout.

« Je dois trouver Barbara. »

Le silence qui suivit sa remarque parla de lui-même. Maya regarda tous les vampires rassemblés : Thomas, Zane, Ricky, Yvette et un autre, qu'elle voyait pour la première fois. Il était aussi carré qu'un joueur de football et ses cheveux noir corbeau lui tombaient sur les épaules. Elle ne détourna le regard de sa silhouette que lorsque Gabriel lui mit la main sur le bras. Elle lui jeta un regard énervé, mais il l'ignora.

« Barbara est morte. Je suis désolé, » dit Gabriel.

S'il ne l'avait pas attrapée pour la prendre dans ses bras forts, Maya serait tombée à genoux, terrassée par les terribles nouvelles. Morte ?

« Oh bon Dieu, non ! » dit-elle d'une voix brisée.

« Je la ramène à la maison, » dit Gabriel à ses collègues en soulevant Maya dans ses bras.

« Zane et Amaury, vous vous chargez de récupérer les vidéos de sécurité et vous voyez si le meurtre a été enregistré. »

Ils hochèrent la tête.

Maya se sentait à mille lieux des ordres que lançaient à présent Gabriel. Elle ne pouvait penser qu'à ses deux amies. Elles étaient mortes. Par sa faute.

« Yvette, Ricky. Vous restez ensemble et vous voyez ce que vous pouvez trouver au septième étage. Thomas, tu fais venir Eddie ici. Je veux que vous travailliez par groupes de deux. Personne ne reste seul. C'est compris ? »

« Eddie est déjà en route, » confirma Thomas. « Tu ne veux pas que l'un d'entre nous vienne avec toi chez Samson ? »

Gabriel siffla.

« Jusqu'à preuve du contraire, je suis tout à fait capable de protéger Maya moi-même. Maintenant, dispersez-vous. Vous savez ce que vous avez à faire. Attrapez cet enfoiré. »

24

Gabriel gara l'Audi de Samson dans le garage et coupa le moteur. Il regarda le siège passager et eut un léger mouvement de recul. Maya n'avait pas dit un mot depuis qu'ils avaient quitté l'hôpital. Lorsqu'elle ouvrit la portière pour sortir de la voiture, ses gestes étaient mécaniques, comme si elle était somnambule.

Gabriel la suivit au premier étage. Il lui prit la main dans le couloir et la mena jusqu'à la pièce principale. Carl apparut immédiatement.

« Je peux vous apporter quelque chose ? »

Sa voix était posée, comme s'il ressentait le malaise de Maya.

Gabriel secoua la tête.

« Merci, Carl. Assure-toi seulement que personne ne vienne nous déranger. »

Carl hocha la tête et referma la porte derrière lui, laissant Gabriel seul avec Maya, laquelle s'était retournée pour observer le feu dans l'âtre.

« Tout est de ma faute. »

Gabriel traversa la distance qui les séparait et s'arrêta derrière elle.

« Non. C'est de la faute de l'agresseur. Tu ne dois surtout pas croire que tu y es pour quelque chose. »

« Et comment le pourrais-je ? Mes deux amies sont mortes. »

Un sanglot lui déchira la poitrine.

« Tes *deux* amies ? »

Une vague de malaise s'empara de Gabriel.

Maya se retourna, les yeux pleins de larmes.

« Paulette est morte. Je l'ai trouvée. C'était lui. Il l'a tuée. »

Il la prit dans ses bras et la serra contre lui.

« Je suis désolé, bébé. Si j'en avais le pouvoir, je reviendrais en arrière. »

Elle le repoussa, se libérant de ses bras.

« Il l'a écrit avec son sang : *c'est de ta faute, Maya.* »

Gabriel frissonna à l'idée que Maya eût pu voir le corps sans vie de son amie. Qu'elle eût pu voir son sang.

« J'aurais dû prévenir Barbara, » continua-t-elle en s'apitoyant sur son sort. « Quand j'ai parlé à Barbara, je savais déjà que Paulette était morte. »

Il lui leva le menton pour qu'elle plongeât son regard dans le sien.

« Tu lui as parlé ? Qu'est-ce qu'elle t'a dit ? »

« Je n'ai pas eu le temps de la questionner à ce propos. On l'a appelée pour un Code Bleu. Je n'aurais jamais dû la laisser partir. J'aurais dû insister. »

« Ce n'est pas de ta faute. Il l'a tuée parce qu'elle savait à quoi il ressemblait. C'est moi le responsable. On aurait dû amener tes amies ici dès le départ. J'aurais dû comprendre qu'elles n'étaient pas en sécurité. »

Gabriel se maudissait. Deux vies auraient pu être sauvées s'il avait davantage réfléchi. Mais dès qu'il s'agissait de Maya, il ne réfléchissait pas assez. Il était bien trop distrait.

« Elle est toujours chez elle. Il l'a pendue à un porte-manteau derrière la porte de sa chambre, comme si elle était un quartier de bœuf. Je n'ai même pas eu le courage de la décrocher pour lui rendre un semblant de dignité. Je me suis juste enfuie. »

Gabriel lui caressa doucement les cheveux avant de la reprendre dans ses bras. Elle enfouit la tête dans sa poitrine, ses larmes mouillant sa chemise.

« Je vais envoyer quelqu'un chez Paulette. »

Sans la lâcher, il sortit son téléphone de sa poche et appuya sur la touche de rappel automatique afin de sélectionner le numéro d'Yvette. Elle répondit immédiatement.

« Yvette, j'ai besoin que tu t'occupes de quelque chose pour moi. Je veux que tu ailles chez Paulette avec Ricky. C'est l'autre amie de Maya. Egalement décédée. »

« Oh putain. »

Yvette ne trouva rien d'autre à dire.

« Ouais, je sais. Passe l'endroit au peigne fin. Ricky a l'adresse. Il était supposé aller la voir afin de savoir si elle savait quelque chose concernant l'agresseur de Maya. Je crois que c'est trop tard pour ça, maintenant. »

« Je m'en occupe. »

Il mit fin à l'appel, puis se retourna vers Maya et la regarda longuement.

« Maya, je sais que ce qui est arrivé à tes amies te fait de la peine et je voudrais, plus que tout, te donner le temps de faire ton deuil, mais on ne peut pas pour l'instant. Tu dois rester en sécurité. Je dois être sûr que tu me fais confiance à cent pour cent. Or, je sais que ce n'est pas le cas pour le moment. »

Elle le repoussa.

« Je ne peux pas faire ça, Gabriel. Penser à moi alors que mes amies sont mortes… »

« Il faut que tu arrêtes de dire ça. C'est ce qu'il veut que tu croies. Il veut briser ton mental. Mais ça ne se passera pas comme ça. Tu m'entends ? »

Il la prit par les épaules et la secoua doucement.

« On va venger tes amies. Il va payer pour leur mort. Je te le promets. »

« Je ne veux pas parler pour le moment. Pas à toi. »

« Dans ce cas, ne parle pas. Ecoute-moi, c'est tout. Ce que tu as vu dans ma chambre, ce n'était pas ce que tu pensais que c'était. »

Maya voulut se dégager de ses bras mais il la retint fermement. Il la forcerait à l'écouter. Il avait besoin de sa confiance pour pouvoir la maintenir en sécurité. Et il était prêt à gagner cette confiance par tous les moyens, même s'il devait se mettre à nu pour cela.

« La femme que tu as vue n'était pas en train de me faire une fellation. Il n'y avait rien de sexuel dans tout ça. C'est une guérisseuse. »

Il marqua une pause pour lui donner le temps d'enregistrer les informations.

L'air de défi qu'elle lui avait lancé jusque-là se transforma en une curiosité quelque peu réticente.

« Quel genre de guérisseuse ? »

« C'est une sorcière et j'ai un problème que, jusqu'à présent, personne n'a encore réussi à résoudre. Elle pense pouvoir m'aider. »

Le regard de Maya se porta sur son jean.

« Quel genre de problème ? »

Gabriel s'éclaircit la gorge. Ce n'était pas facile à dire. Comment pouvait-il s'exprimer ?

« C'est physique. »

Il savait que ce n'était pas une explication suffisante. Aussi recommença-t-il.

« Ça touche ma… »

Il s'arrêta à nouveau. Ce n'était vraiment pas facile. Comment avait-il pu croire qu'il arriverait à lui parler de son problème alors qu'il craignait plus que tout qu'elle le quittât dès qu'elle l'apprît ?

« Gabriel, si c'est physique, tu peux me le dire. Je suis urologue. Je vois des organes reproductifs masculins tout le temps. »

Gabriel eut un mouvement de recul. Il ne parvenait toujours pas à ouvrir la bouche.

Maya porta la main à son jean et fit sauter le bouton.

« Bon, alors si tu ne veux pas me le dire, je vais devoir t'examiner. »

Cela le fit réagir. Il lui prit la main pour l'empêcher d'ouvrir son pantalon.

« Je ne veux pas que tu voies ça. »

Elle repoussa sa main et recula.

« Ok, Gabriel. Voilà le marché : si tu ne me dis pas quel est ton problème, je vais tout simplement croire que ma première opinion était la bonne et que tu m'as trompée. Dans ce cas, je t'en voudrai toujours et, dès que l'affaire sera réglée, je sortirai de ta vie. C'est ce que tu veux ? »

« Non ! »

Sa bouche laissa échapper ce mot si rapidement qu'il en fût lui-même surpris. Il ne la laisserait pas partir. Il avait besoin d'elle. C'était sa partenaire. En outre, avait-elle déjà oublié qu'elle ne buvait que son sang ? Sans lui, elle mourrait de faim.

« Bien. »

D'une main tremblante, il déboutonna son jean.

« Ça me perturbe. Ça a toujours fait fuir les femmes. Ça a été comme ça toute ma vie. J'avais déjà ça avant de devenir vampire. Rien de ce que j'ai essayé n'a fonctionné. »

Gabriel chercha le regard de Maya avant de continuer.

« Maya, je veux que tu saches que, quoi qu'il arrive ou quoi que tu penses quand tu verras ça, je t'aime. J'avais espéré que la sorcière se chargerait de ça plus tôt et que tu n'aies pas à le voir. »

Afin que tu ne me laisses pas, comme l'ont fait les autres.

Doucement, il défit sa braguette et baissa son pantalon. Comme toujours, lorsqu'il était en présence de Maya, sa verge était dure et forçait contre son boxer. Tout comme la masse. Il ferma les yeux, puis retira ses sous-vêtements, se montrant nu face à elle. Vulnérable au possible.

Maya prit une bouffée d'air. L'espace d'un instant, elle eut la sensation que le temps s'était arrêté. Gabriel se tenait face à elle, la verge exposée sous ses yeux. Elle imagina immédiatement tous les efforts qu'il avait dû fournir pour en arriver là. Elle ne doutait pas à quel point il devait se sentir affreux à cet instant précis. Elle leva de nouveau la tête vers son visage et remarqua qu'il avait toujours les yeux fermés.

« Je vais te toucher, » annonça-t-elle doucement. « Ça ne te fera pas mal. »

Elle se mit à genoux. Lorsqu'elle regarda ce qui s'étendait devant elle, elle sut qu'il avait dit la vérité. La sorcière avait tenté de lui venir en aide. A présent, elle comprenait également pourquoi il n'avait pas voulu coucher avec elle. Toutefois, il aurait pu s'exécuter et faire en sorte que ce fût une expérience impressionnante. Son regard se posa sur la verge de Gabriel. Fière et en érection, elle était légèrement courbée vers le haut. Vingt centimètres de fermeté masculine ; parfaite. Le bout était presque violet, preuve supplémentaire de l'afflux de sang. Maya se pencha et glissa la main en-dessous tout en caressant la peau de velours.

Gabriel siffla entre ses lèvres.

« Je ne vais pas te faire mal, » murmura-t-elle.

« Ce n'est pas ce qui m'inquiète, là. Tu n'en as pas vu assez ? Je peux me rhabiller, maintenant ?

Maya sourit.

« Chut. Je t'examine, alors si tu m'arrêtes, je devrai te faire taire. Et je te laisse imaginer comment je pourrais m'y prendre. »

Elle serra la verge avec fermeté, son poing encerclant le membre dur. Elle était certaine qu'il avait compris où elle voulait en venir.

A présent qu'elle exerçait assez de contrôle sur lui, elle porta son regard sur la zone située à deux centimètres de la base de la verge.

« Ne bouge pas. »

Elle lâcha sa verge.

La masse de chair située au niveau de son bassin, juste au bord des poils pubiens noirs, était rouge sang. A première vue, on aurait dit un gros grain de beauté d'une longueur de 12 centimètres. Maya en estima le diamètre à quatre centimètres. Ces cinq centimètres adhéraient au bas ventre de Gabriel de la même manière que sa verge.

Pas étonnant qu'il avait peur d'être rejeté. Elle avait eu des patients inquiets pour moins que cela. Elle avait traité un homme qui avait eu une verrue de la taille d'une cacahuète sur le pénis et l'idée-même qu'une femme pût le regarder, alors qu'il se trouvait nu, lui avait causé des troubles de l'érection. Il lui avait fallu des mois et l'aide d'un psychiatre pour reprendre confiance en lui. Elle ne pouvait que trop bien imaginer combien cette difformité affectait Gabriel. Son cœur se serra pour lui.

« Je vais le toucher. »

« Maya, s'il te plaît. Tu n'as pas à faire ça. C'est... »

Mais les doigts de Maya étaient déjà entrés en contact avec la masse de chair. Elle eut un mouvement de recul. Cela venait-il juste de bouger ?

« J'ai dit ne bouge pas. »

« Je n'ai pas bougé. »

Elle regarda de nouveau la protubérance et passa ses doigts dessus. La peau semblait plissée et constituée de différentes couches mais le tout était doux. En fait, la texture était similaire à celle de la verge, à la seule exception près que celle-ci était toujours en érection et qu'elle n'était donc pas plissée.

« Ça change de forme ? » demanda-t-elle en le regardant.

Les yeux de Gabriel étaient à présent ouverts. Il l'avait observée pendant tout le temps durant lequel elle l'avait examiné.

« Non, c'est juste que... »

Elle attendit sa réponse mais il détourna les yeux.

« Quoi ? »

« Ça a grossi ces dernières semaines. Ça devient de plus en plus gros. Même là, ça a l'air plus gros qu'il y a deux nuits. »

Ils se regardèrent.

« Tu es sûr ? »

Il hocha la tête.

« Est-ce que tu sais ce qui le fait grossir ? Tu as fait quelque chose cette semaine que tu ne fais pas d'habitude ? »

Il secoua la tête.

« Non. Il n'y a rien eu de différent dans ma vie. Je me suis réveillé, j'ai mangé, travaillé, dormi... C'est tout. »

« Tu en es sûr ? »

« Oui. Exactement comme d'habitude. La seule nouveauté, c'est que tu es là et que tu te nourris de moi. »

Maya déglutit. A présent qu'il y faisait allusion, elle sentait de nouveau sa faim la tenailler.

« Tu crois qu'il pourrait y avoir un rapport avec le fait que je boive ton sang ? »

Elle le sentit hausser les épaules, mais demeura concentrée sur sa verge. Le fait que la malformation grossît constituait un élément étrange qu'elle n'était pas en mesure d'expliquer.« Je ne suis pas sûr, mais la première fois que j'ai remarqué que ça avait grossi, c'était après que tu aies bu mon sang la première fois. Tu te souviens, dans le bureau ? »

Evidemment qu'elle s'en souvenait. Comment aurait-elle pu oublier la façon dont il l'avait embrassée et serrée contre lui ce soir-là ?

« Tu avais aussi une érection à ce moment-là ? »

Elle le regarda et nota un sourire timide sur ses lèvres.

« Maya, j'ai une érection à chaque fois que je suis avec toi. »

Elle essaya de cacher à quel point cette déclaration la faisait jubiler, mais y parvint difficilement. Quelle femme ne souhaitait voir ce type de réaction de la part de l'homme qu'elle désirait ?

« C'est peut-être lié à ton excitation. »

« Non. Ça n'est jamais arrivé avec les autres femmes. »

Il la regarda comme s'il avait dit quelque chose de mal.

« Bien avant que je ne te rencontre. Ça fait longtemps que je n'ai pas été avec quelqu'un. Et il n'y a que toi que j'ai envie de regarder, » ajouta-t-il maladroitement.

Elle pressa la paume de sa main contre sa poitrine pour l'arrêter.

« Gabriel, on a tous un passé. Tu n'as rien fait avec qui que ce soit depuis que toi et moi… Depuis… »

Voilà qu'à présent, c'était elle qui butait sur les mots.

« …qu'on a fait l'amour ? » l'aida-t-il en recouvrant sa main avec la sienne.

Maya plongea ses yeux dans les siens.

« Oui. Je le sais, maintenant : il ne s'est rien passé du tout avec la sorcière. Je suis désolée de ne pas t'avoir fait confiance plus tôt », dit-elle en se relevant. « Tu peux te rhabiller, maintenant. Sauf si… »

Elle fit une pause. « Sauf si tu ne veux pas. »

Elle avait besoin de sentir la vie au plus près, d'oublier ce qu'elle avait vu ce soir-là. La vie était trop courte et parfois, la seule chose que l'on pouvait faire, c'était de s'accrocher à ce qui se trouvait devant soi. Saisir les opportunités et ne pas les laisser passer. Que se passerait-il dans quelques heures, voire quelques jours ? Elle se rendit compte que rien ne devait être remis à plus tard. Après tout, peut-être était-ce sa dernière chance.

Gabriel la regarda et lui toucha la joue.

« J'aimerais beaucoup qu'on se retrouve nus tous les deux, là, tout de suite, mais ce ne serait pas juste. Tu es déjà bien gentille de ne pas t'être enfuie en criant. Aucune femme n'a jamais voulu faire l'amour avec moi à cause de ça. »

Maya passa sa main derrière la nuque de Gabriel et l'attira à elle jusqu'à ce que leurs lèvres ne furent plus qu'à quelques centimètres de distance.

« Maintenant, tu vas m'écouter, Gabriel. C'est moi qui décide avec qui je m'envoie en l'air et je ne laisserai pas ta honte ridicule m'empêcher de quoi que ce soit. Peu importe ce qu'il t'arrive, on y fera face. »

« Tu ne comprends pas. On ne peut pas l'enlever. J'ai essayé la chirurgie mais ça repousse. »

Elle frôla ses lèvres et sentit son érection contre son ventre.

« Tu me veux ? »

« Bien sûr. »

« Alors on trouvera une solution. Si tu veux attendre, c'est d'accord. Mais fais gaffe parce qu'un jour, tu seras dans une position idéale et je prendrai tout ce que je veux.. J'ai bien compris qu'en tant que vampire, je suis assez forte pour t'arracher tes vêtements et te chevaucher jusqu'à ce que tu jouisses. Et franchement, je me fous pas mal qu'une queue te pousse du moment que tu as une érection pour me pénétrer. »

Ses derniers mots se perdirent dans un murmure contre ses lèvres. Elle sentit son souffle s'échapper avant qu'il ne capturât sa bouche pour l'embrasser. Un instant plus tard, elle décolla du sol, prisonnière des bras de Gabriel, collée contre son corps à moitié nu. Elle espérait seulement que personne n'entrerait dans le salon à cet instant. Dans le cas contraire, l'individu en question aurait droit à une vue d'ensemble de l'anatomie de Gabriel.

Maya laissa glisser ses mains vers ses fesses. Lorsqu'elle y enfonça ses doigts, il gémit dans sa bouche et intensifia le baiser. Elle ne l'avait jamais vu aussi passionné, pas même lorsqu'il l'avait satisfaite après son épisode de chaleur. On aurait dit que sa retenue s'était enfin évaporée et qu'il se permettait tout.

Elle abandonna la bouche de son amant pour reprendre sa respiration.

« Je te veux maintenant. Je ne veux pas attendre. »

Lorsqu'il la regarda avec incrédulité, elle nota la noirceur de son regard.

« Maya, s'il te plaît. Ne joue pas avec moi. »

Elle ne s'écarta que pour déboutonner son propre pantalon et l'enlever.

« Je ne joue pas avec toi. »

A peine eut-elle enlevé son jean qu'elle l'attira contre elle.

« Prends-moi. Maintenant. »

Si elle attendait plus longtemps, elle se consumerait sur place.

Elle le voulait en elle, sans attendre, et se souciait peu du reste.

« Bébé, » murmura Gabriel contre ses lèvres en la soulevant.

Un instant plus tard, il la pressa contre le mur.

« La prochaine fois, on fera ça comme des gens civilisés, mais pour l'instant… »

Il baissa la main et lui arracha son slip.

« Pour l'instant je te veux là, vite fait bien fait »

Gabriel ne lui laissa pas le temps de peser le sens de ses mots. Il la coinça avec son corps et lui écarta les jambes. Il resta immobile durant une seconde, contemplant les yeux expressifs de Maya qui brillaient de désir. Malgré ce qu'elle avait vu, elle le désirait toujours. Elle ne l'avait pas rejeté, elle ne s'était pas enfuie. Au contraire, elle lui faisait confiance.

Il ne comprenait pas comment cela pouvait être possible. Il savait qu'elle avait besoin d'oublier la douleur qu'elle éprouvait. Mais il ne pouvait être question que de cela. Ce ne pouvait être la seule raison pour laquelle elle lui permettait de la prendre. Non. Lorsqu'il regarda dans ses yeux, il vit plus qu'un simple désir ou de la passion. Il y lut de l'affection.

« Je t'aime, » lui dit-il en mettant son cœur à nu, comme il venait juste de le faire avec son corps.

Puis la bête qui l'habitait prit le dessus et il la pénétra avec une férocité qu'il avait jusqu'à présent ignoré posséder. A ce moment précis, il fut soulagé qu'elle fût un vampire car la puissance de cette passion à laquelle il laissait libre cours aurait brisé une humaine. Maya répondit à ses mouvements avec le même pouvoir et la même détermination.

Son écrin étroit était humide et l'odeur qui s'en échappait le rendit fou. Cette femme était tout ce qu'il avait toujours voulu et tout ce qu'il voudrait pour le restant de ses jours. Alors qu'elle passait ses jambes autour de sa taille, il laissa sa tête partir en arrière et rugit. C'était la femme qu'il voulait comme partenaire et ce, à n'importe quel prix.

Il sentit les griffes de Maya s'enfoncer dans son dos et réalisa qu'elle laissait son côté vampire prendre le dessus. Il laissa son corps se contracter et, lorsqu'il leva les yeux vers le visage de Maya, il vit ses canines s'allonger et apparaître entre ses lèvres. Elle perdait le contrôle, c'était évident. Il le comprit à cet instant et laissa échapper un grognement.

« Tu m'appartiens. »

Dès qu'il eut exprimé cette possessivité, elle le regarda dans les yeux. Il vit son propre sentiment se refléter dans la profondeur des yeux de Maya. Elle haletait bruyamment, sa poitrine se soulevant et s'affaissant par vagues successives. A présent, ses lèvres entrouvertes laissaient clairement apercevoir ses canines. Gabriel les remarqua et se remémora le plaisir qu'il avait éprouvé lorsqu'elle avait bu son sang.

« Je te veux, Gabriel. »

« Alors prends-moi. Bois mon sang, » ordonna-t-il.

« Maintenant ? » dit-elle en écarquillant les yeux.

« Maintenant. »

Il se retira avant de la pénétrer de nouveau profondément. Comme pour marquer le coup . Les muscles de Maya se contractèrent autour de lui, le serrant aussi fort qu'un poing. Gabriel tenta d'ignorer ce morceau de chair qui cognait contre le pubis de sa partenaire à chaque mouvement de bassin, mais cela s'avérait de plus en plus difficile. Comme si cette maudite chose s'allongeait. Avant qu'il ne pût y jeter un œil, il sentit les canines de Maya se planter dans son cou.

Dès la première pression sur sa veine, tous ses doutes s'évanouirent. Son cœur pompa davantage de sang afin que celui-ci affluât jusqu'à la veine qu'elle était en train de sucer. A présent, il pouvait ressentir sa faim; il la ressentait physiquement. Son cœur battait en harmonie avec le sien dans un rythme envoûtant.

Il ralentit ses mouvements, une sensation de pure béatitude envahissant sa poitrine. Jamais au cours des nombreuses décennies qu'il avait vécues en tant que vampire, il n'avait eu cette impression de flottement. Il était comme drogué, tandis que la femme qu'il aimait buvait son sang pendant que sa verge dure la possédait encore et encore. Ce n'était pas de cette manière qu'il avait imaginé lui faire l'amour mais il s'en souciait peu.

Il avait rêvé de l'allonger sur un lit douillet, dans une chambre éclairée à la lumière des bougies, une douce musique en arrière-fond. Il avait imaginé la vénérer, l'aimer. La situation était différente. L'intensité avec laquelle ils faisaient l'amour le prenait de court. Il n'avait jamais pensé qu'elle pût être aussi sauvage et primaire.

Mais elle l'était et lui permettait de la posséder dans le salon de son patron alors que n'importe qui aurait pu les interrompre. A présent, il ne pouvait plus s'arrêter. Il ne voulait qu'une chose : qu'elle succombât dans ses bras et pût ressentir tout l'amour qui emplissait son cœur. Elle devait comprendre qu'il ferait n'importe quoi pour elle.

Sa verge en feu, ne cessant de pénétrer l'écrin étroit et humide de Maya, était parfaitement à sa place là où elle se trouvait. Il sentit la pression monter dans ses bourses.

« Bébé, je ne peux pas me retenir plus longtemps. »

Mais il voulait qu'elle jouît avec lui. Il ne voulait pas être égocentrique.

Maya relâcha son cou et lécha la morsure. Puis elle le regarda, les lèvres brillantes, pleines de sang.

« Alors jouis. »

Gabriel serra la mâchoire et tenta de se retenir.

« Non, toi d'abord. »

Elle sourit.

« S'il te plaît, jouis. »

Il put sentir les muscles de Maya se contracter sur sa verge et sut qu'il s'agissait d'un acte délibéré. Sa jouissance était inévitable. Il sentit l'explosion de sensations lorsque sa semence se rua dans son membre et remplit sa partenaire.

« *Putain !* »

Il se retira avant de plonger en elle encore une fois, plus profondément, et de laisser son orgasme l'envelopper. Alors qu'il se laissait aller contre elle, une vague de regrets l'envahit. Elle n'avait pas joui. Il avait échoué.

« Je suis désolé, » murmura-t-il.

Les mains dans ses cheveux, elle repoussa sa tête en arrière, loin de son cou. Puis elle lui sourit.

« Désolé de quoi ? »

« Tu n'as pas joui. »

« Ce n'est pas comme ça que mon corps fonctionne. »

Gabriel tressaillit.

« J'ai été trop violent. Je n'ai pas fait ce qu'il fallait. Bébé, je suis désolé. »

Il avait laissé son instinct primaire prendre le dessus.

Elle posa un doigt sur ses lèvres.

« Non. Ce n'est pas ça. J'ai aimé chaque seconde. Mais une pénétration ne me fait jamais jouir. Aucun homme n'a encore réussi jusqu'à présent. »

« Tu as joui quand je t'ai léchée. »

« Parce que c'est la seule façon de me faire jouir, par stimulation clitoridienne. »

Si seulement ses connaissances en anatomie féminine étaient plus étendues ! Il devrait apprendre. Et il n'avait plus de temps à perdre.

« On réessayera. Je te promets que j'arriverai à te faire jouir en te pénétrant. »

Elle venait tout juste de lui lancer un défi et Dieu savait qu'il ferait tout pour le relever, même si cela devait lui coûter jusqu'à son dernier souffle. Il avait besoin qu'elle jouît en même temps que lui afin de partager cette extase ultime et connaître cette proximité qui ne s'opérerait que lorsqu'ils monteraient au septième ciel. Avant de laisser leurs corps retomber et se rattraper l'un l'autre.

25

Gabriel allongea Maya devant lui sur le canapé, son corps désormais nu. Il l'avait possédée comme un animal et pourtant, elle continuait de lui sourire. Son corps ronronnait encore de l'expérience extraordinaire qu'il venait de vivre en se retrouvant en elle et en la pénétrant. Cependant, il regrettait de ne pas avoir su lui procurer le plaisir qu'elle lui avait elle-même donné.

Il se promit de ne plus perdre le contrôle avant qu'elle ne fût satisfaite. Un homme qui ne pouvait satisfaire sa femme en sortait toujours perdant. S'il ne pouvait lui donner ce dont elle avait besoin, elle finirait par aller voir ailleurs. Or, il était hors de question qu'il la laissât s'échapper.

Il n'arrivait toujours pas à croire qu'elle ne s'était pas enfuie à la vue du bout de chair près de sa verge. Pourquoi était-elle aussi différente des autres femmes ?

Lorsque tout serait fini, il lui ferait comprendre ce qu'il attendait d'elle : un mélange des sangs, un lien irrévocable allant bien au-delà d'un simple mariage. Il devrait continuer à boire du sang humain, mais prendrait également un peu du sien, notamment lorsqu'ils feraient l'amour. D'abord pour établir le lien, puis plus tard, pour le renouveler et le fortifier.

Quant à elle, elle se nourrirait exclusivement de lui. Le lien leur permettrait de connaître leurs pensées respectives, mais également de se sentir proches l'un de l'autre, même à distance. Tout ce qui lui appartenait serait également à elle. Et il lui serait toujours fidèle. A présent déjà, plus aucune autre femme ne l'intéressait et le mélange de sang ne ferait que renforcer leur amour. Elle ne lui avait pas dit qu'elle l'aimait mais il était presque certain que c'était le cas. Seule une femme amoureuse pouvait passer outre sa difformité et lui permettre de la toucher. Par ailleurs, elle avait caressé son horrible morceau de peau avec une telle tendresse qu'il était sûr qu'elle n'en était pas dégoûtée. Il était important à ses yeux ; cela, il le savait. Et même si elle ne l'aimait pas encore, il ferait tout pour que ses sentiments évoluent.

« Apprends-moi, » lui murmura-t-il à l'oreille.

Maya lui jeta un regard curieux. « T'apprendre quoi ? »

« Comment te satisfaire. Je veux savoir comment ton corps fonctionne. »

Elle ricana.

« Gabriel, je crois que tu sais très bien comment fonctionne mon corps. Tu as déjà oublié ce que tu m'as fait hier ? »

Il n'avait pas oublié, non ; chaque détail était inscrit dans sa mémoire. Mais cette fois-ci, les choses étaient différentes.

« Je n'oublierai jamais ça, crois-moi. »

Il laissa ses doigts glisser jusqu'à ses cuisses. Elle écarta les jambes sans se faire prier.

« Mais je veux que tu ressentes la même chose lorsque je suis en toi. »

Lorsqu'il glissa un doigt en elle, il réalisa qu'elle était mouillée. Elle ferma les yeux sous l'effet de son geste.

« Hum… » ronronna-t-elle.

Le téléphone portable de Gabriel sonna. « Mince ! »

Il retira son doigt, attrapa le téléphone et regarda le numéro qui s'était affiché. C'était un numéro qu'il avait enregistré peu de temps auparavant.

« Désolé, bébé. Je dois décrocher. »

Il remarqua le regard déçu de Maya, mais prit malgré tout l'appel.

« Francine. »

« Salut vamp… Gabriel, » se reprit-elle. « Il faut qu'on se voie. »

« Maintenant ? »

Il parcourut des yeux le corps de Maya.

« Oui, maintenant. J'ai trouvé la source de ton problème alors, si tu veux savoir de quoi il s'agit, tu ferais bien de venir maintenant, avant que je ne change d'avis. »

Une vague d'excitation le parcourut. Elle savait ce qui n'allait pas chez lui ?

« Tu es où ? »

« Au labo. »

Elle lui donna une adresse sur Laurel Heights, à quelques minutes à peine de chez Samson.

« Je serai là-bas rapidement. »

Il raccrocha et regarda Maya, laquelle évitait son regard. Elle était visiblement frustrée. En fait, maintenant qu'il y pensait, il ressentait beaucoup de ses sentiments. La connexion n'était pas aussi forte que si leur sang avait été mélangé mais elle était malgré tout bien présente. Maya venant de se nourrir, il se demanda si c'était son sang qui établissait ce lien ou bien si cela était dû à la relation sexuelle qu'ils venaient d'avoir.

« La sorcière sait ce qui cloche chez moi et elle veut me voir. »

Maya soupira silencieusement.

« Peut-être qu'il n'y a rien qui cloche chez toi, Gabriel. Franchement, ça m'est égal. »

« Ça ne m'est pas égal, à moi. Je ne veux plus être un monstre. »

« Tu n'es pas un monstre, pas à mes yeux. »

Elle voulait qu'il restât ; malformation ou non. Elle savait que toutes les femmes ne seraient pas de son avis quant à l'importance de– sa difformité, surtout les humaines. Mais si on lui retirait son problème, qu'est-ce qui l'empêcherait de sortir et de se trouver une humaine ? Maya ferma les yeux, excédée par ses pensées égoïstes. Comment pouvait-elle ne serait-ce qu'imaginer l'empêcher de se guérir ? Avait-elle perdu toute humanité ? Etait-elle prête à tout pour qu'il restât à ses côtés et ne risquât pas d'aller voir ailleurs ?

« Qu'est-ce qui ne va pas ? »

Elle ouvrit les yeux et vit son regard confus. Certes, il lui avait dit qu'il l'aimait. Mais il l'avait dit dans le feu de la passion. Cela ne comptait pas. Les hommes disaient beaucoup de choses quand leur pénis prenait le contrôle. Et les vampires ne devaient pas être très différents.

« Ecoute, Gabriel. Je veux que tu saches que c'est ok. Tu n'as pas besoin de te le faire enlever pour moi. Ça ne me dérange pas. Vraiment. Pas du tout. En fait, je préférerais que tu n'y touches pas. »

Il sembla pris de court.

« Maya, » la pressa-t-il. « Pourquoi tu ne le voudrais pas ? Je croyais que toi et moi, on avait quelque chose. »

Elle déglutit, mais ne put s'empêcher de laisser les mots s'échapper de ses lèvres.

« Une fois que tu seras normal, tu pourras avoir n'importe quelle femme. Tu pourras avoir une humaine, et pas un vampire stérile. Une humaine qui pourra te donner des enfants. »

Gabriel jura.

« Bon sang, mais qui t'a mis une idée pareille dans la tête ? »

Maya tourna la tête. Elle l'avait mis en colère. « Yvette. »

« Si seulement Yvette pouvait fermer son clapet et ne pas parler de ce dont elle n'a aucune idée. »

Il se passa la main dans ses longs cheveux et soupira.

« Bon sang, Maya. Yvette ne sait pas ce que je veux. Est-ce que je veux un enfant ? Bien sûr, mais… Enfin, je veux dire, je… »

Il secoua la tête.

« On ne peut pas tenir une telle conversation en deux minutes. J'ai tellement de choses à t'expliquer. Mais je dois y aller, là. Je te promets que, dès que je reviens, on en parle. On parle de nous. Tu me laisses d'abord le temps de voir la sorcière ? »

« D'accord, » dit-elle rapidement. « Vas-y. »

Elle voulait croire qu'il l'aimait et la désirait, mais il venait d'avouer son désir d'avoir un enfant. Et un enfant, elle ne pourrait jamais lui en donner.

Il l'embrassa avant de s'écarter.

« Yvette va venir te protéger pendant mon absence. Carl est ici. Il s'occupera de toi en attendant. Tu peux faire confiance à Yvette, malgré ce qu'elle dit. »

Puis il se rhabilla plus vite qu'elle n'avait jamais vu un homme le faire et il partit sans plus attendre.

~ ~ ~

Les doigts de Thomas survolèrent le clavier alors qu'il se mettait aux commandes de l'ordinateur. Pirater le système informatique d'une société était pour lui un jeu d'enfant. Ils avaient été interrompus un peu plus tôt, Eddie et lui, pour partir à la recherche de Maya, mais à présent, il était de retour devant l'écran. Ils avaient perdu beaucoup de temps.

« Tu peux m'apprendre ça ? » demanda Eddie dans son dos, se tenant bien trop près.

Ces dernières semaines, la façon dont Eddie avait pris l'habitude de se tenir si près de lui commençait à l'énerver.

Thomas était sûr qu'Eddie ne s'en rendait même pas compte et qu'il ne voyait en lui qu'un simple mentor. Après tout, Eddie était devenu vampire à peine quelques mois plus tôt et Thomas avait été désigné comme tuteur. Parce que c'était plus pratique, il l'avait laissé emménager chez lui.

« Je te ferai un topo plus tard parce que je crois que Gabriel veut ces données le plus vite possible. »

Une liste apparut sur l'écran.

« Ce sont les relevés téléphoniques de Maya. Gabriel pense que l'agresseur a pu l'appeler. Ou qu'elle lui a téléphoné. »

Eddie passa le bras par-dessus l'épaule de Thomas et désigna l'écran du doigt. Son odeur s'engouffra dans les narines de Thomas.

« Mais ce sont juste des numéros de téléphone. On va faire comment pour trouver à qui ils sont ? »

« Je suis en train de les comparer aux annuaires des différentes compagnies de téléphone du pays. »

Thomas pianota sur le clavier et appuya sur 'entrée'. Le moniteur répondit et deux fenêtres apparurent sur l'écran. Les noms commencèrent à défiler sur la droite, trop vite pour qu'on pût les lire.

« Dès que l'ordinateur trouve une paire, il met le nom dans la liste. »

« Wow, c'est cool. Mais comment on va faire pour retrouver le gars ? On dirait qu'elle a reçu un sacré nombre d'appels. »

Thomas se retourna vers Eddie.

« Nous, on ne va rien faire du tout. C'est Maya qui va le retrouver. La recherche va prendre environ une heure et demie. Après quoi, on leur faxera les résultats. Elle indiquera tous les noms qui ne lui sont pas familiers. Puisqu'il lui a effacé la mémoire, elle ne se souvient pas de son nom, donc il fera forcément partie des gens qu'elle ne reconnaît pas. Et alors, on fera notre boulot et on enquêtera sur eux. »

Eddie sourit et tapota l'épaule de Thomas.

« Super plan. »

Thomas lui adressa un sourire las. Ses autres amis faisaient souvent la même chose : ils lui donnaient une tape dans le dos, lui serraient l'épaule dans un élan d'amitié, mais quand c'était Eddie qui le faisait, Thomas avait le sentiment de ne pouvoir complètement accepter le geste. Parce qu'Eddie était hétérosexuel et qu'il n'y aurait jamais rien entre eux.

26

Yvette regarda la scène d'horreur qui s'offrit à ses yeux lorsqu'elle entra dans la chambre de Paulette. Le message écrit en lettres de sang sur le mur lui donna la chair de poule et l'odeur de sang humain séché lui monta au nez. Elle lança un regard à Ricky, lequel fouillait dans la table de chevet.

« Ce gars est un psychopathe, » déclara-t-elle.

Ricky lui répondit sans néanmoins lever la tête.

« Qui sait ce qu'il est ? »

« Manifestement accro à elle, comme tout le monde, » marmonna-t-elle.

Le souvenir de Gabriel embrassant Maya à l'hôpital lui faisait encore un peu mal. Cela ne faisait aucun doute : il l'aimait. Mais elle s'en remettrait. Au moins, Gabriel serait enfin heureux. Un jour, elle aussi rencontrerait l'homme idéal.

« Surtout Gabriel. Qu'est-ce qui se passe entre ces deux-là ? »

Le ton sournois de Ricky lui fit lever la tête, mais avant qu'elle ne pût répondre, son téléphone sonna. Elle regarda le numéro qui s'afficha.

« C'est lui. »

Elle pressa le bouton d'appel, puis colla le téléphone à son oreille.

« Gabriel ? »

« Il faut que tu viennes chez Samson tout de suite. »

« Mais je suis chez Paulette avec Ricky. »

C'était lui qui lui avait donné cet ordre une heure plus tôt.

« Ça passe avant. Ricky peut continuer sans toi. J'ai besoin de toi ici pour protéger Maya. Je dois m'absenter une heure. Et je ne veux par que Carl soit tout seul, il n'est pas entraîné pour. »

C'était au moins la preuve qu'il lui faisait toujours confiance et que leur petite discussion avait dissipé les malentendus qui s'étaient immiscés entre eux.

« Ok, j'arrive. »

Elle était sur le point de raccrocher lorsque Gabriel ajouta.

« Et Yvette, rends-moi un service. Arrête de dire à Maya ce que les vampires mâles veulent ou pas. Je ne suis pas comme tous les autres et je ne veux pas que Maya ait une mauvaise image de moi. »

« Je n'ai rien dit… »

« Tu lui as dit que les vampires mâles ne voulaient se lier qu'aux humaines afin de pouvoir avoir des enfants. »

« Oh, ça, » admit-elle en marmonnant.

Elle avait déjà oublié. D'autant qu'elle avait affirmé cela avant, quand elle était jalouse de Maya. A présent, tout était différent.

« Oui, *ça*. J'ai ta parole ? »

La douceur de sa voix la surprit. Quelque chose chez lui avait changé. Il était plus calme qu'à l'ordinaire.

« C'est promis. Je me tairai. »

« Merci. »

Un clic sur la ligne lui fit comprendre qu'il avait raccroché.

Yvette se retourna et rentra presque dans Ricky.

« Qu'est-ce qui se passe ? » demanda-t-il.

« Gabriel m'a demandé d'aller protéger Maya, donc tu te débrouilles tout seul, ici. »

« Je croyais que c'était *lui* qui la protégeait. »

« Il doit s'absenter. »

« Carl n'est pas là ? »

« Tu sais aussi bien que moi qu'il n'a pas reçu notre formation de garde du corps. Je suis sûre que l'agresseur pourrait facilement le maîtriser. »

« Pareil pour toi, » admit Ricky. « Pourquoi je n'irais pas à ta place ? »

Yvette continua à remonter le couloir sans regarder derrière elle.

« Parce que Gabriel me l'a demandé à moi, pas à toi. A plus. »

Elle l'entendit la suivre.

« Allez, ne sois pas si peste. »

Les poils de son cou se hérissèrent tandis qu'une vague de doutes l'envahit. C'était la première fois qu'elle voyait son collègue demander à changer de mission. Quelques jours auparavant, Gabriel les avait tous prévenus de la récente instabilité de Ricky, mais là, il était simplement énervant.

« J'ai dit non. Qu'est-ce que tu ne comprends pas là-dedans ? »

L'attaque la prit complètement au dépourvu. Les griffes de Ricky se plantèrent dans son dos et il la jeta contre le mur. Alors qu'elle s'écrasait contre la paroi, elle entendit l'une de ses côtes se briser et sentit la douleur se propager dans son corps. Elle atterrit sur les pieds, laissant une bosse dans le mur derrière elle.

En réaction à l'agression, son corps se contracta, ses canines s'allongèrent et ses doigts se transformèrent en griffes. Avant qu'elle n'eût le temps de répliquer, il lui lacéra le ventre, déchirant sa chemise. L'odeur métallique de son propre sang lui monta au nez.

« Espèce d'enfoiré, » jura-t-elle en le frappant avec sa jambe droite, l'envoyant ainsi valser plus loin.

Il s'écrasa contre une porte derrière lui.

« Putain, mais qu'est-ce qu'il se passe ? » cria-t-elle en se jetant sur lui.

Mais elle ne s'était pas attendue à ce qu'il fût armé.

Lorsque Ricky sortit de la poche de sa veste une chaîne munie de boules à chaque extrémité, elle fut prise de court. Il visa avec précision et habileté et, un instant plus tard, son poignet relâcha l'objet. La chaîne s'enroula autour des genoux d'Yvette et celle-ci en perdit l'équilibre.

Elle s'écrasa à nouveau contre le mur et porta immédiatement la main à la chaîne. Elle cria de douleur lorsqu'elle toucha le métal. De l'argent.

Comment diable avait-il pu utiliser la chaîne sans se brûler lui-même ? Elle lui jeta un rapide coup d'œil et le vit sourire avant d'agiter sa main droite. Elle la regarda et remarqua alors le gant couleur chair. Il avait dû l'enfiler lorsqu'il l'avait suivie à sa sortie de la chambre.

Lorsqu'il se pencha, elle tenta de le griffer, mais il s'écarta avec une facilité déconcertante et atterrit sur sa poitrine, bloquant ses épaules à l'aide de ses genoux et l'empêchant ainsi de bouger les bras. Il était plus lourd et plus fort qu'elle. Yvette lui montra ses canines.

Mais cela n'eut pour effet que de le faire rire.

« Tu aurais dû me laisser y aller comme je te l'avais dit. Mais non, tu veux tout contrôler, salope. Tu veux avoir le dernier mot sur tout. Vous allez voir qui est le patron, les filles. »

Le mot résonna dans tout son corps. *Les filles.* Elle sut immédiatement à quoi il faisait allusion.

« Maya. »

« Oui, Maya. Je vais la récupérer. Elle m'appartient. Et ni toi ni Gabriel ne pourrez m'en empêcher. »

Yvette frissonna. C'était Ricky l'agresseur. Il n'avait cessé de se fondre dans le brouillard et personne n'avait rien vu.

« Comment tu as fait ? Comment tu as pu te moquer de nous aussi longtemps ? »

Il ricana, puis lui jeta un regard grave.

« Zane a eu des doutes me concernant quand il a vérifié mon alibi, mais lui-même n'est pas assez fort pour contrecarrer mon don. »

Yvette jura.

« Oui, mon don a fini par payer. Vous m'utilisez toujours pour apaiser la situation dès qu'il y a un problème. Je vous ai toujours laissé faire, mais j'ai fini par apprendre à m'en servir à mon profit. Zane croyait fermement que je n'avais rien à voir avec l'agression de Maya. Personne ne m'a soupçonné parce que, dès que j'ai ressenti les doutes des uns et des autres, j'ai envahi leur esprit et réduit ces doutes à néant. Pouf ! »

Il fit un geste théâtral en guise de conclusion.

Il les avait tous eus et, à présent que Maya se trouvait seule avec Carl pour unique protection, il allait l'avoir.

« Gabriel ne te laissera pas faire, » rétorqua-t-elle.

« Le temps qu'il revienne, je serai déjà parti depuis longtemps ; tout comme Maya. Personne ne nous reverra. »

« Traître. »

« Appelle-moi comme tu veux, je m'en fous. »

Il plongea sa main dans la poche de sa veste.

Yvette se pétrifia. Il allait lui planter un pieu dans le cœur, elle en était sûre. Elle écarquilla les yeux. Lorsqu'il rencontra son regard, il rit à nouveau ; un rire froid, dépourvu de toute émotion.

« Un pieu, c'est trop d'honneur pour toi. Tu ne mérites pas de mourir comme un homme. Les femmes comme toi se jouent des sentiments des hommes et les mènent par le bout du nez en leur faisant croire à un amour sincère et en les abandonnant comme des moins-que-riens quand elles en ont assez. »

Il la gifla tellement fort que sa tête pivota sur le côté. Une vague de douleur déferla dans son cou et sa mâchoire, mais elle savait que le discours de Ricky ne lui était pas destiné. Non, il s'adressait à Maya. C'était contre cette dernière qu'il était en colère.

« Non, toi, espèce de salope, tu vas frire au soleil. »

Il sortit une autre chaîne de sa poche et l'enroula autour du poignet gauche d'Yvette. Le métal lui brûla la peau comme si on avait renversé de l'acide dessus. L'enfoiré allait l'attacher avec de l'argent, métal qu'elle ne pouvait rompre.

Rapidement, il dégagea une jambe de l'épaule d'Yvette et ramena ses deux bras ensemble pour les attacher derrière sa tête. Puis il se releva d'un bond, l'attrapa par les mains et la traîna au sol jusque dans le salon.

« Tu vas payer pour ça ! » lui promit-elle.

« Alors ça, j'en doute vraiment. D'ici quelques heures, tu ne seras plus qu'un tas de cendres. »

Ricky la remit debout. Lorsqu'elle se trouva à sa hauteur, elle lui cracha dessus, ce qui lui valut un autre coup de griffe. A présent, elle ressentait à peine la douleur.

Sans plus de difficultés, il lui attacha les mains à un crochet situé au-dessus de la cheminée pour la suspendre dans les airs, à quelques centimètres du sol. Puis il lui coinça les jambes contre le pare-cheminée.

En quelques enjambées, il alla jusqu'à la fenêtre et ouvrit les rideaux. Une fois que le soleil se lèverait, celui-ci atteindrait Yvette et, en quelques minutes, elle brûlerait. Ce serait une mort douloureuse, bien loin du soulagement rapide que pouvait procurer un pieu.

Tentant de l'amadouer, elle lui dit :

« Qu'est-ce qui s'est passé avec Holly ? C'est quand elle t'a plaqué que tu t'es intéressé à Maya ? »

Il grogna.

« Personne ne me plaque. J'ai rompu avec cette abrutie quand j'ai rencontré Maya. Je lui ai offert un verre, puis un dîner et je lui ai promis la lune. Que je lui donnerais tout ce qu'elle désirait. Et qu'est-ce qu'elle a fait ? Elle m'a tout renvoyé à la figure comme si j'étais un mendiant. Mais à présent, c'est elle qui va mendier. »

L'idée-même de ce qui pouvait arriver à Maya effraya Yvette. Si Ricky l'attrapait, Gabriel serait dévasté.

« Tu vas payer. »

Il lui jeta un autre regard furtif et haussa les épaules.

« Si ça te fait te sentir mieux de dire ça, alors vas-y ; mais la vérité, c'est que tu ne vas plus pouvoir le répéter très longtemps. La météo annonce une journée sans brouillard pour demain. »

Son rire démoniaque résonna à travers la maison tandis qu'il sortait en claquant la porte avec une telle force que le verrou cassa et que la porte se rabattit à nouveau, demeurant entrouverte.

27

Un déclic se fit entendre et Gabriel poussa la porte. Une fois à l'intérieur du moderne building commercial, il tourna à gauche et suivit les instructions de la sorcière. Alors qu'il pénétrait dans le couloir stérile aux murs blancs et au sol revêtu d'un linoleum vert pâle, son cœur se mit à battre la chamade dans sa poitrine. Il voulait posséder Maya, mais cette fois, sans sa malformation. Malgré le fait qu'elle l'eût déjà laissé la prendre, il n'était pas convaincu qu'elle pût vraiment passer outre cette monstruosité. Faire l'amour avec une bête de foire était une chose. Se marier – mélanger son sang – avec cette bête de foire en était une autre.

Il poussa la porte entrouverte du laboratoire 87 et entra dans la pièce on ne peut mieux éclairée.

« Je suis dans le fond, » l'accueillit immédiatement la voix de Francine.

Il suivit le son et dépassa les paillasses, les éviers et les centrifuges ainsi que les gros frigidaires et les congélateurs qui s'alignaient pour former une allée menant à un petit bureau désordonné derrière lequel la sorcière était assise.

Elle leva les yeux dès son entrée et désigna la chaise placée en face d'elle.

« Assieds-toi. »

Bien que nerveux, il obéit et s'appuya contre le dossier de la chaise.

« Tu as quelque chose pour moi ? »

Elle l'arrêta.

« Pas de bonsoir, ni de comment ça va ? »

Il fronça les sourcils. « On joue encore ? »

« Allez, c'est bon : j'ai de bonnes nouvelles pour toi. »

Gabriel se redressa sur son siège, puis se pencha en avant.

« Ne me tiens pas en haleine comme ça. Je sais que ça te fait plaisir de me voir souffrir, mais pour une fois, n'y va pas par quatre chemins. »

« Il serait vraiment temps de travailler ton sens de l'humour, Gabriel. La vie n'est pas toute sombre et sans joie. »

Il haussa un sourcil, dévoilant ostensiblement son impatience.

« Ok, d'accord. Venons-en aux faits. Tu n'es pas à cent pour cent vampire. J'ai examiné ton sang et il en résulte que… »

« Qu'est-ce que tu entends par 'pas à cent pour cent' vampire? Bien sûr que si, je suis un vampire ! »

« En apparence, oui. Mais tu as également d'autres gènes. »

« Et qu'est-ce que ça a à voir avec ma malformation ? »

Elle sourit. « Tout. »

« Et en quoi c'est une bonne nouvelle ? »

« Tu es un satyre, Gabriel. Et cette chose que tu as n'est pas une malformation. C'est un second pénis. »

Gabriel fit un bond sur sa chaise. « *Quoi ?* »

« Ben, comme je te dis. »

« Tu veux dire que je suis une sorte de bête – moitié homme, moitié taureau ? »

Il essaya d'assimiler la nouvelle.

« Non. Là, tu fais allusion aux minotaures. Un satyre est légèrement différent. Il s'agit d'une créature mythologique ressemblant tout à fait à un homme, mais qui a un potentiel sexuel très élevé. Il a un tel besoin de plaisir charnel qu'il se voit doté d'un second appendice afin de multiplier le plaisir par deux, si on peut dire, » expliqua la sorcière en ricanant doucement.

Gabriel secoua la tête.

« Si tu as raison, comment diable expliques-tu ma malformation ? Ça ne ressemble en rien à un pénis. Doubler le plaisir, mon cul ! »

Il détourna la tête et entendit la chaise de la sorcière grincer sur le sol tandis qu'elle la repoussait pour se lever.

« Gabriel, écoute. Il y a une raison pour laquelle ça ne ressemble pas à un pénis, » dit-elle avant de s'arrêter, puis de reprendre : « Pas encore. »

Au son de ces derniers mots, il se retourna.

«Pas encore ? »

Elle hocha la tête.

« Le second pénis d'un satyre ne se développe pas tout de suite. »

Gabriel lança un rire forcé. N'était-ce pas suffisamment choquant d'apprendre qu'il était une sorte de bête ?

« Francine. Tu sais quel âge j'ai ? Je vais te le dire. J'avais trente-trois ans quand je suis devenu vampire et c'était il y a plus de cent cinquante ans. Tu sais l'âge que ça donne à mon prétendu second pénis ? Je dirais que cette chose est la preuve d'un manque de précocité. Est-ce que tu es en train de me dire que je dois attendre cent cinquante ans de plus pour que ça devienne ce que c'est censé devenir ? »

Il était donc toujours une bête de foire. Au moins avait-il à présent un nom à mettre sur tout cela : satyre. Il était à mi-chemin entre un vampire et un satyre et il présentait une malformation. Et elle appelait cela une bonne nouvelle ?

« Non. Je pense que ta transformation a déjà débuté. D'après la légende, une fois qu'un satyre rencontre sa partenaire, ses gènes s'activent et son second pénis grandit. Tu ne m'as pas déjà dit que tu avais noté un changement, comme si ça grossissait ? »

Il la dévisagea.

« Mais ça ne ressemble pas à un pénis. »

« Parce que la transformation finale n'interviendra qu'une fois que tu auras fait l'amour avec ta partenaire pour la première fois. Ensuite, il ne faudra plus que quelques heures pour que ça se transforme en un pénis on ne peut plus normal ; érection et tout ça. »

Gabriel recula. Il avait fait l'amour avec Maya à peine une heure auparavant. Etait-ce possible que quelque chose fût en train de lui arriver ?

« Quoi ? » demanda la sorcière.

« Maya et moi, on… »

Gabriel s'interrompit. Il ne pouvait le lui dire. C'était bien trop personnel. Mais il n'eut pas besoin d'en dire davantage.

« Ah, je vois. Alors ce n'est plus qu'une question de temps. »

« Une seconde, je te prie, » dit Gabriel avant de se retourner.

Il déboutonna son jean, baissa sa braguette et descendit son boxer avant de regarder sa verge. Il ne put en croire ses yeux.

« Putain ! »

Francine traîna des pieds derrière lui.

« Je peux voir ? »

Il leva un bras sur le côté pour l'empêcher de faire le tour. « Non ! »

Ses yeux retournèrent à l'endroit précis où la malformation subsistait depuis près de deux siècles.

Or, cette difformité avait à présent complètement disparu. En lieu et place se tenait désormais un pénis on ne peut plus parfait ; légèrement plus court et plus fin que l'autre, mais néanmoins parfait. Il le décalotta et laissa apparaître la tête violette au bout de laquelle le petit trou indiquait clairement qu'il s'agissait bien d'un organe qui fonctionnerait normalement.

Il remit rapidement son boxer et referma sa braguette avant de se retourner et de sourire pour la première fois à la sorcière depuis qu'il était entré dans le bureau.

« Exactement comme tu as dit. »

Elle fronça quelque peu les sourcils.

« Tu aurais pu me laisser regarder. Je n'ai encore jamais vu de vrai satyre. »

« Pour autant que j'apprécie ton aide, la réponse est non. »

La seule personne qui pourrait le voir ainsi était Maya. Et il espérait sincèrement qu'elle aimerait ce qu'elle verrait.

« Il y a autre chose que tu dois savoir. »

« Quoi ? »

« Les satyres n'acceptent que d'autres satyres comme partenaires. Maya doit en être un étant donné que vous avez fait l'amour et que ton second pénis s'est développé. Je crois que c'est une preuve irréfutable. Et ça expliquerait beaucoup de choses. »

Gabriel se souvint du dossier médical de Maya.

« Elle a deux paires de chromosomes supplémentaires. »

« Tout comme toi. Et le fait qu'elle ait eu des chaleurs peut être la conséquence d'une réaction à toi. Une femelle satyre est en chaleur plusieurs fois par an et de manière encore plus intense et plus fréquente lorsqu'elle se trouve à proximité d'un satyre mâle. Et puis, bien sûr, il y a aussi le fait qu'elle boive ton sang. »

Les informations données par Francine le submergèrent.

« Et ? »

« Eh bien, les satyres normaux ne boivent pas de sang, mais puisque Maya et toi êtes également des vampires, c'est tout naturel. Mais ce que je crois, c'est qu'en lui donnant ton sang pour compléter sa transformation, ses gènes latents de satyre se sont activés et ont instantanément reconnu une source d'alimentation en toi. »

« Est-ce que ça veut dire qu'elle est dépendante de moi et que c'est pour ça qu'elle ne boit pas de sang humain ? »

Francine secoua la tête.

« Elle pourrait facilement boire du sang humain et s'en nourrir, mais ses gènes de satyre influencent ses papilles gustatives. C'est pour ça qu'elle le rejette. Ses gènes aiment ton sang parce que tu es comme elle. Ça te pose un problème ? »

« Ce qui me dérange, c'est que la seule raison pour laquelle Maya me veut, c'est parce que nous sommes tous les deux des satyres et que je la nourris de mon sang. »

Il la désirait toujours plus que toute autre femme au monde, mais qu'en était-il pour elle ? Avait-*elle* un quelconque autre choix que lui ?

« Même les satyres sont libres de prendre leurs propres décisions. Oui, ils ont un désir sexuel au-dessus de la moyenne et sont contrôlés par leur instinct charnel, mais cela n'empêche pas leur cœur de leur dicter ce qui est juste. Ne t'inquiète pas. Si tu l'aimes, ce n'est pas parce que ses gènes de satyre t'ont attiré, mais pour ce qu'elle est au fond de son cœur. Et il en va de même pour elle. »

Gabriel expira, réalisant soudain qu'il avait retenu son souffle pendant toute la durée des explications de la sorcière. A présent, tout ce qu'il lui restait à faire, c'était de parler à Maya et de tout lui dire, en espérant qu'elle l'aimât autant qu'il l'aimait.

Il prit la main de Francine entre ses larges paumes et la serra.

« Merci beaucoup. »

Lorsqu'il recula pour se retourner, elle l'arrêta.

« Tu n'oublies pas quelque chose ? »

Il la dévisagea. De quoi parlait-elle ? Elle ne pouvait pas sérieusement vouloir une étreinte de sa part ? Lorsqu'il s'approcha pour la prendre dans ses bras, elle secoua la tête.

«Ton don. Tu devais me laisser l'utiliser. »

Gabriel sursauta et laissa échapper un rire nerveux. Il avait complètement oublié.

« Bien sûr, oui. »

Il fit une pause, puis jeta un coup d'œil autour de lui.

« Où est la personne sur laquelle tu veux que j'utilise mon don ? »

Il regarda sa montre.

« Je n'ai que trois heures avant le lever du soleil. »

« *Je* suis cette personne. »

« Toi ? »

« J'ai égaré quelque chose qui a de la valeur. J'ai besoin que tu ailles dans ma mémoire afin de le retrouver pour moi. »

Gabriel se détendit, soulagé de ne pas avoir à violer la vie privée d'un individu sans le consentement préalable de celui-ci.

« Pas de problème. Qu'est-ce que tu cherches et quand est-ce que tu l'as perdu ? »

C'était tout ce qu'il avait besoin de savoir pour pouvoir effectuer un scan rapide de sa mémoire.

« Une amulette pour repousser le Mal. J'en ai besoin. »

« Tant que tu ne l'utilises pas contre moi… » murmura Gabriel.

« J'ai entendu et non, tu n'es pas la personne néfaste dont je parle. »

~ ~ ~

Le coup porté à la porte sortit Maya de ses pensées. Elle s'était habillée après avoir pris une douche et se demandait toujours comment faire en sorte que Gabriel l'acceptât telle qu'elle était, même si cela signifiait qu'il ne pouvait avoir ce que, selon les dires d'Yvette, tous les vampires mâles voulaient.

« Entrez. »

La porte s'ouvrit, laissant apparaître Carl dans l'encadrement, une pile de papiers dans les bras. Elle l'avait déjà senti. Il y avait quelque chose d'accueillant dans son odeur malgré l'aspect très formel de sa personne.

« Un fax est arrivé. De Thomas. Ce sont vos relevés téléphoniques. »

Carl lui tendit les papiers.

« Merci, Carl. C'est très gentil à vous de me les apporter. »

« Si vous avez besoin de quoi que ce soit d'autre, n'hésitez pas à m'appeler. »

Maya sourit tandis qu'il quittait la pièce. Elle feuilleta les pages. Il y en avait entre trente et quarante. Avait-elle vraiment reçu ou passé autant d'appels en six semaines ? Ces derniers jours, son téléphone n'avait pourtant pas sonné une seule fois. Ce qui lui rappela qu'elle n'avait pas appelé ses parents.

Mais cela lui était impossible pour le moment. Tout d'abord, parce qu'il était plus de quatre heures du matin. De plus, elle ne savait toujours pas quoi leur dire.

Elle se pencha sur ses relevés téléphoniques en soupirant. Chaque ligne était composée d'un numéro de téléphone, associé à un nom et à la date de l'appel. Elle commença à scanner les noms et reconnut nombre de ses patients, collègues et autres employés de la clinique. Le numéro de ses parents ainsi que ceux des téléphones portables de Paulette et Barbara revinrent de nombreuses fois. Arrivaient ensuite les numéros d'autres amis, de la pizzeria au bout de la rue et de l'Indien du coin qu'elle appelait pour se faire livrer. Les coordonnées de sa banque apparaissaient également sur le relevé ainsi que celles du cabinet de son dentiste.

Elle passa chaque page en revue . Alors qu'elle avait déjà effectué la moitié de ses recherches, sans pour autant avoir trouvé un seul nom moins familier que les autres, elle entendit la porte d'entrée s'ouvrir. Maya quitta les relevés des yeux et regarda l'heure qu'indiquait le réveil posé sur la commode. Enfin. Gabriel ne serait probablement pas content s'il apprenait combien de temps Yvette avait mis pour arriver. Quoiqu'elle ne le lui dirait pas.

Alors qu'elle continuait à passer en revue la liste de noms, elle reconnut la voix de Carl.

« Je ne t'attendais pas, Ricky. »

Ricky ? Elle était sûre que Gabriel avait ordonné à Yvette de venir. Maya dressa l'oreille pour entendre la conversation. Sa fine ouïe lui permit d'en percevoir la quasi-totalité.

« Tu sais comment c'est avec les femmes. Yvette ne s'entend pas avec Maya, alors elle m'a demandé de venir à sa place, » répondit Ricky.

Maya se redressa, une vague d'inconfort s'emparant d'elle. Elle et Yvette s'entendaient bien, surtout depuis que cette dernière l'avait protégée à l'hôpital. Pourquoi aurait-elle soudainement prétendu le contraire ?

Incrédule, elle secoua la tête et se concentra à nouveau sur les relevés téléphoniques. Manifestement, elle avait mal jugé Yvette ; juste quand elle croyait avoir enfin trouvé une nouvelle amie à qui se confier.

Ses yeux parcoururent la rangée de noms de façon automatique. Bill Shaw – un patient ; Martha Myers – un autre patient, Richard O'Leary –

Ricky.

Etouffant un cri, elle laissa échapper les papiers, lesquels glissèrent sur ses genoux avant d'atterrir au sol.

28

Ricky adressa un léger sourire à Carl tandis que le mensonge qu'il avait préparé glissait sur ses lèvres comme du sang frais. Le majordome hocha doucement la tête.

« Je comprends. Je vais appeler Gabriel pour le prévenir des changements de plan. »

« A ta place, je ne le dérangerais pas. Je suis sûr qu'il a suffisamment à faire pour le moment. »

Ricky tentait de paraître décontracté afin de ne pas éveiller les soupçons de Carl. Il n'avait pas besoin de voir Gabriel rappliquer ici alors qu'il était à présent si proche de son but.

« Il a donné des instructions précises. »

Carl sortit son téléphone portable de la poche de sa veste.

« J'en ai pour une minute. »

Ricky conserva son sourire alors qu'il glissait la main dans la poche de sa veste pour attraper le pieu en bois qu'il gardait toujours sur lui en cas d'urgence. Et dans le cas présent, il s'agissait effectivement d'une urgence.

« Oh, avant que j'oublie… »

Ricky interrompit Carl avant que celui-ci n'eût le temps de composer le numéro de Gabriel.

Le majordome lui jeta un regard en attendant que le vampire poursuivît.

« Oui ? »

D'un geste furtif, Ricky sortit le pieu et l'enfonça dans le cœur de Carl.

« Est-ce que j'ai déjà dit à quel point je détestais qu'on me désobéisse ? »

Le corps de Carl se désagrégea devant ses yeux pour ne plus devenir que poussière. Son téléphone portable ainsi que quelques pièces de monnaie tombèrent au sol en produisant un son métallique. Alors que cette substance semblable à de la cendre se répandait sur le parquet, Ricky rangea le pieu dans sa poche et recula, désireux de garder ses vêtements propres.

Se débarrasser de Carl avait été plus facile qu'il ne l'avait imaginé. Gabriel avait bien fait d'en appeler à une personne supplémentaire pour protéger Maya. Et à présent, le quelqu'un en question était là. Ricky allait s'occuper de la jeune femme comme on aurait dû l'en charger depuis bien longtemps déjà.

Ricky inspira profondément. L'odeur enivrante de Maya lui monta au nez. Il leva les yeux vers les escaliers. Elle était au premier étage, probablement dans la chambre d'amis. Il attendait ce moment depuis si longtemps ! Il allait enfin obtenir la récompense qu'il méritait.

~ ~ ~

La salle de vidéosurveillance de l'hôpital se trouvait au sous-sol et ne disposait d'aucune fenêtre. Amaury jeta un œil en direction du vigile qui, appuyé contre le mur, regardait dans le vide. Zane avait utilisé le contrôle de l'esprit sur lui afin de le plonger dans cet état catatonique ; à présent, il ne pouvait ni voir ni entendre quoi que ce fût.

Avec Zane, ils avaient déjà visionné plusieurs cassettes pour voir qui avait agressé et tué le médecin, mais pour le moment, les bandes ne leur avaient pas fourni le moindre indice. A croire que l'agresseur connaissait les angles des caméras et était donc en mesure de les éviter. Amaury soupira.

« C'est frustrant. »

« Frustrant mais révélateur, » répondit Zane.

« Comment ça ? »

« Gabriel a laissé libre cours à ses sentiments. »

Amaury jeta un sourire en coin à son vieil ami.

« On dirait bien qu'il est accro, hein ? »

« Elle a un sacré tempérament. »

« En effet, même si je suis sûre qu'elle n'arrive pas à la cheville de Nina. »

La partenaire d'Amaury avait un caractère bien trempé, mais il n'aurait voulu changer cela pour rien au monde.

« A voir comment tu la supportes, je dirais que tu es un saint. Si je ne savais pas ce que je sais… »

« Elle est simplement ce dont j'ai besoin. »

« Toujours dans la phase lune de miel, hein ? »

« Et je compte bien faire en sorte que ça continue indéfiniment. Mais maintenant, faisons en sorte que Gabriel l'ait lui aussi, sa lune de miel. »

Amaury désigna de nouveau l'écran de l'ordinateur placé devant lui et fit défiler la bande en avance rapide.

Sur le moniteur, on pouvait distinguer l'entrée principale de l'hôpital.

« Voilà Ricky qui entre. »

Zane hocha la tête. Plusieurs minutes passèrent sans que rien ne bougeât. Puis une femme entra avec un enfant. Elle s'arrêta au bureau des renseignements. Quelques minutes s'écoulèrent encore.

« Là, la R8 de Samson qui s'arrête, » commenta Zane.

Un instant plus tard, Maya entrait en courant dans l'hôpital et se précipitait vers le fond du couloir, sortant de l'angle de la caméra.

Amaury accéléra de nouveau la bande jusqu'au moment de l'arrivée d'Yvette et de Gabriel. Peu de temps après, Zane entrait à son tour, avant que tout ne redevînt tranquille. Amaury arrêta la cassette.

« Je ne t'ai pas vu entrer. Thomas non plus, d'ailleurs, » fit remarquer Zane.

« J'ai pris l'entrée latérale devant laquelle j'avais garé la voiture. Thomas en a probablement fait autant. Il connaît bien le coin et il est sûrement passé par l'arrière. C'est plus rapide, quand on vient de chez lui. »

« Donc tout le monde est arrivé : d'abord Ricky, puis Maya, suivi de… »

Amaury posa sa main sur le bras de Zane.

« Attends une minute. Putain ! D'abord Ricky ? Pourquoi est-ce que Ricky était là avant Maya ? »

Son ami le dévisagea.

« Rembobinons. »

Ils retrouvèrent le moment exact où Ricky était entré et appuyèrent sur pause. En bas de l'écran, l'heure indiquait '00h49'.

« Ça ne peut pas vouloir dire ce que je pense, » jura Zane. « J'avais des doutes concernant Ricky, mais je n'y ai pas accordé plus d'importance que ça. J'ai pensé que mes soupçons étaient dus à son attitude enjouée, celle dont j'ai horreur. Et son don ! Il a dû l'utiliser contre nous. Je crois qu'on s'est tous fait avoir. »

« Il n'y a qu'un seul moyen d'en être sûr. »

Amaury décrocha le téléphone posé sur le bureau et composa un numéro.

~ ~ ~

Gabriel se concentra sur autre chose que la sorcière et finit par rouvrir les yeux.

« J'ai restauré ta mémoire, pour ce qui est de… l'endroit où tu as laissé ton amulette. Tu t'en souviens ? »

Elle hocha la tête.

« Merci. J'ai ta parole que tu n'iras pas la chercher ? »

« Je ne porte aucun intérêt aux amulettes, quel que soit leur pouvoir. Tout ce que je veux, c'est… »

Il fut interrompu par la sonnerie de son téléphone.

« Excuse-moi. »

Il regarda le numéro. C'était un numéro de San Francisco, mais il ne le reconnut pas.

« Oui ? »

« C'est Amaury. »

Enfin il répondait à son appel ! La tension s'empara immédiatement de lui.

« Des nouvelles ? »

« J'en ai bien peur. Dis-moi, quand as-tu appelé Ricky pour lui dire de te rejoindre à l'hôpital ? »

« Quand j'ai réalisé que Maya n'était pas chez elle. »

« Non, je veux dire à quelle heure ? Regarde sur ton téléphone. »

Quelque chose dans la voix d'Amaury le contraignit à obéir sans poser de questions.

« Attends, » dit-il à son ami avant d'éloigner le téléphone de son oreille et d'appuyer sur le menu pour aller vérifier l'historique de ses appels.

A côté du nom de Ricky apparut l'heure.

« Je l'ai appelé à 1h03, pourquoi ? »

« Qu'est-ce qu'il t'a dit quand tu l'as appelé ? Il t'a dit où il était ? »

« Non, il a juste dit qu'il allait venir. Pourquoi ? »

Il entendit Amaury expirer profondément.

« Ricky était déjà à l'hôpital quand tu l'as appelé. Il est arrivé avant Maya. »

Le cœur de Gabriel s'emballa.

« Merde. Ricky est toujours sur la liste des vampires qui n'ont pas d'alibi pour la nuit de l'agression de Maya. »

« Je sais, Zane vient juste de me le dire. Et il m'a aussi dit qu'il se souvenait avoir eu des doutes à propos de Ricky mais que ceux-ci s'étaient dissipés. »

« Le don de Ricky ! »

Amaury grogna.

« Il nous a eus. Tu ferais bien de ne pas quitter Maya des yeux pour le moment. »

Le corps de Gabriel frissonna de terreur tandis qu'il pensait à sa femme.

« Amaury, je ne suis pas avec Maya. Elle est à la maison avec Carl. J'ai envoyé Yvette pour la protéger. Il faut qu'on les prévienne pour Ricky. Je vais appeler Maya et Carl. Toi, tu appelles Yvette et tu envoies tous les gardes du corps disponibles à la maison. Envoies-en aussi un à la recherche de Ricky. Commence par la maison de Paulette, sur Midtown Terrace. Avec un peu de chance, il y est encore. »

Gabriel se précipita hors du laboratoire sans même jeter un dernier regard à la sorcière et composa le numéro de la maison de Samson. Un message enregistré l'accueillit.

« *Le numéro que vous demandez est indisponible… *»

29

Maya attrapa le téléphone sans fil placé à côté du lit et appuya sur le bouton d'appel pour obtenir la ligne. Un silence se fit entendre. Elle pressa un peu plus fort le combiné contre son oreille et ses doutes se confirmèrent : le téléphone était hors service. Ricky avait désactivé la ligne de la maison.

Elle jeta le combiné sur le lit et se retourna. A la vitesse de la lumière, elle parcourut la pièce du regard, reconnaissante de posséder à présent cette vélocité propre aux vampires. Ses yeux s'arrêtèrent sur son sac à main. Elle l'atteignit en deux enjambées et en sortit son téléphone portable. Elle l'alluma. Les pas qu'elle entendit dans les escaliers firent accélérer son rythme cardiaque.

Il venait la chercher.

Maya pria en silence pour avoir assez de batterie car ces derniers jours, elle n'avait pas utilisé son téléphone. Lorsque l'écran s'alluma, elle se sentit soulagée. C'était déjà une bonne chose. Quelques secondes plus tard, elle put utiliser son portable. Mais le message qui s'afficha en toutes lettres sur l'écran la prit littéralement de court. Non, pas maintenant ; pas maintenant qu'elle avait besoin d'appeler au secours. Les mots *Hors service* remplissaient l'écran du mobile.

Le bruit de la porte qui s'ouvrait lui fit tourner la tête. Alors, elle le vit. Ricky se tenait là, sur le seuil. La porte se referma un instant plus tard.

« J'ai fait déconnecter ta ligne, » dit-il d'une voix traînante, son accent irlandais à présent un peu plus prononcé.

« Inutile de gaspiller de l'argent puisque, là où on va, tu n'auras pas besoin de passer des coups de fil. »

Maya se pétrifia. Son cerveau analysa frénétiquement les chances de se frayer un chemin pour sortir de la maison, mais il lui bloquait l'accès à la porte et la probabilité de parvenir à le repousser était assez faible. Soudain, elle eut la chair de poule et se rendit compte qu'il s'agissait là de la même sensation que celle éprouvée à l'hôpital, tout comme le jour où elle l'avait rencontré pour la première fois. Elle avait alors mis ce sentiment étrange sous le coup de la maladie, de la fièvre qui la menaçait. Si elle avait été en possession de toute son énergie, elle aurait pu, dès le début, sentir le danger que Ricky représentait.

Mais à présent, il était trop tard.

« Je veux que tu t'en ailles, » dit-elle avec tout le calme dont elle était capable. « Yvette sera bientôt là. »

Ce dont elle doutait cependant. Mais elle devait essayer de gagner du temps pour que le plan qu'elle venait d'élaborer fonctionnât. Il confirma ses suspicions.

« J'ai bien peur qu'Yvette ne soit retenue autre part. »

Sa mauvaise blague le fit glousser.

« Elle est morte ? »

« Ce n'est qu'une question de temps. Mais ne parlons pas des autres. Parlons de nous. »

Gabriel n'allait pas tarder à rentrer. Elle n'avait pas le moins du monde envie de discuter avec Ricky, mais elle savait qu'elle devait le faire parler. Elle devait seulement trouver un autre sujet qu'elle-même.

« Qu'est-ce que tu lui as fait ? »

Il ignora sa question.

« Tu m'aimais bien, au début. Je le sais. Est-ce que tu sais que j'ai laissé tomber ma copine pour toi ? Et c'est comme ça que tu me remercies ? »

« Ça m'étonnerait que ce soit moi qui t'ai demandé de la quitter. Les hommes qui sont déjà avec quelqu'un ne m'intéressent pas. »

De plus, elle savait pertinemment que ce n'était pas elle qui avait été attirée par lui en premier lieu. Le simple fait de le regarder lui donnait la chair de poule. Il la dégoûtait.

« On s'est rencontrés la nuit où ta voiture est tombée en rade. Je t'ai aidée à la réparer. Tu as été reconnaissante, très reconnaissante, » insinua-t-il.

Ce n'était pas possible. Non, elle n'avait pas pu le laisser la toucher.

« Non. »

« Oh que si. Est-ce que je devrais te rafraîchir la mémoire quant à ce qui s'est passé entre nous ? »

Une vague de dégoût s'éleva depuis le creux de son estomac et alla s'installer inconfortablement dans sa poitrine.

« Il n'y a pas de *nous*. Il n'y a jamais eu de *nous*. »

Même si elle ne se souvenait toujours pas de lui, elle savait instinctivement qu'elle n'avait jamais couché avec Ricky. Son corps parlait de lui-même. Elle ne ressentait que du dégoût pour lui.

« Tu vois, c'est là que tu te trompes. »

Il fit plusieurs pas en avant, se rapprochant dangereusement d'elle.

« Gabriel te tuera si tu me touches, » l'avertit-elle en reculant.

« On sera partis depuis bien longtemps quand Gabriel comprendra que c'est moi ton agresseur et qu'il reviendra ici. »

Il sortit de sa poche un petit appareil électronique et le lui montra. Maya regarda ce qui semblait être un iPhone avec une carte routière. Au centre de celle-ci, un point rouge clignotait.

« Je sais exactement où il se trouve à l'instant-même, alors ne te fais pas de souci pour lui. »

Maya jura.

« Sale con ! »

« Allons, allons… Est-ce que c'est de cette façon qu'on parle à son chéri ? »

Le sourire de névrosé qui illumina son visage la rendit nauséeuse. Elle ne serait jamais son amante. Plutôt mourir que de le laisser la toucher.

« Tu ne peux pas sérieusement croire que je vais devenir ta maîtresse. »

« De la façon dont j'imagine les choses, tu n'as pas vraiment le choix. Je vais t'attacher bien solidement. Ensuite, je prendrai ce que je voudrai, quand je le voudrai et aussi souvent que je le voudrai. C'est de ta faute. Les choses auraient pu être différentes entre nous. Mais non, il a fallu que tu me mènes par le bout du nez, que tu me fasses te désirer et que tu attendes que je te veuille pour me repousser, comme si je n'étais rien. Et généreux comme je suis, je suis même allé jusqu'à te donner une seconde chance. J'ai remis les compteurs à zéro, mais toi, petite salope, tu as refais exactement la même chose. Il y a des jours où j'aime vraiment mes dons. »

Puis il grogna.

« Et il y a des jours où je dois reconnaître qu'ils ont leurs limites. Malheureusement, maintenant que tes doutes me concernant se sont confirmés, je ne peux plus rien effacer ; encore moins tes souvenirs. C'était plus facile quand tu étais humaine car je pouvais au moins tout recommencer à zéro. Mais tu ne m'as pas laissé le choix. »

Le sourire qu'il arborait l'enlaidissait. Elle pouvait presque voir sa laideur intérieure, le diable qui l'habitait. Elle frissonna en ressentant les mauvaises vibrations que son corps envoyait. Les sensations étaient plus fortes maintenant qu'il ne se trouvait plus qu'à quelques mètres d'elle. Les poils sur ses bras se hérissèrent. Il était prêt à l'attaque. Et elle ne savait que trop bien qu'il allait l'attaquer. Tout ce qu'elle pouvait faire, c'était de le distraire en attendant des renforts.

Le silence provenant du rez-de-chaussée lui fit comprendre que Carl ne viendrait pas à son secours. Maya craignit le pire pour le doux majordome qui l'avait toujours traitée avec respect.

« Qu'est-ce que tu as fait de Carl ? »

Son sourire facétieux confirma ses pires craintes.

« Il n'est plus que poussière. »

Maya déglutit. Elle était seule dans la maison avec lui. Yvette, l'unique autre personne qui savait qu'elle était seule, était prisonnière quelque part. Carl était mort et Gabriel se trouvant avec la sorcière, elle ne pouvait pas compter sur lui non plus.

Elle était seule. Seule avec un homme fou. Non, pire : un vampire fou. Sa nouvelle force de vampire aurait pu lui permettre d'affronter un homme fou. Mais, eu égard au physique imposant de Ricky, elle était prête à parier son dernier salaire qu'il la maîtriserait sans la moindre difficulté si elle tentait quoi que ce fût contre lui.

Maya scanna la pièce des yeux à la recherche d'une arme quelconque.

« Qu'est-ce que tu espérais en faisant de moi un vampire ? »

Elle devait continuer à le faire parler. C'était le seul moyen qu'elle avait de gagner du temps pour trouver une façon de s'en sortir.

« Ton amour inaliénable et ta dévotion, bien sûr, » la taquina-t-il d'un ton léger. « Mais je me contenterai de ton corps ; de tes jambes écartées pour moi, en permanence. »

« Espèce de malade. Tu crois vraiment que je vais écarter les jambes pour toi ? »

« Tu l'as fait pour Gabriel, » répliqua-t-il, la voix emplie de haine.

« Qu'est-ce qu'il a de plus que moi, hein ? Ce n'est pas pour son physique qu'il te plaît, ça, c'est clair. Et ce n'est pas non plus un grand charmeur. Je suis aussi riche que lui et bien plus beau. C'est parce qu'il te laisse boire son sang que tu es avec lui ? »

Maya laissa échapper un cri étouffé. Elle ne s'était pas rendu compte qu'il savait tout ce qui se passait.

« Oh ça va, n'aie pas l'air si surprise. Tu crois vraiment que je ne suis pas au courant de ce qui se passe ici ? Je peux le sentir sur toi. Tu empestes son odeur. Mais ne t'inquiète pas : après quelques jours avec moi, son odeur aura disparu. Je vais m'en assurer, même si pour ça, je dois te vider de ton sang et te remplir du mien. »

« Tu n'oseras pas ! »

Il fit un bond en avant. Il ne se trouvait à présent plus qu'à quelques centimètres d'elle. Son souffle enveloppa son visage et elle sentit un goût de bile au fond de sa gorge.

« Tu crois ? »

« Gabriel te tuera. »

Elle savait que Gabriel ne le laisserait pas s'en tirer, qu'elle fût saine et sauve ou pas. Il ne s'arrêterait pas avant d'avoir tué Ricky.

« Il ne nous trouvera jamais. On aura quitté le pays depuis longtemps lorsqu'il se rendra compte qu'on est partis. Et alors, on commencera notre vie à deux, comme on aurait dû le faire depuis un moment déjà si ces idiots ne nous avaient pas interrompus au moment où je te transformais en vampire. Tu te serais réveillée dans mes bras et tu m'aurais considéré comme ton protecteur. Mais je vais corriger tout ça. Tu vas être mienne et rien au monde ne pourra m'en empêcher. Garde bien ça en mémoire. »

La menace pesa lourd dans la chambre, empoisonnant l'atmosphère. Elle ne savait que trop bien combien il était sérieux. Il n'hésiterait même pas à la violer. Elle pouvait lire la folie dans ses yeux. Non, rien ne l'arrêterait.

C'était pourquoi *elle* se devait de l'arrêter.

Une vague de détermination s'empara d'elle et son esprit se vida de toute pensée autre que celle de lui échapper. De la même façon qu'elle avait l'habitude d'aborder une recherche scientifique, elle étudia, une par une, les possibilités qui s'offraient à elle et détermina ses chances de réussite. Son cerveau passait d'un scénario à un autre à toute vitesse tandis que son cœur battait d'une façon telle à être à même de lui procurer tout l'oxygène nécessaire.

Des gouttes de sueur apparurent sur ses sourcils, mais elle les ignora. Le laisser voir sa peur ne l'aiderait pas beaucoup. Par ailleurs, elle avait déjà dépassé le stade de la peur. Elle était passée en mode de survie et avait fait de l'instinct et de la logique ses meilleurs alliés. Elle réalisa alors pleinement que c'était Ricky qui avait tué ses deux meilleures amies.

« Tu as tué mes amies. »

« Des humaines inutiles. Elles en savaient trop. Tu leur avais parlé de moi. Ce sont tes mains qui sont souillées de leur sang. »

Maya repoussa le sentiment de culpabilité qui commençait à l'envahir à nouveau. C'était Ricky le coupable et elle ne tomberait pas dans son piège. L'être diabolique, c'était lui !. Et elle ferait en sorte qu'il payât pour ce qu'il avait fait.

« Tu vas payer pour ça. »

Sa menace le fit rire. Puis il redevint sérieux et attrapa ses bras.

« Je pense que je vais aimer te voir essayer, mais ce sera pour plus tard. On part. Maintenant. »

Elle entendit le bip étouffé de l'iPhone de Ricky dans sa poche et comprit que Gabriel venait de se déplacer. Il était également au courant pour Ricky. Il était temps de déguerpir. Maya essaya de repousser le vampire et de se défaire de sa poigne, mais il ne fit que resserrer son emprise sur ses poignets. Si elle résistait davantage encore, il lui briserait les os.

« Je suis plus fort que toi, » exulta-t-il.

C'était vrai et elle le savait, mais elle avait toujours l'avantage de l'intelligence. Son regard se porta sur la cheminée près de laquelle un tisonnier était posé contre le part-cheminée. Elle se concentra sur le long objet en métal aux extrémités pointues.

Elle puisa ensuite dans toute sa douleur et dans la haine qu'elle ressentait envers Ricky pour focaliser toute cette énergie sur le tisonnier en espérant qu'il bougeât. Mais rien ne se passa. Elle fronça les sourcils pour se concentrer davantage. Elle devait réussir. Au bar, avec Thomas, elle y était parvenue. Elle savait qu'elle en était capable si elle se concentrait suffisamment.

Ricky lui tira les bras.

« Bouge ! »

Maya n'obéit pas et demeura immobile. La rage s'empara des traits de l'Irlandais, avant qu'un sourire maléfique n'éclairât son visage.

« Bien. Alors, qu'est-ce que tu dis de ça ? »

Avant qu'elle n'eût le temps de réaliser ce qu'il allait faire, il pressa ses lèvres contre les siennes. Elle sentit de la bile et de la colère remonter de son estomac. Elle serra la mâchoire et garda les lèvres bien closes tout en essayant de le repousser. Mais bien que dotée de sa force de vampire, elle ne faisait pas le poids.

Une vague de désespoir et de haine s'empara de son esprit, le dégoût qu'elle ressentait pour lui la rendant toujours plus nauséeuse. Lorsqu'il la serra contre lui, collant ses hanches aux siennes, un flash apparut dans son esprit. Soudain, elle se souvint de lui.

Il l'avait suivie pendant des semaines, la pourchassant d'abord avec des cadeaux et des dîners chics avant de commencer à la menacer. Elle avait immédiatement remarqué son obsession et cela lui avait fait peur. Elle se souvint d'une nuit en particulier. Il était venu à l'hôpital et l'avait presque violée. Et il y serait arrivé si son patient inconscient n'avait pas fait un arrêt respiratoire et que le moniteur auquel il était attaché n'avait pas donné l'alerte au Code Bleu à l'équipe, , laquelle s'était manifestée en quelques secondes. Il s'était finalement contenté de lui effacer la mémoire. Mais à présent, ses souvenirs lui étaient revenus et elle ne le laisserait pas parvenir à ses fins. Il ne la toucherait plus.

Elle se concentra davantage encore en pensant au tisonnier posé près de la cheminée. Toute son énergie se porta sur ce dernier, son corps se raidissant sous l'effort.

Surpris, Ricky la lâcha soudainement en grognant et s'écarta d'elle. Le visage déformé par la douleur et l'incrédulité, il tourna la tête et regarda ses côtes. Maya suivit son regard et vit le tisonnier planté dans son flanc, du sang s'écoulant des plaies.

« Salope ! »

Elle savait que cela ne le tuerait pas, mais au moins, elle gagnait du temps.

Elle se précipita hors de la chambre et descendit les escaliers en trombe avant de bondir par la porte d'entrée restée ouverte et de s'enfuir dans la nuit. Désespérée, elle regarda la rue de haut en bas, indécise quant à la direction à prendre. Elle laissa son instinct la guider et tourna vers l'ouest, en direction du quartier de la ville qu'elle connaissait le mieux.

Au feu suivant, elle vit un camion à plateau qui transportait des cartons vides. Elle se hissa à l'arrière et s'abrita derrière la cargaison tout en s'assurant que le chauffeur ne la vît pas. Lorsque le feu passa au vert, le camion démarra.

30

Gabriel bondit hors de la voiture. Ses longues jambes le menèrent rapidement à la porte d'entrée de la maison de Samson. Cette dernière était grande ouverte et le seuil était éclairé par la lumière provenant de l'intérieur de la demeure. Mauvais signe.

La panique qui s'était déjà emparée de lui plus tôt ne fit que s'intensifier face à cette entrée vide et à ce silence qui régnait dans la maison. Il vit immédiatement la poussière au sol ainsi qu'un téléphone portable, de la monnaie et une bague. La bague de Carl. Oh bon Dieu, non ! Ricky était déjà passé par là.

Il ressentit un profond chagrin en réalisant la perte de son ami, le loyal serviteur de Samson. Ses jambes se dérobèrent presque sous lui. Mais il ne pouvait – il ne voulait – être faible pour le moment. Pas alors que Maya…

« Maya ! Maya ! » cria-t-il sans pour autant s'attendre à obtenir une réponse.

Il se doutait de ce qu'il allait trouver.

Avalant les marches trois par trois, il monta les escaliers et déboula dans la chambre d'amis que Maya occupait. L'odeur du sang le prit immédiatement à la gorge. Ses yeux se posèrent sur le tisonnier abandonné sur le tapis et dont l'extrémité était couverte de sang.

Gabriel inspira et, l'espace d'un instant, il se sentit soulagé. Il ne s'agissait pas du sang de Maya. Elle s'était battue contre Ricky. Un sentiment de fierté l'envahit, sentiment bien vite remplacé par une peur exacerbée. Il s'agissait du sang de Ricky. Etait-il mort ou l'avait-elle juste blessé avant qu'il ne la kidnappât ? Il n'y avait pas de poussière au sol. Aussi en conclut-il qu'ils étaient tous les deux vivants.

Il regarda le bâton en métal couvert de sang et ferma les yeux un moment, tentant de rassembler toutes ses forces. Il ne pouvait pas la perdre, pas maintenant ; pas alors qu'il venait enfin de se débarrasser de tous les obstacles qui se trouvaient sur leur chemin.

Avant qu'il ne se retournât pour quitter la pièce et partir à leur recherche, il ressentit comme un coup de poignard dans la tête. A peine une seconde plus tard, il observait la scène qui se jouait devant lui ; une scène qui s'était produite dans cette même pièce quelques minutes auparavant. Il venait d'entrer dans la mémoire de Maya. Comment, il n'en avait pas la moindre idée. Cela ne lui était jamais arrivé auparavant. Il n'avait jamais été capable d'accéder aux souvenirs de quelqu'un sans se trouver à proximité de cette personne. La connexion entre Maya et lui était peut-être si forte qu'il n'avait pas besoin d'être à ses côtés pour voir ce qu'elle-même avait vu.

Gabriel se concentra et regarda Ricky qui l'embrassait brutalement. Il vit la façon dont elle utilisait son nouveau don pour se défaire de l'Irlandais. Enfin, il la vit s'enfuir. Il voyait absolument tout à travers ses yeux, y compris les rues qu'elle avait scrutées et le camion dans lequel elle s'était glissée.

Ses pieds le ramenèrent au rez-de-chaussée. Il passa la porte et la referma avant de se diriger vers l'Audi. Tout en gardant un œil sur la circulation, il maintint la connexion avec les souvenirs de Maya. Il reconnut les rues et les maisons qu'elle avait dépassées, assise dans le camion qui avait pris la direction de l'Ouest.

Elle avait réussi à s'enfuir, mais il ne se faisait aucune illusion. Ricky devait déjà être sur ses talons. Gabriel devait la retrouver avant lui et s'assurer qu'elle restât en sécurité.

~ ~ ~

Le camion s'arrêta à un feu rouge et Maya descendit du véhicule. Elle se trouvait à présent à l'est du Golden Gate Park. Elle se rendit soudain compte que le soleil était sur le point de se lever et qu'elle se devait de trouver rapidement un refuge. L'idée de courir jusqu'à l'hôpital la tenta, d'autant plus que ce dernier ne se trouvait qu'à quelques pâtés de maisons de là. Mais elle savait que Ricky pressentirait qu'elle irait s'y cacher. Si elle s'y rendait, il la retrouverait vite. Non, elle devait aller autre part, dans un endroit auquel il ne penserait pas.

Elle traversa un pré et dépassa une aire de jeux ainsi qu'un manège. Les courts de tennis étaient à sa droite. Elle pensa à s'abriter dans les locaux du club, mais les premiers joueurs arriveraient dès le lever du jour. Elle n'y serait donc pas à en sécurité très longtemps.

Maya s'enfonça dans le bois. Un jour, les ambulanciers de l'hôpital avaient mentionné un endroit précis, après avoir trouvé un sans-abri. Elle les avait écoutés raconter leur histoire et décrire le lieu où ils l'avaient découvert. Elle était certaine de pouvoir se souvenir du chemin à emprunter pour s'y rendre. Elle y était déjà allée. La curiosité l'y avait entraînée au cours de l'une de ses promenades dominicales. Elle avait ainsi pu constater par elle-même si les ambulanciers avaient dit vrai et, par la même occasion, elle avait tué le temps, l'espace d'un après-midi où elle ne savait que faire.

Elle trouva le chemin qu'elle cherchait et commença à courir rapidement. A chaque bruit qu'elle entendait, elle bondissait, prête à accélérer au cas où Ricky serait là. Il n'abandonnerait pas et ferait tout pour la retrouver. Elle l'avait lu dans ses yeux. Le diable qui l'habitait était puissant et, à présent qu'elle savait ce dont il était capable, elle se surprenait elle-même de ne pas l'avoir ressenti dès l'instant où Gabriel avait fait les présentations dans la cuisine.

Comment Ricky avait-il été capable de masquer ses véritables intentions à ses amis et collègues aussi longtemps ? Y avait-il un rapport avec le don spécial dont Gabriel avait fait mention ? Sa capacité à annihiler les doutes des individus. Il avait lui-même admis avoir usé de ce pouvoir sur elle. Elle se souvenait à présent de la façon dont elle avait eu la chair de poule cette nuit-là, dans la cuisine, mais elle avait mis cela sur le compte de la fièvre. A présent, elle savait qu'il avait utilisé son don.

Même Gabriel lui avait fait confiance, assez en tout cas pour l'envoyer parler à Barbara et Paulette. Et elle lui avait innocemment servi ses deux amies sur un plateau. Les tuer était tout ce qu'il avait eu à faire. L'estomac de Maya se noua à cette idée. Non, elle ne pouvait s'autoriser à penser de la sorte maintenant. Elle devait rester forte. Ricky était diabolique et, de toute façon, il les aurait retrouvées. Même sans son aide. Il se serait ensuite débrouillé pour effacer toute trace de son passage.

Un bruit derrière elle la fit s'arrêter. Elle retint son souffle et demeura immobile, de crainte de faire trop de bruit et de signaler sa présence. Une autre branche cassa. Quelqu'un se dirigeait vers elle. Son cœur se mit à battre plus fort et ses mains devinrent moites. Elle sentit la transpiration ruisseler le long de son dos et de sa poitrine. L'avait-il déjà retrouvée ?

L'immense arbre derrière lequel elle se cachait l'empêchait de voir quoi que ce fût ,mais elle savait qu'il était là. Elle entendit le froissement des feuilles et le bruit de ses bottes sur le sol. Elle regarda à ses pieds, en quête d'un quelconque objet qu'elle pourrait utiliser comme arme et découvrit un morceau de bois. Sans faire de bruit, elle se pencha et l'attrapa, espérant qu'il ferait un bon pieu.

Maya prit une profonde inspiration et se figea tandis que l'odeur emplissait ses poumons.

Elle contourna l'arbre et bondit dans les bras de l'homme qui se trouvait désormais devant elle.

« Gabriel. »

Ses bras l'encerclèrent alors qu'il la serrait contre lui et enfouissait sa tête dans ses cheveux.

« Oh, Maya… Je croyais t'avoir perdue. »

Avant qu'elle ne pût lui répondre, il captura sa bouche en un baiser passionné, éloignant tout souvenir de Ricky la touchant. Puis, lorsqu'ils s'écartèrent pour reprendre leur respiration, Gabriel lui caressa le visage.

« Ricky me court après. C'est lui. C'est l'agresseur. »

Les mots déferlaient sur ses lèvres.

« On sait. Amaury et Zane s'en sont aperçu. Ils m'ont alerté, mais je suis arrivé trop tard à la maison. »

« Je l'ai blessé, mais je ne crois pas qu'il va pour autant abandonner. »

Gabriel hocha la tête.

« Je vais prévenir les autres pour leur dire où on est. Tu seras de nouveau très bientôt en sécurité. »

Il sortit son téléphone de sa poche et composa un numéro.

Maya regarda le téléphone et se souvint soudain de celui de Ricky.

« Merde ! »

Elle le lui arracha des mains avant qu'il ne pût réagir et l'écrasa contre l'arbre avec tellement de force qu'il se brisa en mille morceaux.

« Qu'est-ce que c'est... »

Gabriel la dévisagea alors qu'elle venait d'anéantir l'unique possibilité qu'il avait de communiquer avec ses collègues. Que diable lui était-il passé par la tête ?

« Tu viens juste de le mener à nous. »

Il n'y avait pas d'accusation dans ses yeux, juste une expression d'effroi.

« Quoi ? »

« Il a un GPS pour te suivre. Je l'ai vu sur son iPhone. Il sait où tu es. Il faut qu'on s'enfuie. »

Gabriel jura dans sa barbe. Au lieu de la sauver, il les avait mis en plus grand danger encore. Il l'avait uniquement trouvée grâce à leur connexion particulière et à l'intrusion dans ses souvenirs. Ricky ne possédait pas ce don, mais il avait probablement suivi Gabriel depuis son départ. A présent, il ne devait plus être bien loin.

« Bon Dieu, je suis désolé. »

« Par ici. Je connais un endroit où on peut se cacher. »

Sans hésiter, il la suivit tandis qu'elle s'enfonçait davantage encore dans le bois. Il espérait seulement que Ricky se trouvât suffisamment loin derrière eux pour avoir une chance de s'enfuir.

Ils zigzaguèrent à travers l'aire boisée avant d'atteindre l'orée d'un petit pré. Au lieu de le traverser, Maya continua à longer la rangée d'arbres tout en demeurant cachée sous leur ombre. Gabriel marchait à quelques pas derrière elle. Malgré toutes les questions qui l'assaillaient, il ne disait rien. Si Ricky était à proximité, aucun bruit ne pourrait le mener à eux. Et, bien que Gabriel fût certain de ses capacités à le battre, le lever du jour était trop proche pour tenter quoi que ce fût. Même s'il détestait l'idée de se cacher, il savait que c'était son seul moyen de garantir la sécurité de Maya.

Lorsqu'elle se retourna et plongea ses yeux dans les siens, il sut qu'elle ne lui en voulait pas ; elle était apeurée. Et tout ce qu'il désirait, c'était de balayer cette peur, mais l'urgence était ailleurs. Il hocha la tête de manière aussi rassurante que possible et la suivit derrière une barrière. Ils empruntèrent ensuite un chemin à peine visible qu'elle semblait connaître.

Alors qu'ils atteignaient un monticule de terre, elle s'arrêta.

Gabriel s'approcha d'elle et vit ce qu'elle regardait. Coincée dans cette butte qui ressemblait à une grosse motte de taupe, une porte en métal cadenassée se dressait devant eux.

« Tu peux l'ouvrir ? » lui demanda-t-elle.

« Qu'est-ce que c'est ? »

« Un ancien bunker. »

« A San Francisco ? »

« Construit pendant la crise des missiles de Cuba. Tu peux casser le cadenas ? »

Il hocha la tête et sortit un couteau de ses bottes. Heureusement, il ne sortait jamais sans. Il maintint le cadenas d'une main et y introduisit le couteau en le tournant.

« Vite. Mes poils se hérissent. Il n'est pas loin, » murmura-t-elle.

Gabriel ne posa aucune question quant à ces intuitions. Si elle ressentait la proximité de Ricky, il n'en douterait pas. Il redoubla d'effort et tourna le cadenas davantage encore. Un instant plus tard, il entendit un déclic et le cadenas s'ouvrit. Il l'enleva complètement et pressa la poignée de porte. Celle-ci s'ouvrit vers l'intérieur.

La pénombre l'accueillit.

« Tu es sûre ? »

Mais Maya, dans son dos, le poussait déjà à l'intérieur.

« Le soleil se lève. Dépêche-toi ! »

Il entra et la tira avec lui avant de laisser la porte se refermer derrière eux. Le silence n'était troublé que par la respiration lourde de Maya.

31

Yvette entendit l'aboiement hésitant du chien à la porte. Elle pouvait ressentir sa confusion lorsqu'il reniflait, se demandant s'il était sûr d'entrer. Elle n'avait aucune idée de la façon dont elle pouvait entrer en contact avec un animal, mais quelques nuits auparavant, elle avait ressenti d'étranges sensations en remarquant que des chiens avaient subitement commencé à la suivre alors qu'elle se promenait dans les rues de San Francisco. L'un d'entre eux l'avait même accompagnée jusqu'à la maison de Samson. Peut-être était-elle en train de développer un don qu'elle ignorait posséder.

« Par ici, toutou, » l'appela-t-elle gentiment depuis l'endroit près de la cheminée où Ricky l'avait laissée. Elle était toujours attachée par les poignets et l'argent lui brûlait la peau.

Si elle s'en sortait, elle attacherait Ricky par ses testicules et le laisserait frire au soleil levant.

Un regard par la fenêtre et elle se rendit compte qu'elle n'avait plus que quinze minutes avant le lever du jour. Tout se rapprochait.

En entrant dans la pièce, le chien gratta le parquet avec ses griffes

« Bon chien, » dit-elle.

Il tourna au coin et elle put enfin le voir. C'était un labrador blanc aux grands yeux marron. Il pencha la tête sur le côté, comme s'il se demandait ce qui n'allait pas chez elle.

« Oui, mon grand. Viens ici. »

Le sympathique animal s'approcha en remuant la queue. Yvette remarqua qu'il portait un collier autour du cou. Bien. Au moins, ce chien avait un maître et, avec un peu de chance, ce dernier n'était pas très loin.

« Où est ton maître ? » demanda-t-elle de la même voix mielleuse que celle qu'elle utilisait depuis qu'il s'était approché.

Elle espérait seulement que personne n'assisterait à cette scène. Autrement, on se moquerait très certainement d'elle.

« Hé mon grand, et si tu jouais avec moi ? »

Si les chiens que l'on voyait dans les reportages à la télévision obéissaient à leur maître, pourquoi ce labrador n'en ferait-il pas autant ? Il semblait intelligent et, les oreilles dressées, il donnait l'impression d'écouter avec attention ce qu'Yvette disait.

« Bon chien, va chercher ton maître, » lui ordonna-t-elle. « Et amène-le ici. »

Le chien remua de nouveau la queue. La comprenait-il ? Yvette sentit de la sueur se former sur son front.

« Allez, toutou. Fais ça pour moi et je te donnerai un gros nonos. »

Oui, après tout, un morceau de Ricky ferait largement son affaire.

Le chien fit quelques pas de plus vers elle et frôla ses jambes.

« Allez, toutou. Vas-y. »

« Qu'est-ce que tu veux qu'il fasse ? Lécher les chaînes pour te libérer ? »

Lorsqu'elle entendit la voix en provenance de l'entrée, Yvette leva immédiatement la tête.

« Arrête de plaisanter, Zane, et détache-moi ! »

Elle n'avait jamais été aussi heureuse de voir son affreux collègue.

Zane pénétra dans le salon, décontracté, donnant presque l'impression de s'ennuyer.

« Je n'aurais jamais cru te voir comme ça un jour. On dirait que tu vas finalement devoir me supplier de faire quelque chose pour toi. »

Yvette serra la mâchoire.

« Détache-moi et maintenant, espèce de petite merde. »

Il rit et elle se figea. Elle ne l'avait jamais entendu rire. En fait, elle était toujours partie du principe qu'il en était incapable. Mais le bruit s'échappant de sa cage thoracique était bien un rire.

« Je crois que je n'obtiendrai pas mieux côté supplications, hein ? » dit-il en s'approchant.

Il sortit des gants de cuir de ses poches et les enfila. Pendant un instant, elle se souvint des gants que Ricky avait portés et elle se contracta instinctivement lorsque son collègue s'approcha d'elle.

« Alors, *ça*, » fit-il remarquer dès l'instant où elle retint son souffle, réaction qu'elle comprit qu'il avait perçue comme de la peur, « *ça* c'est le pompon. »

Il sourit de toutes ses dents.

« Qui eût cru que tu aurais peur de moi ? »

Oui, l'espace d'un instant, elle avait eu peur de lui. Mais cette peur s'évapora à la seconde-même où il défit ses chaînes.

« T'es un enfoiré. »

« Et j'en suis fier ! »

Yvette préféra ne pas répliquer. Zane avait beau avoir ses mauvais côtés, il venait néanmoins de lui sauver la vie et elle lui en était redevable. Sous le coup de l'impulsion, elle lui prit la tête dans les mains et déposa un bisou sur sa joue.

« Merci, mon pote. »

Elle rit lorsqu'il s'écarta, l'air grave. Zane détestait que quiconque montrât la moindre marque d'affection, en particulier lorsque celle-ci lui était destinée. Et Yvette le savait. Elle sourit.

« Salope ! Partons. J'ai un van teinté qui nous attend dehors. »

« Il faut d'abord prévenir Gabriel. C'est Ricky l'agresseur. »

« On est au courant. Je te mettrai au parfum sur la route. On est en train d'instaurer un poste de commandement chez Thomas. »

Le temps qu'ils garent le van dans le garage de Thomas situé sous la maison de ce dernier, Zane lui avait tout raconté dans les moindres détails. Yvette entendit la porte du garage se refermer derrière eux. Elle attendit quelques secondes de plus pour ouvrir la porte du van et en descendre. Zane coupa le moteur et la suivit.

Elle frotta ses poignets meurtris. Dans le van teinté, elle avait bu quelques bouteilles de sang, mais les plaies ne guériraient pas avant plusieurs heures. L'argent avait douloureusement rongé les couches superficielles de sa peau, mettant à nu la chair rose qui se trouvait par-dessous. Mais elle pouvait le supporter. Par contre, la douleur qu'elle ressentait en elle était plus difficile à ignorer. L'un d'entre eux avait essayé de la tuer. Une telle trahison faisait toujours mal.

Elle regarda par-dessus son épaule tout en montant les escaliers pour accéder au premier étage de la maison de Thomas. Zane arborait un regard grave et ses lèvres formait une ligne fine. Lorsqu'il croisa son regard, il grogna. Il semblait toujours énervé par le fait qu'elle l'eût embrassé sur la joue en guise de remerciement. Elle ricana.

Dur à cuire.

« Un seul mot de ce qui est arrivé là-bas à qui que ce soit et cette fois, c'est moi qui t'attache. »

Elle atteignit le haut des marches et secoua la tête en tournant la poignée de la porte qui se dressait devant elle. Elle se souciait peu de lui répondre. Alors qu'elle ouvrait la porte et faisait un pas dans le hall, elle recula subitement.

« Putain ! »

Yvette claqua la porte et se cogna à Zane, lequel la suivait de près.

« Qu'est-ce qui se passe ? »

« La lumière du jour, » siffla-t-elle. « Il a laissé les volets ouverts. »

Un instant plus tard, la porte s'ouvrit et la silhouette de Thomas apparut dans la lumière.

« C'est bon, vous pouvez entrer. »

« Tu te fous de ma gueule, » lâcha Yvette en essayant de se retirer davantage encore dans la pénombre.

Thomas lui tendit la main.

« Ce n'est pas de la lumière naturelle. Viens, laisse-moi te montrer. »

Hésitante, elle le suivit dans le loft. La grande pièce était inondée de lumière. Elle laissa à ses yeux le temps de s'habituer, puis scanna la pièce. Instinctivement, elle se cacha derrière Thomas. Cette pièce possédait des baies vitrées de part et d'autre. A travers celles-ci, elle pouvait voir le monde extérieur.

« Qu'est-ce que c'est… »

Thomas lui fit signe de s'approcher des fenêtres. Il semblait peu préoccupé. Dehors, le jour semblait s'être levé et la lumière qui inondait la pièce aurait littéralement dû le faire cuire en quelques secondes, mais il se tenait là, en face des grandes baies vitrées, admirant la vue sur la ville qui s'étendait à ses pieds.

« Ce n'est pas réel, » déclara-t-il alors en se retournant vers elle.

Zane s'approcha, bouche bée devant la scène qui s'offrait à ses yeux.

« Ce n'est pas une image, » dit-il. « Les voitures bougent. C'est en direct ou quoi ? »

Thomas hocha la tête.

« La maison est entourée de caméras qui filment tout ce qui se passe à l'extérieur en temps réel. Elles projettent les images sur ces volets spéciaux que j'ai dessinés moi-même. Ils bloquent la lumière du soleil comme des volets classiques, mais je peux y projeter les films que je veux. Et ce que tu vois, c'est ce que tu verrais si les volets n'étaient pas fermés. Les projections reflètent précisément ce qui se passe dehors en ce moment. »

« Ingénieux, » admit Zane en hochant la tête.

« Et la lumière ? »

« Un nouveau type d'ampoule qui imite la lumière du jour. Assez réaliste à en croire votre réaction, » expliqua Thomas en lui souriant.

Elle se remit enfin à respirer normalement.

« En effet. »

Ce ne fut qu'à ce moment-là qu'elle se rendit compte qu'ils n'étaient pas seuls. Eddie se tenait dans un coin, en grande conversation téléphonique. De plus, à sa gauche, là où tous les ordinateurs de Thomas étaient allumés, se trouvait Amaury, un téléphone lui aussi collé à l'oreille.

« Ricky a essayé de me tuer. »

Thomas hocha la tête cérémonieusement et sembla alors remarquer les poignets meurtris d'Yvette.

« On s'en doutait. Tu veux du sang ? »

« Ça va. J'en ai bu dans la voiture. Ce que je veux, c'est la tête de Ricky au bout d'un bâton. »

Amaury se tourna vers eux.

« Ça fait plaisir de te voir, Yvette. »

Elle sut au son de sa voix qu'il était sincère. Ils n'avaient pas toujours été en bons termes, mais elle savait désormais en qui elle pouvait placer sa confiance.

« Quelles sont les nouvelles ? » demanda Zane.

« Gabriel et Maya ont disparu. On n'arrive plus à suivre leurs téléphones portables non plus. »

Amaury regarda Thomas et désigna le téléphone.

« C'était l'équipe d'humains que tu as envoyée chez Samson. Il n'y a personne là-bas. »

Il ferma les yeux un instant. Lorsqu'il les ouvrit à nouveau, une douleur visible apparut dans le bleu de ses iris.

« On a des raisons de croire que Carl est mort. »

« Oh merde, » marmonna Thomas.

« Et Ricky ? » demanda Yvette.

« Des gardes du corps humains sont partis à sa recherche, » ajouta Amaury.

« Il est dangereux. »

« Ça, maintenant, on le sait ! »

« Mince, on aurait pu le savoir plus tôt, » dit Eddie depuis le coin où il se tenait. « C'était Holly, l'ex de Ricky. »

« Elle l'a vu ? » demanda Amaury.

« Non, mais elle m'a dit qu'elle l'avait suivi, un soir. Je crois qu'elle était jalouse et qu'elle voulait savoir si Ricky voyait quelqu'un. Elle l'a suivi jusqu'à un appartement situé à Noe Valley. »

« L'appartement de Maya, » murmura Yvette dans un souffle. « Qu'est-ce qu'elle a dit d'autre ? »

« Elle m'a donné les adresses des endroits qu'il aime fréquenter. »

« Envoie les gardes du corps de jour là-bas pour voir si on peut l'y trouver, » ordonna Amaury. Pour l'instant, ses déplacements sont limités. C'est donc notre meilleure chance de l'attraper. Ce soir, il pourra de nouveau bouger et il risque de nous échapper. »

Eddie hocha la tête.

« Je m'en occupe. »

A travers la baie vitrée, Yvette regarda la ville qui s'étendait à ses pieds. Ricky s'y cachait, quelque part ; tout comme Gabriel et Maya. Elle espérait que son collègue avait trouvé Maya avant que Ricky n'eût le temps de mettre ses sales pattes sur elle. Autant elle avait désiré Gabriel pour elle seule, autant elle ne pourrait jamais se pardonner d'avoir laissé Ricky s'échapper et faire du mal à Maya Gabriel méritait de garder la femme qu'il aimait. Et Yvette ferait tout son possible pour que ce fût le cas.

« Ricky doit se cacher quelque part. »

Elle serra la mâchoire et dévisagea les quatre vampires présents à ses côtés.

« Et quand on le trouvera, il sera à moi. »

Personne ne la contredit.

32

Gabriel laissa ses mains glisser le long du mur qui jouxtait la porte et trouva un interrupteur. Il l'alluma. Une seconde plus tard, le vrombissement d'un néon qui clignotait se fit entendre. La lumière se stabilisa ensuite pour éclairer toute la pièce. Gabriel verrouilla la porte de l'intérieur et se retourna pour observer la cachette.

La pièce mesurait environ quarante-cinq mètres carrés et ne disposait que de peu de meubles. D'un côté, plusieurs lits de camp étaient empilés, près d'un petit placard. Dans le fond, se trouvaient des toilettes quelque peu rudimentaires ainsi qu'un petit évier. Un petit bureau et une chaise complétaient le tout. Cette pièce n'avait rien d'exceptionnel, mais elle était étonnement propre. Par ailleurs, elle était dépourvue de toute fenêtre pouvant laisser filtrer la lumière du jour. Ils étaient donc en sécurité pour le moment.

A côté de lui, Maya sembla en arriver à la même conclusion. Elle hocha la tête.

« Comment se fait-il que tu connaisses cet endroit ? » demanda-t-il, se tournant vers elle et lui prenant les mains.

« Un ambulancier m'en a parlé, il y a quelque temps. Ils avaient trouvé un sans-abri malade et étaient entrés ici. »

Elle regarda le gros verrou sur la porte.

« Ricky ne pourra pas entrer, hein ? »

Gabriel l'attira vers lui, désireux que le moindre contact avec son corps pût apaiser l'inquiétude qu'il avait éprouvée à son sujet.

« Non. On est en sécurité. Du moins, jusqu'à la tombée de la nuit. »

Il lui souleva le menton pour plonger ses yeux dans les siens.

« J'ai eu peur. J'ai cru t'avoir perdue. »

« Comment m'as-tu retrouvée ? »

« Je n'en suis pas sûr mais je crois que j'ai vu tes souvenirs alors que tu t'enfuyais. J'ai suivi les rues que tu as vues quand tu étais à l'arrière du camion. »

Elle secoua la tête.

« Comment est-ce possible ? Je croyais que tu ne pouvais faire ça que lorsque tu étais proche des gens. »

Il haussa les épaules.

« Ça a toujours été comme ça, mais peut-être que le lien qui nous unit est si fort que je n'ai pas besoin d'être physiquement à tes côtés pour y parvenir. »

« Tu veux dire que tu as tout vu ? »

Il avait physiquement ressenti le dégoût de Maya lorsque Ricky l'avait embrassée. Ce n'était pas un souvenir qu'il avait particulièrement souhaité voir, mais cela le confortait néanmoins dans l'idée de ce qu'il allait faire subir à Ricky lorsqu'il l'attraperait.

« Je ne laisserai jamais un autre homme te toucher à nouveau. Je te le promets. On va attraper Ricky et je le tuerai. »

« Non, c'est moi qui vais le tuer, » rétorqua-t-elle.

Il y avait tellement de mépris dans sa voix que Gabriel s'écarta une fraction de seconde pour la regarder dans les yeux. C'est alors qu'il comprit.

« Tu te souviens. »

Elle hocha la tête.

« Tout m'est revenu lorsqu' il m'a touchée. Gabriel, il n'abandonnera jamais. Il est obsédé. Et rien ne l'arrêtera. Si tu savais ce qu'il a fait. »

Gabriel bouillonnait de rage.

« Dis-le-moi, » marmonna-t-il, la mâchoire serrée.

Si cet enfoiré avait touché ne serait-ce qu'à un cheveu de Maya, il le découperait en morceaux. Il le torturerait jusqu'à ce que Ricky le suppliât de le tuer.

Maya ferma les yeux avant de les rouvrir.

« Il était sur le point de me violer lorsqu'on l'a interrompu. C'est là qu'il a effacé ma mémoire pour la première fois. »

Gabriel en eut le souffle coupé et une vague de dégoût déferla en lui. Aussi doucement que possible, il caressa le dos de Maya.

« Oh bébé, je suis désolé. Si seulement ta mémoire n'était pas revenue… »

« En toute honnêteté, je suis contente de l'avoir retrouvée. Au moins, maintenant, il y a une chose dont je suis sûre. »

Elle s'écarta et le regarda dans les yeux.

« Malgré ce qu'il dit, je ne l'ai jamais laissé me toucher. On n'a jamais été proches. »

Gabriel se réjouit à l'idée que Ricky n'eût jamais rien fait avec Maya.

« Bébé, je suis content pour toi. Mais il n'empêche que je vais le tuer. »

« Je ne suis pas sûre de comprendre comment il a réussi à vous cacher tout ça, à toi et à tes amis. Personne ne s'en doutait ? »

Gabriel s'était posé la même question mais il savait maintenant avec certitude comment Ricky s'y était pris.

« Il a utilisé son don, celui qui permet de balayer les doutes. Quand j'ai passé en revue la liste des vampires mâles qui n'avaient aucun alibi pour le soir de l'agression, Zane a été catégorique : il a lavé Ricky de tout soupçon alors que ce dernier n'avait aucun alibi solide. J'ai eu des doutes moi aussi, mais ils se sont dissipés dès que j'ai voulu en parler. Ricky était sûrement dans le coin. Il a dû nous observer, Zane et moi et il nous a contrecarrés mentalement. »

Maya hocha la tête.

« Je crois qu'il a fait pareil pour moi. J'ai éprouvé un sentiment inconfortable quand tu me l'as présenté dans la cuisine, mais cette sensation s'est évaporée. Et ensuite, la fièvre m'a tellement perturbée que je n'ai, de toute façon, plus eu les idées claires. »

« Il nous a tous eus. Mais maintenant, c'est fini. Je peux te garantir qu'Amaury a déjà mobilisé les troupes. Ils sont à sa recherche. »

« En plein jour ? » Maya lui jeta un regard douteux.

« Oui. On a plein de gardes du corps humains qui nous sont loyaux. A l'heure qu'il est, ils sont sûrement dehors à sa recherche. Quant à lui, il ne peut pas se déplacer. »

« Espérons-le. »

Elle passa ses bras autour de lui et se blottit contre sa poitrine.

Gabriel prit son menton dans la paume de sa main et baissa la tête. Maya le rencontra à mi-chemin. Au moment où leurs lèvres se trouvèrent, il sentit une vague de chaleur l'envahir. Pour la première fois depuis une heure, il se sentait bien. Il captura ses lèvres et glissa sa langue dans sa bouche tout en la caressant doucement. Lorsque le corps de Maya se pressa contre le sien avec une confiance telle qu'il n'avait jamais pu observer chez une femme auparavant, il se sentit durcir ; et cette fois, il put sentir distinctivement ses deux verges. Cela lui rappela qu'il devait en parler avec Maya.

Il mit fin au baiser et la regarda. Elle semblait surprise.

« J'ai quelque chose à te dire. »

Elle plissa légèrement le front, presque apeurée à l'idée de ce qu'il allait bien pouvoir lui annoncer.

« Oui ? »

« C'est à propos de ce que la sorcière a trouvé. »

Il hésita. Comment prendrait-elle la nouvelle ? Bien, espérait-il, car il ne pourrait de toute façon pas y changer grand-chose. Son corps était ainsi fait : il était un satyre et possédait donc deux verges. Il espérait simplement que, si elle aussi était un satyre, son instinct la presserait de l'accepter.

Maya s'écarta et se tourna légèrement pour éviter son regard. Une vague de curiosité s'empara de lui.

« Je t'ai dit que ça m'était égal si on ne pouvait pas l'enlever. Ça ne me dérange pas. »

Gabriel posa sa main sur le bras de Maya et la fit se retourner afin qu'elle le regardât. Il était temps d'avoir cette conversation qu'il n'avait eu de cesse de remettre à plus tard, faute de savoir comment l'aborder. A présent, ils avaient tout leur temps.

« Je sais, tu me l'as dit et on en a déjà conclu que c'était parce que tu avais peur. Mais parlons-en malgré tout. »

Maya sentit la main chaude de Gabriel et leurs regards se rencontrèrent.

« Une fois que tu seras de nouveau normal, tu voudras quelqu'un d'autre. Pas moi. »

« Tu n'as pas entendu ce que je t'ai dit plus tôt ? Je t'aime. »

Les mots résonnèrent de façon on ne peut plus juste mais elle n'arrivait toujours pas à le croire.

« Oui, tu l'as dit, mais tu as aussi dit que tu voulais un enfant. Une fois que tu te seras rendu compte que, sans ta difformité, tu peux avoir n'importe qui, pourquoi ne voudrais-tu pas alors rester avec quelqu'un qui pourra te donner des enfants ? » Avant qu'elle ne réalisât ce qui se passait, Gabriel la prit dans ses bras.

« Ça m'est égal, » dit-il d'un ton bourru. « Tout ce que j'ai toujours désiré dans la vie, c'est d'avoir une femme qui m'aime pour ce que je suis. Etre père aurait été un plus, mais je ne m'en soucie pas plus que ça. Tu crois vraiment que je laisserais tomber cette chance de goûter enfin au bonheur, uniquement parce qu'on ne peut pas avoir d'enfants ensemble ? »

« Tu es sincère ? » demanda-t-elle, son cœur battant la chamade.

« Oui. Mais… »

Il y avait donc un *mais*. Elle n'aurait pas dû se réjouir aussi tôt. Ses épaules s'affaissèrent sous le poids de la défaite.

« Il faut que tu m'acceptes et, une fois que je t'aurai dit ce que la sorcière a trouvé, la décision t'appartiendra. Je t'aime. Je veux que tu le saches, mais je ne peux pas te demander d'être mienne sans que tu saches ce que je suis. Ce ne serait pas juste. »

Une vague de confusion se mit à flotter. Sa voix était hésitante. C'était la première fois qu'elle l'entendait s'exprimer de cette façon. On aurait dit qu'il ne savait comment aborder le sujet.

« Qu'est-ce que tu es ? Qu'est-ce que tu veux dire ? »

« Je ne suis pas complètement vampire. »

Cela n'avait pas réellement de sens à ses yeux. Comment pouvait-il ne pas être un vampire ? De tout ce qu'elle avait pu voir jusque-là, il était clair qu'il en était un ; et même un très puissant ! Elle avait vu ses canines, ressenti sa force. Elle l'avait vu boire du sang.

« Comment est-ce possible ? »

« Je suis un vampire, mais ce n'est pas tout. Je n'étais pas humain quand on m'a transformé. Je ne l'avais jamais réalisé jusque-là. Ma transformation a été très similaire à la tienne et maintenant, je comprends pourquoi. Comme toi, j'ai failli mourir une seconde fois, comme si mon corps rejetait l'idée d'être un vampire. Mais comme toi, j'ai survécu. »

Elle ne se souvenait que trop bien à quel point cela avait été douloureux.

« Si j'ai survécu, c'est grâce à toi. »

Il appuya son front contre le sien.

« Mais je ne veux pas que tu penses que tu m'en es redevable. Je l'ai fait pour une raison égoïste : je voulais que tu vives parce que je voulais que tu sois mienne. Dès l'instant où je t'ai vue étendue sur le lit, chez Samson, j'ai su que je t'aimerais. »

« Comment est-ce possible ? Tu ne savais rien de moi. »

Et pourtant, ses mots étaient empreints de certitude.

« Mon corps reconnaît le tien. On est pareils, Maya, bien plus que ce que je n'avais cru. Je suis en partie satyre, tout comme toi. »

Les nouvelles la heurtèrent de plein fouet, comme un train de marchandises qui aurait percuté un mur de briques. Un satyre ?

« Une bête avec des sabots ? »

Gabriel secoua la tête.

« Non, ça, c'est un minotaure. Les satyres sont différents. Ce sont des créatures mythologiques. Un satyre est mi-homme mi-animal, mais son côté bestial se manifeste uniquement au travers de sa force et de sa soif de plaisir charnel. Pour ce qui est des mâles, il y a aussi une petite différence physique. En dehors de ça, nous possédons des corps d'humains. Les sabots et les cornes sont apparus plus tard, dans la mythologie. C'est pour ça que je ne l'ai jamais su. Je n'ai pas connu mon père, alors personne n'a jamais pu m'expliquer tout ça. »

« Et tu dis que je suis aussi un satyre ? Mais comment peux-tu le savoir ? »

Cela n'avait aucun sens. Elle s'était toujours sentie humaine.

« Tu sais que tu as été adoptée ? »

Elle fut surprise qu'il le sût.

« Bien sûr. Mes parents ne me l'ont jamais caché. En plus, ils sont blonds et ont la peau claire,. Tout l'opposé de ce que je suis. »

« Tes parents biologiques, ou du moins ton père biologique, devaient être des satyres. »

« Comment la sorcière peut-elle en être aussi certaine ? Elle n'a pas fait de test sur moi. »

Les dires de la sorcière étaient difficiles à croire.

« Pas besoin. A cause de ce qui m'est arrivé. J'ai changé. »

Il déglutit. Maya put voir sa pomme d'Adam bouger de haut en bas.

« De quel genre de changement tu parles ? »

« Après qu'on ait fait l'amour. »

« Bon sang, Gabriel, mais crache le morceau. »

Elle porta les mains à ses hanches, mais au lieu de la relâcher, il l'amena plus près de lui encore.

« Ce changement. »

Il pressa ses cuisses contre les siennes.

« La masse de chair que tu as vue. Elle a changé. Ça n'arrive que lorsqu'un satyre a fait l'amour avec sa partenaire pour la première fois. Maya, c'est devenu un second pénis parce que toi et moi, on a fait l'amour. »

Elle en eut le souffle coupé et ses poumons demandèrent immédiatement de l'air pour amener de l'oxygène jusqu'à son cerveau. Il avait deux verges ? Elle s'écarta de lui et remarqua immédiatement son regard de mécontentement. Mais cela lui était égal pour le moment. Elle porta la main là où une bosse se formait dans son pantalon. Lorsque la paume de sa main entra en contact avec la rigidité qui se trouvait par dessous, Gabriel sursauta, puis se colla à elle.

C'est alors qu'elle la sentit. Il n'y avait pas qu'une verge en érection pulsant sous sa paume : elle pouvait nettement en sentir une seconde, tout aussi dure que la première, bien qu'un peu plus petite. Elle pressait contre le tissu de son pantalon.

« Je veux voir, » dit-elle en se léchant les lèvres et en attrapant la braguette.

La main de Gabriel l'arrêta, la maintenant en place.

« Maya. »

Sa voix était étouffée et, lorsqu'elle le regarda, elle lut un désir à peine contenu dans ses yeux. Il la regardait comme s'il voulait la dévorer et, à en juger parce qu'elle sentait sous sa main, elle avait une idée assez claire de ce avec quoi il voulait le faire.

Son cœur s'emballa tandis que son corps réagissait. Elle ne désirait rien de plus que de toucher les deux verges de ses propres mains, de les prendre dans sa bouche, une par une, et de les sucer jusqu'à ce qu'il la priât d'arrêter.

« Ce n'est pas un cours de bio. »

Pensait-il réellement qu'elle voulait se contenter de l'examiner ?

« Si tu n'enlèves pas ton pantalon tout de suite pour me faire l'amour, je te jure qu'au coucher du soleil, je sors d'ici et tu ne me revois plus jamais. »

L'expression ahurie qui éclaira le visage de Gabriel valait le détour.

« Tu veux que je te fasse l'amour et tu crois que je vais te le refuser ? Maya, je suis un vampire et un satyre, certes, mais je suis un homme avant tout. »

33

Le cerveau de Gabriel ne répondait plus. Maya l'acceptait tel qu'il était. Un petit sourire confiant retroussa les lèvres rouges de cette dernière et il reconnut la flamme qui brillait dans ses yeux ; la même que celle qu'il avait vue lorsqu'ils avaient fait l'amour comme des fous dans le salon.

« Tu me veux ? »

« Oui, et comme on ne peut pas sortir d'ici avant le coucher du soleil, je ne vois rien de mieux à faire que de nous envoyer en l'air. Toi si ? » demanda-t-elle en lui adressant un clin d'œil coquin.

Idem pour Gabriel. Il la prit dans ses bras, sa bouche recouvrant la sienne. Elle leva la tête et lui offrit ses lèvres.

« Embrasse-moi. »

Il lui lança un petit sourire.

« J'adore t'embrasser. »

Puis il pressa ses lèvres contre les siennes et déposa un doux baiser sur sa bouche. Maya y répondit d'un léger soupir. Sa respiration s'entremêla à celle de Maya et il entrouvrit les lèvres pour se nourrir d'elle. Ses sens furent inondés de son odeur et de son goût.

Gabriel laissa courir ses mains le long du dos de sa semblable. Puis il caressa ses fesses, les enrobant de ses larges paumes avant de l'attirer davantage encore contre lui. Il sentit ses deux verges pousser contre la douce chair de l'estomac de Maya, tandis que les seins de cette dernière venaient s'écraser contre sa poitrine musclée. Tout semblait parfait. Elle était la femme parfaite : le yin de son yang.

Sa langue s'engouffra dans la bouche de sa belle afin de se battre en duel avec la sienne, la caresser, la titiller et enfin la sucer. Les soupirs qu'elle poussait formaient la plus belle musique qu'il eût jamais entendue. Quant à ses mains, elles l'encourageaient à continuer ce qu'il avait entrepris. Maya lui avait déjà sorti la chemise de son pantalon et y avait glissé les mains par-dessous pour caresser sa poitrine nue. Ce geste provoqua un sifflement dans le souffle, bien mérité, que Gabriel venait de reprendre.

« Maintenant, montre-moi ce que tu as, » murmura-t-elle contre ses lèvres, sa respiration étant devenue aussi difficile que celle de son partenaire.

« Impatiente ? » demanda-t-il en déposant un baiser au coin de ses lèvres.

« Curieuse. »

« Effrayée ? »

Les lèvres de Gabriel descendirent le long de son cou, où il sentit battre sa veine.

« Affamée, » répondit-elle entre deux gémissements.

« J'aurais aimé t'offrir un lit confortable, cette fois. »

La première fois, il l'avait prise contre le mur du salon. Et maintenant ? Il aurait voulu faire les choses différemment.

« Ça m'est égal. »

« Ce ne sera pas très confortable pour toi. »

Elle attira sa tête vers la sienne et le regarda.

« Je ne cherche pas le confort. Ce que je veux, c'est être avec toi. »

Il se perdit dans ses yeux sombres.

« Et je te veux. Et cette fois, tu jouiras en même temps que moi, tu as ma parole. »

« Fierté masculine ? »

Cela n'avait rien à avoir avec de la fierté.

« Instinct de survie. »

Ne comprenant pas, elle haussa un sourcil, dans l'expectative..

« Je ne veux pas que tu me quittes parce que je suis incapable de te satisfaire. »

Elle sourit et colla ses hanches contre sa verge de manière suggestive.

« Peut-être que tu as tout ce dont j'ai besoin. »

« Une seconde. »

Il s'écarta et se dirigea vers le placard où était rangé du matériel.

« Qu'est-ce que tu fais ? »

Gabriel ouvrit le meuble et en examina le contenu.

« Je cherche de quoi rendre le lieu un peu plus confortable pour nous. Je ne peux t'offrir un lit digne de ce nom, mais je peux au moins utiliser ça. »

Il sortit deux grosses couvertures qui avaient été emballées afin de les préserver de la poussière et de la moisissure. Il déchira le plastique dans lequel elles étaient enveloppées et les en sortit.

En quelques pas, il atteignit le coin où plusieurs lits de camp étaient empilés. Il en prit un et y déposa les couvertures dessus pour rendre la couche plus épaisse.

« Tu as le sens pratique, » fit remarquer Maya.

Gabriel se retourna et lui sourit.

« Avec le temps, tu verras que j'ai d'autres qualités tout aussi utiles. »

Elle siffla entre ses dents.

« Hum hum. Deux en particulier. »

Elle baissa les yeux vers son entrejambes. Une vague de chaleur parcourut instantanément le corps de Gabriel. Elle était directe et il aimait cela. Elle n'y allait pas par quatre chemins pour exprimer ce qu'elle voulait. Et pour le moment, c'était lui qu'elle voulait. Ou plutôt ses deux membres en érection, prêts à l'emploi. Et il n'allait pas la priver – ni se priver lui-même – d'un tel plaisir. Même si, pour l'instant, il appréhendait ses propres désirs, ses désirs les plus sombres et les plus interdits. Car il était certain qu'une femme comme elle n'accepterait pas…

« Tu as changé d'avis ? » demanda-t-elle en s'approchant, son odeur enivrante le droguant instantanément.

« Je ne crois pas, non. »

Gabriel lui attrapa la main et l'attira vers lui.

« Puis-je te déshabiller ? »

Pour une raison qu'il ignorait, il se sentait nerveux. Il s'agissait d'un grand pas en avant. Si elle n'aimait pas ce qu'il s'apprêtait à faire, elle pourrait toujours le quitter. Même s'il ferait tout pour éviter une telle chose. Non, il garderait ses sombres désirs pour lui-même afin de ne pas l'effrayer. Il savait néanmoins exactement ce qu'il voulait. L'idée de posséder Maya par-derrière avec ses deux verges la pénétrant – l'un dans son doux écrin, l'autre dans le passage sombre et interdit, qu'il désirait soudain plus que tout – fit pulser davantage encore ses érections, et ce de manière incontrôlable.

Il attrapa le t-shirt de Maya et le sortit doucement de son jean. Lorsqu'il le souleva, elle leva les bras au-dessus de la tête pour lui permettre de l'ôter. Elle ne portait pas de soutien-gorge.

Maya sentit une légère brise caresser ses seins nus et ses tétons se durcirent. Ce n'était pourtant pas l'air froid qui l'excitait, mais bien la façon dont Gabriel la regardait : avec un désir à peine retenu. Il avait faim d'elle, tout comme elle avait faim de lui. Les choses qu'il lui avait racontées à propos de lui, mais également à propos d'elle-même, prenaient soudainement tout leur sens.

Ses fièvres inexpliquées, son désir insatiable de sexe et son incapacité à se sentir satisfaite avec les hommes qu'elle avait connus. Serait-ce à présent différent ? Gabriel serait-il capable de la satisfaire ?

Elle tendit la main vers les boutons de la chemise de ce dernier et les défit un par un, mettant à nu sa poitrine musclée. Dès qu'elle en eut fini avec le haut, elle s'attaqua à son pantalon. Sous le tissu, la bosse avait manifestement gagné en volume.

Deux verges. Elle savait instinctivement ce que cela voulait dire. Ce qui était censé se passer. Il la posséderait avec les deux. Ces désirs sur lesquels elle n'avait jamais été capable de mettre de mots, ceux qu'elle n'avait jamais été capable d'exprimer, ils étaient enfin à sa portée. Elle savait ce dont son corps avait toujours eu envie bien que son cerveau eût toujours tenté de le rejeter. Sentir deux verges en elle, en même temps. Et voilà que Gabriel était là, mi-vampire mi-satyre ; et il pouvait lui donner ce dont elle n'avait même pas osé rêver : la satisfaction sexuelle dont elle avait toujours eu envie, les sombres désirs qu'elle ne s'était jamais autorisée à exprimer.

Lorsqu'elle déboutonna le jean de son partenaire et en baissa la braguette, Gabriel expira profondément. De ses deux mains, elle fit descendre son pantalon et le laissa glisser le long de ses jambes. Il se débarrassa alors rapidement de ses bottes et envoya valser son jean.

Le regard de Maya se porta sur son boxer, tendu à l'avant. Elle passa sa main entre l'élastique et la peau avant de faire glisser le sous-vêtement, laissant enfin apparaître ce qu'elle voulait voir depuis si longtemps. Elle remarqua à peine Gabriel se débarrasser de son boxer et de ses chaussettes. Ce qu'elle avait sous les yeux la fascinait.

Alors même qu'il l'aidait à se débarrasser de ses propres chaussures et de son pantalon, elle ne put s'empêcher de le regarder.

« Gabriel, tu es beau, » murmura-t-elle tandis que ses mains attrapaient ses verges.

Elle en prit une dans chaque main, palpant la douceur da la peau sous laquelle quelque chose de dur se dressait. Les deux têtes violettes, gorgées de sang et prêtes à exploser, pointaient vers elle, requérant toute son attention.

« Putain ! » murmura-t-il, le souffle coupé. « Bébé, tu me fais perdre le contrôle. »

Un sourire malicieux éclaira son visage lorsqu'elle le regarda.

« Ce n'est pas l'objectif ? »

« Non, l'objectif c'est de te satisfaire toi d'abord. »

Avant qu'elle ne pût réagir, il l'attrapa et la porta vers le lit improvisé. Doucement, il l'y allongea. Elle s'y étendit, appréciant la douceur des couvertures.

Tout en maintenant une jambe au sol, Gabriel se baissa et coinça l'un de ses genoux entre les jambes de Maya. Il commença à l'embrasser dans le cou. De ses lèvres, il traça un chemin le long de sa peau sensible, jusqu'au lobe de son oreille avant de redescendre au confluent de l'épaule et du cou. Il la suça à cet endroit précis.

Puis il laissa ses lèvres descendre–davantage encore, atteignant les seins couronnés de tétons durs. Il en agrippa un dans une main et le suça à son extrémité. Ce faisant, il gémit et fit comprendre à Maya à quel point il aimait faire cela. Le corps de cette dernière s'échauffait sous les caresses du vampire, le centre de sa féminité se liquéfiant au point d'inonder le sommet de ses cuisses.

Elle bougea les hanches et écarta davantage les jambes afin que les durs engins de Gabriel frottent contre elle tandis qu'elle se tortillait..

« Impatiente ? » murmura-t-il tout en lui léchant le sein avec délectation.

« Je te veux en moi. »

« Je n'en ai pas encore fini ici, » dit-il en continuant à torturer ses seins de la façon la plus délicieuse qu'elle eût pu imaginer. Ses mains attrapèrent l'un de ses tétons tandis que sa bouche suçait l'autre avec une avidité particulière, comme s'il ne pourrait jamais se lasser d'elle.

« Tu pourras en avoir plus tout à l'heure, » lui proposa-t-elle. « Mais pour le moment, donne-moi ce dont j'ai envie. »

Il leva les yeux vers elle, puis hocha la tête.

« Uniquement parce que tu le demandes avec autant de gentillesse. »

Gabriel se mut et, soudain, sa verge inférieure se plaça à l'entrée de l'écrin humide pendant que l'autre se positionnait au niveau des poils pubiens. D'un doigt, il toucha ses plis.

« Tu es tellement mouillée, bébé. »

Il enfonça ensuite un doigt dans la moiteur de son intimité, en étala le nectar sur son clitoris et, par cette action, amena Maya à émettre un gémissement étouffé. Mais avant qu'elle ne pût serrer son doigt, il retira sa main et plaça sa verge supérieure contre le clitoris, frottant son membre contre le bouton d'ores et déjà humide.

« Maintenant, je suis prêt, » dit-il d'une voix rauque provenant des fins fonds de sa poitrine.

Au moment où il se poussa en avant, son érection s'engouffra en et Maya tandis que sa deuxième verge glissait vers le clitoris, le caressant en parfaite harmonie. Gabriel emplit sa partenaire-tout en l'étirant afin qu'elle s'adaptât à son gabarit. Il sentait bien que son sexe était plus gros que la fois précédente dans le salon. A moins que ce ne fût dû à la position dans laquelle elle se trouvait retenue : emprisonnée sous sa forte corpulence alors qu'il se frottait les hanches contre elle, ses verges se mouvant en rythme. Elle n'avait jamais rien ressenti d'aussi parfait. A présent qu'elle y pensait, elle discernait bien la connexion de leurs corps parfaitement synchronisés : leurs gémissements qui, dans un son souffle court se mélangeaient, leurs corps collés l'un à l'autre qui dansaient sur un nuage de légèreté. Elle avait l'impression de tomber. Elle se sentait toutefois en sécurité dans les bras de Gabriel, en sécurité sous son corps musclé tandis qu'il intensifiait le rythme de ses allées et venues.

A chaque coup, à chaque friction contre son clitoris, le centre de sa féminité s'échauffait et les battements de son cœur s'emballaient à un rythme effréné vers l'inévitable. Gabriel ne la quittait pas des yeux, comme pour s'assurer qu'il comprenait bien ce qu'elle voulait, ce qu'elle attendait de lui. Il en avait la peau brillante de sueur. De sa main, il lui caressa alors le visage.

« Maya, bébé. »

Il sembla vouloir en dire davantage, mais n'en fit cependant rien.

Maya sentait son clitoris gonfler à chaque fois que la verge de Gabriel venait à le frotter. Elle ressentit le début de son orgasme dans la plante de ses pieds. Alors que la vague commençait à monter, sa respiration devint haletante. Elle surprit le sourire de Gabriel au moment où son orgasme la heurta de plein fouet. Indépendamment de sa volonté, un cri s'échappa de sa gorge. Cela ne lui était jamais arrivé auparavant. C'était la première fois qu'elle jouissait lors d'une pénétration.

« Oh bon Dieu. »

A la dernière vague de son orgasme, elle sentit Gabriel se contracter pour, qu'un instant plus tard, son érection pulsât violemment en elle et y déversât sa semence. Au même moment, elle sentit de l'humidité sur son ventre et se rendit compte que le second membre avait également éjaculé.

« Oh bon Dieu, bébé ! » grogna-t-il, ses yeux reflétant l'incrédulité qui perçait dans sa voix.

Il se laissa tomber sur elle tout en prenant appui sur les bras afin qu'elle n'eût pas à supporter tout le poids de son corps.

Il appuya son front contre le sien, respirant avec difficulté.

« Je ne savais pas… Maya, je n'ai jamais joui comme ça. De manière aussi intense. »

Elle sourit et déposa un doux baiser sur ses lèvres.

« Moi non plus. »

Gabriel l'embrassa passionnément, enroulant sa langue autour de la sienne en de longues et impérieuses caresses. Lorsqu'il relâcha ses lèvres, il laissa sa langue redessiner un chemin jusqu'au cou de sa maîtresse, la suçant au même endroit que précédemment. Mais cette fois, ses dents éraflèrent légèrement la peau de Maya. Une vision venant de nulle part apparut alors dans l'esprit de cette dernière. Elle imagina Gabriel en train de plonger ses canines dans son cou pour boire son sang.

Le souffle coupé, elle le sentit s'écarter.

« Je t'ai fait mal ? »

Maya plongea ses yeux dans les siens. Ils étaient voilés par la passion. Elle déglutit. Puis sans réfléchir, elle confessa son désir le plus grand.

« Mords-moi. »

Gabriel gémit. Elle voulait qu'il la mordît ? Elle titillait l'une de ses plus grandes tentations. Pourtant, il n'avait pas le droit de lui faire une telle chose. Pas compte tenu de ce qui se passait en lui, de ce besoin qui bouillonnait dans ses veines ; ce besoin de lui faire des choses qu'il ne pouvait avouer. Des choses qu'une femme décente n'accepterait jamais, que même les prostituées refusaient.

« Oh, Maya… Tu ne sais pas ce que tu me proposes, là. »

Des émotions partagées envahirent son esprit. D'un côté, le désir ; de l'autre, la prudence. Il ne pouvait la contraindre à devenir dépendante de lui alors que subsistait toujours le risque qu'elle s'enfuît, effrayée, lorsqu'elle apprendrait ce qu'il attendait d'elle. La posséder d'une manière on ne peut plus bestiale. Elle ne pouvait sérieusement vouloir une telle chose.

« Quel est le problème ? »

« Si je te mords alors qu'on fait l'amour et que tu bois mon sang en même temps, nous allons créer un mélange de sang. Maya, un tel mélange… C'est pour toujours. Il n'y a pas moyen d'en réchapper. »

Sa réponse fusa plus vite que ce à quoi il ne s'était attendu.

« Tu ne veux pas que ce soit pour toujours… nous deux ? »

Il lut de la déception et de la douleur dans ses yeux. Il ne pouvait la laisser croire une telle chose, pas même une seconde.

« Je veux que ce soit pour l'éternité, mais avant, il y a encore une chose qu'il faut que tu saches à propos de moi. »

Il fit une pause et ferma les yeux avant de reprendre. Se mettre à nu était l'exercice le plus difficile auquel il s'était jamais prêté, mais elle le méritait. Elle méritait de connaître son côté le plus sombre.

« Je veux te posséder de la manière la plus bestiale qui soit et je ne pense pas être capable de réfréner ce désir très longtemps. Maintenant que je sais ce que je suis, j'ai compris ce que mon corps désirait et je ne pourrai pas réprimer mes envies éternellement. »

Il ouvrit les yeux.

« Maya, je veux te posséder avec mes deux verges en même temps ; l'un dans ton vagin et… »

Il s'arrêta et détourna les yeux, voulant esquiver le dégoût qui allait fatalement illuminer les yeux de sa partenaire.

« Et l'autre dans ton anus. Tu vois ? C'est dépravé. Je ne devrais pas désirer une telle chose, mais c'est comme ça. Et si on se lie par les liens du sang, alors tu n'y échapperas pas. Il faudra que tu fasses avec. »

Son cœur battait la chamade dans sa poitrine. Et si maintenant elle tentait de partir ?

« Que je fasse avec ? »

Elle porta la main à son menton pour le forcer à la regarder.

« Gabriel, je veux tout ce que tu as à m'offrir. On est tous les deux des satyres. Qu'est-ce qui te fait croire que je ne veuille pas la même chose ? Qu'est-ce qui te fait croire que je n'aie pas envie que tu me prennes comme ça ? »

Il écarquilla les yeux, surpris.

« C'est ce que tu veux ? »

Il scruta son regard, sans pour autant y trouver la moindre trace de dégoût.

« Pourquoi un satyre aurait-il deux verges s'il ne peut les utiliser pour satisfaire sa partenaire ? »

Tout d'abord, elle lui disait qu'il était parfait et maintenant, elle lui proposait de réaliser son souhait le plus sombre. A cet instant, Gabriel comprit ce qu'était la providence, ou quoi que ce fût d'autre qui s'en rapprochât le plus. Maya était l'incarnation-même de ce qu'il avait toujours voulu. Avec elle, il pourrait avoir une maison, une femme aimante, une vie sexuelle épanouie. Et, même si la vie était encore plus parfaite avec des enfants, cela n'était pas suffisant pour qu'il la laissât tomber. C'était clair dans son esprit. En fait, cela l'avait toujours été.

« Je te donne mon cœur et ma vie. »

Sa voix se brisa presque, mais il poursuivit malgré tout.

« Je veux mêler mon sang au tien, mais pas ici. Je veux que tu en gardes un souvenir spécial. »

Il scruta la pièce du regard. Non, ce n'était pas l'endroit idéal.

« Lorsqu'on mêlera nos sangs, on le fera dans une pièce pleine de bougies rouges. On s'allongera sur des draps blancs et frais pour faire l'amour et tout sera parfait. Je te le promets. »

Elle lui sourit.

« Je ne te savais pas aussi fleur bleue. »

« Je ne suis pas fleur bleue, je suis *réaliste.* »

Il effleura ses lèvres des siennes.

« Promets-moi seulement que tu n'en parleras à personne. Je risquerais de changer d'avis. »

Elle leva les yeux au ciel.

« Les hommes ! »

Puis elle rit. D'un rire qui le toucha en plein cœur et le réchauffa. Maya semblait heureuse et il se promit de tout faire pour qu'elle le restât.

Lorsqu'elle sembla se rendre compte qu'il la regardait, son rire se fit plus timide. Elle plongea son regard dans le sien et Gabriel eut la sensation que c'était son âme qu'elle regardait.

« Je t'aime. »

Il retint les larmes qui menaçaient de couler suite à cette déclaration inattendue.

« Mon cœur t'appartient. »

Le baiser qui s'ensuivit passa de doux et tendre à passionné en une fraction de seconde. Gabriel était toujours en elle et, étant resté en semi-érection tout le temps de leur conversation, sa verge commençait à durcir à nouveau.

Il se retira de la chaleur de son écrin et interrompit leur baiser.

« Quelque chose ne va pas ? » demanda-t-elle d'une voix douce, presque endormie.

Il reconnut ce ton comme étant celui d'une femme on ne peut plus satisfaite. Et de savoir qu'il avait réussi à la faire jouir le comblait.

« Rien du tout, bébé. Je veux te faire l'amour comme un satyre mais sans pour autant te blesser. »

Il se leva du lit de camp et se dirigea vers le petit placard. Il avait préalablement jeté un œil au matériel médical et, s'il ne s'était pas trompé, il y avait vu de la vaseline. Cela ferait l'affaire. Lorsqu'il se retourna, lubrifiant en main, il vit que Maya s'était retournée sur le ventre. Gabriel déglutit. Elle serait sa victime. Comment arriverait-il à sortir du lit au cours des prochains siècles s'il devait l'avoir comme partenaire ?

Il laissa son regard parcourir les courbes de son dos, puis de ses fesses avant de fixer ses jambes bien dessinées. Elle les écarta légèrement, lui permettant d'observer les boucles brunes en leur sommet ; des boucles qui brillaient d'humidité. La semence que Gabriel avait laissé en elle suintait également de ses lèvres roses et il ressentit le besoin de la pénétrer de nouveau de façon à être certain que cette semence ne s'échapperait pas. Il s'agissait d'une idée stupide car il savait que le produit de sa jouissance ne grandirait pas en elle. Même si… La sorcière avait-elle dit quelque chose au sujet de la fertilité des femelles satyres ? Il avait dû encaisser tellement de choses qu'il n'était plus certain d'avoir bien entendu.

Sans précipitation aucune, il s'approcha du lit et s'assit au bord de ce dernier. Il ne pouvait s'arrêter d'admirer la beauté de Maya et de s'estimer heureux. Il se voyait, en effet, gratifié du plus beau cadeau de sa vie : une femme qui le voulait en dépit de tout, malgré ses deux verges et les sombres désirs qu'elles symbolisaient.

« Tu es belle, » murmura-t-il en lui caressant le dos. « Si je savais peindre, je te représenterais telle que tu es en ce moment. »

Elle tourna la tête vers lui et sourit.

« Je préférerais que tu me fasses l'amour plutôt que de me peindre. »

Puis son regard atterrit sur la bouteille qu'il tenait à la main.

« Touche-moi. »

Gabriel inspira profondément et plongea un doigt dans le lubrifiant.

« Je te promets d'être aussi doux que possible. »

Maya ferma les yeux et soupira. Lorsqu'il glissa une main le long de ses fesses, elle se redressa pour lui offrir un meilleur accès. Aidé par le lubrifiant, son doigt glissa doucement le long de la pente, jusqu'à atteindre l'anneau tout en muscle qui gardait l'entrée du sombre portail.. Alors qu'il laissait son doigt s'y attarder, il entendit Maya retenir son souffle. Tout en étalant le lubrifiant, il commença à dessiner lentement des cercles autour de l'orifice..

L'idée d'être aux portes de sa sombre caverne amena son corps à envoyer encore plus de sang dans ses membres. Il regarda son entrejambes, là où ses deux verges se tenaient en érection, prêtes à posséder sa partenaire. L'inconnu l'attendait. Une vague de nervosité s'empara alors de lui. Il ne voulait pas lui faire mal.

« C'est la première fois que je fais ça. »

« Moi aussi, » avoua-t-elle.

D'une pression à peine perceptible il explora son trou noir et la sentit se mouvoir doucement dans sa direction. Le muscle étroit lui agrippa fermement le bout du doigt dès l'instant où ce dernier le franchit. Maya émit un gémissement sourd auquel il ne put que faire écho. Jamais dans sa vie il n'avait senti quelque chose d'aussi étroit. Son vagin l'avait enveloppé comme un gant chaud, mais le fait de réaliser qu'elle le serrerait bientôt encore plus lui coupa le souffle. Il ne tiendrait pas longtemps. Sa verge ne survivrait pas à ce plaisir plus de dix secondes. Mais c'était peut-être mieux ainsi. Il ne voulait pas qu'elle subît trop longtemps ce qu'il s'apprêtait à lui faire. Il n'arrivait toujours pas à croire qu'elle en avait réellement envie. Elle lui avait probablement accordé cet obscur petit plaisir car elle voulait être avec lui et était incapable de lui refuser quoi que ce fût.

Il enfonça son doigt plus profondément, lui laissant le temps de s'accoutumer à son intrusion.

« Encore… » murmura-t-elle de sa voix rauque voilée par la passion.

Ses encouragements mirent fin aux doutes de Gabriel quant à la douleur qu'elle était susceptible d'éprouver et il enfonça son doigt davantage encore, aussi loin qu'il le pût. Il l'ôta ensuite doucement et le trempa une nouvelle fois dans la vaseline avant de recommencer.

A présent, Maya haletait bruyamment, les hanches poussées vers le haut, le forçant à accélérer.

« Oui ! »

Son enthousiasme n'échappa pas à Gabriel. Aimait-elle réellement cela ? Il sentit son cœur se gonfler tandis que Maya adoptait un certain rythme, poussant ses fesses d'avant en arrière afin que son doigt allât et vînt profondément en elle. Lorsqu'il comprit qu'elle en voulait davantage, il s'exécuta et la sodomisa avec son doigt, tout comme elle le souhaitait : longuement et profondément, tout en augmentant la vitesse de ses coups tandis que la respiration de Maya devenait de plus en plus courte et haletante. Lorsqu'elle en réclama encore plus, il glissa un deuxième doigt en elle pour l'étirer. Il ne pouvait détourner le regard d'une vue aussi érotique. Tandis que ses doigts disparaissaient en elle, son propre cœur s'emballa, du pré cum suinta de ses deux verges impatientes. Tout son corps frissonnait de plaisir.

Mais il ne pouvait plus attendre. Il bougea, se mit à genoux derrière elle et lui écarta les cuisses.

« Mets-toi à quatre pattes, » lui demanda-t-il tout en retirant ses doigts et en lui calant les fesses contre son bas-ventre.

Gabriel reprit du lubrifiant et l'étala sur sa verge supérieure avant de la placer à l'entrée de l'orifice. La deuxième était déjà positionnée au niveau de son vagin, prête à la pénétrer. La cyprine titillait la tête de son membre dur, lui promettant un plaisir qu'il n'aurait osé imaginer dans ses rêves les plus fous.

D'une main, il lui maintint une hanche et de l'autre, il dirigea sa verge et poussa vers l'avant. Presque sans effort, le bout franchit le muscle étroit de l'anneau et disparut en elle.

« Oh bon Dieu, » haleta-t-elle.

« C'est trop ? »

Il était prêt à se retirer immédiatement si cela lui faisait mal.

Elle secoua à peine la tête et se poussa contre lui, le prenant plus en profondeur. Sans aucune résistance, le membre inférieur de Gabriel glissa dans son vagin tandis que celui du dessus continuait de s'enfoncer. Une fois en elle, il put sentir ses deux verges frotter contre la fine membrane qui séparait les deux canaux.

« Oh putain ! »

Il ne put s'empêcher de jurer face au plaisir qui s'offrait à son corps. Avant de réaliser ce qu'il était en train de faire, il s'enfonça davantage, s'installant au plus profond d'elle.. La façon dont le corps de Maya l'accueillit, le serra, lui fit presque perdre le contrôle.

« Oh putain, putain, putain, putain, putain… »

Il n'avait jamais rien connu d'aussi parfait de toute sa vie. Aucun autre plaisir n'avait jamais été aussi intense. S'il devait mourir maintenant, au moins mourrait-il heureux.

Lorsque Maya se tortilla sous lui visiblement pour le faire réagir, il lui agrippa les hanches.

« Bébé, donne-moi une seconde ou c'est foutu. »

Elle ricana.

« Vas-y, marre-toi, » la taquina-t-il. « Attends de voir ce que ça fait. »

« Oh mais *je* vois très bien, » fit-elle remarquer.

Sa blague l'aida à se concentrer.

« C'est ce qu'on va voir. »

Gabriel se retira, ne laissant que ses glands en elle et replongea. Il trouva progressivement son rythme et commença à la posséder avec passion. Il ne pouvait qu'admirer la façon dont leurs corps se complétaient l'un l'autre. Elle était véritablement faite pour lui, son vagin s'accommodant parfaitement à lui et ses petites fesses le serrant d'une manière qui ne pouvait que le faire jouir.

Les bruits de plaisir qui s'échappaient des lèvres de Maya réchauffèrent son cœur et le remplirent de fierté. Il était en train de le faire. *Il* lui donnait du plaisir. C'était tout ce qu'il avait en tête. Il n'avait jamais possédé une femme d'une telle façon ; aussi passionnément, aussi rapidement, aussi férocement. En outre, il ne craignait plus de la blesser, à présent. Maya était un satyre et un vampire dont le corps était presque aussi fort que le sien ; un corps conçu pour s'adapter au sien et lui donner un plaisir infini.

Pour la première fois, il remercia silencieusement les circonstances qui les avaient réunis. Même si ce qui était arrivé à Maya était terrible, Gabriel savait qu'il s'agissait là du destin. Et il ferait tout son possible pour la rendre heureuse afin qu'elle n'eût aucune raison de regretter sa nouvelle vie. Il lui donnerait tout ce qu'elle voudrait.

« Je t'aime, » murmura-t-il en plongeant plus profondément encore.

« Ma femme, ma partenaire, mon amour. »

A ses yeux, elle était déjà sienne. Le rituel du mélange des sangs ne serait qu'une formalité. Une excitante et bien plaisante formalité.

« Gabriel. »

Elle prononça son nom avant que son corps ne fût soudainement pris de convulsions et qu'elle ne sentît ses muscles se contracter autour de Gabriel. Ce dernier ressentit son orgasme comme s'il était déjà lié à elle. Il sentit les vagues déferler dans chacune des cellules du corps de sa femme avant d'en être percuté de plein fouet et emporté avec elle. Ses deux verges éjaculèrent à l'unisson, crachant en elle des jets chauds de sa semence. Il explosait comme un volcan, son orgasme s'emparant de tout son corps et envoyant des ondes à travers lui avec plus de puissance qu'une bombe atomique. Sa vision se brouilla tandis que son esprit cessait de fonctionner. Il sentit alors son corps devenir tout léger, comme s'il flottait.

Lorsqu'il s'écrasa sur Maya, il trouva à peine la force de rouler sur le côté et de la tirer tout contre lui afin qu'elle ne souffrît pas du poids de son corps. Il fut incapable de prononcer le moindre mot durant quelques secondes. Il devait reprendre son souffle.

Il glissa une main sur l'un des seins de Maya et sentit son cœur battre aussi frénétiquement que le sien. La main de sa femme alla à la rencontre de la sienne, leurs doigts s'entremêlant. Puis elle tourna la tête et le regarda dans les yeux, visiblement satisfaite. C'était un regard qu'il voulait la voir adopter tous les jours que compterait leur vie commune. Il effleura doucement ses lèvres, mais ne put faire davantage. Il manquait de mots pour décrire ce qu'il ressentait. Cependant, lorsqu'il plongea ses yeux dans les siens, il vit qu'elle comprenait. Ils ne formaient plus qu'un.

34

Maya se réveilla et trouva Gabriel en train de la regarder, la tête appuyée sur sa main.

« Pourquoi tu ne m'as pas réveillée ? »

« Tu avais besoin de te reposer. »

« Ce dont j'ai besoin, c'est d'un baiser, » le taquina-t-elle en lui attirant la tête vers la sienne.

Il accepta sa requête avec plaisir et la laissa capturer ses lèvres. Elle lui glissa la langue à la jointure des lèvres avant qu'il ne les entrouvrît dans un soupir. Leurs langues se rencontrèrent et se mirent à danser.

« Hum, si tu m'embrasses comme ça tous les jours, je serai effectivement un homme très heureux. »

Elle sourit et passa un doigt sur sa cicatrice.

« Et si tu me fais l'amour tous les jours comme tu l'as fait aujourd'hui, je serai, quant à moi, une femme très heureuse. »

« Alors tu es d'accord pour faire l'amour comme un satyre ? »

« Tu vas à la pêche aux compliments ? »

Il ricana. Maya ne l'avait jamais vu aussi insouciant.

« Et si c'était le cas ? »

« Alors, je pense que je devrais te dire la vérité. »

Maya le sentit se contracter, comme s'il s'attendait à de mauvaises nouvelles.

« A présent, je comprends pourquoi il me manquait toujours quelque chose, sexuellement parlant. Je n'étais jamais totalement satisfaite. Il y avait toujours un manque, quelque part. En tant que satyre, j'ai besoin de ce que tu me donnes. A part toi, aucun autre homme n'est parvenu à me combler. »

Elle adora le sourire qui éclaira le visage de Gabriel lorsqu'il réagit à ses mots.

Ses lèvres furent fermes et chaudes lorsqu'il les pressa de nouveau contre sa bouche. Mais avant qu'elle ne pût répondre à son baiser, il s'écarta.

« En parlant de ce que je peux t'apporter, il faut que tu te nourrisses. »

Maya s'assit. Elle avait faim, mais ne pouvait se nourrir de lui pour l'instant.« Non, Gabriel. On n'a pas de sang humain ici et si je bois ton sang, tu vas t'affaiblir. »

« C'est bon, » insista-t-il en l'attirant vers lui.

« Non, ce n'est pas bon. Quand on va sortir de là, tu auras besoin de toutes tes forces. On ne sait pas à quoi s'attendre. Si je t'affaiblis maintenant, je risque de nous mettre tous les deux en danger. »

Il hocha la tête et s'assit à ses côtés. Elle voyait bien qu'il n'aimait pas cela, mais elle savait également qu'il comprenait son raisonnement.

Elle lui toucha la joue.

« J'aime me nourrir de toi. Tu ne peux imaginer à quel point j'aime ça. C'est comme si je ne faisais plus qu'un avec toi. »

A la chaleur qu'elle lut dans les yeux de Gabriel, elle se rendit compte qu'il ressentait la même chose.

« Bientôt, alors. Parce que ça me manque. »

Le cœur de sa partenaire fit un bond lorsqu'elle entendit ces mots.

Les yeux de Gabriel se tournèrent vers l'horloge accrochée au-dessus du bureau. Maya suivit son regard.

« Le soleil va bientôt se coucher. Il faut qu'on se prépare. »

~ ~ ~

Le brouillard recouvrait le bois lorsqu'ils laissèrent l'abri derrière eux, renonçant ainsi à la sécurité que ce dernier représentait. La brise nocturne entra en contact avec la peau chaude de Maya, laquelle frissonna. Elle ne s'était pas tout de suite rendu compte à quel point son corps s'était réchauffé dans les bras de Gabriel, mais le contraste était à présent perceptible.

Ils restèrent silencieux afin de ne pas attirer l'attention de Ricky. Sa main dans celle de Gabriel, Maya suivait celui-ci en avançant prudemment, faisant attention à ne pas marcher sur des branches mortes qui, d'un craquement, auraient révélé leur présence.

Si la situation ne l'avait pas rendue aussi tendue et inquiète, Maya se serait émerveillée de sa propre vision nocturne. Elle voyait tout, comme si le soleil avait brillé au-dessus de sa tête. Sa vision ne pouvait toutefois pas traverser l'épais brouillard qui recouvrait San Francisco. Elle espéra qu'il en fût de même pour les autres vampires et qu'aucun d'entre eux ne pût les repérer. Pour une fois, elle était bien contente que la brume recouvrît la ville chaque été. Au moins le brouillard les camouflerait-il, si l'obscurité ne le pouvait.

Elle respira calmement. L'endroit où elle avait réduit le téléphone de Gabriel en pièces était suffisamment loin pour que Ricky eût perdu leur trace depuis les quatorze heures qui s'étaient écoulées. Avec un peu de chance, il avait dû quitter les lieux à toute vitesse afin de se trouver un abri pour la journée.

Maya écouta les bruits de la nuit, mais elle ne perçut rien d'autre que les battements de leurs cœurs respectifs. Elle regarda Gabriel et remarqua les profondes lignes qui se dessinaient à la commissure de ses lèvres. Ses yeux scannaient en permanence les alentours. Se souvenant qu'il lui avait raconté avoir débuté en tant que garde du corps, elle s'en trouva rassurée. Elle ne doutait bien sûr pas de la capacité de Gabriel à la protéger, mais elle se sentait plus à l'aise à l'idée qu'il possédât les compétences professionnelles pour y parvenir..

Il serra légèrement sa main et hocha la tête pour lui faire comprendre qu'il souhaitait changer de direction. Elle le suivit sans hésiter. A vrai dire, elle le suivrait n'importe où. S'il le lui demandait, elle irait jusqu'à New York, ville qu'elle détestait. S'il devait y retourner, elle l'accompagnerait.

Maya tenta de garder les yeux sur le chemin qui s'étalait devant elle, mais son esprit vagabondait. Trop de choses lui étaient arrivées au cours des dernières heures. La révélation de Gabriel quant à leur véritable nature l'avait assommée, bien qu'elle ne remît rien en question. Durant cette semaine, elle avait appris que tout ce que Gabriel lui racontait était pure vérité, aussi incroyable que cela pût paraître. Par ailleurs, tout avait du sens, à présent. Le vide qu'elle avait toujours ressenti lors de ses relations sexuelles s'était envolé avec Gabriel lorsqu'il l'avait possédée comme un satyre. Elle ne s'était jamais sentie aussi comblée de toute sa vie. Si elle avait pu avoir des doutes à ce propos, cet acte avait suffi à tout dissiper.

Les bois semblèrent devenir plus denses au fur et à mesure qu'ils s'y enfonçaient. Elle savait qu'ils se dirigeaient vers l'Est ; vers le jardin botanique et les courts de tennis. Mais elle manquait cruellement de sens de l'orientation. Elle réalisa alors que Gabriel évitait les sentiers fréquemment empruntés, préférant continuer à travers le bois, là où les arbres les cachaient.

Au loin, Maya aperçut une structure blanche et, lorsqu'ils s'en approchèrent, elle découvrit qu'il s'agissait du Conservatoire floral, bâtiment datant de l'époque victorienne, lequel abritait une multitude de plantes exotiques. Une petite boutique ainsi que les cabanons des caisses étaient érigés à quelques mètres du bâtiment principal. Tout était silencieux.

Gabriel désigna les caisses pour lui montrer le chemin qu'ils allaient emprunter. Elle hocha la tête. Ils traversèrent l'espace libre et, soudain, elle se raidit. Malgré le brouillard épais, ils étaient à découvert et on pouvait distinguer leurs silhouettes. Elle ne put s'empêcher de regarder par-dessus son épaule. Gabriel fit de même. Les mains de Maya devinrent moites et les battements de son cœur s'accélérèrent.

Lorsqu'ils atteignirent le petit cabanon, Gabriel colla son visage à la fenêtre et regarda à l'intérieur.

« Il y a un téléphone, » dit-il à voix basse. « Tu peux ouvrir la porte de l'intérieur ? »Elle comprit immédiatement où il voulait en venir. Ils auraient pu briser la glace, mais le bruit provoqué risquerait d'attirer, soit l'attention de Ricky au cas où il se trouverait dans les parages, soit celle de n'importe qui d'autre promenant son chien. Maya se concentra, fermant les yeux et imaginant tourner la poignée. Un clic se fit entendre. Elle devenait bonne à ce petit jeu.

Un instant plus tard, Gabriel ouvrait la porte. Il se glissa à l'intérieur de la petite structure et entraîna Maya avec lui tout en refermant la porte silencieusement.

Lorsqu'il souleva le combiné et composa un numéro, chaque touche sembla résonner bruyamment dans cet espace confiné. Maya espéra que l'amplification de ce bruit ne fût due qu'à l'acuité de ses propres sens. Elle entendit une sonnerie, puis une voix étouffée à l'autre bout.

« *Oui ?* »

« Amaury, c'est Gabriel. »

La voix de Gabriel était à peine audible.

« *Dieu merci.* »

« On est au Conservatoire floral, à Golden Park. Maya est avec moi. Viens nous chercher. Fais attention : Ricky nous a suivis jusqu'au parc. »

« *J'en ai pour cinq minutes.* »

Amaury raccrocha et Gabriel se retourna vers sa bien-aimée pour la prendre dans ses bras. Puis il colla ses lèvres à son oreille.

« Tu peux nous faire entrer au Conservatoire ? Ce sera plus facile de s'y cacher. »

Elle hocha la tête.

Le Conservatoire était un grand bâtiment, entièrement constitué de verre et de métal peint en blanc. Il était incurvé de façon à former un dôme de la taille d'un stade de baseball. Une coupole, dont la forme rappelait à Maya celle de l'hôtel de ville, se dressait en son milieu..

Entrer se révéla aussi facile que déverrouiller la porte du petit cabanon. Maya se sentait reconnaissante d'avoir été gratifiée de ce don car, dans le cas présent, il se révélait être bien plus pratique que le contrôle de l'esprit, aussi redoutable que fût cette arme.

Elle inspira l'odeur des plantes qu'abritait la serre tropicale. Les parfums accaparèrent ses sens. L'odeur de pollen était si intense qu'elle pouvait à peine sentir Gabriel à ses côtés. C'était comme si les senteurs des fleurs refoulaient tout le reste.

Grâce aux vitres de la serre, le soleil avait réchauffé les grandes pièces du bâtiment durant la journée et, même à présent que la nuit était tombée, la structure conservait cette chaleur. Maya regarda autour d'elle et remarqua les sentiers dessinés entre les larges massifs de plantes. De petites ardoises stipulant les noms et origines des fleurs étaient plantées au pied de chaque variété.

Gabriel enroula ses bras autour d'elle par derrière, ce qui la fit légèrement sursauter. Il l'attira vers lui et l'embrassa dans le cou.

« Ça va être difficile pour moi d'attendre que tu deviennes ma femme, » murmura-t-il contre sa peau.

Il titilla le lobe de son oreille, ce qui fit littéralement fondre Maya.

Elle gémit sous l'effet du plaisir qu'il lui procurait en la touchant à peine.

« Ne me fais pas attendre trop longtemps. Je n'ai jamais aimé l'idée d'avoir de longues fiançailles. »

« Deux ou trois jours tout au plus, » lui promit-il. « Une fois que tout ceci sera fini et qu'on se sera occupé de Ricky. »

« Tu ne devrais pas lui faire des promesses que tu ne pourras pas tenir. »

La voix qui résonna dans la serre eut l'effet d'un coup de poignard sur Maya. Gabriel la relâcha et la poussa derrière sa large carrure. Elle ne l'avait jamais vu bouger aussi vite. Ricky sortit de l'ombre d'une grande fougère. Elle ne l'avait pas entendu entrer dans la verrière. Son odeur était également passée inaperçue. Et alors qu'elle se concentrait à présent sur Ricky, elle ne pouvait toujours sentir que le parfum des fleurs exotiques qui l'entouraient. L'attitude de Gabriel changea immédiatement. Armé d'un pieu, il était prêt à combattre.. Maya ne l'avait même pas vu sortir l'arme de son manteau, là où il avait dû le cacher.

« Je tiens toujours mes promesses, » répondit fermement Gabriel. « Et celle que j'ai faite hier soir, c'était de te tuer. »

Avant que Maya ne pût faire quoi que ce fût, il se jeta sur Ricky. Son impressionnante carrure s'écrasa contre le vampire, lequel était un peu plus petit. Ce dernier en perdit l'équilibre. Mais avant que Gabriel ne pût planter le pieu dans le cœur de son adversaire, Ricky avait déjà roulé sur le côté et s'était relevé en un bond. Maya n'avait pas réalisé qu'il pouvait être aussi agile.

Gabriel virevolta rapidement et émit un grognement sourd et menaçant. Dans sa colère, ses canines s'étaient allongées. Maya les distinguait à présent clairement, comme si elles brillaient dans le noir. Quant à sa cicatrice, elle semblait pulser.

En un bond, Gabriel se jeta une nouvelle fois sur son assaillant, ses bras puissants lui assénant un coup sur le flanc. Mais cela ne suffit pas. Une seconde plus tard, les jambes de Ricky le heurtèrent fortement en pleine cuisse, le privant de son équilibre. Gabriel vacilla l'espace d'un instant, mais il put se rattraper à la branche d'un buisson.

Cela lui en coûta toutefois. Le deuxième coup de pied que Ricky lui donna atterrit pile dans son estomac. Gabriel en tomba à la renverse. Il roula, mais rebondit dès qu'il heurta un parterre de fleurs. Pour un homme d'un tel gabarit, il était étonnamment souple.

« Merde ! » jura Gabriel.

Une seconde plus tard, Maya réalisa qu'il avait perdu son pieu et elle retint son souffle en voyant Ricky se précipiter sur lui.

Ce dernier tourna la tête vers elle et, en une fraction de seconde, changea de direction et sauta sur une balustrade entourant un parterre de fleurs.

C'est alors qu'elle vit la corde. Elle pendait à une poutre, au-dessus d'un massif de plantes. Ricky l'avait vue également et il l'attrapa. S'accrochant à la corde, il donna un coup de pied contre le tronc d'un petit palmier et se catapulta dans sa direction. Maya tenta de s'écarter, mais elle ne fut pas assez rapide. Alors qu'il s'approchait d'elle, Ricky laissa balancer un bras et la fit tomber d'un seul coup. Elle tomba au sol la tête la première. Réalisant qu'il était juste derrière elle, elle roula sur le côté, parvenant à l'éviter d'un millimètre. Du coin de l'œil, elle vit que Gabriel courait vers eux. Elle essaya de se relever, mais glissa sur le sol boueux.

Une main l'attrapa et elle comprit , au frisson qui la parcourait que c'était celle de Ricky. Il lui tordit le bras et la tira vers lui.

Un instant plus tard, elle vit Gabriel s'arrêter net, une expression d'horreur sur le visage. Pourquoi ne s'approchait-il pas ? Ce fut uniquement lorsqu'elle prit une profonde inspiration et gonfla ses poumons d'air que tout s'éclaircit : Ricky pressait un pieu en bois contre sa poitrine.

« Un pas de plus et elle part en poussière. »

Maya déglutit. Les yeux de Gabriel s'étaient embués. Il semblait à l'agonie. Elle pouvait voir son esprit s'ébranler, analysant tous les scénarii possibles pour la sortir de cette situation. Mais à présent, c'était Ricky qui avait toutes les cartes en main et Gabriel ne risquerait jamais la vie de celle qu'il aimait.

« Tu es si prévisible, Gabriel. Je crois que c'est ce qui arrive quand on pense avec sa queue, » cracha Ricky.

« Lâche-la. »

« Elle aurait dû être mienne. Je l'ai vue en premier. Si tu ne t'en étais pas mêlé, elle aurait été à moi. »

Maya sentit la bile se soulever dans son ventre.

« Jamais. »

Ricky la serra davantage encore, lui retournant le bras encore plus haut. Elle ignora la douleur, préférant se concentrer sur le dégoût que son agresseur lui inspirait.

« Ne te fais pas d'illusions, ma chérie. Tu seras quand même à moi. Une fois qu'on sera partis d'ici, ce sera juste toi et moi. Tu n'auras pas le choix. »

« Je te pourchasserai, » le prévint Gabriel.

Ricky se mit à rire tout en reculant, Maya toujours contre lui. Elle était plaquée contre son corps tel un bouclier et Gabriel ne pouvait attaquer l'Irlandais sans risquer de la blesser. Elle savait pertinemment que sa liberté ne dépendait plus que d'elle-même. Mais Ricky était fort. Leur face-à-face chez Samson avait suffi à le lui faire comprendre. Mais là-bas, elle était parvenue à utiliser son don pour se défendre. Peut-être pouvait-elle le faire à nouveau.

Ses yeux parcoururent le sombre couloir à la recherche du moindre objet susceptible de l'aider à se défaire de la poigne de Ricky. Mais elle ne trouva rien. Hormis quelques seaux d'eau, il n'y avait rien à proximité qui put lui servir d'arme.

Ils atteignirent le fond du couloir et elle entendit Ricky ouvrir la porte derrière lui afin de passer dans une autre partie du bâtiment. Avant que la porte ne se refermât et qu'elle ne se retrouvât seule avec Ricky, elle jeta un dernier coup d'œil à Gabriel, plongeant son regard dans le sien et lui répétant qu'elle l'aimait,

Le vampire maintenait le pieu contre son cœur. Il avait manifestement retenu la leçon qu'elle lui avait donnée lors de leur précédente rencontre.

« Qu'est-ce que tu essayes d'obtenir en faisant ça ? Tu sais qu'il te tuera quand il te rattrapera. »

« Oui, mais à ce moment-là je t'aurai eue et tu seras bien abîmée. J'aurai abusé de toi tellement souvent et tellement violemment qu'*il* ne te voudra plus. »

Au ton venimeux de son assaillant, le sang de Maya se glaça dans ses veines. Elle essaya de se débarrasser du sentiment de désespoir qui l'envahissait. Non, même si Ricky parvenait à mettre ses menaces à exécution, Gabriel l'aimerait toujours.

Sa fine ouïe lui permit d'entendre quelqu'un briser du verre, au loin. Etait-ce Gabriel ?

Ricky l'entendit également.

« Il est temps de partir. »

Il la poussa devant lui, le pieu à présent collé contre son dos. Cela signifiait sans doute qu'il pouvait réussir à la tuer sous cet angle également. Il n'aurait pas à lui enfoncer l'arme dans la poitrine : le dos suffirait.

Maya regarda autour d'elle et remarqua une pelle abandonnée au sol près d'un massif de plantes. Quelqu'un avait oublié de la ranger une fois le travail terminé. Elle regarda l'objet avec attention lorsqu'ils passèrent à côté. Elle se concentra et visualisa la pelle se levant du sol et flottant en l'air.

Un bruit sourd et métallique rompit sa concentration. Elle sentit Ricky se retourner avant de la serrer davantage encore.

« Salope ! »

Elle tourna la tête et vit que la pelle avait heurté une rambarde qu'elle n'avait pas vue.

« Essaye encore et je t'enfonce ce pieu dans le cœur. »

Néanmoins, elle en doutait. Il la voulait depuis si longtemps qu'il ne la tuerait certainement pas maintenant, pas avant de l'avoir violée au préalable. Il était fou à lier et ne se priverait pas d'un tel plaisir.

Ils arrivèrent à la porte suivante. D'une poussée dans le dos, Ricky la lui fit franchir. Repérant un mouvement sur sa gauche, Maya s'arrêta net. Ricky se heurta à elle, le pieu rebondissant contre son dos. Instantanément, elle fit un pas de plus ; le contact avec le morceau de bois ayant déclenché une accélération des battements de son cœur.

Dans l'élan, elle en profita pour se défaire des bras de Ricky. Elle parvint à libérer un de ses poignets et fit demi-tour.

Une autre ombre silencieuse entra dans sa vision périphérique. Une silhouette plus petite que celle de Gabriel, à moins qu'il ne se fût agi d'une hallucination.

Soudain, ses pieds se dérobèrent sous son corps et elle tomba sur le flanc. Une ombre la recouvrit au même instant. Quelqu'un lui avait attrapé les pieds et lui avait fait perdre l'équilibre. Et ce n'était pas Ricky.

Face contre terre, elle roula rapidement sur le côté. Aux grognements qui fusaient dans son dos, elle comprit que l'on se battait. Elle se concentra sur les deux silhouettes. Le corps fluet d'Yvette s'opposait au corps musclé de Ricky, mais ce qu'il lui manquait en masse corporelle, la femme-vampire le possédait en agilité. Elle évitait chacun de ses coups en se tordant comme un serpent et ses mouvements étaient si rapides que même Maya avait du mal à les suivre.

« Gabriel ! » cria-t-elle, tentant de l'avertir de l'endroit où elle se trouvait.

Des pas précipités vinrent dans sa direction. Elle reconnut d'abord Zane. Elle ne s'était jamais sentie aussi soulagée de voir le vampire chauve courir vers elle. Derrière lui, apparut une autre silhouette : Amaury. Et enfin Gabriel, lequel se ruait vers elle depuis un sentier situé à sa gauche.

Alors que Zane et Amaury s'engageaient dans le combat contre Ricky, Maya bondit sur ses pieds et se jeta dans les bras de Gabriel.

« Oh bon Dieu, bébé, je suis désolé. Je n'ai pas su te protéger. »

Il la serra dans ses bras.

« Tu es là, maintenant. »

Elle tourna la tête et vit qu'Amaury et Zane s'étaient emparés de Ricky. En face de lui, se tenait Yvette, les pieds écartés et les bras le long du corps, un pieu à la main.

« Je devrais te faire ce tu as voulu me faire subir, » lui cracha Yvette au visage.

Ricky tenta en vain de se débarrasser du crachat, mais en vain.

Yvette tourna ensuite la tête vers Gabriel et Maya.

« Il m'a attachée à la cheminée de la maison de l'infirmière décédée en attendant le lever du soleil. »

Maya frissonna en réalisant la cruauté dont Ricky avait fait preuve.

« J'ai ta permission ? » demanda Yvette à Gabriel tout en levant le pieu afin qu'il pût le voir.

« Dépêche-toi, » répondit Gabriel en se retournant et en emmenant Maya. Il ne voulait pas qu'elle assistât à la scène qui était sur le point de se dérouler dans la serre.

« Tu es en sécurité, maintenant, » lui murmura-t-il en l'embrassant.

35

Le cimetière s'étendait dans la pénombre. Seules quelques torches éclairaient l'espace vide autour de la tombe nouvellement creusée. Le cercueil, lequel ne contenait aucun corps, était suspendu au-dessus du trou et était recouvert de lys blancs.

Maya regarda la petite assemblée. La nuit précédente, Samson et Delilah étaient revenus et elle avait enfin pu faire leur connaissance. Elle avait tout de suite apprécié Delilah, la douce épouse du vampire le plus puissant de San Francisco. Elle et Samson avait fait preuve d'une grande hospitalité en leur proposant de rester chez eux. Afin qu'ils purent prendre le temps de décider où ils s'installeraient. Elle n'aurait pu rêver meilleur accueil.

Oliver, l'assistant humain de Samson, se tenait à leur côté. Il gardait les yeux rivés au sol. Avec la disparition de Carl, il avait perdu un bon ami.

Maya jeta un coup d'œil à Amaury et à la belle blonde qui se tenait à ses côtés. Ils formaient un couple remarquable et en présence de Nina, Amaury semblait plus détendu et docile que lorsqu'il était seul. Malgré sa grandeur, Nina paraissait plus petite et plus fragile aux côtés de son partenaire de sang-mêlé. Ce n'était cependant qu'une apparence. Selon les dires des autres vampires, Maya avait compris qu'il s'agissait d'une femme de tête et que cela plaisait à Amaury.

A présent, Maya comprenait la connexion existante entre Nina et Eddie. Elle avait été surprise d'apprendre qu'ils étaient frère et sœur. L'air de famille était frappant, mais elle ne s'était pas attendue à ce qu'un seul des deux fût vampire. Mais elle l'avait compris lorsque Thomas lui avait expliqué les circonstances de la transformation d'Eddie.

Même le docteur Drake et Francine, la sorcière, étaient venus à l'enterrement. Lorsque Francine avait demandé à assister à la cérémonie, sa requête avait provoqué une discussion animée, mais dès que Gabriel eut expliqué le rôle qu'elle avait joué dans la survie de Maya, les vampires avaient tous voté à l'unanimité pour qu'elle se joignît à eux. Il s'agissait bien là d'une première.

Zane et Yvette se tenaient avec un groupe de vampires que Maya ne connaissait pas. Probablement des collègues de Scanguards. Main dans la main avec Gabriel, surprit elle croisa le regard d'Yvette et s'étonna de la voir leur sourire. Maya lui renvoya son sourire et son cœur se gonfla. A présent, ces gens étaient sa famille. Ils l'avaient tous acceptée et s'étaient battus pour qu'elle pût continuer à vivre. Carl avait même donné sa vie pour la protéger.

Maya reporta son attention sur Samson, dont le discours touchait à sa fin.

« Mon ami, où que tu sois désormais, je n'oublierai pas les années que nous avons passées ensemble. »

Deux vampires mirent le cercueil en terre. Personne ne bougea avant que celui-ci ne disparût complètement dans le trou. Samson prit ensuite la pelle et le recouvrit de terre. Contrairement à la tradition, il ne se contenta pas d'une pelleté et poursuivit. Maya regarda sur le côté et Gabriel baissa la tête vers elle.

« C'est lui qui a transformé Carl. Il se doit de s'assurer qu'il reposera en paix. Il a creusé la tombe et il va la remplir, » lui murmura-t-il.

Une larme isolée coula sur la joue de Maya lorsqu'elle comprit la signification des actes de Samson.

Lorsque le dernier grain de poussière eut recouvert la tombe, Samson déposa la pelle sur le côté et reprit la parole.

« Bonne nuit, mon ami. »

Puis il s'éloigna du groupe. Delilah resta avec les autres, sans chercher à le suivre. Lorsqu'elle s'approcha de Maya, elle lui dit simplement :

« Maintenant, il a besoin d'être seul. Il nous retrouvera à la maison. »

« On dirait que tu le comprends sans même avoir besoin de lui parler, » répondit Maya.

Delilah sourit et passa son bras sous le sien.

« Gabriel, si ça ne te dérange pas, je t'emprunte Maya quelques minutes. »

Elles s'éloignèrent sans attendre de réponse.

« Ça te dérange si on se promène un peu dans le cimetière ? » demanda Delilah.

« Non, pas du tout, » répondit Maya en suivant sa nouvelle amie.

Delilah demeura silencieuse un moment, avant de finalement lâcher ce qu'elle avait sur le cœur.

« Je sais que ce n'est pas ta spécialité, mais j'avais dans l'espoir que tu pourrais continuer à exercer la médecine. Il te suffirait simplement de changer de spécialité. »

Maya haussa un sourcil, surprise.

« Tu penses à quoi ? »

« Obstétrique », avoua Delilah. « Maintenant, je ne peux plus vraiment aller chez un médecin humain. Dès qu'ils feront des tests sur le fœtus, ils verront bien qu'il n'est pas complètement humain. Et ce ne sera pas notre unique enfant. On en veut plein, avec Samson. Et puis il y a aussi Nina. »

« Elle est également enceinte ? » demanda Maya.

« Amaury aimerait bien, » dit-elle en levant les yeux au ciel et en riant. « Ils ne se sont pas encore chamaillés à ce sujet. »

« Nina et Amaury se chamaillent ? »

« A longueur de temps. »

« Je suis désolée d'entendre ça. Je pensais qu'ils allaient bien ensemble. »

Delilah rit de nouveau.

« Oh, ils seraient incapables d'envisager les choses autrement. C'est ce dont Amaury a besoin : une femme qui ne le laisse pas gagner à chaque fois. Et puis la réconciliation sur l'oreiller doit être spectaculaire. »

Ce fut au tour de Maya de ricaner.

« Alors tu crois qu'elle va finir par céder et qu'elle aura des enfants avec lui ? »

« Je ne sais pas. Eux seuls le savent. Mais quoi qu'ils décident, ça fonctionnera pour eux. »

« On parle d'enfants… » clama une voix derrière elles.

Elles se retournèrent toutes les deux et virent Francine qui les avait suivies.

« Désolée de vous interrompre, mais j'espérais m'entretenir avec vous sans que Gabriel ne le sache. »

« Je vous laisse, alors, » avança Delilah.

Francine leva la main.

« Non, je vous en prie. C'est seulement Gabriel qui ne doit pas savoir. Sinon, il risque d'espérer et d'être déçu par la suite. »

Une vague de curiosité s'empara de Maya.

« A quel propos ? »

« J'ai analysé votre sang et je peux vous confirmer que vous êtes bel et bien un satyre. Il n'y a rien de nouveau là-dedans, bien sûr. Mais ces recherches m'ont menée à autre chose. Les femelles satyres sont fertiles. Elles ont des épisodes de chaleur, tout comme vous. »

Maya retint son souffle. Etait-ce possible ?

« Je n'en suis pas sûre à cent pour cent, mais je crois que si vous avez toujours des épisodes de chaleur depuis votre transformation, alors il se peut que vous soyez toujours fertile. »

« Vous pensez que c'est possible ? » demanda Maya à la sorcière tout en essayant de comprendre.

Delilah lui donna un coup de coude.

« Il n'y a qu'un seul moyen de savoir. »

Elle sourit gentiment et lui adressa un clin d'œil.

A son tour, Francine sourit à pleines dents.

« Je suis d'accord. »

Maya prit la main de la sorcière dans la sienne et la serra. Son cœur était trop comblé pour qu'elle pût dire quoi que ce fût, mais les yeux de Francine lui confirmèrent qu'elle comprenait. Et Maya sut exactement ce qu'il lui restait à faire.

~ ~ ~

Gabriel regarda la foule toujours rassemblée autour de la tombe. De petits groupes s'étaient formés. Tous parlaient de Carl et des événements qui avaient ponctué ces derniers jours. Maya avait disparu.

Il arrêta Zane lorsque celui-ci passa à côté de lui.

« Tu as vu Maya ? »

« Elle parlait avec Thomas, tout à l'heure. »

Gabriel hocha la tête et chercha ce dernier des yeux. Il l'aperçut aux côtés d'Eddie. Gabriel le prit à part.

« Tu sais où est allée Maya ? Ça fait trente minutes qu'elle a disparu. »

Thomas avait-il noté le désespoir qui perçait dans sa voix ? Bon sang, il devenait pathétique. Etre séparé d'elle plus de quelques minutes l'inquiétait au plus haut point. Il ne se sentait en paix que lorsqu'elle était à ses côtés.

Thomas lui jeta un regard qui en disait long.

« Si ce n'est pas le regard d'un homme amoureux, ça. »

« Alors, tu sais où elle est allée ? » redemanda-t-il.

« Tu la trouveras chez moi. »

Une vague de surprise le submergea.

« Qu'est-ce qu'elle fait chez toi ? »

« Je lui ai proposé d'y rester quelques jours. Eddie et moi, on doit partir à Seattle pour un stage, alors la maison sera vide. Il y a trop de monde chez Samson pour le moment et je me suis dit qu'un peu d'intimité ne vous ferait pas de mal. Mais si tu ne… »

« Non, bien sûr, répondit rapidement Gabriel. On veut de l'intimité. »

Il s'était déjà demandé où procéder à leur cérémonie de mélange des sangs. Il leur fallait un endroit où ils pourraient être seuls. Contrairement à un mariage, le mélange des sangs était un acte privé auquel seuls les deux partenaires participaient.

Thomas lui tendit une clé.

« Voilà. Profite. »

Gabriel sourit. Il allait annoncer à Maya son désir de s'unir à elle ce soir-là. Il n'y avait aucune raison d'attendre plus longtemps.

~ ~ ~

Gabriel ferma la porte derrière lui. La maison de Thomas était silencieuse et pendant un instant, il se demanda si Maya était vraiment là. Il inhala ensuite son odeur et la suivit jusque dans la partie privée de la maison. Lorsqu'il poussa la porte de la suite parentale, la scène qui s'offrit à ses yeux prit l'allure d'un rêve.

Une dizaine de bougies éclairaient la pièce. Le lit était recouvert de draps blancs et frais. Maya, vêtue d'un déshabillé rouge au décolleté plongeant jusqu'au nombril, y était allongée. Gabriel se laissa submerger par cette vision paradisiaque. Sa verge était déjà dure dans son pantalon noir.

Maya avait anticipé ses pensées. Il avait tout de suite compris ce que cette mise en scène signifiait : elle était prête à mêler son sang au sien.

« Je t'attendais. »

Il laissa la porte claquer derrière lui et s'avança jusqu'au lit.

« A l'enterrement, quand tu as disparu, je me suis inquiété. »

« Je voulais te surprendre, » répondit-elle en le regardant d'un langoureux battement de cils.

Doucement, il déboutonna sa chemise.

« C'est réussi. »

Maya s'assit et s'avança vers lui.

« Laisse-moi t'aider avec ça. »

Gabriel tenta de freiner un tant soit peu son désir. Il ne voulait pas se précipiter et finir par la posséder de manière aussi bestiale qu'il ne l'avait fait dans le salon de Samson. Mais lorsque Maya porta la main à sa chemise tout en effleurant sa peau, il poussa un soupir de frustration.

« Ah putain, et puis on s'en fout ! »

Il déchira sa chemise avec ses griffes et l'envoya valser au sol.

« On dirait que quelqu'un s'impatiente, » murmura-t-elle du bout des lèvres.

« Ça pose un problème ? »

Elle suivit ses mains du regard tandis qu'il se débarrassait tout aussi rapidement de son pantalon et ôtait son boxer. La dilatation de ses pupilles fit comprendre à Gabriel qu'elle regardait sa double érection. L'odeur de l'excitation de Maya s'engouffra dans ses narines.

« Non, pas du tout, » répondit-elle doucement, le souffle coupé.

Il aimait la façon dont elle le regardait alors qu'il se tenait devant elle complètement nu. Il ne se souvenait pas s'être jamais débarrassé de ses vêtements aussi rapidement.

Gabriel emplit ses poumons de son essence.

« Ouais, je me disais bien, aussi… »

Délibérément, il porta son regard sur le triangle de poils noirs qu'il pouvait apercevoir à travers le tissu transparent de son déshabillé.

Lorsqu'il alla pour la toucher, elle le rejoignit à mi-chemin.

« C'est l'heure, » fut tout ce qu'il put dire lorsqu'il plongea ses yeux dans les siens.

« Oui, » répondit-elle avant de lui offrir ses lèvres dans l'attente d'un baiser.

Il les captura, plongeant sa bouche dans la sienne et passant sa langue à travers ses lèvres entrouvertes afin de la goûter.

Il s'allongea sur le lit avec elle, la recouvrant de son corps. Ses mains repoussèrent le tissu, lequel cachait à peine ses seins et il caressa sa peau nue.

Il adorait la façon dont le rouge contrastait avec sa peau foncée et ses cheveux noirs. Avec les draps blancs sous elle, elle offrait tout d'un magnifique tableau.

« J'aime ce que tu portes, » murmura-t-il contre ses lèvres.

Il lui glissa la main le long de sa poitrine, jusqu'à sa hanche. Là, il y attrapa le tissu d'une main et tira dessus.

« Je ne veux pas te déshabiller. »

Il voulait s'unir à elle alors qu'elle portait le déshabillé.

Maya écarta les cuisses pour le laisser se positionner contre elle. Il considéra son sourire ravageur comme le signe de son approbation.

« Je te veux maintenant, Gabriel. »

Il plaça sa verge inférieure à l'entrée du centre humide de sa féminité et poussa vers l'avant. Sa verge supérieure glissa au même moment contre le clitoris tandis qu'il se laissait submerger par la chaleur du corps de sa bien-aimée.

Un gémissement s'échappa des lèvres de Maya.

« J'aime la façon dont tu fais ça. »

Gabriel plongea ses yeux dans les siens.

« Ça tombe bien, parce que j'adore le faire. »

Pour appuyer ses dernières paroles, il se retira et recommença. Il répéta ensuite l'opération une seconde fois pour faire bonne mesure, avant de finalement trouver son rythme. Le corps de Maya se mouvait en parfaite synchronisation avec le sien. A moins que ce ne fût le contraire. Peut-être était-ce *lui* qui bougeait en synchronisation avec *son* corps à elle. Mais était-ce vraiment important ? Tout ce qui lui importait c'était qu'ils se fussent ensemble.

Il retrouva ses lèvres et les captura. Tout comme sa verge le faisait avec le vagin de Maya, sa langue s'appropria la sienne. Il ne pourrait se passer d'elle et savait qu'il apprécierait chaque seconde de cette faim qu'il ressentait. Une faim qu'il ne pouvait plus nier.

Lorsqu'il relâcha ses lèvres, il sentit ses canines le démanger.

« Unis-toi à moi. »

Une lueur dans les yeux de Maya lui fit comprendre qu'elle attendait sa demande depuis longtemps. Lorsqu'elle lui montra ses canines, il put à peine retenir son excitation.

« Tu es belle, » murmura-t-il avant de lui plonger les siennes dans le cou.

Celles de Maya lui percèrent alors la peau au niveau de l'épaule. Son sang était tout ce dont il avait toujours rêvé. Cela allait même au-delà. Epais et riche, il enveloppa sa langue, nourrissant à la fois son cœur et son âme. Maya était sienne et il était sien.

Avant qu'il ne se perdît dans les sentiments euphoriques que le sang et l'écrin chaud de Maya provoquaient chez lui, leurs esprits se connectèrent.

Mienne, pour l'éternité.

Mien, pour toujours ; répondit l'esprit de Maya. Et cela lui réchauffa le cœur.

EPILOG

Maya disposa le calendrier sur son nouveau bureau et regarda la pièce.

Son propre cabinet.

Certes, les heures d'ouverture étaient peu orthodoxes, mais ses patients ne l'étaient pas plus. Elle était à présent le premier médecin vampire de San Francisco.

Gabriel avait acheté une belle demeure victorienne près de chez Samson et en avait aménagé le sous-sol en cabinet médical. Il avait encouragé Maya à poursuivre sa carrière de médecin, même si cela signifiait repartir de zéro et apprendre tout ce qu'elle devait savoir quant à la santé des vampires. Non pas qu'elle s'en souciât. Gabriel avait toujours été enthousiaste à l'idée de lui servir de cobaye. Cette même pensée la fit sourire.

« Tu as l'air heureuse, » dit une voix depuis la porte du bureau.

Maya leva les yeux.

« J'ai frappé, » dit Yvette en entrant. « Mais tu ne m'as pas entendue. »

« Je devais rêver, alors. »

Yvette jeta un coup d'œil approbateur tout autour de la pièce.

« Je te souhaite tout le succès possible pour ton cabinet. »

« Merci. Je suis surprise de te voir ici. Je croyais que tu voulais retourner à New York. »

Elle put remarquer l'hésitation d'Yvette.

« C'est justement ce dont je voulais te parler. Avec la mort de Ricky et la direction des bureaux de San Francisco confiée à Gabriel, il y a eu quelques changements. »

Maya haussa un sourcil.

Gabriel ne lui avait pas dit grand-chose à propos de l'avenir de la société, ni de ce que lui et Samson avaient prévu de faire après la mort de Ricky. Tout ce qu'elle savait, c'était que Gabriel prendrait sa place et laisserait donc son poste de New York vacant.

« Gabriel m'a demandé si j'étais d'accord de rester à San Francisco. Je crois qu'il se sentait obligé de m'offrir quelque chose pour t'avoir sauvé la vie, alors que bon… C'était un travail d'équipe. »

Maya fit deux pas vers Yvette et lui posa la main sur le bras.

« Tu es la première à être arrivée. Tu l'as mis K.O. et je t'en suis reconnaissante. Je n'aurais jamais cru que tu mettrais ta vie en péril pour moi. Je ne pensais pas que tu m'appréciais à ce point. »

Yvette sourit. « J'aimais Ricky encore moins. »

« Merci. »

« Pour en revenir à l'offre de Gabriel… Je ne veux pas accepter sans ton accord préalable. »

« Et pourquoi je ne serais pas d'accord ? »

« Tu as probablement remarqué que j'avais désiré Gabriel pour moi. »

« Je ne peux pas t'en vouloir, c'est un homme merveilleux. Mais tu as accepté l'idée qu'il était mien. Je n'ai aucune raison d'être jalouse de toi. Si Gabriel veut que tu travailles à San Francisco avec lui, tu ne devrais pas trop tarder et lui donner rapidement ta réponse. »

Yvette posa sa main sur celle de Maya et la serra.

« Je suis contente que tu le prennes comme ça. Ça rendra les choses plus faciles. D'autant que j'ai une dernière chose à te demander… »

Que pouvait-elle bien vouloir d'autre ? Maya et Yvette n'étaient pas vraiment amies, même si le médecin espérait qu'avec les années, leur relation évoluerait.

« Je t'écoute ? »

« Drake m'a dit que tu étais un bon chercheur. »

« J'étais, » corrigea Maya, avec un soupçon de regret.

« Tu pourrais l'être à nouveau. Il y a… » Yvette s'interrompit.

« Quoi ? »

L'inquiétude envahit soudain Maya.

« Je veux un enfant. Mais comme tu le sais, les femelles vampires ne sont pas fertiles. »

Maya perçut le désespoir dans la voix d'Yvette. Si celle-ci avait eu connaissance des espoirs qu'elle avait placés dans la conception d'un enfant, Yvette se serait sentie moins dévastée. Elle ne pouvait lui en parler, mais se sentit désolée pour elle. Elle comprenait son désespoir, ses attentes.

« Yvette. »

Yvette leva les yeux.

« Je ferai tout ce que je peux. Ça me donnera un but. Je ne peux pas te promettre de trouver une solution, mais je ferai de mon mieux. »

« Tu viens, bébé. Il faut qu'on… » dit Gabriel depuis la porte.

« Oh, salut, Yvette. »

Maya regarda son homme.

Il semblait de plus en plus beau au fur et à mesure que les jours passaient.

« Gabriel, Yvette est venue pour te donner sa réponse. »

« Excellent. Parlons-en. »

Yvette s'avança vers lui, mais regarda soudain en arrière.

« Merci. Vraiment. »

Gabriel était sur le point de passer la porte lorsque Maya l'interpella.

« Bébé, qu'est-ce que tu voulais ? »

Il se retourna et lui octroya un regard affamé en parcourant son corps des yeux, la faisant frissonner de plaisir. Il en était capable d'un seul regard. Elle répondit d'une voix rauque.

« Ne dis rien. J'ai compris. Je t'attends. »

~ ~ ~

À propos de l'Auteur

De nationalité allemande, Tina Folsom vit depuis plus de 25 ans dans des pays anglophones. Elle a d'ailleurs épousé un Américain et s'est établie en Californie en 2002.

Tina a toujours été un peu globe-trotter et a vécu dans nombre de différentes contrées.

En 2010, elle a rédigé son premier roman d'amour.

Elle a toujours été attirée par les vampires. Depuis 2008, elle a publié plus de 38 livres en anglais et des douzaines dans d'autres langues (français, allemand et espagnol). De plus, elle fait actuellement traduire l'ensemble de ses livres en français.

Tina apprécie recevoir des commentaires de ses lecteurs. Pour cela, vous pouvez lui écrire à l'adresse électronique suivante: tina@tinawritesromance.com.

Vous pouvez également la contacter via Facebook: facebook.com/TinaFolsomFans.

Enfin, vous pouvez visiter son site Internet tinawritesromance.com afin de vous tenir au courant des nouveautés.